甲型潜水艦の内部と乗組員

（上）ペナンを出港する伊号第10潜水艦
（下）呉の潜水艦基地隊前における伊号第47潜水艦

NF文庫
ノンフィクション

新装版

伊号第一〇潜水艦 針路西へ！

潜水艦戦記

「丸」編集部編

潮書房光人新社

小平邦紀大尉は伊10潜の砲術長として、怒濤さかまくインド洋に出撃した。水中測的指揮官の兼職をもつ小平大尉は、海上では砲戦に、海中では司令塔のレシーバーをかぶって聴音に活躍した。全神経を集中、尖鋭にはたらかせて敵艦を捉え、必殺の雷撃をおこない、かずかずの戦果をあげた。

川崎重工で昭和13年６月に起工され、16年10月に竣工した伊10潜は、日本海軍の誇る酸素魚雷18本を抱き、約1000トンの重油を腹いっぱいにつめて出撃していった。

夕映えのインド洋上で、見張りを厳にする伊10潜の乗組員たち。先手必勝の熾烈なる海の戦いにおいて、敵影をいちはやく発見し、対処することこそが最重要とされ、眉毛がすりきれるほど双眼鏡を顔にあて、敵を発見することにつとめた。

虎視眈々と魚雷発射の機会をねらって、敵船を一撃のもとに沈めた瞬間——無航跡かつ駛走状態のよい酸素魚雷を駆使して、日本海軍の潜水艦は敵に挑んでいった。

魚雷命中——つらく厳しい艦内生活において、笑顔のもれる一時である。しかし、敵船を沈めた現場にいつまでもいては危険なので、ただちに離脱行動をおこなう。

伊25潜掌飛行長の藤田信雄中尉。出撃前、軍令部に出頭し、初の米本土爆撃をおこなうむねを告げられ、体内の血もたぎり、任務遂行に全力を傾注することを心に誓った。藤田中尉は零式小型水偵に76キロの爆弾２つを搭載し、昭和17年９月９日黎明、オレゴンの山林めざし飛び立っていった。

陸上基地において丹念に整備される潜水艦搭載用の零式小型水上偵察機。航続距離600カイリ。操縦員１名、偵察員１名が搭乗し、敵情偵察などにおおいに活躍する。

藤田中尉機の母艦である伊25潜とおなじ乙型の伊15潜。昭和17年８月15日、米本土爆撃のため伊25潜は横須賀軍港を出撃し、隠密裡にアメリカの西海岸をめざした。

母艦に収容されつつある零式小型水偵。伊25潜では分解、組立訓練の当初は1時間半くらいかかっていたが、血のにじむような訓練の結果、出撃前には15分ほどに縮まっていた。

昭和17年1月8日、伊25潜は米海軍の水上機母艦ラングレー(写真)をジョンストン島付近で発見し、ただちに魚雷4本を発射した。45秒後、火薬庫が爆発したと思われ、海底をゆさぶるものすごい爆発音がひびきわたった。

艦首のカタパルトより射出される零式小型水偵。手前右の構造物は飛行機格納筒。飛行作業は、迅速、確実、静粛におこなわれる、乗組員協同一致の極致といえた。

伊11潜に乗り組み、聴音をおこなう宗友郁朗上等兵曹はわずかな集団音を聞きのがさず、すみやかに司令塔に報告し、敵大型空母撃沈に貢献した。

トラック泊地へ入港する直前の伊11潜の司令塔を後方甲板よりのぞむ——中段の黒線2本の帽子の人物が七字艦長である。

米駆逐艦の執拗な追跡からのがれて浮上した伊11潜艦上で、総員による感激の万歳三唱——昭和17年9月11日撮影。このあとトラック島基地で応急修理をおこなう。

回天特攻隊をのせて出撃する伊366潜とおなじ丁型輸送潜水艦の伊367潜。伊366潜は輸送作戦に投入されて、マリアナ諸島のパガン島に補給をおこなうこととなった。

B29の集結する敵航空基地サイパン、テニアンなどを強襲したわが航空機のなかには、燃料不足や被弾のため、パガン島に不時着するものがかなりの数にのぼった。

伊47潜掌水雷長の岡之雄少尉。伊47潜は特攻兵器〝回天〟の母艦として菊水隊、金剛隊を見送った。回天のいなくなった後甲板の離脱バンドの整理、固縛のため甲板におり立った岡少尉はふかぶかと頭をたれ、搭乗員たちの冥福をいのったという。

回天搭載作戦に出撃する伊47潜。世界に冠たる酸素魚雷が変じて、人間が操縦する必中兵器としてつくられた回天を送り出す伊47潜の乗組員の心中はいかばかりか。

菊水のマークもあざやかに大津島基地を出撃する特攻菊水隊。後甲板に回天４基を搭載してウルシー攻撃に向かう伊47潜。艦橋前部に二二号電探が装備されている。

愛基回天の上に立つ搭乗員たちの表情には意外なほど明るいものがあったという。彼らは一人千殺の闘魂とともに敵艦めざし、起爆装置把手をにぎりしめ突入した。

回天が出撃したあと、ウルシー環礁内で大黒煙を上げて炎上する米艦船群。泊地の百数十隻の米艦船は大混乱となり、恐怖の渦にまきこまれていった。米海軍はその日以来、泊地にいても戦々競々として休養どころではなかったという。回天作戦は米側に大きな衝撃をあたえた。

口絵写真提供／筆者・雑誌「丸」編集部

『伊号第一〇潜水艦 針路西へ！』目次

伊号第一〇潜水艦　針路西へ！

伊号第一〇潜水艦 針路西へ！

インド洋に出撃した海底戦士が描く通商破壊戦――小平邦紀

1　ついに初の獲物を発見

いちばん会敵の公算が多いと見られたインド洋のチャゴス諸島西北方を、伊一〇潜は行ったりきたりして、通商破壊作戦の任務についてすでに十日ほどたったが、どうしても獲物に出会えなかった。

そこで敵のインド～アフリカ航路は、もっと北寄りを通り、アラビア～豪州航路は、チャゴス諸島の東側をえらんでいるのではなかろうか、という疑念さえ起こってきた。

もう燃料のゆるす索敵可能日は、二、三日しかなくなった。乗員たちももはや、このたびの行動での戦果をあきらめようとしていた。大島宏通信長が、

「とうとう一隻も沈めずに帰るのか。はずかしくてペナンにも帰れないよ」

というので、

「しゃくにさわるから、チャゴス島の敵基地に大砲の弾でも見舞って帰るか……」

と私が語気もあらくいうと、

「いや、この気の小さい司令官では、絶対にそんなことはさせないよ」

と、大野保四先任将校が苦笑を浮かべつつ言った。

出撃してから二十七日目、昭和十八年七月二十三日の夜であった。いつにもまして空は晴れわたり、南十字星が青白くまたたいていた。すこしふくらみをました新月に、海上はさらに明るさをくわえ、視界はしごく良好であった。

先任将校を長とする一直哨戒員が真夜中すぎの当直に立っていた。夜はしんしんとふけてゆく。二番見張りの稲葉利秋上曹が、十八センチの双眼鏡をあやつって、艦首方向からじょじょに左の方へと水平線を追っていた。と、そのとき、眼鏡の視野にぬっとまぼろしのような影がうつった。

「哨戒長、左六十度方向になにか見えます！」

「よし！　オレに見せろ」

先任将校がみずからその双眼鏡にとりついて見ると、月が明るく、視界のよい夜なので、はやくも商船らしい船影が灰色に浮きだした。反航船のようである。

「取舵《とりかじ》ッ、百八十度宜候《ようそろ》！」

すぐさま敵とおなじ方向に艦をむけて、

「伝令！　司令官、艦長に敵発見を告げてくれ。見張りは目標をしっかりつかまえておれ！」

艦が左に回頭するので、目標の方位がぐんぐんと艦首方向に変わり、たちまち右舷にうつった。

「一、三番見張りは、敵船から目をはなすな。その他のものは周囲をしっかり見張れ！」

先任将校の適切な処置が、てきぱきとくだされていった。

さあ、出撃いらい待ちにまった敵船はいま、われわれの手のとどくところにきたのだ。

戦いとは一刻をあらそう峻烈なものだ。機先を制したほうが勝ちである。

「敵発見！　魚雷戦用意！」

と、殿塚謹三艦長は号令をかけた。このところ日常作業の号令しか聞かれなかった私たちの耳には、その声はおそろしく張りのあるひびきであった。

ジジーッ、ジジーッ――という警急ベルの音、乗員の駆ける音、それまで静かだった艦内は、にわかに活気をおびてきた。

「発令所配置よし！」

「発射管室配置よし！」

またたくまに各部の整備が報じられた。

「総員配置よし！」

先任将校の報告をまって、艦長がめずらしく、

「魚雷戦用意！」

と、びっくりするような声で号令をかけた。と同時に、目標が軍艦よりはずっと防御力のおとる商船なので、魚雷は三本だけ発射することが司令官から指令されてきた。

「魚雷は三本射つ。一、四、五番管を発射する！」

と艦長が命令する。

艦橋では、一番望遠鏡に信号長の山口八郎上曹をつけて、じっと暗やみのなかの敵船の動静をうかがっている。敵は一万トン級の大型タンカーの独航船とわかった。南寄りの針路を一直線に進んでいる。

敵は図体も大きく、見張り員も少ない。こちらは姿勢のひくい潜水艦だ。こちらからは敵を充分に視認できても、敵からはまるでわからないのだ。

かねて訓練したとおり、整然と襲撃運動が開始された。まず敵の速力と、針路とを判定することだ。とりあえず敵船から七、八千メートルぐらいの正横に位置し、その距離と敵船の方位角が変わらぬように平行に走る。そうすれば、そのときの私の艦の速力と針路とが、そのまま敵船の速力であり、針路である。

敵針は方位角を見ることによって、わりとかんたんに見当がついた。だいたい百五十度くらいとよめた。つぎは速力だ。

一般にタンカーの速力は十ノットから十四ノット程度なので、はじめ十ノットで走ってみた。すると艦はだんだんおくれて行くので、つぎに十二ノットに上げた。十二ノットでは平行に走れる。そこで敵速は十二ノットと判断した。この間、時間は一時間ばかりですんだ。

敵情の判定を終わって、艦は第一戦速（十六ノット）に増した。

ダダダダッと、急に主機械の力づよい鼓動が腹の底にひびいてきて、われわれの闘志をいっそうかきたてる。

増速と同時に、パッと艦尾に真っ黒な煙がはき出された。これはまずい。暗やみでも、水平線上に黒いかたまりができると、敵にあやしまれる。

「煙が黒いッ、気をつけろ！」

私は思わずどなってしまった。もっともこの勢いは、司令塔の伝令が伝声管を介してつたえるので、だいぶ弱められはした。

まもなく煙もうすれてきて気もらくになった。こんなところで感づかれたら、いままでの苦心も水の泡となってしまうからだ。

暗い艦橋には、艦長、先任将校、酒井利美航海長がつめて、じっと敵船の動きを見つめていた。敵船とても少ない見張りながら、けんめいに夜の海を見張っていることだろう。いままでもできるだけ潜水艦に見つからないようにして、ぶじここまでやってきているのだ。潜水艦は飛行機のように、さっさとコトをかたづけるものではない。わが艦は約二時間かかって、ようやく敵の前程に進出することができた。敵の前方約八千メートルの地点だ。

この間に魚雷戦用意も完了して、発射管員は前部でいまやおそしとまっている。これ以内に近づけば敵に発見される。

「潜行急げ！」の号令一下、満をじした魔術師の姿は、月明かりのある海面からふっとかき消された。

潜航すると、艦はモーター推進にうつる。いままで第一戦速の騒音にがなり立てられたのとは、別世界のような静かさになった。

2　魚雷が出ません！

水中測的指揮官という、いかめしい兼職をもつ砲術長の私は、司令塔のレシーバーをかぶり、聴音器に入ってくる敵船のスクリュー音に、じっと耳をすました。

発射時間のくるまでは、なかなか心配のタネはたえない。ほんとうに敵が予定通り直進してくるであろうか？　もし敵がこちらを発見していたら、途中で変針してわれわれをまいてしまうのではなかろうか？

また、襲撃運動のさいちゅうに潜望鏡でも発見されたらなどと、いろいろ不利な状況がつぎつぎと浮かんでくる。

さいわいに敵はなに一つ知らぬげに、刻々と近づいてくる。軽いリズムにはずむ敵船のディーゼル音が、ここちよく私の耳に入ってくる。

聴音員の岩切兵長がそのリズムをよみとって、敵船の速力は十二ノット付近と知らせてきた。速力も針路も変わらないようだ。その行く手にまもなく、彼らの命運を急変させる海魔が、海中にひそんでまちかまえていようとは夢にも知らないのだ。

艦長はずっと潜望鏡についている。司令塔内は、暗い外界を見る艦長の目をくらまさないように、電灯を消して真っ暗にしてある。

航海長は図板をとり上げ、微弱にした懐中電灯の光で照らしながら、せまい司令塔内で作図をはじめた。水上で測定した敵針、敵速などを書き入れ、もういちど彼我の態勢を検討し、入念な発射データを算定しようというのである。

一方、私自身も聴音のレシーバーに入る敵船の推進器の回転数をはかって、敵速判定の参考にする。敵が五千メートルに近づくころから、水中探信儀（超音波を発信し、敵船からの反射時間により距離を測定する装置）をも操作しはじめて、測距を行なった。目、耳、カンとあらゆる神経を尖鋭にはたらかせて、発射データの決定には慎重を期した。

敵が接近するにつれ、艦長の潜望鏡の昇降が短時間かつひんぱんとなり、緊迫した空気が暗い司令塔に充満して、息づまるようだ。しわぶき一つ聞こえない。

艦長は、潜望鏡による自分の観測と、さきの測定データとを取捨選択して、最後のハラをきめた。

「敵速十二ノット、方位角右九十度。距離千メートル」

艦長のもの静かではあるが、しっかりした声が、りんとして塔内にひびいた。方位盤手の武政芳松上曹が、手輪を操作して、そのデータを方位盤（発射計算装置）のなかへくり入れた。

いまやわれは敵のふところのなかに、充分にはいりこみ、絶好の射点に艦は位置したのだ。

「潜望鏡上げ！」

艦長の目が、潜望鏡の接眼鏡にぴったりとくいついた。潜望鏡は、敵船の移動につれてじわじわと右にまわってゆく。司令塔内にあるものみなが、潜望鏡の動きを追っている。と、潜望鏡がぴたっととまった。つぎの瞬間、艦長がどなった。

「これで射つ！」

「斜進、右三度二十五分！」

すかさず、うってひびくように、方位盤手の武政上曹が応じた。まさに阿吽《あうん》の呼吸である。

「用意！」

艦長の号令に私は息をのんだ。

「テーッ！」

武政上曹の手によって、司令塔発射装置のボタンは押された。ドスーンとにぶい発射音。が、あとにつづく発射音が耳に入ってこない。どうもようすがおかしい。すぐに、発射管室から、

「発射電路故障、発射魚雷一本！」

と魚雷の不発を報じる悲痛な報告が、伝声管からひびいてきた。

「急いで状況調べ！」

といって先任将校が、発射管室にかけて行った。

どうしたというのだ。インド洋にきて、はじめて喰いついた敵だ。あれだけ余裕ある時間をかけて、充分に念入りに準備した魚雷が、われわれの期待にそむくとは……。

三本の魚雷を、三度の開きをもって扇形に走るようにしてある。敵針、敵速の判定に多少の誤りがあっても、どれか一本は敵船に当てようとしたわけだ。それが最初の一本、扇形の左端の魚雷だけでは、敵船への命中公算がぐんとへってくる。

しかし、われわれはただ一本の魚雷に、命中の期待のすべてをかけた。聴音による駛走状況はわるくはない。魚雷が敵船に到着するには四十二、三秒かかる。

だが、いまか、いまかと待つ艦内に、五十秒すぎても、一分がすぎても、命中音は聞かれなかった。やはり一本ではむりなのだ。

だめかッ――一瞬、司令塔や下の発令所には、しゅんとしたため息ともつかぬうめきが聞こえた。艦長はただ、黙したままである。三十秒ばかりが経過した。

「発射電路故障復旧！」

と、いきおいこんだ報告がきた。大急ぎで方位盤をととのえ、残る二本の魚雷を応急発射した。文字通りの追い射ちである。だが、ときすでにおそく、距離も二千メートルになろうとしていた。敵の船尾に向かって走る魚雷に、命中をのぞむのはしょせんむりであった。こんども、ついに命中しなかった。

3 追跡八時間のはて

しかし、幸運にも、わが襲撃は敵に感づかれなかった。日本海軍のほこる無航跡〝酸素魚雷〟のおかげだ。潜望鏡で観測すると、敵は相かわらずおなじ調子で進んでいた。

そうだ。どこまでもこの獲物に喰いついて行くべきだ。ここであきらめてはならない。意地でも、撃沈しなければ……。

「まことに残念だった。もういちど襲撃しよう……」

艦長は、だれに聞かすこともなくいって、再度の襲撃を決意した。

しばらく敵をやりすごしたあと、距離七、八千メートルになるころを見はからって浮上することにした。こんどこそは逃さぬぞ。一同はくやしさに歯ぎしりをして立ち上がった。司令部のうるさい干渉にも、結果だけをもってこたえるのだ。

「潜航やめ、浮き上がれ！」

艦は五度の仰角をとって水面に近づく。

「もう一回、襲撃を決行する」

艦長の令が艦内各部につたえられる。そのとたん、艦に左右の動揺が感じられだした。艦の上部が水面すれすれに出て、うねりにもまれているのだ。

「メインタンク・ブロー！」

ザァーッという音をたてて、高圧空気がタンク内に奔入した。

艦はさらに高く浮き上がったが、右に十五度くらいかたむいたまま、波にゆられている。左右のタンクが均等に排水されていないようだ。いつまでもこんな姿勢ではあぶない。

「ハッチ開け！」

信号長がハッチを開いた。私は彼の尻をつき上げるようにして、艦橋におどりでた。浮かび上がったばかりの艦体が水にぬれて、水玉がおりからの月光にキラキラときらめいていた。なにはおいても、敵船の姿を双眼鏡にとらえることが第一だ。さっそく敵船をさがす。が、なんとしても見つからない。気があせるばかりである。そこで司令塔に向かって、

「敵の方位を知らせッ！」

とさけんだ。すぐに、司令塔から艦長が、

「敵船は左五十度くらいになるはずだ！」

と返事をしてくる。はっとその方向に眼鏡をまわして見ていると、まもなくうすぼんやりと、それらしい影が映じてきた。やっぱり敵船は逃げきってはいなかったのだ。どうやらこの船は、助からぬ運命に魅入られたらしい。

だが、距離はだいぶ遠くなってしまい、船影ももうろうとして、いまにも消えかからんとしているではないか。

ぐずぐずしてはおれない、さっそく追撃にかからねば、敵を見失ってしまう。いつもならたいして気にかからない、主機械が発動されるまでの短い時間が、いやにもどかしかった。

機械がかかると、すぐに第二戦速（十八ノット）が下令された。ディーゼルエンジンの轟音がいちだんと高くなった。艦首がくだいた波しぶきが、艦橋の前壁にいきおいよくバチャーンとぶつかった。月光は艦橋に立つ人びとを青白く照らしだしていた。

明け方ちかくなったせいか、まえよりも気温がかなり下がったようだ。吹きつけてくる強い風が、爽涼としここちがよい。いままでのモヤモヤした不快な気分も、すっかり吹きとばされた。さっぱりとしてもういちど最初からヤリなおしだ。

日の出まえ、明るくならないうちに敵をかたづけたいと、しきりに気はせいた。夜が明けると、敵に発見されるおそれも多くなるし、敵の飛行機にたいしても警戒を厳にしなくてはならない。ひじょうに行動が制限されてくるのだ。

しかし、天地の運行には、寸毫の狂いもなかった。わが艦のささやかな願いをあざ笑うように、はやくも東の空が、ほのぼのと白んできた。壮大な夜明けである。

こうなってはいたしかたない。艦長は、とうとう〝昼間潜航襲撃〟のハラをきめた。そうときまれば、なにもあわてることはない。じっくりかまえて仕損じないようにすべきである。

だが、明るくなっては敵に見つかる。そこでいったん三、四千メートルまでつめた距離を、明るさがまして視界のひろがるにつれ、一万、一万五千メートルと敵を見失わない限度まで、しだいに大きくはなしていった。太陽が水平線に近づいたと見え、朝の光を背景にした敵船の黒い陰影が、いっそうはっきりと水平線上に浮かびだした。

われわれは敵船の船橋や、煙突の上部が水平線上に見える程度の距離のところから、ゆっくりと動静を見きわめた。敵の速力、針路はやはり変わっていない。第一回の観測にまちがいはなかったようだ。だが、なんとしても先刻の発射電路の故障はいたかった。

敵の態勢を見きわめたのち、艦は高速を出していっきょに、猛然と、前程への進出を開始した。優速を利しての進出に、艦はしだいしだいに敵船をひきはなしていった。

準備万端ととのった艦は、まもなく前方約一万メートルの待機地点にたっして、ふたたび潜航した。第一回の発射より、じつに八時間の忍耐を要していた。さいわいその間、敵機の妨害もなく、万事がうまく行った。

4　真っ二つに折れた巨船

いよいよ艦の名誉をかけて、すべてを決する瞬間が近づいた。こんどというこんどは、絶対に仕止めなくてはならない。

司令塔には、司令官、先任参謀が立ちはだかってじっと見まもっている。血色のいい艦長の顔も、血のひいたように蒼白になっている。われわれも艦長の心事を思って、一心に立ちはたらいた。

発射諸元が方位盤にととのえられた。距離は千二百メートル、魚雷は発射後五十二、三秒で命中するはずだ。やがて敵船がやってきた。

「これで射つ！」

艦長のりんとした声が司令塔を圧した。艦内はしゅくとして発射を待っている。電動機のブーンという音がかすかに聞こえてくる。

さきほど失敗しているだけに、その場の空気はやりようのないほど重苦しかった。

「用意！」

「テーッ！」

こんどは二本の魚雷が、ドスーン、ドスーン、と腹にひびく音を残して、つぎつぎと発射されていった。矢はついに弦をはなれたのだ。いまはその矢が敵に、はっしとばかり突き刺さることを念ずるだけだ。

「魚雷、走っています！」

聴音手の報ずる声も上ずっている。

「十秒……二十秒……」

信号長が時計を読んでゆく。私も手をにぎりしめて身がまえた。

信号長が、「三十秒」といった直後、《パチーン！》と小さな音がした。間髪を入れず、《ズシーン！　ガガァーン！》と大爆発音が起こり、艦体がビリビリとふるえている。つづいてもう一つの爆発音。

だが、予想よりもあまりにもはやすぎる。《しまった！》――魚雷の自爆か？　とすると、またもや敵を逃すことになるのだ……。

「潜望鏡上げ！」

だが、艦長はいささかも動じないふぜいで、ゆっくり潜望鏡をのぞいた。その口からどんな言葉が聞かれるか、もしかすると命中しているのかも知れない。私たちは艦長の手もとを見つめた。

「うむ、こんどは命中だ。もう沈みはじめているぞ」

艦長がニッコリ笑った。と、さっそく、

「魚雷命中、敵船は沈みつつある——」

と伝令の財部義夫兵曹が、高らかに艦内につたえた。待ちにまったその言葉であった。

艦長はだまって一言も説明しないが、命中が意外にはやかったのは、必中を期し、思いきって肉薄したためだろう。命中秒時から逆算すると、距離は八百メートルぐらいになる。この一事からも艦長の必中を期した思いが、なみなみならぬものであったことがうかがわれた。

潜望鏡を見つめていた艦長は、敵船の沈む姿を確認して、潜望鏡から身をはなしながら、

「航海長と砲術長、ちょっとのぞいて見ろ」

といった。ちゃっかりした航海長は、遠慮なくすぐに潜望鏡にとりついた。そして、じっと見つめていたが、

「ヤ、ヤ、スゲェや。真っ二つに割れて、ケツの方はもう沈みだした。ホラ、ホラ、アタマの方がぐっとおっ立ってきた」

といって、なかなか潜望鏡をはなそうとしない。ことさら、私をじらそうとして楽しんでいる。

「航海長、おあとがつかえているんですよ。お早くたのみまっせ」

と私はさいそくした。すると航海長は、ニヤリと笑って、ようやく代わってくれた。

私が潜望鏡をのぞくと、船尾は海中に没してすでになく、垂直に立った艦首が、わずかに波間に浮いているのみで、いまにも海中に呑みこまれようとする断末魔の姿であった。船底にぬられたサビ止め塗料の赤い色が、目にしみるようで印象的だ。

おそらく、わが魚雷の命中により、船体は真ん中から真っ二つに折れたものであろう。タンカーであるため重油が流れ出したと見えて、すみ切ったインド洋の水が、一面にどす黒くにごり、おりから照りつける太陽ににぶくかがやいていた。

「潜航止め、浮き上がれ！」

「メインタンク・ブロー！」

艦長はすぐ浮上の命令を出した。敵船を沈めた現場に、いつまでもぐずぐずしていては、敵の飛行機に発見される心配がある。襲撃後の艦内は態勢をととのえる間もなく、ただちに浮上した。

「ハッチ開け！」

ハッチが開けられると、艦内に外気がさっと流れこんだ。そのとたん、司令塔内に重油の強烈なにおいが入りこみ、するどく鼻を刺激した。

艦橋にかけ上がって見ると、さきほど見た船首がまだ、未練がましく、海面すれすれに浮いていた。が、まもなく、艦橋からわれわれが見まもるうちにすうっと、波間に吸いこまれるように消え去った。あとには、あたり一面にバラまかれた一万トンの重油の波が、ヒタヒタと重くゆれていた。

生き残った船員が、散乱するドラム缶や、転覆したボートの上にしがみついていた。これらの姿を見た私は、敵船を沈めたからといって、有頂天にその戦果に酔う気持にはなれなかった。——しかし、これが戦争というものなのだ。

5　緊張の出撃前夜

つぎの作戦にそなえて、ペナン島に入港した伊一〇潜の整備は、着々と進められていった。基地停泊中も黙々として行なわれる地味な整備や、訓練にこそ、潜水艦乗りの生活の実態があるのだ。

照りつける熱帯の陽光にあえぎながらも、汗と油にまみれ、真っ黒になって、きたるべき日にそなえ、魚雷、大砲、機械の手入れを行なう姿が、潜水艦乗りの本来の姿なのだ。

私も砲術長としてもちろん、主砲、機銃の整備などには、つねに細心の注意をはらっていた。

出撃も近づいた八月三十日、せまいペナン港内に出て、不充分ながらも試射が行なわれた。主砲の調子はまずは上々だった。だが、一番機銃だけはどうも思わしくなかった。そこで桟橋に帰ってからも、受け持ちの財部兵曹が、日おおいもない艦橋で、玉の汗を浮かべながら真剣に修理をつづけることになった。

その夜、私は砲術科員の筒井弘、財部義夫、永尾秀弘の三兵曹と、山下政二、水流《つる》良彦の二兵長たちといっしょに街に出て、試射終了後の祝いの宴をはった。あげくのはて酔ったわれわれは、肩を組んで街をねりあるいた。

整備がひととおり終わると、艦内の大そうじが行なわれた。そして在泊一ヵ月の間にたまったゴミも、陸上に持ち出されて艦内はさっぱりした。さて、これからはいよいよ搭載作業である。準備は最後の過程に入ったのだ。

基地隊のトラックで、三ヵ月分の糧食がおくりこまれてきた。だが、艦内がせまいので、いちどにとりこむわけには行かない。それでもほかにやり場がないので、まずは上甲板にどんどん持ち込まれる。そのため、あたりは足のふみ場もないほどごった返している。

これを艦内の空積をみつけては、整頓しながら、ところせましと積み込んだ。相かわらずの缶詰糧食が大部分だ。生糧品はなるべくたくさん積みこみたいが、この暑さでは、とてものこと十日以上はもちそうもない。

基地隊の主計科の心づくしであろうか、これらの生糧品にまじって、竹のカゴに入ったバナナ、パイナップル、マンゴスチンなどの果物が目をひいた。しかし、これとて蒸されるような潜水艦のなかだ。はたして何日もつことであろうか。基地隊作業員の手つだいをうけて、上甲板の混雑も、しだいに片づいていった。

報道班員が、これらの作業のなかを重いカメラやライトをもって飛びまわり、撮影に汗だくになっていた。なにしろ上甲板も、艦内もせま苦しいので、ときによっては、邪魔にさえ感ずるほどだった。

主砲の発射装薬は、ここで大部分が消炎火薬ととりかえられた。これまでの火薬は、夜間射撃のさい、ものすごい閃光を発するので、目がくらんでしまい、その後の照準に困難をきたすからである。だが、この新しい装薬の威力をためす機会に、はたしてめぐまれるであろうか、砲術長の切なる願いが、今度こそかなえられるだろうか？

水雷部員は連日、基地隊の作業場に出かけ、魚雷の調整に当たった。縦舵機、深度機調整、油ぬき作業などに心をこめて、艦の主兵器、魚雷が仕上げられた。

精密な魚雷を調整する苦心ほど生やさしいものはない。魚雷はみずから舵をとり、深度を一定にたもって、四十八ノットのスピードを出して走る機械だ。さらに艦のもついっさいの操縦装置、機関にそうとうする複雑なからくりを、わずか六メートルばかりの円筒のなかにおさめているしろものだ。

したがって、手入れ、調整が不充分だと狂いやすい。たとえば深度機が故障を起こせば、海面に飛び出したり、海中ふかく没入したりして、目標にあたらないということになる。どんな微細な部分でも、いいかげんにあつかうことはゆるされない。

魚雷がうまく走らないと、水雷部員はなにをやっていたのか、と全乗員からうらまれ、ののしられる。それだけならまだよい。もしも襲撃を仕損じでもしたら、ぎゃくに敵の反撃をくって、こちらがやられてしまう。帰ってこない多くの潜水艦は、なにも語らないが、それらのなかには、こうした運命に悲涙をのんだものもあるにちがいない。

日本海軍の誇る酸素魚雷も、開戦初頭はかなり事故が多かった。偏射（所定方向よりそれて走ること）や、冷走（内部の石油に着火せず、圧縮酸素だけで走るので速力がでない）、射点沈没などの故障が少なくなかったのだ。それだけに水雷部員の苦労には、なみなみならぬものがあった。

だが、その後は鋭意改良され、このごろではもう事故はほとんどなく、充分にその本来の威力を発揮していた。

これは、米潜水艦の場合もおなじであった。開戦直後からしばらくは、ずいぶんと『ヘロヘロ矢』がわれわれに向かって放たれたものであった。

調整を終わった魚雷が、魚雷運搬車で桟橋にもちかえられた。それを積み込むのがまた一仕事である。いつもとちがって真剣な顔つきとなった藤田与四郎掌水雷長が、笛を口にくわえ、魚雷をいたわるような手つきで合図をしながら、慎重に積み込み作業をしている。

長さ六メートル、重量が二トンもある大きな魚雷だ。ちょっとでもそのへんにゴツンとぶつければ、せっかく調整したのがくるってしまうかも知れない。精巧なだけにやっかいなしろものだ。

この掌水雷長は、魚雷と取り組んで二十年にもなろうというベテランだ。ピカピカにみがき上げられた魚雷が、前甲板のせまいハッチから、きゅうくつそうにつぎつぎに、艦内に積み込まれていった。

艦内では、この魚雷にサビ止めのグリスを塗り終わると、発射管に装塡される。魚雷一本

が管のなかにおさまるたびに、

「うまく走ってくれよ」

と、一番連管長の梶本清春兵曹と、りっぱなヒゲをはやした二番連管長の竹尾虎猪狼兵曹とが、かわるがわる魚雷の尾部をたたいた。

六本の魚雷は発射管のなかへ、残り一本は、発射管室の両側の架台のうえに、しっかりと固定された。くろがねの重厚なかがやきを見せて、どっしりとした感じの魚雷が何本も横たわっているさまは、近代的な構造美、機械美といったものを感じさせる。

魚雷と主砲の弾をつみこみ終わった艦は、大小を腰にたばさんだ武士にも似て、出陣の心がまえがひとしおつよくひきしまったようである。

これで搭載作業は大づめにきた。さらに一千トンの重油を腹いっぱいにつめこんで、伊一〇潜の出撃準備は完了したのであった。

6　第二戦速で突破せよ

九月二日——待望の日はついにきた。出撃は午後六時ごろと予定されていた。

午前の軽い作業も終わり、昼食の時間がせまったとき、突如として、

「総員集合、後甲板！」

の号令が艦内につたえられた。

きのうまで張ってあった天幕は、今日はすでに基地隊に揚げられてしまっている。灼熱の太陽が照りつける甲板のうえを、乗員が元気よくかけてきて、たちまち集合を完了した。

やがて艦長が、このたびの行動概要と、りっぱな戦果をあげるために、各自の最善の努力を期待するむねをかんたんにのべ、「元気でやろう！」と力づよくむすんだ。

ついで先任将校が、行動中の心がまえについて詳細に説明した。終わって先任将校の音頭によって、われわれ全乗員は、

「伊号第一〇号潜水艦万歳！」

と三唱した。意気高らかな乗員の雄叫びは、ペナン港内にひびきわたった。

昼食は門出を祝し、たいへんなご馳走だった。それがテーブルの上にいっぱいにならべられた。今吉信寿主計兵曹以下、烹炊《ほうすい》員の心をこめた手料理なのだ。みなは司令官から贈られた酒を酌みかわして、おたがいに出撃を祝い、武運長久をいのった。

午後はゆっくり休み、身のまわりの整理の時間にあてられた。最後の郵便物は午後三時にとりまとめ、基地隊からきた公用使に手わたされた。

夕方がきた。艦長以下、新しい防暑服に着かえたわれわれ乗員は、艦橋や上甲板に立ちならび、静かに号令のくだるのをまった。陸上には、市岡寿第八潜水戦隊司令官以下、たくさんの見送り人が正装をして、出撃する潜水艦を見まもっている。

「一八〇〇（午後六時）になりました！」

と山口信号長が艦長にとどけると、艦長は桟橋上の司令官に向かって、挙手の礼をしてから、

「出港用意！」

と、いつに似合わず大きな声で号令をかけた。勇ましいラッパの音が、すずしさをました夕風に乗ってペナン港内に流れた。

「もやい放て！」

いままで静かにまっていた乗員がクモの子のようにぱっと散って、すばやく係留索をたぐりはじめた。電動機がまわりはじめ、艦はじょじょに岸壁をはなれだした。

「帽ふれ！」

先任将校の号令で、上甲板にならんだ乗員たちは、いっせいに陸上の人びとの見送りにこたえた。報道班員も、乗員のなかにまじって、けんめいに手をふっていた。

主機械に切り換えられた力づよいエンジンのひびきとともに、艦の速力が急に速くなってきた。

こうして港内に一条の水脈《みお》を残して、潜水艦はペナンの波止場からしだいに遠ざかって行った。見送りの人びとの姿も小さくなり、やがて艦が大きく左に変針して、島かげに入るとともに見えなくなった。

出港の感激が去ると、その後には、反動的に心にうつろがやってきた。いや応なしに、これからは毎日、艦内百人ばかりの世界にくらすのだ。まもなく、

「わかれ、合戦準備！」

の号令がくだり、またとうぶんのあいだ艦上に出られない人びとは、マンホールをくぐる前に、なお名残りおしそうに、もうひとわたり陸の方向にむきなおり、港の夕景色に目を走らせた。そしてつぎつぎとマンホールのなかに消えていった。

私も彼らにつられて陸の方をふり返った。楽しい思い出を残したペナンの島も、また、その緑のなかに点在する赤い屋根の家いえも、しばしの別れだ。いや、ひょっとすると永久の別れとなるかも知れない……。

合戦準備を完成すると、艦はいつものように試験潜航にうつった。ツリムの調整を終わって浮上すると、わずかの時間のうちに、はや艦には動揺が感じられ、モンスーンの気配がせまってきた。前途はなかなか生やさしいものではなさそうだ。

艦はこのまましばらく、西進のコースがつづく。今夜は敵潜のいる危険海面を、第二戦速（十八ノット）で一気に突破してしまうのだ。

これで約六時間はしれば、ペナンから百カイリほど離れるので、敵潜が潜航して待ち伏せしている心配はなくなる。そして真夜中から原速十二ノットに落としてすすむことになろう。さきの長い行動であるので、いまから燃料の節約を心がけておかなければならないのだ。

約一昼夜はしれば、スマトラ島の北端をすぎ、艦は広びろとしたインド洋に出る。そこから針路二百四十度ですすむ。二、三日はニコバル島からの味方哨戒機の傘下にはいっているが、六日目ごろから、セイロン島コロンボから五百カイリの哨戒圏内にたっし、いよいよ敵地となってしまう。

そして、セイロン島の南方四百カイリぐらいのところを西進し、コロンボからしだいにはなれるとすぐ、またマルダイブ島の飛行哨戒圏にはいる。一日もやすむことのできない警戒の連続だ。

司令官の乗っていたときとちがいわれわれは、セイロン島から七百カイリもはなれるという悠長な航路をえらばなかった。このへんは一日もはやく通りぬけて、一刻もはやく戦果のあがる海面に到達したかったのだ。

こうすれば十日目には、マルダイブ諸島の南方をかわして、その西側に出られるはずだ。それからは敵船のとおる海面となるので、いよいよわれわれの活躍舞台にはいるのだ。

針路西！　艦は一路アラビア海へと、しぶきを上げて快調の進撃をつづけた。そして連日、われわれはインド洋の西南季節風とたたかった。波浪は容赦なくかみつき、インド洋特有の湿気の多い風が、たちまち眼鏡をくもらせてしまう。そのため、見張り警戒もさだかにはできがたい。

ときおり艦橋をこえる怒涛に、艦橋見張員は、流されまいと側壁にしがみつき、波が去るとともにまた眼鏡にとりすがった。行く手にはなばなしい戦果を期待して、じっとたえしのぶ見張員の姿は、私の胸をつよくゆさぶった。

当直を終わって、しばしのいこいをとりにおりる艦内には、一面にジメジメとした空気がみなぎっていた。報道班員は、はじめての潜水艦生活で、しかも初日からインド洋名物のモンスーンにもまれ、そうとうまいったらしかった。しばらくは食事もほとんどとれないようすで、顔色もすぐれなかった。

ペナン出撃いらい七日目に、艦はセイロン島の南東六百カイリにたっし、いよいよ同島の哨戒圏内に入った。この日の天候はきわめて悪く、風速約二十五メートル、波浪の高さは四、五メートルにもたっした。艦が大きく傾くとき、われわれの手が、艦の横を通りすぎる波にとどきそうに見えた。

やむなく艦は、半速（九ノット）に落として難航をつづけた。そのうえ海流も向かい潮であり、はやる心にひきかえ、艦は遅々としてすすまなかった。思いきっていちじ針路をさらに南にむけて進んだ。いったん暴風圏の外に出ようというのだ。

南下して季節風の圏内をはずれたのか、翌日は、前日までの荒天がほとんどおさまり、出撃いらい八日目にして、はじめて青天をあおいだ。

艦内の空気も、いくぶんカラッとしてきた。みんなの顔も、ひさしぶりに晴ばれとかがやいて見えるようになった。

艦はセイロン島の真南に近く、同島へ四百カイリぐらいの最短距離のところを進んでいた。いままでの見張りが、あまりにもみじめだったので好天のもと、その日の見張りは非常にらくに感じられた。私は艦橋に立っていて、われ知らず鼻歌が口をついて出そうになった。

「敵の基地がちかいぞ、対空見張りをしっかりやれ！」

私は、見張りにあたえるこの言葉を、自分にいい聞かせるようにいって双眼鏡をとりなおした。

その日の昼まえに赤道を通過して艦は南半球にはいった。私にとっては、これで七回目の赤道通過となった。こうして海の生活の経験が、しだいにつみかさねられて行くのも、一つの張り合いだった。

赤道通過とはいっても、きびしい戦争のさなか、赤道祭などはもちろん行なわれない。それでも乗員の心に記念すべき印象が残るようにと、私は、

「本艦はただいま南半球に入った」

と艦内へ知らせた。

7　見よ黒いシルエット

出撃して十日目の九月十二日――艦はチャゴス諸島と、マルダイブ諸島の間を通過した。あたりにはところどころスコールが見られ、艦もときどきそのなかに入りこんで進んだ。おなじ水でも海水をかぶるのとはちがって、雨水は肌の表面をここちよく流れた。

まもなく艦は、マルダイブ諸島の南端をすぎるコースをとって、同島の西側に出た。これからはまっすぐにアラビア海に向かうのである。この島の南方三百カイリは、前回の行動でタンカーを撃沈した海面だ。

予定の変針時期になったとき、航海長が時計を見ながら、

「面舵《おもかじ》、三百三十度宜候《ようそろ》」

と抑揚《よくよう》をつけて号令した。艦は右舷の後方に弧状の白波をのこして、ぐーッと七十五度右に回頭した。

「宜候。三百三十度」

操舵長の仮屋園兵曹が、ゆっくりと調子をつけてこたえた。

「艦長、三百三十度に変針しました」

と航海長が報告すると、うなずいた艦長は、

「本艦はただいまより、アラビア海に向かって進撃する」

と艦内につたえ、あらためて、乗員の気持をひきしめた。

これからしばらくのあいだ、この針路でアラビア〜豪州航路上を索敵しつつ、アラビア海に進むのだ。われわれは、出撃十日目にして、やっと獲物が見つけられる海面にたっしたのである。

半径六百カイリのコロンボの哨戒圏はぶじに通過したが、チャゴス、マルダイブの両島がぐっと近くなった。この両島にある飛行場から発進する敵飛行機の出す電波が、そうとう高感度にキャッチされるが、姿は少しも見えない。それだけにかえってぶきみでもあった。

この日の正午ごろ、艦はふたたび赤道を通過して北半球に入った。海はすっかり平穏になり、それから二、三日は楽しい航海がつづいた。まさに嵐のまえの静けさともいうべきか

……。

この静まりかえったインド洋の海原、そして、どちらを向いても、ただの碧い水と空のみが、眼路《めじ》のかぎりつづいた。この空がやがて内地のうえにつらなるのだろうと思うと、年老いた父母の住む故郷がしのばれた。

三百三十度に変針して二日目の九月十四日も、いぜん針路はそのままであった。艦は敵に会わないまま、アラビア海に刻一刻ちかづきつつあった。そこに行くまで、なにごともなく終わってしまうのかと案じられたが、相手しだいであってみれば、それもやむをえない。

私が深夜の当直に立ったその夜は、満月に近い月が、煌々《こうこう》とかがやきわたっていた。涼しい五、六メートルの微風が吹きよせて、熱帯にあることも忘れるような夜だった。舷側にくだける波が、月光にキラキラとかがやいていた。こんなここちよい境地にひたれるときの当直にかぎって、ひにくにもしごく短く感じるものだ。はやくも、

「三直哨戒員交代用意！」

の声が艦内につたえられた。やがて、通信長が艦橋に上がってきて、

「交代します！」

とがなる。その声にふり返り、

「針路三百三十度。両舷強速。異状なし。では願います」

と、申しつぎを終わったが、このままおりるのもおしいような気がして、私は艦橋のすみにたたずみ、すんだ月をあおいだ。しばしそうした後、胸いっぱいに涼風をすいこんで、艦

橋のマンホールをくぐった。

不要な電灯を消した深夜の艦内はうす暗く、ディーゼルエンジンの音だけが単調に、にぶくうなっていた。このほか人影も、当直以外ほとんどなく、艦内はしーんと寝静まっていた。ディーゼルの音には、私たちの耳はすでに麻痺してしまっていて、音の存在を意識しないほどになっていた。

どのくらい眠ったであろうか、突然、ジジーッ！　ジジーッ！　という音が、夢うつつのなかに聞こえてきた。つづいて、

「配置につけ！」という大きな声が、はじめて現実のひびきとなって耳朶《じだ》をついてきた。ねむい目を暗やみにならすひまもない。私は発令所のラッタルをかけ上がって艦橋に出た。艦橋の空気は、いつもとちがって張りつめていた。私はなにか目標をとらえたのだと直感した。艦橋の目はいっせいに前方を凝視していた。いわずして目標は艦首方向にあるのは明らかだ。私も双眼鏡をかまえて、その方向を探した。

見えた！　水平線の一点にこんもりと、黒くもり上がったところがある。その黒いシルエットは、軍艦特有のひきしまった感じではなく、ずんぐりとした鈍角的な感じだ。どうやら商船らしい。だが、ゆだんは禁物だ。べつのところに駆逐艦がいるかもしれないからだ。

艦は慎重に、だが闘志をひめて、じりじりと目標に近づいていった。

そこへ艦長も、先任将校もきびすをつらねて艦橋に上がってきた。そしてじっと双眼鏡で前方を見つめている。ようやく目標がはっきりしてきた。商船だ。ほかに艦影はない。一万

トン級のタンカーの姿が、眼鏡にくっきりと映った。独航船だ！

　すばらしい獲物に、私たちの胸はふくらんだ。

「敵の商船を発見した！」

　哨戒長の大島中尉が、わが直の手柄といわんばかりに、はずんだ声で艦内に知らせた。

「取舵《とりかじ》ッ。九十度取舵のところ宜候」

　と艦長が落ち着いた号令を下した。距離は六千メートル。これ以上突っ込んだら、敵に感づかれるからだ。定針するのを待ってさらに、

「魚雷戦用意！」

　と下令した艦長は、艦橋の横に出て、身じろぎもせず敵船を見入っている。これから襲撃運動が開始されようとしている艦橋は、ぶきみな静寂のなかにあった。先任将校は航海長に後事をたくして、艦内に下りて行った。〝魚雷戦用意〟に万全を期するために……。

8　必殺の雷跡いかに？

　出撃いらい十三日目、とうとうめざす敵船を見つけたのだ。われわれはこの日をどんなに待ちこがれていただろう。

　報道班員がさっそく、カメラや録音機を引っ張りだして、顔をほころばせながらテストを

はじめた。しかしながら、あいにくの夜だ。うまく敵船を仕止めても、撮影のチャンスがあるかどうか。あるとしたら、商船の炎上するときだけだ。なんとかしてよい場面を提供してやりたい。

しばらくは敵の正横付近を平行に走って、例のごとくようすをうかがった。こんどは司令部が乗っていないので、うるさい指示や干渉もなかった。艦の指揮系統は一体となっているので、その動きはじつにすっきりとしていた。これでじっくりと動静を見きわめることができそうだ。

距離はそうとう開いて七、八千メートルはあろうか。だが、月が明るいので、夜とはいいながら目標は、かなりはっきり見える。タンカー特有の線が、細ながい黒いかげを描いて、眼鏡のなかに浮かび上がり、ところどころぼーっと青白く光っている。油を満載しているのであろうか、吃水はぐんと沈んでいる。

速力は約十ノット、針路は南寄り、ほぼ百七十度と判定された。豪州に向かう船なのか。前回の行動で沈めたタンカーと、ほとんど変わらないコースをとっているのも、なにかの因縁か。しぜん、あのときの襲撃とまるでおなじような錯覚におちいりそうだった。

これで敵の態勢は、充分にわかった。

「前へ出よう」

艦長の命令で、艦は速力を上げた。艦は満月の映える洋上を十六ノットで、猛然と敵の前程へ進出を開始した。艦首のけたてる波に月光がくだけ、金波、銀波となって左右両舷にわかれた。

六ノットの速力差は、一時間後に私たちの艦を、予定の待機点——敵の前程約八千メートルに到達させた。そして念のために、もういちど敵の方向と、方位角を測定してから潜航にうつった。

「両舷停止。潜航急げ！」

いままで第一戦速で激動していたディーゼルエンジンが、ぴたっととまった。艦橋の者が艦内に飛びこんだ。司令塔には、急に気がぬけるように静かな一時がきた。と、すぐに艦は深度をまして、敵の前から姿を消した。もう見つかる心配はない。これからさきは、こちらの腕しだいだ、という安心感がわいてきた。

「深さ十八。潜望鏡上げ！」

と艦長は令した。なにはおいても、敵船が予想通り進んでくるか、どうかがいちばん心配だ。

潜望鏡にすいつくようにして、艦長が敵の方向をさがした。だが、見えないらしい。しまった、逃げられたのか……。

さっそく、私は聴音室への伝声管に口をつけ、

「聴音状況しらせ！」

と聞いてみた。

「ディーゼル音。左六十度、感三、しだいに近づいてくる！」

との報告。まず一安心。発見できないのは、潜望鏡の眼高がひくいせいだ。と、このとき艦長が、

「敵速十二ノット、方位角左九十度、距離千メートル。第一雷速（四十八ノット）で射っ！」

と、はやめに手はずをきめた。

司令塔はしんと静まりかえっている。司令部の人たちがつめていないので、じつに広々としている。艦長の襲撃もやりやすいようだ。だれも声を発しない。正面の掛時計の音のみがチクチクと高く耳にひびいた。

ときどきカチャン、カチャンと断続的になる航跡自画器の、しのびやかな低い音が、ジワジワと敵に近づきつつある本艦の姿を、そのままに物語っているようだ。

深度もぴたり十八メートルに保持され、発令所は注排水の音も立てなかった。ときどき、潜舵と横舵が小きざみにあて舵するのが、司令塔の舵角受信器の蛍光を発する小針で読みとれた。

艦長がときどき潜望鏡を上げ、態勢を観測した。敵の進行は予定通りだ。敵が近づくにつれ、しだいに息苦しさがましてきた。聴音も敵のスクリュー音が、急速に艦首のほうに移動しはじめたことを知らせてきた。発射点直前にきたのだ。いままで瞑目してころあいを待っていた艦長がきっと目を見ひらいて、

「よし！　潜望鏡上げ！」

と令した。待ちかねたように潜望鏡につかまった艦長が、ツーッと回ってゆく潜望鏡を、ぴたりと艦首付近にとめた。

「用意！」

操舵長が背を丸めるようにして、舵輪をしっかりとにぎった。艦首がふれ回らないようにするためだ。

「テーッ！」

ドスーン！　ドスーン！　と小気味のよい底ひびきをたてて、二本の魚雷が発射された。

十秒……二十秒……三十秒……。

ウワーンという高速の魚雷音が、聴音用レシーバーをかぶる私の耳いっぱいにひびいて、不安感が私の頭の中をかけめぐった。じっとしていられない。立っている両脚に、しぜんと力がこもった。

バチーン！　ガガァーン！　と一発。ついで二、三秒おいてまた一発とあざやかに命中。大轟音が、潜航中の艦をゆさぶってひびいてきた。それた魚雷はなく、われながらみごとな襲撃だ。敵船の沈没は確実であろう。しばらくじっと潜望鏡に見入っていた艦長が、

「敵船に火災が起こった！」

といって、私たちに潜望鏡をのぞかせてくれた。潜望鏡についてみると、潜航前の小さな敵船の姿しか知らなかった私には、そのかたむきかけた船体が、じつに大きくみえた。

そして、その巨体が、私の艦にいまにもおおいかぶさってきはしないかとハラハラするほ

ど、真近にせまってみえた。船橋付近は、はやくも炎々と燃え上がっている。司令塔の者は、かわるがわる潜望鏡に見入って、目をかがやかせた。そして、それぞれに、

「やァ！　すごい」

　とか、

「でっかい船だなァ」

などと嘆声をあげた。こうして十分ほどの時間がすぎた。

　しかし、海水より軽い重油をつむタンカーだけあって、すぐには沈みそうもない。艦長は、浮上して魚雷によってとどめをさそうと決意し、

「潜航止め。浮き上がれ！　メインタンク・ブロー」

と号令した。

　やつぎばやの号令にも、艦の作業はテキパキと手ぎわよく処理され、まもなく池中の竜は、ぬっと海面にその姿を現わした。

「ハッチ開け！」

の号令をまちかねて、私は信号長を押し上げるようにして、艦橋にとび上がった（砲術長は乗り組み士官中もっとも若輩なので、ハッチを開く信号長についで真っ先に艦橋に上がることになっていた）。

　いつもの習慣で、双眼鏡をあてずに、ぐっと周囲を見まわしたが、炎上中の商船以外、敵影はない。月影は、潜航前と変わりなく、海面に冴えわたっていた。

9　これぞ鉄砲屋の桧舞台

だが、海上の様相は一変してしまっていた……。

なんと、目のまえには、夜空をこがして燃え上がる大きな商船があり、深く水に沈んだ乾舷は、大きく左にかたむいている。

行き脚の名残りをとどめているのか、まだ少しずつ左へ左へと、はうように移動していた。ちょうど仕止められた獣が、まだその神経をピクピクと痙攣《けいれん》させているかっこうだ。

このままではすぐには沈まない。見張員のあとから上がってきた艦長に向かって、私は、「艦長、砲撃させてください！」

とさけんだ。高価な魚雷ではもったいない。砲弾でとどめをさすべきだ。こんなときこそ、私たち砲術科の者の腕を大いにふるうときだ。

「よし、やろう！」

艦長はただちに許可した。しめた！　ついにチャンスはおとずれたのだ。私は艦内に向かって、思いきり大きな声で、

「砲戦用意、急げッ！」

を下令した。はじてめの実戦砲撃に直面するのだ。筒井兵曹以下のはりきりぶりが察せら

れる。

私もすこしアガっているらしい。それをぐっと静めて、敵との距離を目測で判定し、腹案を立てた。距離は四百メートル。こんな近距離ではやっかいな苗頭（左右修正量）、変距（遠近距離修正量）を考えなくてもよい。

たちまち、

「砲戦用意よし！」

と、艦内から元気に応答してきた。筒井兵曹を頭とする砲員たちが、はやりたって、下の発令所ハッチのもとに集まっているのだ。

「砲員上がれ！」

の令で、日ごろからいっしょになって訓練してきた信頼する部下たちが、つぎつぎとマンホールから艦橋に敏捷に姿を現わした。

そして、艦橋から上甲板へどすんと飛びおりるなり、スルスルとリスのように、後甲板の十四センチ砲にとりついた。みなが白鉢巻をしているのが、月の光にくっきりと浮いて見えた。

私の下令した諸元で、砲はくるくるっと、目標に砲先《つつさき》をむけた。

「目標よし！」

筒井射手のするどい声。彼がのぞく照準眼鏡のなかに、目標をとらえたのだ。私は、

「船尾機関室をねらえ！」

と指示して、

「艦長、射撃開始します！」

と、とどけた。艦長が片手をあげて了解の意を表わしたのを見て、私は思いきり大声を出した。

「撃ち方はじめ！」

私の生まれてはじめての、晴れの号令ともいうべきものであった。

ダァーン！——と一発、初弾は放たれた。距離は四百メートルしかない。もちろん命中だ。ぱっと敵船の機関室舷側に炸裂の閃光が走った。

ダァーン！　ダダァーン！

つづけざまにもっぱら、機関室下方の水線付近に、焼夷弾をツルベ打ちにおくりこんだ。ペナンで積んだ消炎火薬のおかげで、発砲時の閃光はほとんどじゃまにならない。

命中すると同時に、舷側にポカッ、ポカッと気持のよいくらい穴があいた。と、その穴から紅蓮の炎がメラメラッと、悪魔のような舌をのぞかせはじめた。

焼夷弾の威力は大きかった。一発ごとに火勢が熾烈となり、パチパチ、バリバリと燃え上がった。

敵船はしだいに沈下の度をました。洋上は、昼かと思われるほどの明るさとなった。あたりがこうこうと照り映えて、悽愴の気がただよってきた。

ころはよしと見た艦長が、

「映画を撮影する。報道班員、上がれ！」

と指令した。めずらしい号令だ。もうこうなったら、ふつうの火事場とおなじだ。敵の飛行機のこともわすれて、銃後へのオミヤゲを用意するのだ。

やがて手に手に七ツ道具をたずさえた報道班員が、艦橋に現われた。白い艦内帽のあごひもをかけて、目は異状にかがやいていた。

「上甲板はすべるから、気をつけてくださいよ！」

艦橋から上甲板におりる報道班員にむかって、先任将校がどなった。報道班員たちへの思いやりだ。

上甲板におり立ったカメラマンたちは、炎上する敵船や、連続発射する大砲、砲員にカメラを向けた。一瞬の遅滞もなく、カメラはいそがしく操作される。かねてよりねっていたプラン通りにやっているのだ。

そのカメラマンの横顔には、寸分のゆるみもなかった。

私はこの人たちの真剣な姿を見て、その日ごろからの願いに、少しでもそうことができていくぶんか、心の重荷が軽くなって行くのを感じた。

一万トンの油が燃え上がるもうもうたる黒煙は、中天に高く立ちこめた。その峰が、おりからの満月に照らされて、ほの白く光っていた。

生死の運命をかけ、人間と人間とが相争う戦場を、月はなにごともなかったかのように、無心に悠然と見おろしていた。

この間にも約三十発の砲弾は、たちまちのうちに撃ちつくされていた。ようやく沈下の度を深めた敵船の上甲板を、白い波が洗いはじめた。

そのために、さしも強烈だった火勢も、こんどはぎゃくにしだいにおとろえてきた。

終局が近づいた。

潜水艦の保有する砲弾の数は、百二十発だ。放置しても沈む艦に、これ以上、撃ちこむのはもったいないので、

「撃ち方やめ、要具おさめ!」

を令した。

「敵の商船を撃沈した」

と、艦内につたえる司令塔伝令の声もはずんでいた。

こうしてわれわれは出撃十三日目に、初の凱歌を、インド洋の真ん中においてあげることができたのであった。

やがて艦は、前進原速をかけ、じょじょに現場から離脱を開始した。

おとろえた火勢ながら、さびしく燃えつづける余じんが、だんだんと艦の後方で小さくなっていった。

月が、空をおおう黒煙にさえぎられ、暗さをました。

船を下りて避難した敵船員のボートの灯火であろうか、波間に見えかくれする光が、一つ、二つ、暗い海上に残っていた。

10　敵は反航の商船だ！

飛行偵察を終えた二十三日、夕刻に浮上した伊一〇潜は、アデン海湾を東へ向けてひた走りにはしった。艦の進路は八十度。艦首のけちらす波しぶきは高く上がった。いやな偵察任務から解放された艦は、これからいよいよ、私たちインド洋部隊の本領を発揮すべく交通破壊戦にのぞむのである。交通量の多いアデン海湾を思うぞんぶん暴れまわって、敵船をできるだけ多く沈め、そしてビルマ・マレー方面に対する敵の圧力を減殺するのだ。

私は深夜の当直に立った。間もなく、九月二十三日は終わろうとしていた。思えば、この方面の海は、魚雷艇、哨戒機、敵潜などにおびやかされる苛烈な南太平洋の戦場にくらべると、まだずっと気らくな〝猟場〟とさえ呼んでいい戦場であった。

暗黒だった四周も、さきほどから東の水平線がわずかに赤くなりはじめ、やせほそった月の上端が現われてきた。それにともなって、水平線の赤みがいちだんとます。だが、それは不気味ささえ感じさせる赤さであった。内地や太平洋では見られない異様な月の出――私は、わが身がはるかアラビアという幻想の境にあることを、異常な感動をもって、またも思い知らされたのであった。

私が、しばし見張りをわすれて月の出の光景に見とれていると、ちょうど三日月の下端直下の水平線上に、けし粒ほどの微小な黒点が、突出しているのに気づいた。なんだろう？　その方向に島はないはずだ。とすると、めざす敵船か。それともわれわれを捜索にきた敵艦か？

「右二十度のところ、ヨーソロ」

「両舷前進強速」

なにはともあれ、その黒点に近づいてたしかめることが必要だ。航海長は艦首を目標に向けるとともに、速力をあげることを指令した。つづいて、

「伝令ッ！　艦長に、百度方向に船影らしきもの発見、ととどけてくれ！」

とさけぶ。私は見張台をとび下りて、十八センチ望遠鏡にとりつく。

艦が近づくにつれ、レンズの拡大された視野のなかに、明るい水平線を背にした黒影が浮かび出た。じっとひとみをこらして見ると、軍艦とはなにかちがったもっそりとした感じ——前後部にマストが一本ずつそびえていて、見たところ苦手とする敵の哨戒艦艇ではないことはたしかだ。まさしく待ちこがれた敵船のシルエットである。

好餌！　じっと双眼鏡をすえて動静を見つめると、敵船はこちらに向かって近接してくるようだ。艦長が司令塔に上がってきて、七倍双眼鏡を目にあてた。私が、

「艦長、敵は反航の商船であります！」

と報告すると、大きくうなずいた艦長は、

「魚雷戦用意急げ、魚雷は三本射つ！」

と、いつものように落ちついた命令をくだす。

目標が反航する船なので、ことは急がなくてはならない。距離は七、八千メートルくらいか。とすれば、敵速十二ノットとして、敵船は本艦の位置に、二十分そこそこで到達する。そこでわれは、十二、三分のうちに敵の態勢を観測して、魚雷発射の準備を完了しなければならない。

近づくにつれ、いままでうすぼんやりとした黒影が、肉眼にもしだいに商船らしい全貌をはっきり現わしてきた。スマートな船橋をもった新型の貨物船だ。総トン数は七、八千トンくらいと思われた。速力も近接状況から推算して、十二ノットより速いようだ。いよいよ準備を急がなくてはならない。

「魚雷戦用意はまだか」

と催促する艦橋に、

「あとしばらくかかります」

と答えがとぶ。うかうかすると逃がしてしまう。艦橋の私たちは気がせいて、とてもじっとしておれない。まもなく眼鏡のなかの映像は、さらに鮮明になってきた。

これ以上ちかくなっては、水上に浮かんでいるわが伊一〇潜の艦影を、敵に発見されるおそれがある。そうなったら逃がさないまでも、しまつするのに大変だ。開戦後二年ちかい現在では、商船といえども、ほとんどの船が相当の武装をしている。やはり潜航にうつるべき距離である。

いぜんとして、「魚雷戦用意完了」の報告はまだこない。だが、もはやこれ以上の猶予はできないのだ。やむなく艦長は、「両舷停止、潜航急げ！」と令する。

見張員の艦内に突入する音、いそがしそうに回る潜横舵の電動軸のゴロゴロという音、発令所で負浮力《ネガチブ》タンクを排水するザァーッという音などが入りまじって、艦内は喧噪のちまたと化した。

やがて、三十メートルの深度に落ちつくころ、艦はようやく静寂をとりもどしていた。

「魚雷戦用意よし！」

やっと待ちかねた報告がきた。

「戦闘魚雷戦！　発射管注水！」

この一瞬を待っていた艦長はおり返し、つぎの発射準備を指令した。つづいて司令塔の信号員へさけぶ。

「深さ十八、夜間潜望鏡上げ！」

信号員が、潜望鏡昇降用モーターのスイッチをパチッとひねる。潜望鏡はぐんぐんと艦外へのびていく。

と、艦長がのぼりきった潜望鏡にとりついた。潜望鏡の把柄《ばへい》をにぎった艦長の面に、ありありと安堵《あんど》の色が浮かんだ。気をもんだ襲撃態勢が、ようやくととのったのである。

「取舵《とりかじ》ッ、二百五十度宣候《ようそろ》」

それまで、敵船左前方に潜航していた艦は、敵針と平行に変針した。これで間合いをたもち、敵の方位の変化をみながら、最後の発射コースに突っ込む時機をうかがおうというのだ。

すでに聴音器にも敵船のシャッ、シャッというスクリュー音が、はっきりと入っている。

さいわい敵は之《の》字運動もせず直進している。すぐ眼の前のやぶかげに、伏兵がいまにも襲いかかろうとしているのを、まったく知らないのだ。

11　必殺の水上発射

「前扉開け！」

発射管の扉がひらかれ、高圧空気を送ると、魚雷はすぐにも飛び出すばかりになった。

聴音器にはいる敵の推進器音が、次第に艦尾方向から艦首方向に、急速にせり上がりはじめた。

「面《おも》三十度、両舷強速。九十度面舵《かじ》のところ宣候」

艦長は、最後の発射コースに向かって回頭を命じた。私のすぐ横にある速力受信器の螢光をぬった指針が、四ノット（水中原速）から、すーっと上がって六ノット（強速）をさした。

大角度の転舵で艦体は右に十度ほどかたむく。この傾斜が発射直前の緊迫感をいっそう盛り立てた。

ブーンとひときわ高くなったモーターの音、ザワザワと水中をかきまわすスクリューの音、これに反し、発射管室はしんと静まり返っている。暗い物音ひとつしない司令塔のなかで、従羅針儀の螢光板がくるっくるっと回った。艦は槍のサヤをはらって、ジリッ、ジリッと敵に向かってふみ出していった。

「宣候、三百四十度」

操舵長の声がやみのなかにひびいた。艦首も射線方向にすわった。

「両舷原速、潜望鏡上げ！」

発射直前をむかえた艦長の、最後の観測が慎重に行なわれた。

「潜舵下げ舵いっぱい！」

突然、発令所の先任将校が叫び声をあげた。見ると、深度計の針が深さ十七メートルをさしている。これはいけない！　この深さでは、潜望鏡は二メートルも水上に突き出すのだ。潜望鏡の筒の太い部分で波を切っている！　その波で夜行虫が光って、敵に見つけられたら大変だ。一同がどきっとした瞬間、艦長のつぎの号令ですくわれた。

「潜望鏡おろせ、両舷第一戦速！」

だが、距離がすこし遠いらしい。すこしでも距離をつめようと、艦長は水中ではめったに使わない第一戦速（七ノット）を下令した。とたんに艦体の震動がはげしくなった。艦橋付近でなにかがカタカタカタと鳴りだした。水防双眼鏡の架台であろうか。

「敵速十三ノット、方位角左七十度、距離千メートル。斜進零で射つ！」

最後の断はくだった。方位盤手がぬかりなく復唱して、くるくると方位盤の小ハンドルをまわし、データを注入して、照準角を算出する。

「両舷原速。潜望鏡上げ!」

艦長のまわす潜望鏡が、照準線にぴたりととまった。信号長が、すかさず暗い懐中電灯でこれを確認した。

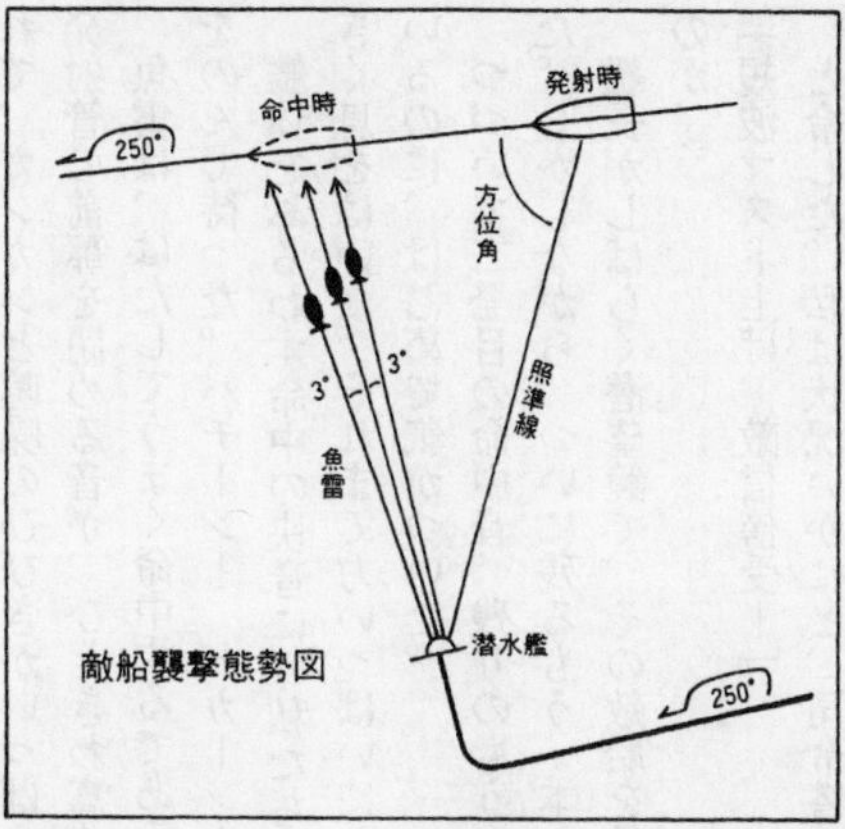

敵船襲撃態勢図

「照準角よし!」

敵船が潜望鏡視野の真ん中にはいるのを待ちかまえて、艦長の声がとぶ。

「用意!」

司令塔内の者、すべての目が、艦長の黒い姿を凝視した。

「テーッ!」

ついに、槍はやぶのなかから力いっぱいくり出されたのだ。ドスーン! ドッスーン! 艦体をゆさぶって、三本の魚雷が三秒おきにつぎつぎと発射された。

たちまち、私のかぶる聴音器のレシーバーに、敵船のスクリュー音と、魚雷の駛走音とが入り乱れて、ガンガンと喧噪のひびきがいっぱいとなった。その横合いからギギイッ、ガチャンと発射管の前扉を閉める音が、ひときわ高くはいってきた。

魚雷は、はたしてうまく命中するであろうか。十秒……二十秒……三十秒……私たちは息をのんで待った。バチーン！　ドカーン！　一発命中だ！

艦体をふるわす命中の快音に、私たちは、「やった！」と歓声をあげ、つぎにフーッと大きく息をはいた。それまで力いっぱいにふみしめていた脚が、筋が痛くなるほど引きつっているのに、はじめて気がついた。

つづいて二発目の命中音。残りのもう一本はどうか、私たちは耳に全神経を集中して待った。しかしながら、ついに残るもう一本の命中音を聞くことはできなかった。

艦長がしばらく潜望鏡で、その敵船を見つめていたが、すぐに沈みそうな気配がなかったのか、

「短波マスト上げ、敵信傍受！」

と令した。私は状況いかにと、司令塔のすぐうしろにつづく電信室をのぞきこんだ。吉田作市電信長以下三名が、受信器のダイヤル目盛りをくい入るように見つめながら回していた。と、万国共通の遭難電波〝五百キロサイクルの電波〟をさがしていた電信長の持つ鉛筆が、いそがしそうに受信紙の上を走りだした。

「敵はＳＯＳを連送しています！」

と電信長の声、私が受信紙をとって見ると、敵船はアデンの無線局を呼んで、ＳＯＳを連

送している。さらに電信長は、遭難地点と船名を知ろうと待ちかまえていたが、しだいに電文が支離滅裂となり、意味も読みとれなくなって、しばらくすると、その送信もやんでしまった。よほどあわてたのか、それとも無電機でも故障したのか。

しかし、位置は解明されないとしても、せまいアデン海湾のなかの出来事だ。SOSの電波が発信された以上、一刻もぐずぐずしてはおれない。魚雷を二発もくっているので、いずれはこのまま沈むかもしれないが、さらに雷撃か砲撃かをくわえて、沈没を確認し、はやくこの地点を遠ざかるべきである。

「潜航やめ、浮き上がれ、メインタンク・ブロー!」

艦長の号令で、艦はただちに浮上した。

ハッチを開けて出て見ると、すぐ目のまえに狼の一撃によって、急所をひき裂かれたえものが蹌踉《そうろう》としてただよっていた。

わが大砲でもとどめをさせると思われたが、ここはアデンの南東六十カイリ、それに敵はすでにSOSを発信しているのだ。処分に時間のかかる大砲などを撃っていては、あとが危険だ。

おしいけれども、もう一本とどめの魚雷を発射することにきまった。それも、水上発射で、ゆうゆうとしとめようというのだ。

艦はもういちど大きく孤を描いてまわり、発射態勢をととのえ、魚雷の準備をまった。さきほどは六門の発射管のうち、三門だけを発射したので、つぎに射つ一本の魚雷は、すぐに発射用意が完了した。

「両舷強速！」

必殺の魚雷をかかえ、一直線に敵船めがけて突撃が開始された。艦が強速になったので、向かい風がにわかにつよまり、胸元からはいった風が、防暑服の背中をふくらませた。潜航中の暑さにベットリと汗をかいて肌にまつわりついていた上衣が、さらっと肌からはなれ、涼味が腹のあたりまでしみこんだ。

目標が眼鏡のなかに、ぐんと大きくなってくる。目のまえには傾いた敵船が、廃墟のような姿を大きく横たえている。

だが、いまは灯火ひとつすら見えない。

艦橋では艦長以下、だれひとりとして声を発しなかった。十数個の目はいっせいに前方を凝視している。ついには目標が七倍の眼鏡いっぱいとなったころ、艦長が腰を落として、司令塔ハッチに向かって号令をかけた。

「用意！」

目標は直前にせまった。もう距離は千メートルをわっている。

「テーッ！」

司令塔の武政上曹が、力をこめて発射ボタンを押した。

「面舵いっぱいッ！」

どうじに艦は、右に大きく転舵した。ザワザワという白波が、後方に大きくひろがってゆく。

水上航走の騒音に消されて、潜航中によく聞こえる発射音もまったく聞こえてこなかったが、魚雷のスクリューに刺激されて夜光虫が蛍光色に光る尾を長ながとひいて、魚雷はすいこまれるように、みごと敵船の機関部に命中した。

たちまち青白い一本の水柱が五、六十メートルの高さに立ちのぼった。つぎの瞬間、一面の水煙に、なにもかも見えなくなった。

しかし、すぐに水煙はサーッと音もなくはれ、あとには仰向《あおむ》けに屹立した敵の船首が、わずかに浮いているだけであった。

やがてそれも、暗い千ひろの海底にすーっと引き込まれて消え去った。この間わずかに十数秒、あっという間の出来事であった。

電信符号の乱れた敵信傍受文のなかから、電信長が苦心してひろいだした〝WMNY〟の船名符字をもととして、国際船名簿をくってみた。

だが、船名は名簿に載っていなく、最近建造されたものらしいと推定された。そして、符合の種類から、敵船はおそらく七千トン級リバティ型の米国貨物船であろう、と見当がついた。

アデン港は近い。こんなところにぐずぐずしていては危険である。さっそく、もとの針路八十度にもどった艦は、スピードを強速に上げて東進を開始した。これで残る魚雷は十本となった。

12　遠ぼえする海狼一匹

出撃二十五日目、私たちは九月二十六日をむかえていた。飛行偵察もすでに三日前のこととなり、艦はすでにアデン海湾のなかほどを通りすぎた。

夕刻、ちょうど日没までの二時間が、私の当直時間に当たっていた。今日はとうとう敵に会えないのか、変化のない司令塔当直に、いつしか眠気をさそわれがちであった。

朝がたに潜航してからすで十時間以上もたち、艦内の空気はかなりにごっていた。刺激がないために緊張もゆるんだのか、手足までだるく感じられた。

「露頂観測をやろう。砲術長、発令所に行ってくれ」

と航海長がいうので、私は潜航を指揮するため発令所へ下りた。

艦の潜航状態はきわめてよく、深度計の指針は深さ三十メートルでぴたりとまっていた。潜舵、横舵とも、舵角はゼロ度付近よりほとんど動こうとしなかった。そのとき、当直の聴音員が、

「集団音らしきもの、感二、左八十度！」

と緊張した調子で報告した。私の眠気は一度にけし飛んだ。すぐに艦長のところに知らせるとともに、冷却器をとめ、聴音がよくできるように指令した。

いちはやく艦長が司令塔にやってきて、艦の深度を浅くした。先任将校も発令所にきたので、私は司令塔にもどった。

潜望鏡を上げていた艦長は、それをおもむろに音源の方向に向けた。とたんに、

「おッ、船団が見えるぞ！」

と、目をかがやかせていった。私はとっさに聴音レシーバーに耳を当ててみた。聞こえる——ザック、ザックという集団音が耳朶《じだ》をゆすぶって、重量感のあるひびきをつたえてきた。

「残念ながら、この態勢では襲撃はむりだな」

と艦長はいう。これを聞いた私は、全身の張りつめた力が、一時に抜けるのをおぼえた。

「ちょっとのぞいて見ろ」

と艦長がいうので、待ってましたとばかりに、私は航海長についで、潜望鏡に飛びついた。

いる、いる——一隻、二隻……四隻の商船が二列に、長方形にならび、その左右に大型駆逐艦が各一隻、小型哨戒艇が前方に二隻、後方に一隻、がっちりとかためている。よほど重要な船団らしい。距離は一万二千メートルくらいか、整然とした隊形で西航している。たぶんスエズ運河に向かっているのであろう。

だが、おしいことに、方位角はもう八十度になっている。いまからむりをして接触してみても、八千メートル以内に近づくことは不可能である。

商船はいずれも大型優秀船ばかりだ、そのうちの二隻は、わが浅間丸をもしのぐほどの、二万トンは充分にあろうと思われるすばらしい貨客船だ。まったく潜水艦乗りとしては、垂《すい》

涎《ぜん》を禁じえないものであった。

なんとしても襲撃できないものか……残念ながら、水中三ノットの速力では、もはやいくらもがいても、距離はひらく一方であった。

これというのもやはり、この海の聴音状況が非常に悪いせいだ。こんな大型商船の集団音が、やっと一万メートルまでこなければ聞こえないとは、よくよくの海だ。これがソロモン方面なら、優に三万メートルくらいから聴音に入るはずなのに……。

敵船の移動速度、聴音にはいるリズムなどから推しても、敵速は十五、六ノットはあろう。商船としては速い方だ。みるまに方位角は落ち、距離は遠ざかっていった。だが、いまは唇をかんで見送るだけであった。

ただ、いったん敵をやりすごしたのち浮上して、夜になって追い討ちをかける手が残っている。しかし、この高速の敵を追撃して襲撃するには、そうとう長時間を要するだろう。あまり湾内奥まで深追いすると、今度は帰りの燃料が心配となってくる。

ついに襲撃は断念された。もしこれが私たちの帰路とおなじ東航の船団だったら、どこまでも喰い下がって襲撃できるのに……。

「チェッ、おしい船だなァ……」

と舌打ちする信号員に、航海長が、

「ここは船の往来の多いところだから、すぐにまた船団にぶつかるよ」

となぐさめた。

逸した魚は大きいというけれども、この船団はどの船をとっても、目をみはるようなしろものであった。

大型船の中央に、白く塗られてそそり立つ船橋は、おりから夕陽に白銀色にかがやき、まぼろしの世界に浮かぶ城郭を思わせた。

潜望鏡をにらんで、海面下に切歯扼腕する私たちを尻目に、重々しい推進器の音をひびかせながら、敵の船団は、夕映えの残る水平線のかなたに没していった。

13　爽快なりインド洋

二十八日の夕刻、艦はイタリア領ソマリランド北方沖合に浮上した。南方には、アフリカ大陸の山々が、暮れかかる夕やみのなかに、うすズミ色につらなっていた。

今夜は、アフリカ東端のソコトラ島のあいだを通り抜け、いったんアフリカ東岸に出て、報告電報をすませようというのだ。

それに楽しみがもう一つあった。アデン湾内に入ってから、すでに十日となり、われわれの身体も、この蒸風呂のような暑さにまいりかけてきたときであった。今夜は、この湾内を抜け出て、ひさしぶりに外海にでられるのだ。砂漠の熱風もなくなり、夜の外洋を吹く涼風を満喫することができよう。

日没のあと約一時間走って、艦はアフリカの東北端、RAS・ASIR岬に近づいた。この岬をかわせばインド洋になるのだ。突端の灯台がはっきり見えてきた。灯台は、水路誌に記載された通りの光を平時と変わりなく、忠実に点滅していた。

やがて、また一時間ほどがたって、艦はソコトラ島とアフリカの大陸の間を通り抜けかかった。その間には、ソコトラ島までに他に二、三の島があり、見るからに浅瀬のありそうな場所であった。めったに船も通らないようなところだけに、ことさら気味が悪かった。こんなところに座礁したらおしまいだ。

といって、ソコトラ島の外側を回っていては、大回りとなって、今夜中に電報を発信することはできない。先を急ぐ私たちは、そんな悠長なことをしておれないのだ。

艦は、真っ暗のなかを測深儀をたよりに、速力を九ノットに落としてこわごわと進んだ。さいわいにも水深はそうとうあって、心配したほどのこともなく、ぶじ通過することができた。

アフリカ東北端をかわしたとたん、急に風波が強くなり、艦の動揺が感じられだした。じつにその変化がはっきりしている。この十日ほど、いつもベタ凪の湾内を進んできたせいか、それが、ゆりかごに乗ったように気持よく感じられた。

それにもましてありがたいのは、艦橋に吹きつける外洋の爽涼たる風だった。しかし、艦橋勤務の者だけがこれを独占するのは、まことに申しわけなく思われた。艦内に苦悶する他の大勢の人びとにも味わってもらいたいと思ったが、この戦況下ではどうにもならないことであった。

14　運命をかける大冒険

出撃後はやくも一ヵ月、十月の声をきいて、まだ二隻で足ぶみしている戦果に、ようやく焦慮の色がこくなってきた。なんとかしてもう二、三隻はしとめたいと、えものをもとめつづけた。この連日の見張りで、みなの目はいちように血走っていた。

十月二日——艦は湾内東寄りの地点に潜航し、いつものように聴音哨戒をするとともに、聴音状況が悪いので、潜望鏡見張りに重点をおいていた。

午前はなにごともなく終わった。その日の午後もかなり回ったころ、私は司令塔で当直に立って、三十分ごとに潜望鏡を露頂しては見張りをつづけていた。

空は晴れ、めずらしく視界がよい日であった。はるか南方には、アフリカ大陸イタリア領ソマリランドあたりとおぼしき陸影が、うすぼんやりと見えていた。

つぎに潜望鏡をぐるっと回して、北の方に向け、アラビア大陸は見えないだろうかと眺め入っているとき、ふと水平線上に、ほんのちょっとしたカスミのようなうすいくもりがあるのが目にとまった。不審に思って、じっとこれを潜望鏡でつけていると、しばらくしてなにもなかったように消えてしまう。

気のせいだろうか、潜望鏡のくもりか、それとも長い行動で視力がおとろえたための幻覚であろうか。私は新しいガーゼをとり出して、潜望鏡のレンズをきれいにぬぐい、もういちど念を入れてのぞいてみた。やはり、なにかモヤモヤしたくもりが、水平線の向こうにあるようだ。私はひとまず、下の艦長室で休んでいる艦長に、

「左三十度方向に、なにかいるようです」

と伝令を通じてとどけた。

すると艦長、航海長がすぐに司令塔に上がってきて、交互に潜望鏡について見た。どうもはっきりしないが、水平線のようすがおかしいことは事実だ、ということになり、艦長が、

「とにかく近づいて見よう。両舷強速！」

と増速を下令した。強速の震動が、ひとしきりせわしく艦をゆさぶった。

しばらくして艦はふたたび微速に落として、高く潜望鏡を海面にのばした。と、潜望鏡を見つめていた艦長が、

「煤煙が見えてきたぞ、よくこれを見つけたものだな。若い者はやっぱり目がいいよ」

と明るく笑った。塔内の者がみんな私を見たので面はゆかった。航海長がニヤニヤしながらいった。

「そう、砲術長は若いですからね」

その酒井航海長も、私より二年先輩でしかないのだ。

やはり敵だった。司令塔の空気は、航海長の揶揄《やゆ》に一瞬なごんだが、すぐまたひきしまっ

た。もっと近寄って正体をつきとめようと、艦長はふたたび潜望鏡をおろして強速に上げた。

十五分ばかりして潜望鏡をあげたとき、初めて船影が見えた。商船らしいマストの先端が一本、水平線にはっきり突き出している。距離がつまるにつれ、後部のマスト、船橋、煙突と、敵はしだいにその全容を現わしてきた。すこし旧式であるが、七千トン級の貨物船である。煙突からうすい煤煙を後方にたなびかせ、敵船は西に向かって走っている。おそらく石炭をたく船なのであろう。

「煤煙というものは、ずいぶん遠くから見えるものだな」

と、敵船を見に上がってきた先任将校が感心していった。

「そうだね、気をつけなければいけないよ」

と、艦長がそれとなくみんなに注意をあたえた。

私たちの艦も主機械の起動時に、よく黒い煙を出すのがかねてから気になっていたが、これほど遠くから見つけられるものかと、意外な視認距離におどろくとともに、そら恐ろしい感じさえともなった。

いよいよ待ちかねたえものは、わが眼前に現われた。私は、すぐにも魚雷を見舞ったらと思ったが、艦長はあせらなかった。まだ、敵の動静もよくつかんではいないのだ。

日没は間近にせまっていた。このとき艦長の号令が、りんとして司令塔にひびいた。

「敵発見、魚雷戦用意！」

その号令を伝令が、各室への伝声管へさけび終わると、つづいて、

「日没後、浮上して襲撃する！」

と艦内に伝えた。

そしてそのまま潜航をつづけ、いったん、敵船を夕暮れの残映のかなたに見送った。わずか一メートルの眼高しかない潜望鏡からは、敵船のマストの先端は八千メートルぐらいの距離で見えなくなった。

われわれは、潜航中にすっかり魚雷の準備もととのえ、軽い食事をすませて、静かに夕やみのせまるのを待った。やがて海上にうすズミ色の夕やみがおとずれ、波頭もはっきり見えなくなるころ、艦は敵の後方一万五千メートルのところに、ヌッと浮き上がった。敵船はすでにそうとう前方を走っている。しかし、暮れのこる西方の水平線の明るみに、敵船の姿はくっきりと浮かび上がって見えた。

「両舷前進強速！」

いきなり強速をかけて、艦はただちに追跡を開始した。いつものようにひとまず敵の横に出て敵針、敵速を測定し、それから前方に進出し、襲撃に移るのである。

まもなく、海上はまったく夜のとばりにおおわれて、いちだんと暗さをました。だが、本艦の数個の眼鏡は、しっかりと敵船の黒い影をとらえて放さなかった。

艦の速力は十四ノット、敵船は十ノットかそこらのボロ船である。速力のへだたりはおうべくもなかった。こうして追う者と追われる者の距離は、刻々とちぢめられていった。

月はまったくない夜であった。アデン湾にはめずらしく、かなりの波が立ちさわぎ、ところどころにスコールをはらんだ雲さえ、ひくくたれこめていた。視界は非常に悪くなってきた。

旧式の敵船のことだから、速力もたいしたものではない。すぐに追いつきさえすれば、いっきょに勝負をつけることができると思われた。

しかし、敵の正横に位置したが、極度に悪い視界に妨げられ、敵の動静がどうしても正確につかめないのだ。敵船がスコールの下に入ったときは、ともすれば見失いそうになる。それに、ときどき大きく態勢がかわるのは、どうしたことか。

よくよく見ると、どうも敵はそうとう大角度のジグザグ運動をしているようだ。これはやっかいなことになった。変針の間隔は比較的大きく、十分ごとくらいとわかった。敵船も煤煙をはく独航船の不利を自覚して、極度に警戒しているのだ。

だが、距離はどのくらいあるか、方位角は何度か、いくら観測しても、魚雷発射に必要なデータがはっきりつかめなかった。こんなことでは、いつまで追ってもきりがない。はじめ商船となめたのがあまかった。あせりの気持はつのるばかりであった。

夜間水上襲撃の経験のない私たち若い士官は、これからどうしたらよいのかととほうにくれ、暗い艦橋にだまって立っている艦長を見やった。それまで、じっと敵に双眼鏡をかまえて見入っていた艦長が、このときはじめて断をくだした。

「いま敵が変針した。思いきって突っ込もう。両舷前進強速！」

いったん原速十二ノットに落としていた艦の速力が、強速十四ノットに上げられた。ひとしきり強く吹いてきた風に、強速のスピードがくわわって、右舷の方から横なぐりの風が当たった。まばらであるが大粒の雨が、われわれの頰を痛くなるほどたたいた。だが、だれも敵船から目を放そうとしなかった。

距離三千メートル、右三十度方向に敵船を見て、艦はまっすぐに突っ込んでいった。敵船の方位角は約五十度。もちろん浮上したまま発射するのである。敵の変針直後からスタートして、つぎの変針までの十分間に、むずかしい射点占位運動をやってのけ、態勢を観測して魚雷を発射しようとする強行襲撃である。

敵船はこちらに横腹をみせて、左に移動する。距離千メートルでは大型双眼鏡いっぱいに敵船がうつるようになる。そのときが、発射のチャンスだ。それは、ちょうど敵船の中央部が、わが艦首にきたときであり、発射された魚雷はうまく命中する、という理屈である。

はたしてその通りうまくゆくだろうか。もし、その間に敵が変針したらどうなるのだ。こちらに敵が変針したら、まっすぐ突っ込む本艦とハチ合わせになり、衝突のおそれさえでてくる。

また向こう側に変針されたら、尻を向けられてしまう。三千メートルからスタートして、千メートルに近づいて発射するまでの時間は約七分かかる。敵の予想変針間隔は十分間だ。大丈夫とは思うが、敵が気まぐれの変針でもしたら、いっさいはご破算だ。

そのときは、速力を上げて突っ込んでいる本艦には、立ちなおる余裕はないのだ。距離はぐんとちぢまるので、もちろん敵に気づかれる。下手すれば衝突だ。すべての運命をこのみじかい一瞬にかけて、のるかそるかの冒険が開始されたのだ。

15　わき起こる轟沈の歌

艦は強い風をビュウビュウときって、真っ暗な海上に突進した。ときおり艦首にドカンドカンと波がぶつかって、すさまじいばかりのしぶきだ。

敵船めがけて波頭をけり、猛然と突進してゆく艦――三千メートルではもうろうとしていた、まぼろしのような黒い敵船の影が、ぐんぐんとこくなってくる。

距離二千メートル――いっせいに敵船を見つめている艦橋の人たちは、だれも声を発しなかった。艦内からも物音一つなかった。ただ、風と波の音だけが聞こえていた。いまにも敵が変針しないかと、私の脳裏にはたえきれないような不安がかけめぐった。

「十度取舵のところ宣候《ようそろ》」

艦長が艦の針路をすこし左に修正した。突っ込み方が少しはやすぎたのだ。そして、

「方位角左七十度、敵速十ノット。照準角ゼロで射つ。発射雷数二本！」

と令し、またも双眼鏡を手にして、敵船をにらみつけた。このむずかしい敵にわずか二本の魚雷……。艦長としては自信があるのであろう。私たちにはこれがたのもしかった。

敵船は、ぐっと艦首の方に近よってきた。前部、中央部、後部と三ヵ所がもり上がった、

いわゆる三島型の旧式な船影が、はっきりと眼鏡に写ってきた。はやくも敵の船首が本艦の艦首にかかろうとしている。だが、まだ発射しない。目標にぴたりとつけている一番望遠鏡についていた山口信号長が、

「目標、眼鏡《めがね》いっぱい！」

と叫んだ。距離千メートルだ、敵船はゆうぜんと本艦の艦首にさしかかり、右から左へかわりはじめた。艦長はなにをしているのか。私はイライラした。

ついに九百メートル！　私が艦長を見やったとき、はじめて艦長が片手を天蓋にかけ、信号長に向かって最後の断をくだした。

「信号長かかれっ！」

すばやく望遠鏡を艦首零度に固定した信号長が、力いっぱいの大声で、

「用意！」

八百メートル！　ここで回頭しなければ衝突すると思ったそのとき、敵船の中央部がわが艦首にさしかかった。

「テーッ！」

二本の魚雷が三秒間隔でとび出した。ディーゼルの震動と、波浪による衝撃があるために、潜航中ほどには射出ははっきりしない。

「面舵いっぱい！」

すぐに艦長が転舵を命じた。艦はぐうっと大きく傾いて右に回りだした。そしてたちまち、

敵と反航態勢になった。艦尾の方に白波がザザッと立ちさわぎ、その白い航跡が、大きなカーブをえがくのが夜目にもはっきりとうつった。まさに夜間水上襲撃のクライマックスである。

敵船は、黒ぐろと大きな姿を艦の左手に見せている。船尾までの距離六百メートルに近づいてしまった。そこには一門の大砲がニューッと突き出していた。発射まで、とうとう敵の変針はなかった。もう命中さえすれば、いまみつかっても心配する必要はない。さいわいなことに、夜光虫の多い海面を走るとき生ずると心配されていた雷跡は、波浪のおかげでほとんど目立たなかった。

当たってくれよ！　艦橋にいる者はすべて、艦尾方向にはなれ行く敵船をにらみながら、ひたすら念じた。

その一瞬後、ぱっと船尾付近に赤い閃光がひろがった。つづいて「ドカーン！」と轟然たる爆発音とともに、そのショックが私たちを圧迫した。命中点から放射線状に青白い水の帯がひろがった。真ん中の太い水柱はほの白い色をして、すうっと夜の海の上空に数十メートルものびていった。

その水煙のなかに、つぎの魚雷が敵船の中央部にまたも閃光を放った。こうなれば、あえて魚雷命中とつたえなくても、ものすごい爆発音を聞いて、艦内の者は歓声を上げているにちがいない。残念ながら、この凄愴な光景に接することはできないが……。

みるみるうちに水煙がはれた。霧のようなこまかい水滴が、われわれの上にも降りかかってきた。

命中に気をよくした艦は、速力を半速十ノットに落とし、そのまま一回りして、ふたたび敵船の方に向かった。その最後を見とどけるために……。

敵船は轟沈か？ とわれわれは見つめた。水煙の消えた後には、半分沈みかかった敵船が大傾斜して、よろめいている。もはや息もたえだえのかっこうである。

はやくも船尾に水がひたりはじめた。中央のマストが後方にねじり倒されている。まもなくそれも水に没し、おしつぶされた船橋も見えなくなった。

最後に、船体が垂直に突っ立って、船首のとがった黒い影がヌウーッと高く水面に突き出した。おぼれる者が苦しまぎれに頭を水面に出して、何とか息をすいこもうとしてもがく姿に似ていた。

だがそれも、一瞬のうちに暗い海に引き込まれていった。命中してからたった三、四分のことであった。後の海面には、異様にみだれた波紋がうず巻いていた。

私たちは声も立てず、息をのんでこの光景を見まもった。またしても大つぶの雨がポッポツと落ちてきた。その冷い雨にうたれて、はじめてわれに返った。

「すごいもんだなあ」

「おれも轟沈を目の前に見たのははじめてだよ」

若い見張員の河野新平兵長と辻村時義上水が、うれしそうに語りあっていた。

驟雨《しゅうう》をはらんだ海上は真っ暗であった。キナ臭い硝煙をふくんだ生ぬるい風が吹き寄せてきた。

敵船の沈没した位置の向こう側に、避難船員のボートの灯が、波にゆられてチカチカと弱々しく明滅していた。このボートは、どこへ向かって進むのであろうか？

これで三隻、乗員の意気はさらに上がった。艦内神社の戦歴板に、また一枚の新しい戦果がくわわった。開戦いらい十四隻目、ズラリとならんだ札が壮観であった。

16　林のごとき大船団

いままで沈めた二隻の船も、途中で会った船団や、独航船もすべて西航の船であった。ただ九月二十一日の未明に会った大きな船影と、駆逐艦らしい目標がたった一つ東航していただけである。

とすれば、この湾内南方寄りのコースは、圧倒的に西航船が多いことになる。あるいは敵が南方コースは西航船、北方コースが東航船と、区別をしているのではなかろうかと判断された。

それに艦の燃料や魚雷も、しだいに残り少なくなってきて、これ以上、西航船を追うことはむずかしくなってきた。そこで、北方コースに行けば、東航船が多いかも知れないと考えられた。

ただ、北方コースが、この南方コースよりよけいに船が通航するものかどうか。それはわからないが、とにかく行ってみようということになり、艦は針路を北方にとり、アラビア大陸の方に向かって走った。

いよいよアラビアを望むことができるのか、新しい哨区にはどんな戦果が待っているのだろうか——そういった期待をのせて、艦はその夜から北へ北へとひた走りにはしった。せまいアデン海湾のなかほどといっても、このあたりでは約八十カイリもの幅があった。

翌日の朝、艦はアラビア半島にたっした。夢にまで見たアラビアの大地が、水平線のかなたに模糊《もこ》としてかすんで見えてきた。緑ひとつないうす褐色の山々がつらなっている。私はこれが砂漠の色なのであろうか、と感動ぶかく見入った。

艦は、敵の航路にほぼ直角のコースを南北に、片道二時間の航程をいったり来たりして索敵をはじめた。ところが、一日中なんの手がかりも見出せなかった。

翌日も、昼間は潜航して待敵した。しかし、潜水艦には物音一つひびいてこなかった。しまった！　やはり南方航路にとどまるべきではなかったか。ひょっとすると、敵は北方コースなど使っていないのではないか。そんな懸念が急に頭をもたげてきた。

その日の夕方、潜航して微速三ノットで北上しているとき、

「左五十度。集団音らしきもの感二。だんだ近づきます！」

という聴音の報告が、これまでの懸念をいっぺんに吹き飛ばした。と同時に潜航中の退屈をも打ちやぶった。北方コースも敵が通るのだ！

　そのとき司令塔にいあわせた艦長が、さっそく深度を浅くして観測にかかった。だが、潜望鏡を上げるまえに、

「両舷微速。深さ十九！」

と、いつになく慎重な命令を下した。すなわち、潜望鏡の先端をほんのすこしだけ水面から出し、しかもそれがあまり波を立てないように、微速にしたのである。集団音というからには、相手の目はたくさんある。また聴音状況の悪い海では、音源の感度がひくくても、目標がすぐ目前にきていることがあるからだ。

　深さが十九メートルとなったのち、潜望鏡は上げられた。まわりにいる私たちは、はたして集団がいるものか、襲撃可能な態勢なのかと、いろいろな思いをめぐらしながら、潜望鏡にくいつく艦長の動きを見まもった。潜望鏡は左五十度付近にまわされ、艦長は黙然として見つめている。

「深さ十八半！」

　潜望鏡がさらに五十センチだけ水面から上げられた。やがて艦長が口を切った。

「総員配置につけ！」

　艦内にはたちまち人の行きかう喧噪が起こった。それが静まりかけるころ、ずっと見張をつづけていた艦長が、一句一句、区切りながらいった。

「大きな船団だ。一隻、二隻……、商船が九隻。前後に駆逐艦も一隻ずつついている。ちょっとのぞいて見ろ！」

さっそく潜望鏡で拝見におよぶと、これはまたなんとすばらしい船団だろうか。いずれも一万トン以上はありそうな大型貨物船とタンカーが合わせて九隻、二列の縦陣をしき、その前と後に駆逐艦が二隻で、がっちりとこれを護衛している。

林立するマストや煙突が、竹やぶのように潜望鏡の視野いっぱいにひろがっていた。前方から後方まで、各船がきびすを接してつづき、どこに魚雷を射ちこんでも命中しそうな気がする。見るからに襲撃意欲をそそるえものである。

針路は東寄りで七十度くらい、敵速は十二ノット見当、距離は約一万三、四千メートル、いまのところ方位角は右約七十度で、いますぐ突っ込んでいったら、かろうじて襲撃が間に会うかどうか、というギリギリの態勢と見られた。

いずれも大型船であるうえに、潜望鏡の視野いっぱいにひろがっている構図が、本艦にのしかかってくるようで、ひじょうに近く感じられた。耳にかぶった聴音レシーバーにも、力づよい重厚な行進音がザック、ザックと入ってきた。私はわれをわすれて、敵船団の光景に見とれ、またその跫音《あしおと》に聞き入った。

さいわい、きょうの船団はかねてから願っていた通りの東航である。いままで会った敵が西航のために、いくど無念の思いをしたことであろう。やはり、北寄りの航路をねらったのが成功したというべきか。これならいくら追いかけても、東にすすむ以上、帰りの燃料の心配はいらないのだ。

さっそくにも襲撃をと、私の心ははやりたったが、いまの態勢では発射までに、全発射管六本の魚雷を間に合わせることはとうていむりである。それに今日はこれまでとちがって、敵の駆逐艦がいるのだ。うっかり手出しはできない。

艦長は、充分に準備をととのえ、じっくりと観測したうえ、明朝の黎明を期して襲撃を決行しよう、という方針をさだめ、その夕刻の襲撃はとりやめとなった。

敵の駆逐艦がいる。捜索探信をしているかも知れない。それにひっかかったら大変だ。私は探信室への伝声管に口をあてて、

「敵の探知状況しらべ！」

と命令した。すぐに探信儀が下ろされた。まもなく報告がきた。

「敵の探知音入ります！」

富田定夫兵曹の声である。やはりやっている。さらにくわしく状況を聞いてみると、約一分間隔でキーン、キーンと鋭い探知音が入ってくるというのだ。もしこれに探知されたらと、うす気味わるい感じがないでもなかった。

しかし、距離は一万メートルからある。にごったアデン海湾では、音波の伝播状況はよくないので、本艦に当たった反射波は、敵まではとどかないものと見当をつけた。

えものを前にしてぐっとこらえ、日没を待つあいだは、じつにいらだたしい。せっかく見つけたこの大物の船団がまぼろしのようにそのまま、夜の海に姿を消してしまいはしないか、ぬかよろこびに終わったらどうしよう……。

船団はしだいに東の方に去ってゆく。船尾を見せたたくさんの船が、かさなり合って一つ

のかたまりになり、下の方はすでに半分ほど水平線にかくれてしまった。同時に聴音の感度もじょじょにさがり、断続的になりはじめた。だが、敵の針路は変わらない。

やがて煙突が水線下に没し、マストの先端も見えなくなるころには、聴音の感度もほとんど消えうせた。ひとしきり波さわいだこの海面も、いまはまったくもとの静寂にもどった。

はやる気持をおさえて、ジリジリと日没を待つ間の一時が、異常に長く感じられた。

やがて傾いた陽がすっと西の水平線に没し、熱帯の海に静かな夕暮れがおとずれた。

夕やみの濃くなるのを見はからっていた艦長が、

「これから敵船団を追跡し、明朝、魚雷攻撃を敢行する」

と決意のほどを艦内につたえた。艦はただちに浮上にかかった。

「潜航やめ、浮き上がれ！」

潜横舵が上げ舵をとった。艦は音もなくすーっと、上半身を水面に出した。ぜんぜん動揺は感じられない。静かな海だ。

17　暁闇の総員配置！

私たちは一足さきに、待ちぶせ地点へと急行することになった。このとき、

「充電終わり！」

と機械室からの報告がきた。空気の補充は浮上後まもなく終わっていた。これで潜航後の動力は充分にたくわえられたのである。

襲撃時刻は、明朝日の出まえ四十分ごろと予定された。あかつきの薄明をついて襲撃しようというのだ。そうすれば、かなり明るくなっているので、大きな図体の敵船団は比較的よく見えるが、こちらの小さな潜望鏡は、まずまず敵に発見されることはあるまい。それに夜光虫による雷跡も、おそらく目立たないだろうと思われたのである。

襲撃まではなお五、六時間の余裕があった。艦は三直哨戒になり、非番になった私は士官室におりていった。明日の襲撃後は、どんな結果になるだろうか。駆逐艦がいることとて、万一の場合も覚悟しなくてはなるまい。

二、三時間は眠っただろうか。私は当番兵にゆり起こされた。当直交代の時間がきたのだ。日の出まであと三時間あまりしかない。

日の出まえ二時間になれば総員配置、つづいて潜航となる。したがって、それから引きつづき襲撃ということになるので、一番きれいな防暑服に着がえ、新しい手拭をくびにかけ、艦内靴のひもをしっかりと結びなおした。暗い司令塔で五分間ほど目をならして艦橋に上がり、一直の先任将校から申しつぎを受けた。

「本艦両舷原速。針路七十度。左後方約二万メートルを敵船団が同航している。ただし、現在は見えない。日の出二時間まえに総員配置となる予定。日の出は一一五〇（午前十一時五十分）。では願います」

これを受けて私は、

「いただきます。ゆっくり休んでください」

と先任将校を見送った。

原速に落とした艦は、落ちついた足どりで、発射予定地点にしずしずと進んでいった。襲撃も間近いのだと、自分の心にいい聞かせたが、べつだん興奮もおぼえない。

晴れわたった夜空を仰ぐと、無数の星がまたたいていた。流れ星がすーっと艦首の方にとんだ。その星明かりに、水平線がわずかにうすぼんやりと浮かび上がった。

ときどき艦尾排気孔から、螢のような小さい火の粉がいくつも噴きだされて、すぐにまた消えた。

時は刻々と流れた。一時間ばかりたつと、いつも早起きの艦長が上がってきた。まだ暗いが、

「お早ようございます」

とあいさつすると、

「うん、お早よう」

と言葉すくなに答え、そのまま艦橋後部に行って、じっと星空をながめている。まぢかにせまった襲撃をひかえて、静かに思いをねっているようだ。やがて、司令塔伝令の財部兵曹から、

「〇九五〇（午前九時五十分）になりました」

と報じてきた。

「艦長、日の出二時間まえになりました。総員配置につけます」

とどけると、大きくうなずいたので、私は、

「配置につけ！」

の号令を力いっぱい艦内につたえた。しんと寝静まっていた艦内が、にわかに騒がしくなり、ひとしきり活況を呈した。

艦はほどなく、予定の潜航待機点――敵船団の右前方二十度、二万メートルのところに到達した。

「ただいまより潜航する！」

襲撃をまえに、艦長は慎重を期して急速潜航をやめ、普通潜航を令した。

「見張員入れ！」

各見張員は、水防双眼鏡のハンドルを念入りにしめ、鏡体を架台にしっかりと固定して艦内に入った。最後に信号長が入ってハッチを閉めた。

「ハッチよし」

「ベント開け。潜入。深さ三十」

艦はゆっくりと水に浸っていった。潜水学校で習ったまま、戦争中はほとんど実施したことのない普通潜航法など、私はすでに忘れ去ろうとしていた。あわただしい急速潜航にまったくなれきった感覚には、とくにものめずらしく、かつ悠長にさえ感じられた。

18　たのもしき酸素魚雷

潜航して待ちかまえる本艦の聴音器に、やがて重量感のある船団の航進音がひびいてきた。距離の近づくにつれ、探信儀をおろして受信をすると、はたして昨晩とおなじように、駆逐艦の探知音が規則正しくはいってきた。いぜん、厳重な警戒を行なっているようすである。

「戦闘魚雷戦、全射線用意！」

戦機は刻々と熟してきた。

きょうの相手は、駆逐艦がついているだけに、いままでとは勝手がちがう。まさに敵の刃の下をくぐっての強襲である。爆雷攻撃を受けることも、とうぜん覚悟のうえだ。あるいは敵の駆逐艦にくわれ、アデン海湾のもくずとなるかも知れない。

艦長が、発令所にいる先任将校を司令塔に呼んで命令をくだす。

「今日は襲撃後、ただちに深さ百メートルに入る。敵の攻撃のもようによっては、さらに百二十メートルに入るかも知れない。各部の漏洩《ろうえい》状況をよく調べてくれ」

百メートルに入れば、一平方センチ当たりの水圧が十キログラムをこえる強大な力となって、艦を圧迫する。舷外に通ずる弁類の不具合のところからは、海水がものすごい勢いで噴出する。たとえ小さい漏洩でも、その水圧が高いので、わずかの時間で多量の浸水をきたす。

その結果はじつに恐ろしいものだ。

艦長の意を体して発令所におりた先任将校は、すぐ艦内にそのむねをつたえた。

電灯を消して暗くなった司令塔のなかでは、だれもが必要以上に声を発しなくなった。みなはそれぞれになにを考えているのであろうか。計器類の青白い螢光塗料が、落ちついたかすかな光を放っているだけだ。嵐のまえの静かな一時だった。

従羅針儀（羅針儀の受信器）が、ときおりジジーッ、ジジーッとまわる音、発令所で行なわれる注排水の音などが、耳に入ってくる。それらの物音が、われわれにふっと、いまこそ強敵に挑みかかろうとするきびしい現実に直面しているのだ、ということをさとらせた。

はりきり屋の武政上曹が、真剣な顔つきで、念入りに方位盤のぐあいを調べ、ガラス面を一点のくもりもなく何度も、きれいにふき上げていた。

方位盤は、敵速、方位角、距離、雷速などのデータにより、魚雷の発射角度を計算する重要な兵器であって、これをとりあつかう人は、もっとも古参で優秀な水雷下士官があてられていた。

艦長が潜望鏡を上げた。海上は明るくなりはじめたのであろう、接眼鏡からもれる光が、ほの明るい影を艦長の顔に投げかけた。

「うん、見えてきたぞ。隊形は昨晩と変わっていない」

艦長はつぶやいた。そして、いったん潜望鏡から目をはずすと、

「敵がみえた。まもなく魚雷を発射する！」

と、もういちど全艦員の決断をうながすように、艦長の声が司令塔内にひびいた。伝令の財部兵曹が、それを各区画へ伝声管によってつたえる。

「一一〇〇になりました!」

信号長の山口兵曹が時刻を知らせた。日の出まえ五十分である。潜望鏡で敵を見ていた艦長が、

「取舵ッ、両舷原速。九十度取舵のところヨーソロ」

と変針を命じた。いままで敵とおなじ針路で、その右前方を走っていた艦を、敵針に直角になるように向け、魚雷の発射点にもって行こうとするのであった。艦はゆっくりと回頭をはじめた。操舵長が回頭角度を十度ごとに報じる。

「四十度、五十度、……ヨーソロ、三百四十度」

水中で音もなく回頭を終わった艦は、針路三百四十度、敵のすこし前方に艦首をすえ、この一撃と、しずしずと敵の横腹めがけて進んでいった。冷却機を止めた艦内の気温は、ジリジリと上がってきて、汗がしだいに私の防暑服をぬらしはじめた。

「敵速十三ノット。方位角右八十度。照準角ゼロ。距離四千メートル第三雷速(三十六ノット)。斜進はいくらか?」

「斜進、右十七度三十分!」

間髪をいれない武政上曹の答えが出た。標準射点の距離千メートルよりは遠い、四千メートルから発射して、扇形に開いて走る六本の魚雷の先端での開きを大きくし、命中船の数を

多くしようとする艦長のハラであった。

船団は二列九隻が、前方から後方まで、ほとんど相接するように一面につらなっている。真ん中をねらって射てば、うまく行けばどの魚雷も命中する公算があるのだ。

潜望鏡が艦首ゼロ度で、ぴたっと止まる。じっと右眼を潜望鏡におしあてている艦長の顔が、別人のようにひきつった。

「用意！」

ものすごい、気迫のこもった声であった。

「テーッ！」

ドッスーン。ドッスーン——全射線六本の魚雷が一本ずつ快調なひびきを残して、つぎつぎと発射された。三秒の間隔をおいて発射された六本の魚雷のショックで、艦は足もとからぐらぐらとゆれたように感じられた。

「取舵いっぱい！　潜望鏡おろせ」

敵をたおすか、それとも逆に敵駆逐艦の餌食となりはてるか。

「深さ百、急げっ！」

発射が終わった艦は、ほっと息をつく間もなかった。ぐっと傾斜をくわえた艦体は、奈落の底にでも落ちこむように、ぐんぐんと深度を増していった。

艦の傾斜が切迫した緊張感に、いっそう重苦しい圧迫をくわえた。敵の攻撃にそなえ、発射と同時に深々度に入ってしまうのだ。戦果の確認ができないのが、なんとしても心残りだ。

魚雷が敵船団に到達するのに、四分はかかる計算であった。

一分……。二分……。

聴音のレシーバーにも、六本の魚雷の駛走音と、船団の航行音とが入り乱れてガンガンとひびき、耳をろうするばかりであった。

四分……。五分……。

五分たっても、まだなんの手応えもない。予定の距離はとうにすぎたはずだ。首をかしげた艦長の顔が、暗くくもった。私たちもけげんな顔をして、たがいに見合った。

敵に一矢もむくいることができず、このままやられるのか。急に暗い雲が私たちの心にひろがってきて、半ば断念しかけたときであった。

ドドーン！　ドドドーン！

遠雷のような魚雷の爆発音が一発、二発、と五秒くらいの間隔で、それから十秒ほどたって三発目まで、深々度の艦をにぶくゆすぶってひびいてきた。発射から六分三十秒。たえきれないように長く、重苦しい時間だった。

あとの三発はどうか。命中したのが手前だとすれば、向こう側の列に当たるまでには、まだ時間がある。三発の命中に、ふたたび明るい表情にもどって、さらにつぎの一瞬に期待をかけたが、残りはついにむなしかった。

待ちかねた命中音を聞いて、ほっとした私たちは、おたがいの顔を見てニッコリし合った。

「それでも三発命中したか……」

安堵したように、艦長がひとりごとをいった。

だが、つぎにわれわれを待つものはなにか。そのことを考えると、笑ってはおられないのだ。私たちはすぐにまた、こわばった表情に変わってしまった。

とにかく意外に距離は遠かった。命中まで六分三十秒もかかった。第三雷速三十六ノット（第一雷速は四十八ノット）とすれば、優に七千メートルからの距離になるのだ。

魚雷は三度の開度で射ったから、三発の魚雷はたとえとなりどうしであっても、七千メートルになれば三百メートル以上は開く。敵商船の長さは百五十メートルくらいであるから、三発の魚雷は、おのおのべつの船に命中していることになる。

さすがは日本海軍の至宝、酸素魚雷だ。七千メートルの大遠距離を、よくも走りきって、われわれの希望をつなぎとめてくれたものだ。

最初の目算距離は四千メートルであった。もうろうとした異常視界のためか、予想外に遠い距離だった。あるいは敵針が七十度よりも、多少北寄りに向かっていたのかも知れない。（命中に影響するのは、敵速と敵針とであって、距離の誤差は命中率に影響はないものである）

19　おそるべき地獄の声

「爆雷防御、無音潜航！」

艦長の号令がかかった。たちまち青白い恐怖が、よろこびにとってかわった。深さ百メートルの海中に、不要のモーター類をいっさいとめ、最微速にして、艦は身をひそめ、全神経を耳に集中して聞き入った。

しばらくはなにも起こらず、ぶきみな沈黙がつづいた。

魚雷を発射してしまったいまでは、距離の遠かったのが、かえってよかったようにも思われてきた。七千メートルもの距離から、無航跡魚雷を発射したのだ。敵は、どこから魚雷がきたのかわからずにうろうろしているかも知れない。うまくゆけば発見されずにこのままみはしないかと、虫のよい望みもかけてみた。

また、たとえ、見つかったとしても、駆逐艦は二隻だ。敵も被害を受けているから、こちらの制圧に専念できない事情もあろう。とすれば、ちょっと威嚇投射するくらいですぐ立ち去ることも考えられる。すでに敵にたいする攻撃手段のなくなったわれわれは、もっぱら逃げ腰になって、自分に有利なことだけを考えた。

案のじょう、敵に発見されないだろうとするのは、虫のよい考えであった。まもなく、聴音室からヒヤリとさせる報告がとどいた。

「駆逐艦らしき音源、感二」

「探知音！　右百三十度」

相つぐ報告が恐怖をかき立てる。いままで、ようすを見ていた敵駆逐艦が、ついに活動を開始したのだ。

「駆逐艦！　感三！　感四！」しだいに近づいてくる！」

聴音員のせきこむような報告の声が、私たちの胸をふかく突きさした。ついに発見されたか！

私たちの艦は艦尾を敵にむけて、探知される面積を少なくし、同時にすこしでも敵艦より遠ざかろうともがいた。

残念ながら、最微速二ノットは、牛歩の速力であった。さりとて、これ以上増速しようものなら、高まる本艦の推進器音が、たちまち敵艦の聴音器で捕捉される。艦は、追いかけて来る猛獣のするどい爪に、いつひき裂かれるかと身を震わせ、すくみながら、のろのろと逃げる仔羊に似ていた。敵はぐんぐんせまってきた。

「探知音するどく入ります！　駆逐艦は二隻」

追いかけるように、気持の悪い報告——もしやというあまい期待は、すっかりけし飛んだ。もう逃げられないのだ。だれの顔にも冷たい覚悟の色が現われた。

「聴音感いっぱい！」

もはや報告ではなく、たんなるわめきとなった。と同時に聴音器にたよるまでもなく、異様な音が肉耳に直接ひびいてきた。敵の推進器音である。駆逐艦がわが直上付近までせまってきたのだ、みんなの顔色もさっと変わった。来るぞッ！

私は聴音レシーバーをはずして爆発音にそなえた。と、つぎの瞬間、艦尾上方に二発の轟然たる爆発音が起こり、艦体がグラグラッとゆれ動いた。深度計の針がビリビリとふるえている。はじめて味わう爆雷音——まさに地獄からの音である。

司令塔にある聴音の方向指示器の針が、あわただしく艦尾方向と、右百十度を交互に行ったり来たりしている。

私は聴音レシーバーをふたたび耳に当てた。間近くせまった駆逐艦のスクリュー音がいっぱいに入り、グワングワンとうなっていた。針が艦尾方向と百十度方向に動くたびに、そのうなりはぐんと大きくなった。二つの音源はやや音質が異なっている。

艦長はそれでも、

「深さ百二十」

と、落ちついて命令した。そしてつぶやいた。

「とうとう見つかってしまったね……」

艦はジワジワと深度をました。ついに安全潜航深度百メートルをこえたのだ。爆雷の命中をさける意味からは、深々度に入った方が有利である。しかし万一、至近に爆発したときは、爆圧に水圧がくわわって船体は強烈な力を受ける。その水圧のすさまじさは、想像以上であろう。

と、潜望鏡の船体貫通部から、海水がもれだした。そうとうな勢いである。信号兵がこれをとめようとしてパッキンをしめたが、あまり効果はなかった。

百二十メートルの巨大な水圧にたえかねるのか、艦体がビシーン、ビシーンと異様な音を立ててきしんだ。そのたびにこのまま艦体が、ビシャッとつぶれてしまうのではないかとヒヤヒヤさせられる。

ふと時計に視線がいったとき、時計は発射後十七分経過をしめしていた。艦尾方向を右から左にかわる敵のスクリュー音が、また、なまで耳に入ってきた。

「駆逐艦、近い！」

その報告の終わるか終わらないうちに、またも艦尾方向に二発の爆雷。私は一瞬、目をつぶっていた。震動の余波がやみ、うつろな静かさにもどった。目を開いてみると、さいわいにも艦に異常を生じていない。まだ大丈夫か！

司令塔ではみんな伝声管やビームにつかまって、ものすごい轟音と震動をたえしのんでいた。

しばらく攻撃がとだえたあと、こんどはなんの前ぶれもなく、まったく不意打ちである。耳をつんざくような爆発音が左艦尾方向に二発おこり、艦体はグラグラッとゆれ、ググッと圧下されるような大きなショックがきた。そうそうな至近弾だ。

艦長が、真剣な顔つきでいう。

「これはまえの四発よりだいぶ近くなったぞ」

それでも、アリューシャン方面で、爆雷を経験した艦長は、さすがに終始、冷静を失わなかった。

ほっとする間もなく、この世の終わりかと思われる大爆音がつづけて四発、右艦尾方向にとどろいた。艦が悲鳴をあげ、天井の塗具が私たちの頭や肩にふりかかった。艦体が下肩にたたきつけられ、ビシャッとつぶれたように感じた。艦内に海水が奔流となって、どっとなだれこむのではあるまいか。ああ、すべては終わったか！

私は深度計を注視して艦の姿勢がくずれだすのを待つ。身体が腹の底から氷のようにつめたくなってゆくのを感じる。僚友笠原政徳中尉の伊一八潜も、こんなふうに最後をとげたのかと、ふと思った。

20 絶望の海底に百人

しかし、艦はいぜんとして、もとの姿のまま浮いていた。助かったのだ！ 私はまた胸をなでおろした。さすがの艦長も、やや顔色を変えて、

「うむ、これは近かったわい」

とうなる。そのとき、

「補機室、浸水がはじまった！」

と、報じる声が聞こえてきた。同時に機械室からも浸水を知らせてきた。もっともおそれていた浸水がついに現実となったのだ。

艦の深さがジワジワとましはじめた。深度計の針が百二十五メートルをさしている。深々度で受けた爆圧のために、舷外弁がゆるみ、海水の漏洩がはじまったのだ。心配した艦長が、

伝令を通じてきかせる。

「蓄電池室はどうか！」

「蓄電池室異状なし」

元気な報告がきて、ひとまずやれやれと思った。潜航中の動力を供給するこの室がやられたら、たちまちのうちに動力がとまり、電灯が消えてしまう。それに海水が電池のなかに入れば、有毒の塩素ガスが発生する。そうなると、艦の運命は絶望となるのだ。

下の発令所で、横舵手の稲葉兵曹が、深度計の目盛りを読んでいる。その声もかすかにふるえていた。

「百二十七、百二十八、……」

深度はなお、ジリジリとましてゆく。これ以上落ちると、敵の駆逐艦よりも、水圧の方が恐ろしくなる。とうとうこのまま浮かび上がれないのか……。われわれ百人の者が、ただ一本のクモの糸にぶら下がっているような心細さ——。

たまりかねた先任将校が、発令所から、

「艦長、強速にして下さい！」

と、はげしくさけんだ。

「両舷強速！」

このましくない号令が、艦長から下された。増速すると、敵から聴音される可能性が、ぐっとますからだ。だが、ことここにいたれば、そんなことはいっておれない。艦の深度はすでに百三十メートル、艦をこれ以上深く落とす方がおそろしい。

「三番補助タンク、排水いそげ!」

発令所で藤田掌水雷長が叫んだとたん、

「ポンプがききません!」

という梶本兵曹の悲痛な声がかえってくる。あえぐように回っている排水ポンプの音が、司令塔にもひびいてきた。が、このポンプは百三十メートルの水圧にうちかって、タンクから海水を外へ押し出す圧力をつくり出せないでいるのだ。

司令塔の舵角受信器をみると、潜舵、横舵とも上げ舵いっぱいとなっている。

艦首が上がって仰角十五度となった。そしてこれ以上落ちこむまいと、けんめいにがんばっている。その傾斜のために乗員の足もとが怪しくなりだした。私は足をふんばって、司令塔の伝声管に両手でつかまった。不安の念は、艦の傾斜とともにますますこくなった。

「補機室、浸水がとまらない!」

補機室下部の浸水量は、すでに十数トンにたっした。機関長、機械長もかけつけてきて、弁の漏水《ろうすい》をとめる作業を直接指揮している。もはや重くなった艦体を、舵と速力でこれ以上ささえることはできない限界にたっしている。このままでは自滅を待つほかはない。

「艦長、メインタンクの高圧排水をします!」

発令所から先任将校が叫んだ。ついにとっておき——最後の手段がもち出された。

「小きざみに、度をすごさないようにやれ」

と艦長が返事をする。この方法は排水の圧力は強いが、度をすごすと艦が浮き上がりすぎて、下手をすれば水面にとび出すおそれがあるからだ。

「メインタンク、チョイブロー！」

空気手の角田兵曹がおなじように復唱して、高圧空気のバルブをじょじょに開いた。と、まもなくヒューッという高圧空気の音が聞こえてきた。百三十メートルの水圧にうちかって、メインタンクのなかへ高圧空気が流れこんでゆく。その音はしばらく苦しげに鳴りつづいた。この音はもとより、はっきりと敵駆逐艦の聴音器に入るはずである。

うまく行くか？　私は深度計の針をくい入るようにみつめた。百三十一、百三十二……、まだ指針は深い方へひっぱられてゆく。だが、そのうちに動きがしだいににぶくなり、百三十五メートルで動かなくなった。艦の沈下がとまったのだ。ああ、つぶれずにすんだか！

沈下はとまったが、百三十五メートルの水圧は、そら恐ろしい威力をもっている。すぐに上げ舵をとり、深度もじょじょに浅くして、百二十メートルにもどした。

「両舷微速！」

またも速力を落として、敵の聴音を警戒した。

つぎの爆雷はどこにくるか。私たちはビクビクしながら、敵のスクリュー音に耳をそば立てた。その音が高くなるたびに、舵をとって、艦尾をそちらに向け、必死に逃れようとする。だが、爆雷攻撃がその後ないのはなぜだろう。敵は十発しか持っていないのか。とすれば、これで助かるのか？

ひとすじの光明が脳裏をかすめた。いや、甘い考えはゆるされるはずがない。爆雷がなくても、敵はいつまでも上の方でがんばりつづけるであろう。われわれの電池が絶えるまで……。

そうなると、一発でガンとやられるよりも、ずっとみじめだ。二十時間もつづくであろう、言語を絶する悲惨な場面を想像して、私は思わず慄然とした。

しかし、どうしたわけか、敵の爆雷攻撃はなかった。こうして二時間ばかりがたって、駆逐艦の推進器音が一応、われわれの耳から消え去った。あるいは沈没した敵船があって、その救助にでも向かったのか。

魚雷発射から約三時間、じつに苦しい戦いではあった。やはり、助かったということは無性にうれしかった。ほっとしてわれにかえったときは、全身がくずれ落ちるような疲労感で、はじめてワキの下にあぶら汗のにじんでいることに気がついた。

21　死地を脱しペナンへ

ようやく難は去ったようだ。みだれた艦の態勢を立てなおして、ひとまず八十メートルに浅くした。平素は八十メートルという深度は、非常に深く感じるのに、この日の百三十メートルの深さにくらべると、頭の上の重石がぐんと軽くなったように感じられた。

心配された浸水も八十メートルの深度に落ちつくと、かなり少なくなった。弁や艦体のゆるみもたいしたことはないとわかって不安も静まった。

念のため、八十メートルで精密聴音をしてみる。まだ海上には、敵艦が息を殺して待ちぶせしていないともかぎらないのだ。うっかり浮上することは禁物である。

「スクリュー音らしきもの、右百五十度、感二！」

と聴音員が報じるのに、いささか軽くなった心も、たちまちぐっとひきしまった。

静かに時は流れ、安心感はしだいにました。

「スクリュー音、感一」「スクリュー音、右百七十度」という報告のたびに、「おどろかしてはいけない」と思いつつ、軽い緊張をおぼえる。

ときどき思いだしたように、はるか遠くから、微感度の音がつたわってくるのだ。敵の駆逐艦が、遭難船員の救助でもしているのだろうか。

敵の音源が断続的に聞こえるようになったとき、艦長が、

「爆雷防御用具おさめ！」

と下令した。このとき、わが魚雷の命中後四時間がたっていた。

「爆雷というやつは、いつ聞いてもいやなものだよ。だいぶつかれたようだから、三直配備にしよう」

と艦長は、ほおに笑みを浮かべながらいった。

深さを六十メートルに上げる。だが、まだ油断はならないので、潜航はそのまままつづけら

れた。艦内の温度はさらに上昇し、みんなの防暑服は、汗でぐっしょりぬれていた。

「敵の駆逐艦は遠ざかった。総員配置をやめる。第三直哨戒員のこれ!」

明るい伝令の声が、艦内に流れた。

ひきつづき当直にのこる第三直の通信長や、その他の人びとには気の毒であるが、私は一足さきに司令塔から失礼した。本暁、当直に立つまえに起こされてから、八時間めにして、ようやく味わえた解放感であった。私たちは戦果をおさめ、そして敵の爆雷をも、ふじ乗りきったのであった。

部屋に帰り、どっと倒れるようにベッドに転がりこんだが、どうにも暑苦しくてねむれない。三十七、八度の熱気と、にごった空気に頭がおもい。汗がべっとり体にまつわりついている。

艦内の気圧は、すでに九百ミリ近くまでせり上がった。大気圧の七百六十ミリより二割も高い。

朝がたに潜航してから、十時間あまりをすぎるころから、呼吸がしだいに苦しくなり、だれもが肩で息をしてあえぐようになった。浮上すればすべてがらくになる。はやく日没にならないものかと、日没までの三、四時間がことのほか長く感じられた。

さらに艦の深度は、四十メートルに上げられた。水圧がぐっと低くなったので、排水ポンプもらくに使えるようになって、各部の浸水が艦外に排出された。

それにしても、じっとしていてはいられない苦しさだった。私は機械室の方にいってみた。

補機室では泥谷貫一兵曹らが先頭に立って、はいこむような狭いところで、爆圧にゆるんだ弁の修理を一心にやっていた。

　だれの身体も油だらけであり、その油の間をぬって汗が幾すじも流れていた。しかも、補機室の温度は四十度をこえているというのだ。私が、

「ご苦労だな。もう浸水は大丈夫かい」

　と聞くと、

「やっととまりました。浸水量十八トンでしたよ」

とハアハアと、苦しそうな息を吐きながら、それでもうれしそうに答えてくれる。

機械室にゆくと、当直中の分隊士朝倉安二中尉が二、三人の当直員と黙然とすわっていた。水上航走では万雷のようなたくましい鼓動を立てるディーゼルエンジンが二台、静まりかえっていた。たちならぶ太い気筒が両舷にズラリとそろい、黒ぐろと油光りしている。はやくこれを始動して、思うぞんぶん、海上の風を突っ切って走りたいものだ。

同期の朝倉中尉は私に向かって、

「おい、まだ浮上せんのか」

　といった。私は、

「さあ、まだ日没にならんからな。日没になったってまだ敵がおれば、とうぶん潜航さ」

と、わざと潜航が長びくようにいってやると、彼は壁にかかった時計を見ながら、

「おいおい、そんなに潜航しとったら、機関科の者はみんなぶっ倒れてしまうぞ。モーター

室なんか四十度をこえているんだぜ」

と心配そうな顔つきだった。

ようやく、待ちあぐねた日没となった。念のため、また精密聴音をしばらく行なって、「音源なし」の報をえてから、艦の深度は十八メートルに上げられた。そして速力を微速にして、おそるおそる潜望鏡を上げてみた。

不安の気持で見まわした潜望鏡には、さいわいなんの敵影もうつらなかった。だが、ここで苦しいからといって悲鳴を上げ、あわてて浮上して、もしものことがあったら、いままでの長い忍苦も水の泡だ。

潜航後、ついに十八時間となった。敵の音源が絶えてから、十三時間あまりになる。海上は暗黒のとばりにおおわれているはずである。もうよかろうというので、いよいよ浮上ときまった。

艦長室のベッドで休んでいた艦長が、双眼鏡をくびにかけ、司令塔に上がってきた。

「いまから浮上する。総員配置につけ」

乗員も苦しいので、「配置よし」の報告がそろうまで、平素の倍ちかい時間がかかった。

「潜航やめ、浮き上がれ！」

艦は仰角五度をとって、水面に近づいていった。いきいきしたわが艦の姿だ。深度計が十五メートルを指したとき、

「メインタンク・ブロー！」

まちこがれた号令であった。伝令の声も、ひときわうれしそうに艦内につたわっていった。艦内各部が急に活況を呈して、浮上のよろこびにみちみちてきた。

高圧排水で、たちまち艦は上半身を夜の海面に現わした。すぐにもハッチを開いて飛び上がりたい衝動にかられるが、そうは行かない。艦内気圧が九百ミリにも上がっているのだ。百四十ミリの気圧差は、無造作にハッチを開こうものなら、人間の一人や二人は、ハッチもろともに、たちまち艦外に吹き飛ばしてしまう力をもっている。

信号長が、手輪をまわしてハッチをほんのちょっとゆるめると、空気はシューッというするどい音を立てて、艦外へ吹き出した。

ハッチの開きをますにつれ、わずかのすき間から、艦内にたまったむっとする暑い空気が、ゴオーッという音をひびかせて漏れていった。

見張員も立たず、潜りもならず、こんな中ぶらりんのかっこうで浮かんでいるときが、潜水艦のもっとも危険なときだ。二分ばかりかかって、ようやく外圧と平均した。

「ハッチ開け！」の号令で、ソレッとばかり、私は信号長についで艦橋にかけ上がった。そして、真っ先に四周を注意ぶかく見まわした。すっかり夜となって、あたりは真っ暗だった。すでに敵影はまったくなかった。

「周囲、異状なし！」

と、私は思いきり大きな声をあげた。抑圧されていた気分が、一気に晴れわたるような爽快さであった。外の空気を胸いっぱいすいこむと、はじめて助かったのだ、という感動が全身にしみとおった。

艦長が上がってきて、私とおなじように周囲を見まわしたのち、下令する。

「高圧やめ、低圧にかえ！」

低圧排水のにぎやかな音が鳴りだした。いままで敵に制圧され、死地に追いこまれた艦が、生をえてあげる歓喜の叫びであった。ついに発動された主機械が、これに和して低音部のドラムのひびきをそえた。

空は雲ひとつない好天であった。おりしも中天には、糸のような細い三日月がかかり、そよ風の吹きわたる海上には、さざ波が美しくかがやいていた。北方の水平線の向こうには、アラビア半島の黒い影が、うすぼんやりと横たわっていた。

助かってみれば、敵の制圧を受けて戦果確認のできなかったのが、いかにも残念でたまらなかった。残る魚雷は、たった二本になった。基地帰投も間近いが、まだもう一隻はたおすことができよう。

「ただいまより索敵しつつ、ペナンに向かう」

と艦長は艦内へ令達した。艦は東方に向かって速力を上げた。

私は非番に当たっていたので、天測するために作戦室に下り、六分儀を用意してふたたび司令塔に上がった。目をならすため、暗い司令塔に腰をおろして、しばらくじっとしていた。

下の発令所には、整備の木元上曹、忽那《くつな》明光一曹、電信の桑原一曹、機械の田原上曹、水雷の福元義則二曹、田中輝次兵長ら七、八人の者がすいこまれる風に当たって涼んでいた。

彼らは笑いさざめきながら、恐ろしかった爆雷攻撃の回顧談をしているさいちゅうであった。私は自然、この話に聞き入った。

「お前、あのときの顔の色といったら、まるっきり見られなかったぞ。土のような色だったぜ」

「馬鹿をいえ、あれは長時間潜航で、色が蒼ざめているせいだよ」

「だが、あの最後の四発は相当こたえたね。女房の顔がちらついてしかたがなかったよ」

「駆逐艦にやられたら、まったく手も足も出ないのが癪《しゃく》にさわるな」

「いずれにしても、爆雷というやつは、あまり気持のよくないものだ。もうこれ以上はごめんこうむりたいよ」

などと話し合っている。

乗員のなかでも、潜航中、ひまな配置にあって、なにもせず、じっと爆雷のくるのを、いまかいまかと待っている者が、いちばんつらい思いをしたのは明らかであった。

あのとき、なにか仕事をしなければならない配置にあった者は、それに多かれ少なかれ気をとられ、耐えがたい恐怖感、暗い圧迫感から、すくなからずすくわれたようだ。

襲撃の翌日、さっそく、その結果を司令部にあてて電報した。

「十月四日、東経五十二度、北緯十二度五分付近ニオイテ、タンカーヲ含ム輸送船九隻、駆逐艦二隻ヨリ成ル船団ヲ発見。コノ敵ニ対シ攻撃ヲ加エ、全射線ヲ発射、魚雷命中音三ヲ聞クモ、敵ノ制圧ヲ受ケ、戦果確認不能。浸水十八トンニ達セルモ、戦闘航海ニ支障ナシ。爾後索敵シッツペナンニ帰投ノ予定。残魚雷二本」

この電報に対し、おりかえし司令部から、

「敵船団ハ、印度ボンベイ方面ニ向カウ算大ナリ。伊一〇潜ハコレヲ追跡シ、同方面ニ進出セヨ」

という命令がとどいた。

（昭和四十八年「丸」四月号、五月号収載。筆者は伊一〇潜砲術長）

われ米本土オレゴン州上空にあり

米本土に報復の巨弾を投じた飛行機乗りの手記――藤田信雄

1 空母ラングレーを撃て

日米開戦を直前にひかえた昭和十六年十一月二十一日、伊二五潜水艦は、母港、横須賀軍港を出撃した。

機動部隊指揮官の麾下第一潜水戦隊（伊九、一五、一七、二五）の四隻は前衛としてハワイに向かった。

みなはまるで演習にでも出かけるような気持である。もとより日米交渉が成立すれば引き返すことになっていたが、しかし潜水艦群はすでに十二月五日には、ハワイ近海まで達していた。そして昼間は潜航、夜間は浮上してオアフ島の配備点にいそいだ。

十二月五日の私の日記には、つぎのように記入されている。

『今日も日出前に潜航す。毎奇数時に潜航したまま受信するのであるが、深度十八メートルか二十メートルでないと受信できない。受信のため深度十八とす。潜望鏡を出す。艦長、潜望鏡を離る。われ潜望鏡をのぞく。敵機あり。艦長が代わりこれを見て深度四十メートルとする……』

十二月八日、真珠湾口百五十カイリの地点で開戦となる。潜航して聴音機《ちよう》で敵情をさぐったり、ときどき潜望鏡を出してみたがなにも見えない。日没を待ちようやく浮上して、味方機動部隊の奇襲成功を知らされた。

翌九日は、『特殊潜航艇回収地点に一隻だに帰投せず』との悲壮な電報がくり返された。

十日夕刻、伊六潜水艦が米本国にむけ航走中の敵空母レキシントン、重巡洋艦二隻、駆逐艦数隻を発見する。『第一潜水戦隊はただちにこれを追撃、撃沈せよ』の命令で、針路六十度、速力二十ノットで追撃にうつる。暴風雨のような荒天下で、波は前甲板より滝のように艦橋にぶつかり、厚いガラスが破壊して、砲術長高橋真吾少尉と私と信号長の三人がその破片で負傷した。

ここにおいて第一潜水戦隊は〝先遣支隊〟と呼称され、航空母艦を追跡して攻撃後、米西岸に到着したところで、通商破壊戦を実施せよとの命令が発令された。しかしながら、九隻の潜水艦はレキシントン、甲巡二隻、駆逐艦を追ったがついに追いつけず、一週間後の十七日には米西岸に到達し、通商破壊戦がはじまった。

十二月二十日夕刻、伊二五潜は大型タンカー一隻を発見し、コロンビア河沖合で一本の魚雷でこれを撃沈した。こうして先遣支隊は、敵の商船、タンカーなど合計十隻撃沈という戦果をあげた。

十二月二十五日にいたって、米西岸をはなれマーシャル群島のクエゼリン基地に帰途せよ、との命令が出たので帰途につき、昭和十七年の元旦はアメリカとハワイの中間付近でむかえた。

そして、一月八日の朝、ジョンストン島南西を航行中、見張員が、「マスト、見えます!」と大声で報告した。

「潜航急げ!」

艦内には、急速潜航のベルがけたたましく鳴りひびく。いままで艦橋にいた見張員が、いそいでハッチよりすべり下りて行く。その行動のはやいことじつにみごとである。一番最後が信号長だったが、すぐにハッチをしめ、把手をいっぱいにしめつける。このときにはすでに艦は、潜航にうつっている。とたんに、

「魚雷戦用意!」

の命令が艦内にひびきわたる。

急速潜航で深度四十メートルまで潜航したが、「深度十八メートル」という艦長の命令で、艦はじょじょに浮き上がる。

「潜望鏡あげ!」

信号長がただちに潜望鏡昇降用のスイッチを入れると、ジーという音とともに潜望鏡があがる。艦長は把手をにぎって、静かに観測し、左右をながめている。「魚雷戦用意よし」の報告に、「潜望鏡おろせ」と、艦長は信号長に命令し、椅子に腰かけた。

敵艦との距離はまだ遠いらしい。ただマストの形状からして、大型艦であることはまちが

いない。艦は六ノットで敵艦に接近して行く。用意された魚雷四本は、すでに調整も終わって、発射筒の中にある。艦長はときどき潜望鏡をあげ、照準をくり返していたが、やがていった。

「飛行長、航空母艦だよ、停止している。あの空母はなにか、のぞいて見てくれ」

私が潜望鏡をのぞくと、大きいデリックが飛行甲板に見える。レキシントン、サラトガ、ホーネットなど米空母の写真を見て知っているが、あんなデリックのある空母は記憶にない。

「艦長、よく見ました。いますぐに調べてきます」

「うん、たのむ」

私はいそいで士官室にもどり、アメリカ海軍艦船一覧表の図書を出して調べる。

伊二五潜水艦には司令小田為清大佐が乗り組んでおられたが、大佐は日本人としては大きい、りっぱな体躯の偉丈夫であった。司令として伊二五と伊二六を指揮されていたが、私の調べる図書をともにのぞき込んで一ページ、一ページめくってゆく。

「司令、これでしょう」

と私が指した艦型は、水上機母艦ラングレーと記入されていた。わたしはいそいで発令所に引き返し、

「艦長、水上機母艦ラングレーです」

と報告する。艦長は潜望鏡をのぞいたまま、

「おかしいなあ、停止していて、まわりに一隻も軍艦が見えないし、飛行機もおらんなあ」

とつぶやく。絶好のチャンスである。

「発射用意!」——落ちついた力強い艦長の声。そして潜望鏡よりねらいをさだめている。

「発射!」——魚雷は生き物のように艦をゆさぶって、四本がつぎつぎと発射された。

「深度四十メートル、取舵、針路百八十度!」

だれもがいちように時計の秒針を追う。十五秒、二十秒、三十秒、四十秒……。四十五秒を指したときだ。ズズーンという海底をゆすぶる爆発音、つづいてまた命中、そしてつぎに起こった爆発音はさらにものすごい。轟沈であろうか、火薬庫の爆発なのか、だれかが大きい声で、「やったあ!」と叫ぶ。

とたんに艦内に凱歌が上がる。艦長は爆雷攻撃を予想したらしいが、聴音機ではわれに近接してくる敵艦はいなかった。先任将校が昼食は赤飯、それにアイスクリームも作れ、とまかないに伝える。

掌水雷長は指を二本出し、腕をたたいて、

「掌飛行長、やったよ」

という。私もよろこんで、

「掌水雷長、金鵄勲章だ」

と祝福した。

掌水雷長のあのときの顔は、こぼれるばかりの笑みをたたえてじつにうれしそうだった。二本指は第二回目の撃沈を意味したものであろう。

ただ不可解なのは、敵空母のほか、一隻の駆逐艦も飛行機も見えなかったことである。

2　ハワイの返礼きたる

まずは戦勝のお正月である。さぞや内地はにぎやかなことだろう。マーシャル群島のクエゼリン基地には、第六艦隊第一潜水戦隊が全部そろって入港していた。内地は極寒のころで、吹雪のところもあるだろう。

だが、ここは灼熱の炎天下で、お正月気分などまるでない。それでも外気を吸い、生野菜を食べ、母艦平安丸では風呂にもはいれ、ときには映画も見ることができた。各艦から母艦に入浴に、映画を見に集まると、おたがいに手柄話に花が咲く。

しかし、ただのんびりと休養していたわけではない。開戦いらいの作戦行動、怒涛にたたかれ、塗料ははげ、カキやノリが付着して、まるでシマウマ模様にやけただれた潜水艦は、つぎの作戦準備と燃料、食糧、魚雷の積み込みや、修理に多忙をきわめていた。

敵は緒戦の痛手にもかかわらず、反撃へと転じてくる気配が濃厚であった。それは敵の暗号電報のやりとりが、しだいに活発になってきたのでも察せられるのであった。

味方の艦隊はこれに対し、厳に警戒はしていた。

赤道直下とはいえマーシャル群島には、つねに十メートルから十五メートルくらいの季節風が吹いていて、夜はとくにすずしい。澄みきった空に南十字星がひときわめだってかがやき、艦上で夜風にあたり故国の空をのぞむとき、おのずと郷愁がわき起こる。そして戦さえ夢のような錯覚さえおきる。

夜明けはまた、じつにきれいだ。雲一つない東の空一面が淡黄色から橙色に、そしてしだいに赤味がましてくる、その変化の美しさ。

第六艦隊の旗艦「香取」をはじめ、各潜水艦、母艦平安丸やタンカー、工作艦と、錨をおろした艦が行儀よく風上を向いて、朝の爽涼のなか静かに停泊している。

わが伊二五潜水艦の甲板上でも、煙草をうまそうに吸っている人影が見える。もう「総員起床」も近いときであった。

遠くでかすかな爆音が聞こえる。と、突然、朝の静けさをやぶって基地隊の高角砲がうなる。

「空襲か!」

まだ暗い西の空に点々と見える飛行機の群れ。一機、二機、三機と急降下してくる。まさしく敵襲である。砂煙がたちまち基地隊(クエゼリン島にある)をつつみこむや、敵機は急上昇してゆく。

ハワイ奇襲より五十日余後、敵の返礼がはじまったのだ。二月一日の朝のことである。

来襲敵機の編隊群——高々度の水平爆撃隊がしだいに近よってくる。さらに単縦陣にならんだ急降下爆撃隊が右の方からも、左の方からもそれぞれに目標を選定して、急降下の姿勢にはいる。在泊する全艦船の高角砲、機銃がいっせいに火をふく。

雷撃隊が高度百メートルくらいの低空で、三機編隊の三隊、九機が泊地のわが艦船に向かってくる。あっ落とした、魚雷だ。その直後、弾幕の中を敵機は退避して行く。

第六艦隊司令長官より、『各潜水艦は潜航せよ』との命令がくだった。潜水艦は錨をおろしたままベントを開いて、水泡を海面にふき上げながら沈んでいく。沈座といって、浅い海では海底につくまで沈むのである。

いまは応戦に夢中だった。しかし、対航空機兵器としては、艦橋にある二十五ミリの二連装機銃が一基だけで、十梃たらずの小銃まで持ち出して射撃したが、小銃の弾などどこに飛んで行ったのか、まったくわからない。機銃にしても、敵機の近くにはなかなか到達しなかった。

海底に船体をつけたころ、私はにわかに空腹を感じた。遠くでときおり爆発音が聞こえてきて、海面上の激戦が想像される。伊二三潜水艦のちかくに爆弾による水柱があがったようだ。至近弾で損傷したのではないかと心配である。

「司令、ひどい目に会いましたなあ」

田上明次艦長が笑みを浮かべて、小田大佐にいう。

「うん、ようやくはじまった反撃だ。これから死闘の激戦が太平洋でくり返されよう」

六尺ゆたかな体軀に防暑服を着て、体に似合わず物静かな慈父のような司令が艦長にいった。

伊二五潜には司令以下、百余名が乗り組んでいたが、ちょうど世帯の大きい大家族のような海軍特有の感じである。ここで艦長が、「先任将校、朝食にしよう」といい、筑土龍男先任将校は朝食の命令を出した。

当直員をのぞいて、みなが朝食をとりはじめたが、敵の攻撃圏内である海底での安心した朝食はじつにうまい。

四十分くらいが経過して、朝食も終わったころだった。

「浮上する。総員配置につけ！」の伝令の声が艦内にひびく。「メインタンク・ブロー！」で艦はじょじょに浮上してゆく。司令塔には司令と艦長がおられて、艦長が、「潜望鏡あげ」を命令した。信号長がボタンを押すと、ジーと音をたてて潜望鏡があがってゆく。艦長が潜望鏡のハンドルをにぎって、くるくるまわしながら状況を見ている。

やがて艦は浮上した。「ハッチ開け！」の号令に、信号長が艦橋のハッチを開く。そして、当直見張員を先頭につぎつぎ艦橋に出て行く。晴れた空、澄んだ海、十メートルくらいの季節風が波をたてて吹いているが、おどろいたことに空襲前と同じように、旗艦「香取」をはじめ、平安丸もタンカーも潜水艦も、行儀よく風上を向いて停泊している。

ただ一隻、わが艦より一番遠くに停泊していた工作艦が、火災を起こして煙をたなびかせているが、沈没した艦船は一隻もない。基地隊の方向に煙が見えるが、空中には一機の敵機も見当たらない。

敵艦載機の攻撃は、異方向、異高度、同時攻撃できわめて理想的な攻撃方法だったし、急降下爆撃にいたっては四百から五百メートルくらいまで降下して爆弾投下し、しかも味方艦船は全部が停泊中だったのだ。しかも不意打ちにちかかった状況で、そうとう多数の味方艦に撃沈、大破の被害があったものと想像していただけに、この状態は意外であった。

その後、母艦で聞いた話によると、一本の魚雷がタンカーに命中したかと思われたが、船底を通過して浜辺のサンゴ礁に命中爆発、たくさんの魚が爆死して置き土産になったと笑って話してくれた。また、一本の魚雷は爆発せずに、海岸を魚のごとくはねるように暴れていた、ということであった。

敵の最初の反攻は、かくしてマーシャル群島にきたわけだが、停泊中の艦船攻撃という好条件にもかかわらず、戦果のあがらぬ結果に終わったのは、われにとっては幸運だった。一方、味方艦船や、基地隊の高角砲や機銃の応戦も、およそ敵機のちかくで炸裂するものは少なく、ヘタな射撃であった。したがって、撃墜された敵機は一機もいなかった。敵も味方もまだまだ充分な戦果をあげえなかったようで、とくに終戦直前のころ、敵機動部隊の艦載機が日本各地を空襲したおりの、熟練された技量とは比較すべくもなかった。

このあと第六艦隊司令長官より、『第一潜水戦隊はただちに出撃し敵機動部隊を追跡、これを捕捉殲滅せよ』との命令がでた。

さあ大変である。予定がまるでくるってしまった。休養も補給も修理も不充分のまま、またもハワイかサンフランシスコまで敵機動部隊を追撃することになった。出撃準備で湾内を行き来する小さい船、内火艇が走りまわるあわただしさのうちに、準備完了のものから出撃して行く。

一人の下士官が、前甲板の飛行機格納筒の前のせまい、きゅうくつな甲板の下から、私のまえにはい出してきた。「どうした」と聞くと、「空襲でやられましたよ」という。「なにをやられた」と私が問い返すと、

「ビールですよ」という。

「昨夜四、五名で、南十字星をながめながらビールを飲んでいたんですが、残りはそのまま甲板上に残していったもんで……。しかもそれが、きのう積み込んだビールまで全部、やられてしまいました」

「そうか、ビールでよかった。手や足をやられたのに比べれば、あきらめもつくだろう」

そういったものの、出撃のため配給されたビール全部が、甲板上においてあったとは。空襲で潜航のとき傾いて沈下したので、海中に落ちたのであろう。残念なことおびただしいが、しかたがない。

「さあ出撃だぞ!」私は下士官の肩をぽんとたたいて、準備をいそいだ。

第六艦隊の被害は司令長官清水光美中将が、旗艦「香取」が被爆したさいに負傷したが、「香取」は作戦行動に支障なしとのこと、伊号二三潜水艦および靖国丸も被弾したが、まったく航行にはさしつかえなかった。

第一潜水戦隊は伊号九、一七、二三の順につぎつぎに出撃、くつわをならべて敵機動部隊を追跡した。

追撃二日後、『伊二五潜水艦は追跡を中止し、クエゼリン基地に帰投せよ』との命令を受信し、昭和十七年二月四日午後九時、ふたたび基地泊地に入港したのであった。

3　南半球への偵察行

潜水艦と飛行機――まことにおもしろい組み合わせである。足はおそいがきわめて長大な航続力の持ち主である潜水艦、飛行時間はせいぜい六、七時間だが広大な視野をもつ飛行機とのコンビだ。

鈍重なカメのようなのろまの潜水艦、海中に身を沈めながら、ときおり潜望鏡を出して敵艦に魚雷攻撃する。このときでも時速十キロ〜十七、八キロメートルくらいで、ふつう潜航中は六、七キロメートルで移動している。しかし、水上航行では二十ノットは出るし、母港を出て七十日でも八十日でも行動できる足がある。

搭載飛行機の零式小型水上偵察機は、ふつう滞空時間は五時間がせいぜいである。このおそい潜水艦が敵地奥ふかくしのびこんで、飛行機で偵察する。これこそ時代に即した〝隠密〟である。

潜水艦と飛行機の名コンビには、じつは大きななやみがあった。それは飛行機を発着させるときは、浮上していなければならないことだった。

浮上中は隠密性はなく、敵に発見されやすい。一度発見されると、その後の作戦行動はきわめてむずかしくなる。なんといっても、敵の意表をついて油断しているところに、潜水艦の襲撃の効果があるのである。

浮上して飛行機を組み立てて発進させたり、または帰投するのを待って揚収し、分解して格納筒におさめる間の不安と焦燥は、がまんできないほどに寿命のちぢむ思いがする。この気持が飛行機の使用に消極的になるのではあるまいか?

しかし、わが伊二五潜水艦では田上艦長が、飛行作業中はいつも艦橋で沈着、豪放に、「落ちついてやれ」と力強い号令をとばし、大胆不敵な丸々した童顔で四周を見まわしており、これが乗組員の尊敬と信頼を生むことになって、すべてが順調に進行したのだと確信している。

伊二五潜水艦に私たちが乗艦したのは、昭和十六年十二月八日の開戦の、わずか一ヵ月前の十一月七日、宿毛湾でのことであった。十一月二十一日に横須賀を出港したのだから、飛行機についてもわずか四、五回の分解、組立訓練をやっただけである。それでも、はじめは一時間半くらいかかったものが、出撃前には十五分ほどにちぢまっていた。これをみても、真剣な血のにじむような訓練が、いかに実行されたかがわかるであろう。

海軍では迅速、確実、静粛を作業上のモットーとしていた。飛行作業においては、むだな時間は一秒でもちぢめ、作業員全員が敏捷で確実にたちはたらき、協同一致の極致というか、静粛でだれ一人として声なく、先任将校の号令のみが聞こえるだけだった。

昭和十七年二月八日、わが伊二五潜は豪州、ニュージーランド方面飛行偵察の任務をおびて、クエゼリン泊地を出撃した。午後八時三十分ごろ、赤道を通過し、北半球より南半球に入る予定である。

赤道通過のさいはお祭りをするのが通例だが、といった話もでたが、戦争中のことゆえいっそう警戒を厳重にして通過することにきめた。

ソロモン諸島とニューカレドニアの中間を南西にすすみ、豪州一路シドニーへと急ぐ。

私は航行中、水路誌、チャートをはじめ艦内にある書籍をあさり、豪州、ニュージーランド方面の研究をはじめた。豪州に行った経験のある人は小田司令ただ一人のみで、それも少尉候補生のさい遠洋航海でシドニーに入港したことがあるだけだった。

豪州は日本のはるか南方にあるので、さぞ暑い地方だろうと考えがちだが、地図でよくみればメルボルンは秋田県くらい、ニュージーランドの南島は、北海道付近の緯度にあたっていて、気候にも産物にもめぐまれた楽天地である。

ニュージーランドはかつて白瀬矗《のぶ》大尉南極探検のときに立ちよった国で、氷河もあるが、およそ日本の気候、風土によく似ている。またタスマニア島の付近には、むかしからたいへん大きいイセエビがたくさんいて、大むかしから中国大陸の漁民ははるばるここまで出かけて、漁をしたという記録が残っていると、小田司令より聞かされた。

また世界で一番うまいバナナはフィジー群島である、とも教えられた。この付近の気象や、その他の資料もできるだけ多く研究したいと思ったが、資料がすくなく、海図とにらめっこする日が多かった。

先任将校筑土大尉、航海長の小川健吉大尉とも、飛行をいかに実施、成功させるかなどについての研究、打ち合わせもたびたび行なった。

第一の目的は豪州、ニュージーランド付近の敵連合国の艦隊の所在と、動静を偵察することにあった。

二月十三日、わが艦はシドニー港外に到着した。開戦いらいはじめての飛行偵察である。昼間は潜航し、夜は浮上して飛行実施のできる波静かな日を待った。

零式小型水上偵察機は、組立式のキャシャな飛行機である。波が高いと飛行できない。出発はカタパルトで射出するが、荒天だと着水時に破損するからである。ただ一回だけの偵察なら強行することもできようが、このたびは七ヵ所も飛行偵察する任務をおびているのだから、飛行機はだいじに最後まで損傷してはいけないのである。

士官室でやすんでいたときだった。伝令が、「飛行長、艦長が呼んでおります」といってきた。すぐ艦橋に上がると、司令、艦長、先任将校が待っていた。そして艦長が、「飛行長どうだ、この波では……」と問う。

私は夜の海面を見るため、艦橋から舷側の甲板に降り、暗い海面の波を見る。大きい波が舷側を洗って行く。空はよく晴れて星がきらめき、しごく静かである。

シドニー港外で待つこと今日で三日目である。このくらいの波なら実行しようか、と思ったが、いや大事をとろう、臆病だと思われる気もするが、がまんすべきだ、せいてはコトを

しそんじる、きっと静かなよい日がくると思った。私は艦橋に上がって、

「艦長、波が大きく今日はむりだと思います」

と報告する。「そうか」と艦長はうなずいて、

「司令、むりのようです。いますこし静かな日を待ちたいと思いますが……」

小田司令は大きくうなずいて、

「むりは失敗のもとだ。飛行長、あせらんでもよい、その代わりやるときはしっかりたのむぞ！」

「はい」という私の目には涙が流れていた。この司令、艦長のもと一命をささげて悔いなしと——。

シドニー方向を見ると、港の両方の入口に青白い灯台の光芒が、ゆるやかに流れるようにまわっている。その北にも一つ見える。たぶんニューカッスル港の灯台であろうか？　光の帯がにわかに海面にのびた。探照灯の光である。思わずハッとする。発見されたのではあるまいか、と。

毎夜、このように探照灯で海面上を探すところをみると、よほど厳重な警戒下にあるのだろうと思う。上空には南十字星がかがやいている。

「航海長、北極星は見えないんですか」

と、見張中の小川大尉に聞くと、

「水平線のところに見えるのが北斗七星の一つだ。北極星は見えない」

と教えられた。静かな艦橋、見張員は一言もかたらず、ただけんめいに見張っている。舷側をあらう波の音が、ザブリザブリとよせては消えてゆく。

夜明けが近づいた。艦内の換気をして、また今日も潜航だ。たいくつな毎日である。深度は四十か五十メートルで、敵機からは発見されない深度である。

この日はシドニー湾口十五カイリくらいに接近して、潜望鏡をあげた。そして艦長からは、「飛行長、よく見ておけ」とのぞかせられたが、まるで日本の海岸を見ているようで、後方の山脈の形状以外とくに印象に残るものは発見できなかった。また日没がきて、夜のとばりが海面をつつんでから浮上した。

そして二月十七日の朝、いよいよ決行のときがきた。『飛行機発進用意、作業員前甲板！』の号令が艦内にひびく。私は飛行服をきて偵察の奥田省二兵曹を呼ぶ。

「図板その他準備はよいか」「はい、大丈夫です」

私と奥田兵曹は、双眼鏡をもう一度よくぬぐって艦橋に上がった。

「飛行長、大丈夫か」と司令から声をかけられ、「はい、申し分ない天候です」と答える。大きいうねりが艦をふわりふわりと持ち上げるが、風も波もない静けさである。

夜明け前のひときわ星のかがやく暗い艦上で、飛行機が組み立てられ、試運転もはじまった。排気管より出る炎が艦橋を照らし出し、爆音はまたひときわ大きくとどろく。艦は針路N、ウネリと並行に航行して行く。

「航海長、位置をお願いします」

航海長は天測で艦の正確な位置をしめす。奥田兵曹がこれを図板に記入する。シドニー湾口の灯台より九十度六十カイリ、これが艦の位置である。

東の空が明るくなって水平線が黄色みをまし、水面も見えてきたころ、私と奥田兵曹は飛行機に搭乗する。操縦装置を点検し、試運転でエンジンの状態を確認し、先任将校に準備よしを報告。先任将校の赤ランプで全速回転、赤ランプを二回まわしておろしたとき、飛行機はカタパルト上を滑走して艦を離れた。

4　あれがシドニーだ！

機は上昇しながら左旋回する。針路二百二十五度、晴れた西空の下に豪州大陸の山々が黒く見えている。灯台の灯、町の灯、さっと流れた光の帯、探照灯の照射である。発見されたかとギクリとする。それにしても爆音が大きいな、と感じる。

高度二千五百メートル、針路二百七十度とする。シドニーの南十カイリの地点に向かう。そこは豪州の海軍兵学校があるところだ。約二十五分飛行するころ、すっかり夜は明け、太陽が後方の水平線に昇ってゆく。

豪州大陸の湾曲した海岸線、そして右下に深く入り込んだ湾と、両側のシドニー市街もよく見える。大都市だ、そして南側にだんだん高くなって大きい建築物がある。市街の南より西方に飛行をつづける。うすい雲が湾の上をまばらにおおっている。

市街の西北方にまわってレバーをしぼり、降下にうつる。だんだん高度を下げ、雲の下に出る。前方にアーチ型の大きな鉄橋が湾を横断している。任務は在泊艦船の偵察だ。下方にけんめいに目をくばる。いたいた大型の商船が、中型の商船も——。

湾内の略図を準備してあったので、それぞれを記入してゆく。湾口に向かって右、湾の南に公園が見える。その沖合に大型の軍艦が見える。

高度はだんだんと下がる。機首を北シドニーの湾口の灯台に向ける。見えた、駆逐艦が二隻。そのさきの陸地寄りに小型艦と、ひときわ大きい大型軍艦、煙突が三本だ。豪州海軍の主力オーストラリア型一万トン級巡洋艦である。潜水艦が五隻、桟橋に横づけされている。湾口にクイが二列にならんでいる。これも略図に記入する。灯台上空高度千メートル、近接する敵機はないか、高角砲の射撃はないか、気が気でない。いらいらした心地ではやく離れたいと思うが、なにぶんにも速度がおそい。

潜水艦に帰るには、針路九十度に直進すればよいのだが、ニセ航路をとり、針路四十度、スピードをまして高度を下げる。

「奥田兵曹、後方の見張りをよくやれ！」

五十メートルまで高度を下げたときには、豪州大陸はうすぼんやりとかすんで見えたが、二隻の商船がニューカッスルからシドニー方向に進んでいて、こちらが発見されるように思えてしかたがない。

「艦に針路を向ける、何度か？」と奥田兵曹に聞く。「百三十三度です」と伝声管で報告してくる。

奥田兵曹も大変である。電信機のレシーバーを耳につけ、左右後方の見張りをしつつ、コンパスとスピードメーターと時計で、飛行機の位置を図板に記入して行く。そして艦と会合できるように航法をやるのである。

「艦にはあと何分で着くか？」

「はい、あと十分です」

敵地からも商船からもだんだん遠のく。敵機にたいする見張りと、海面上、水平線上に見えるであろうわが母艦とに、たとえケシツプでも見落とすまいと見ているが、なにもみえない。

「あと、二、三分で予定地点だろう、見えないなあ、おかしいぞ」

飛行機を出発させてから、敵にでも発見されて潜航したのではあるまいか？　出発のときは、飛行機を揚収するまで潜航しないといったのに……。

「掌飛行長、到着予定時刻になりました」

「見えないじゃないか」

「はあ」

奥田兵曹の声は小さく、ため息さえ聞こえてくる。私は、「帰着点を中心に捜索する」と奥田兵曹に伝え、帰着点から時計回りで外側に四角形をえがきながらさがしはじめた。太陽は高くなる一方だ。それに敵地はちかい。燃料はだんだん少なくなる。不安と焦燥――ああこれが最後か、艦は撃沈されたのではあるまいか？　そんな不吉な予感が頭の中にひらめく。

「奥田兵曹、まだ見えんか」

「見えません」

「奥田兵曹、電波を出せ」

「はい！」

最後の手段として無線連絡をするのだ。原則として作戦行動中は、電波を出さないことになっている。それは電波を出すと、敵に電波をキャッチされるからだ。したがって、自分がここにいることを、敵に知らせるのと同じ結果になるからである。

「まだか」「出ません」「何が出ないんだ」「送信機故障です」――ああ万事休す。「なおしてやれ」「はい」――奥田兵曹の声も悲壮である。燃料計を見る。まだ飛べる。見張りの連続で目が痛い。その私の目に、ケシツブのような黒いものが水平線上にプツンとふくれ上がっているように見える。

「奥田兵曹、変針する」というがはやいか、私はその方に急旋回して、機首を向ける。たしかになにかが見える。すこしずつゴマツブほどに肥えてくる。

「奥田兵曹、いたぞー」「はあ、どこです」「送信はやめよ」「はい」「前方になにか見える」

――たしかに艦船だ、それも小さい。海上では、潜水艦はじつに小さいものだ。

だんだんはっきり見えてくる。長い鉛筆のシンが折れたような黒い細長いもの。まちがいなく潜水艦だ。ああよかった。助かった。三センチから五センチくらいに見えてくると、潜水艦の形状もはっきりしてくる。

今日は奇数日、味方識別信号は波状運動である。大きく波状運動をくり返しつつ接近して行く。艦上から黄色の煙の信号があがる。エンジンを全速回転にする。そして直上で大きく旋回する。艦上では帽子を振ってくれている。

あらためて全周の見張りをやる。敵艦船も飛行機も見えない。ただちに降下、そして着水。波にフロートが接したときは軽くジャンプしたが、すぐに行き足はとまった。

敵地でのはじめての揚収作業は手ばやかった。艦はただちに潜航した。司令、艦長に偵察報告をして、帰投時の艦の発見の苦心を説明し、

「もう帰還できないかとの不安も起きましたが、最後の一滴の燃料まで飛行し、帰る努力をやるつもりでした」

というと、艦長はポツリといった。

「うん、飛行機が見張りの眼鏡に見えたが、なかなかちかづいてこない、それで発煙筒を上げたんだ」

5　メルボルンの椿事

シドニーの飛行偵察の結果は、洋上の潜水艦へ帰投するのは目標が小さいので困難が多い、それに天測の誤差と、飛行機の航法の誤差、天候の急変などを考えると、正確に艦に帰投するのはむずかしい、との結論がでた。

この体験の結果、次回から艦の位置を正確にするため、陸地や島などを利用することが必要だ、との結論にたっした。

二月の豪州の気候は、日本の九月ごろと思われるしのぎやすい気候で、海上では平穏な静かな日がつづく。タスマニア島をくるりと大きく迂回して、メルボルンの南方に航海し、キング島へ向かった。

キング島は、タスマニア島とメルボルンの中間にある小島で、メルボルンまで百カイリ、距離は遠いが帰投時が容易だ。この島の灯台から七カイリの地点を、出発、場収の場所ときめた。

二月二十六日、この地点にきて六日目、ようやく飛行できる日がきた。

それまでくもっていた空の雲が切れて、そのすきまより星が見えはじめた。風もなく波は静か、申し分のない状況である。ただキング島の灯台の光芒が、ぶきみにクルリクルリとまわっている。

「飛行機発進用意」の命令で、夜明け前の暗い艦上で飛行機が組み立てられてゆく。あれほど厚い雲におおわれていたのに、いまは宝石をばらまいたような、そして南方特有の澄み切った夜空である。ありがたい、これこそ神の加護であろうか。

成功の自信というか、幸先よい思いで心も愉快、気も軽い。その反面、慎重に最善をつくせ、ゆだんするな、こまかいことでも見逃がすなと、みずからをいましめる。

メルボルン上空にたっしたとき、ちょうど日出になるためには、その二時間前に発艦しなければならない。

艦は十八ノットで航行し、そして飛行機はカタパルトで射出された。夜間飛行である。しかし、航空灯は全部消して、座席灯もようやく計器が見えるていどにして、機は上昇をつづけた。

千五百メートルをさらに上昇中、いままでよく見えていた星が急に消え、なにも見えなくなった。雲の中に入ったのである。こうなったら、夜間の計器飛行だ。速度計、コンパス、高度計、昇降度計、傾斜計とにらめっこがつづく。落ちつけ、落ちつけと気を静めるため深呼吸をするが、飛行機はグラグラとゆらぎ、冷汗が流れでる。

長い五、六分間が経過して、満天の星と水平線が見えてくる。雲上に出たのである。

「奥田兵曹、高度三千メートル、水平飛行にうつる」

エンジン快調、針路零度である。

もうオトウエー岬付近の上空に到達する時間である。針路を北西にする。あたりがだんだん明るくなって、下の状態が見えてきた。一面の雲である。東の空が白く明るく黄色をませば、雲はあつく、ワタのように白さをます。

「掌飛行長、ずいぶんあつい雲ですね」

「うん、すき間があったら教えてくれ」

「もうフィリップ湾上空の予定ですが……」

「奥田兵曹、雲がなければ、ギーロンの町が見えるわけだな」

「はい」

真綿を空一面にあつく積んだような雲。少しもゆれずに、とまっているようにさえ感じられる。わが愛機、これが敵地の上空とはとうてい思えないくらいである。

その雲がスリバチ形に低くなっているところがある。よく見ると、スキ間があるようだ。

「奥田兵曹、スキ間がある」

「どこですか」

「右前方、あそこだ」――私は腕を出して指さす。波が見える。

「降下して雲の下に出る」

「時間ではもう目的地上空です」

あるいは強い向かい風でも受けて、飛行機の位置がちがっているのかな、と思いながら降下をつづけた。

七百メートル、五百メートル、まだ雲の下には出られない。旋回しながら高度計三百メートルまで降下したところで、遮風板に雲が流れて雲下に出た。

「あっ」――爆音がなかったら、私の声は大きく聞こえたかも知れない。「奥田兵曹、下を見よ」と叫んで、私はいそいで機を雲の中に突っ込んだ。

海上だと思って降下した私の目に、雲下に出た瞬間、高度三百メートルで見えたものはなんと、海岸ぞいにある飛行場と滑走路、双発の大型機三機と小型機三機、三棟の兵舎が目に飛び込んできたのである。

いや、とんだところに出たものだ。それに雲に入るとき、右前方に大市街が見えたが、あれがメルボルンであろう。

雲の中で変針、メルボルンに向け計器飛行をつづける。私がこれまで艦内で調べた資料では、湾の付近には飛行場などなかったのだ。

陸地よりフィリップ湾に出る。そしてメルボルン方向に向かう。雲の下に出ると、商船が見えた。またすぐに雲に入る。ふたたび雲下に出る。大きい河、両岸の大市街、河岸に「ドック」を見て、またも雲に入る。これをくり返しながら偵察をつづけるのである。

商船は見えるが、軍艦はいない。市街上空で変針し、フィリップ湾上空に向かう。雲に出入りしながら湾の北側にそって飛行する。高度は三百メートルである。陸地には一面、青々とした芝生を敷いたような平野がつづき、赤、黄、青のかわらの住宅が点々と見え、草原には白い群れがところどころにある、別荘地帯か？　あの白いのは……そうだ、たぶんヒツジの群れだろう。

湾内を見る。おや、軍艦だ。六隻が単縦陣でメルボルンに進んでゆく。

「奥田兵曹、軍艦だ。双眼鏡でよく見て記入せよ」

自分でも操縦桿とレバーから手を離して、双眼鏡でこれを見る。乙巡と駆逐艦である。また雲に入る。なんと幸いなるかな雲、ありがたい雲、成功させ、助けてくれた雲。私は雲に感謝した。

湾口から母艦に向け、増速しつつ飛行をつづける。島が見え、そして白い灯台も見えてくる。その左方に伊二五潜水艦が見える。何であんなに島の近くにいるのだろう。艦の上空を旋回しながら降下にうつる。見れば、灯台のそばを小さな白服の二つの人影が走っている。着水して揚収をいそぐ。灯台も人もよく見えるので、わが方も先方よりよく見えているのであろう。気が気でない。大砲で射撃されやしないだろうか?

ようやくデリックに飛行機をつり揚げて、はやくも艦は航行をはじめた。灯台より離れるために、飛行機の分解作業のはやいこと、飛行機を格納筒におさめ、作業員が艦内に入るころには、艦はしぶきをあびて十四ノットで航行していた。そしてただちに潜航にうつった。

こんどばかりは帰投も容易だったが、あまりにも陸地にちかいのには、大いにおどろかされた。

6　甦った〝虎の子〟

二月二十九日、タスマニア島ホバート港の入口に到着した。潜航のまま岸壁ちかく一軒の人家もないところで、敵の航路、警戒状況を調べる。

敵さんはまったく警戒していないのか、出入りの商船は湾の中央を通過している。艦は二日間ののち出発揚収地点を選定して三月一日、飛行偵察を実施した。

ホバートの港には貨物船が在泊するのみで、軍艦は一隻も見えない。大型の製鉄所の赤い炎と煙突より出る煙、そして高い山のハイウェイが忘れられない印象だった。

着水してデリックで吊り上げ作業中、デリックを旋回していたさい、飛行機がふれ、翼端をひどくデリックに激突させた。操縦席にすわっていた私は、大きな衝撃を受けたが、とっさにその方を見ると、翼は大きく回り、翼がつけ根から折れそうに思えた。とにかく敵前である。いそいで機を滑走車の上におろし、分解格納してただちに潜航した。

《もうだめだなあ、飛行機は使用できない。きっと大きく破損しただろう》と考えた。掌整備長も現場にいたから、

「掌整備長、あれではもう飛行困難だろう」

と聞くと、首をかしげ、よく調べないとなんともいえない、との返事である。

艦長も、《こまったなあ、まだウエリントン、オークランド、フィジー、サモアの四ヵ所の飛行偵察が残っているし、潜航して偵察するのは困難だし》頭をかかえている。

そして先任将校筑土大尉が、安全海域で飛行機をだしてよく検査し、整備してからの結果にしようといって、その日まで結論をもちこしたのである。

タスマニア島ホバート沖を離れて二日目、三月三日の雛祭りの節句の日であった。タスマニアとニュージーランドの中間の海上で、波静かで天気晴朗の日、見張りを厳重にして飛行

機の点検、整備作業をはじめた。

掌整備長以下、整備科員四名に私もくわわり、航行中の前甲板に格納筒より飛行機を引き出して点検がはじまった。翼にそうとうのゆがみや狂いが出ていると信じていたが、それほどでもない。翼根や胴体の取付部分が破損しているだろうと思っていたが、目で見ただけでは異状はないように見える。

掌整備長は、「大丈夫、故障なし」と主張するが、私は、「あれだけの衝撃があり、メリメリと大きい音がしたのだから危険だ。空中分解や、大きい振動で飛行困難となったらなんとする。カタパルトより射出と同時に分解もありうる」と主張した。

司令、艦長、先任将校と私たちで話し合った結果、私の主張をいれ、こんご飛行機は使用できないとの結論となった。

三月六日、クック海峡――ニュージーランドの北島と南島の間の海峡に達して潜航したが、潮流が急で危険である。潜航の速度より、潮流の方がはるかに速いのである。ゆだんすると、艦はどこに流されるかわからない。

しかもウエリントンとネルソン港の間を結ぶ船の往来がはげしく、潜望鏡で偵察するなどまったくむりであり、またウエリントン湾は両岸が山で、湾内などまったくわからない。

翌日は流れのゆるやかな西方に潜航して、なすすべもない一日であった。

司令塔に行くと、艦長が潜望鏡をのぞいていたが、「飛行長、のぞいて見よ」といわれ、私は把手を両手でにぎり、まわしながらニュージーランドの陸地を見る。そこで私は自分の目を疑った。それはまさに富士山だった。それに、ふもとを列車が煙をたなびかせて走っているではないか。

私がかつて三保の松原に基地訓練で行ったとき、興津《おきつ》を走る東海道線の上方に見えた霊峰富士とそっくりである。ニュージーランドにこんなところがあることは、まったくふしぎなことであった。

いったん目を離して、また見る。もちろん、おなじ景色である。

「艦長、富士山ですね」というと、艦長はニコニコしながら、

「そうなんだよ、よく似たところもあるもんだよ」といって、ついで、

「潜望鏡おろせ、深度四十メートル！」と命令した。そのあと、

「こう流れがはやくては潜航偵察はできんし、弱ったなあ」と一言、ぽつりとこぼしていた。

私は士官室に帰った。士官室には司令、先任将校がなにやらささやき合っていた。

「先任将校、安全な島かげで機を組み立て、水上におろして試飛行し、飛行可能であればそのまま偵察飛行するという方法はいかがかな」

「ああ、それはいい。飛行不能と思えば、水上滑走だけで帰ればよい。飛行長やってみるか」

筑土大尉は目をかがやかせて身をのり出した。

「やってみましょう」

このことが艦内に知れると、いままで士気消沈していた艦内が、にわかに活気づいてきた。

三月八日、月齢十七、八日ごろだったろうか、夜は明るく波は静か、小さい無人島の島かげでひっそりと夜間の飛行作業がはじまった。

艦は停止したままで、組み立ての終わった飛行機の試運転が開始された。私と奥田兵曹は、艦橋の艦長の前にすすみ、「艦長、出発いたします」というと、「おお、むりはするな。ぐあいがわるければ引き返せ。充分注意して、慎重にやれよ、出発!」と命令された。

デリックに吊られ、機は海上におろされた。エンジンを増速して滑走してみる。震動なし。風上に向かい離水をはじめる。操縦装置にも異常はなく、機体の震動もなく、良好で離水した。

「奥田兵曹、異常なしだ。ウエリントンの偵察に行く」

「はい、了解!」

エンジン快調、空は晴れ、月影が海に映じてよく見える。ウエリントンはまわりを山でかこまれた天然の良港で、ニュージーランドの首都でもある。街の灯が海面に反映して、じつにきれいである。高度は二千メートル、港の中に停泊している船が月明かりでよく見える。

「奥田兵曹、双眼鏡でよく見てくれ、軍艦はいないか」

「気流がよいから、大変よく見えます。商船、貨物船ばかりで、軍艦は見えません」

ぶきみなほどじつに静寂で、エンジン音だけが単調にひびいている。

「高度を下げて帰る」「はい、異常なし」――月明かりで島かげの母艦はすぐにわかった。着水してぶじ揚収。艦長への報告も明るいものであった。

「艦長、港内には商船、貨物船のみ六隻と小型船舶らしいもの五隻ていどをみとめましたが、軍艦はみとめません。飛行機の状態は良好で、今後、カタパルト射出もさしつかえないと思います」

「ご苦労、よかった」

三月十四日黎明、ニュージーランド北島の東北海上にて射出発艦、半島上空を横断してオークランド軍港を偵察、小型艦艇数隻をみとめたのみで、戦艦や巡洋艦、駆逐艦、潜水艦などは一隻も見当たらなかった。

三月十九日、英国領フィジー群島におもむき、フィジー島スバの偵察飛行を敢行する。この島には高い山があり、港には長い岸壁がきずかれ、大きい倉庫が立ちならんでいて、さすが世界一おいしいというバナナの積み出し港だなと思った。

ここでは高度二千五百メートルで港内の偵察中、いきなり探照灯で照射された。

「しまった、発見されたか」

「飛行長、どうしますか」と奥田兵曹が聞く。

「信号を出せ、発光信号を……」と返事する。奥田兵曹は、『・・―・―《み》　―・―・《ろ》』『・・―・――・―・』を連続して探照灯に向け発信した。すると『・――・』の信号を探照灯は発して、消灯した。なんで『みろ』『みろ』を連送したのか？　敵がなんで『了解』を送ってきて探照灯を消したのか、いまになっても、このナゾはわからない。

港内には二本煙突の軽巡洋艦一隻と、商船四隻が停泊していた。

私が今次大戦中、敵地偵察八回、爆撃二回の合計十回の飛行でぶじ帰投できたのは、目的地到着後、三日ないし五日、長いときは一週間以上も待機してから飛行したためであろうと思う。

もちろん、天候が飛行に不適であったのが最大の原因だが、司令、艦長がいそがず、慎重に決行を命令したからである。

その間、現地において気象、敵艦の航路、哨戒状況などを充分確認し、出発、揚収にたいする打ち合わせが周到に行なわれた結果であると確信する。

7　アラスカの奇蹟

野も山もいよいよ緑の濃さをくわえ、黄色くみのった麦畑からはヒバリがさえずりながら、だんだん高く舞いあがってゆく。

キラキラ照りつける初夏の日ざしが、ようやく強くなった五月十一日、横須賀を出港した伊二五潜水艦は五月二十二日、アラスカ・コジアク軍港の五十カイリ沖合にいた。母港で積み込んだ防寒服を、動作もにぶるほど着てもまだ寒い。ふるえながらもそれぞれに双眼鏡で、厳重な見張りをつづける。

北海の波は荒れ、舷側をたたく。艦はそのたびに大きくゆれる。艦上に打ち上げられた海

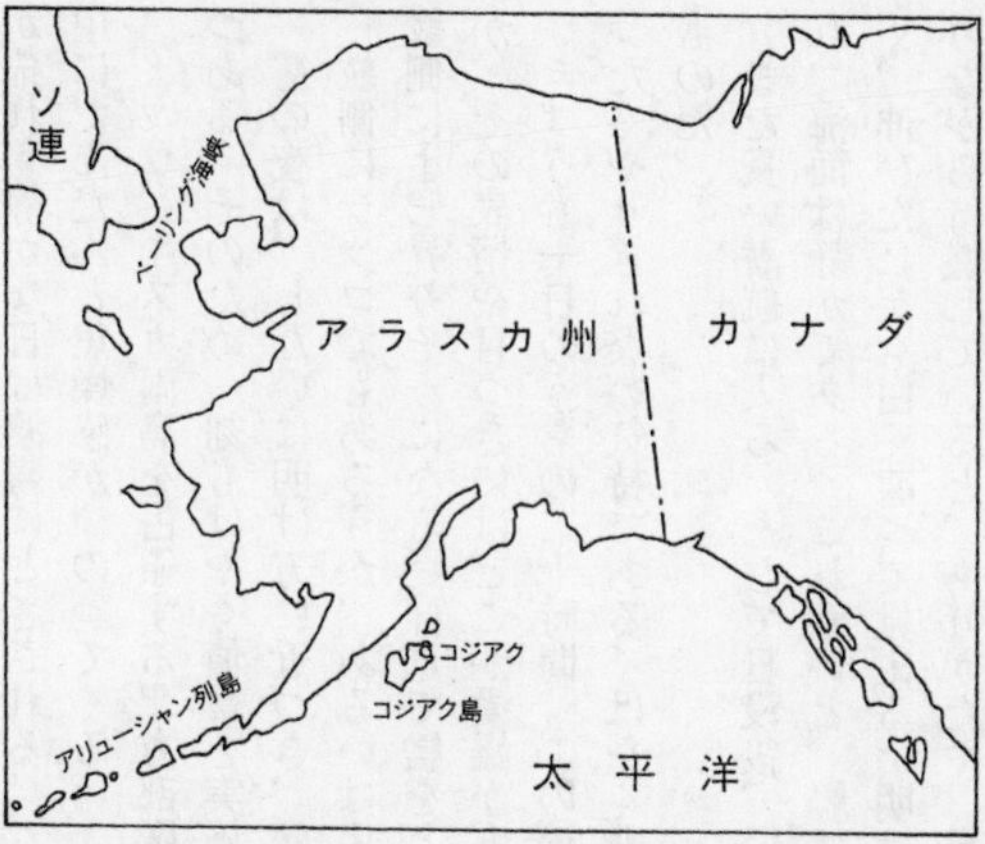

水が、滝となって舷側より流れ落ちる。そのたびに夜光虫が不気味に光る。

ミッドウェー作戦と呼応して、アリューシャン作戦がすすめられ、伊二五潜水艦もまた零式小型水上偵察機による、アラスカ唯一の軍港コジアクの在泊艦船の偵察を命じられたのである。

北緯五十七度、東経百五十四度にあるこの軍港は、昼は二十時間と長く、夜は四時間くらいしかなく、しかも白夜つづきで、あたりはうすぼんやりと明るくみえるだけだ。

それでも五月二十六日になると、どうやら飛行ができそうな静かな海面となった。

飛行準備のため私たちはもとより、司令長井満大佐、田上艦長をはじめ乗員一同が張り切って待機していた。

ところが、いままで見えていた星がかすんだかと思うと、たちまち濃い霧が発生して、自艦の艦首さえ見えなくなって、呼吸さえ苦しい感じになった。

コジアクの沖にきてすでに四日、晴れた日は海が荒れ、静かな日は濃霧にとざされる。これで果たして飛行できる日があるのだろうか、心中にだんだんと焦燥感がつのってくる。

アッツ、キスカ両島を占領する北方部隊も、すでにアリューシャン列島めざして進撃しつつある。そのため一刻もはやく偵察を実施して、敵情を報告しなければならないのだ。

霧の夜は、しだいに明け方に近づき、艦はいぜん停止したまま波にゆられている。舷側にラッコでもあろうか、あるいはオットセイか、ごぼりごぼりと海中より顔を出して、舷側によじ昇りそうになる。群れて艦をとりまいている姿と動作は、一見グロテスクであるが、その表情や目つきにはどこか愛嬌がある。

きょうも一日のうちの二十時間、この濃霧を艦内につめこんで潜航するのかと思うと、まったくやりきれない気持である。はやく飛行を終わって、米西海岸シアトル沖に進出したいものだ。

また長い潜航に入る。そして日没後、いつものように浮上してみると、ようやく霧はうすれ、海面は静かである。これ幸いと、艦はコジアク島に近づいてゆく。見張員の吐く息は白く、伸びたヒゲも白く凍って見える。明け方がだんだんと近づいている。霧の晴れるのを祈りながら待機していると、ありがたや、星が見えはじめた。

すかさず「飛行機発進用意!」の命令が出された。先任将校の福本一雄大尉が作業員を指揮して、飛行機が組み立てられてゆく。

私と奥田兵曹は飛行服を着て、艦長からの命令を受ける。その間にも試運転がはじめられ、エンジンも好調のようである。いよいよ出発か、と思ったときだった。

「左百十度、島らしいもの見えます！」と見張員が叫んだ。

「なに、島が？　こんなところに島はない！　雲じゃないか、よく見ろ！」

そう叫んで航海長の田辺正道大尉が、見張員にかわって二十五センチの望遠鏡をのぞく。

「おかしいなあ、なんだろう？」

とつぶやく。司令も艦長も、双眼鏡でその方を見つめている。

「だんだん近づきます。艦船のようです」

と他の見張員が報告する。これは大変なことになった。

「機械発動、前進微速……面舵いっぱい！」

と艦長が命令をくだす。つづいて、「作業員、艦内に入れ！」の命令がつづく。

組み立てられた飛行機は、カタパルト上に残されている。思いがけない最悪の事態になった。しかし、作業員は前甲板から艦橋にあがり、ハッチよりつぎつぎと艦内にすべり込んでゆく。まさに「急速潜航」態勢である。このまま潜航すればとうぜん、飛行機は破損流失するであろう。

伊二五潜の命運を決する瞬間であった。

私は艦長をじっと見つめていた。どうやら艦は増速して、敵艦より離脱する運動中である。私はひたすら大胆沈着、つねに適切果敢に戦闘を指揮し、かがやく戦果をあげている艦長の処置を待った。

一瞬、司令になにごとか報告した田上艦長は、かたわらの福本一雄大尉をふりかえるなりいった。

「先任将校、飛行機を射出発進させよ、飛行長、すぐ出発だ！」

まったく意外な命令である。いまにも本艦は発見されて、射撃されるかも知れない。集中砲火がいつ飛来してもふしぎではないのだ。

「オモカージ！」

艦は風上に向け退避しながら、発艦準備のための飛行作業員が、ふたたび前甲板にいそぐ。私と奥田兵曹は、いささか心中に不安をひめて、飛行機に乗りこむ。エンジン始動とともに、排気管から真っ赤な炎が流れ出る。《敵に発見されるぞ》——私は気が気でない。

先任将校に「出発準備よし」と報告し、エンジンを全速回転にする。爆音はとどろき、排気管の炎は赤く火の粉が飛びちる。グーッと全身が後方に押しつけられて、機はカタパルトより急激にはなたれ、射出されていった。

焦燥の何秒間がすぎ、いまはただ運を天にまかせて、機は黎明の北海上空を上昇してゆく。緩旋回しながら海面を見ると、白波を長くひいた伊二五潜水艦が航行しているのが視界に入る。

ついで前方下に目をやると、二隻の敵艦が望見された。とっさに旋回して、この敵より遠ざかるよう変針する。よく見ると、まぎれもないサンフランシスコ型大型巡洋艦と駆逐艦である。わが飛行機もわが艦も、発見されないようにと……祈るばかりである。

迂回航路をとって、機はコジアク島に向かう。高度三千メートル、速度百ノット。

北海の夜明けははやい。やがて雪におおわれたコジアク島が見えてくる。

いよいよ島の上空にかかる。港内の桟橋、岸壁、そして兵舎などがならんで見える。哨戒艇二隻が停泊している。岸壁には潜水艦四隻が係留されており、陸上には重油タンクの大型のものが三つほど見える。

すでに発艦してから、はや一時間が経過している。さあ任務終了だ。長居は無用とばかり帰艦をいそぐ。

さきの巡洋艦と、駆逐艦をさけ、高度二、三十メートルの超低空まで下げて、奥の手のニセ航路をとる。ジャンクのような漁船が点々といるが、これらだけはなんとも避けようもない。二隻の漁船のすぐ近くを飛行したが、船上には十名程度の人影が見え、のんびりと漁をつづけていた。

なんとも幸運な作戦だったことよ。人にも艦にも運、不運はつきまとうものだが、なにゆえにこのような差別が生まれるのだろうか？　宇宙の神秘というべきか、神の操作と思うべきか。ただ私は祖国のため一身をなげ出してはたらくところに、神の加護と幸運があると信じて疑わなかった。

8　火を吐く備砲

コジアク軍港の偵察任務を終わったわが潜水隊、伊二五潜と伊二六潜の二隻は、長井満大佐指揮のもと、ひきつづき米本土西岸の通商破壊に進撃することになった。

味方北方部隊はアッツ、キスカを占領し、どうやらアリューシャン作戦は成功したらしい。ところが、もう一つの大目標であるミッドウェー占領作戦の成功を祈りながら、米本土西岸に向け航行中の私たちに、信じられない電報がもたらされた。

ミッドウェー作戦に参加したわが機動部隊の「加賀」「赤城」「蒼龍」「飛龍」の主力四空母が撃沈され、占領作戦は失敗したとのこと、この悲報にはみな愕然となった。

これからの日本海軍はどうなるのだ。連戦連勝の日本海軍に、こんなことがほんとうにあるのだろうか。海軍航空の精鋭が瞬時に消えるなど、とても信じられない。あの熟練された先輩、同僚たちは、と思うと、いても立ってもいられない気持である。一瞬、絶望感におそわれ目の前が真っ暗になった。

しかし、その半面、戦《いくさ》はこれからだ、最後の勝敗は神様だけが知っている、と気をふるいたたせて東方への航海をつづけたのであった。

六月十四日、カリフォルニア沖でニセ潜望鏡を流す。竹筒の下におもりをつけ、まっすぐ海面上に突出するようにすると、敵は潜水艦の潜望鏡と見てくれよう。そこで多数の竹筒を流して、日本の潜水艦多数が出撃していると思わせ、あわてさせる目的である。こんな子供だましのいたずらでも、神経の尖鋭化している敵の船員たちには大いに効果があるにちがいない。

六月二十日、英船「フォート・カスモン」（七千百二十六トン）をふくむ二隻の商船を撃破し、士気大いにあがる。

そしてここにいたって、ついに米本土砲撃の命令が出された。司令、艦長、先任将校らが地図をひろげて、もっとも効果のあがる場所を選定する作戦会議をはじめた。

ユーリカもよい目標だが、やはり軍事施設をえらぶべきだろうと、結局、アストリアの兵舎を攻撃することに決定した。

昼間、潜望鏡でアストリア海岸を見る。大陸沿岸の島、河口に突出している防波堤、その先端の灯台など、かっこうの目標となるものが点々とみえる。

六月二十二日夜、浮上してみると、幾隻もの船舶が舷灯をつけて往来している。おりから満月のころであろうか、じつに視界良好で明るい。

大陸の山々は黒く、陸岸には赤々と民家の灯がみえ、灯台の光芒は、クルリクルリと自転している。また漁船もずいぶんといる。なかなかの夜の繁華街といった海上である。

浮上して停止したまま、時間を待ちながらようすをさぐること数時間、夜も十一時をすぎたころの時間になって、艦はそれらの船をさけながら、しだいに陸地に接近していった。

アストリアの兵舎に砲弾が到達する射撃地点についたわが伊二五潜水艦は、停止して砲撃の命令がくだされるのをまった。砲員は後甲板にいそぎ、「射撃準備よし」と報告してくる。

「砲撃目標、アストリアの敵兵舎、撃ち方はじめ！」

の命令で、十四センチ砲弾が、轟音とともに米本土の陸地をめがけて飛んで行く。ズドン、ズドンと文字通りの連続発射である。

一方で、敵からいつ応戦されるかわからないので、艦はいつでもつぎの行動をとれるように、機械は回転したままでいる。

私も艦橋で見張りについて、空中と海上の見張りに神経をそそいでいたが、わが砲弾の音のみが鼓膜をふるわすのみであった。しかし、それもほんの数分間であったろう。

「撃ち方やめ……砲員、艦内にいそげ……前進微速」という艦長の命令で、艦はしだいに速度をましながら外海へと航行をはじめた。すぐ近くには漁船が点々といるが、その間をぬうように脱出してゆくのである。

敵地にたたき込んだ十四センチ砲弾は十七発であった。しかし、弾着地点も、命中弾の有無も判明しない。はるかかなたの地図上での目標だったからである。

戦後判明したのであるが、軍事施設には命中しなかったという。陸地の中に吸いこまれたのはたしかであるが、敵の砲台の直上を通過して弾着したにすぎなかったという。その砲台は、わが砲の数倍の威力をもつ要塞砲で、弾着距離も数倍であったとのことで、もしこの要塞砲に射撃されていたら、伊二五潜はアストリア沖に確実に撃沈されていたであろう。

敵の応戦準備がおくれたために、助かったようなものである。

アッツ、キスカの占領作戦は一応成功したものの、ミッドウェー沖での敗報は、私たちの心中を大いに暗くするものであった。母港に帰る航海の途中、そのむなしさ、くやしさに心をいためつつ、一九四二（昭和十七）年七月七日、さびしく帰港したのであった。

9　目標は米本土西岸なり

いよいよ出撃の日がやってきた。一九四二年八月十五日のことである。横須賀軍港は静かで、カモメ真夏の太陽がギラギラとやけるようにまぶしく照りつける。横須賀軍港は静かで、カモメが翼をいっぱいにひろげて、のどかに舞っていた。

ミッドウェー海戦で機動部隊の主力「赤城」「加賀」「蒼龍」「飛龍」の四航空母艦をいっきょに失い一大打撃をうけた海軍は、ソロモン、インド洋方面に全力をそそぎ、戦勢の挽回にけんめいであった。そのため横須賀軍港内には、小型艦艇しか在泊していなかった。

巨大な三号戦艦（「大和」「武蔵」の姉妹艦）はそのとき、横須賀工廠のドックの中で建造が急がれていた（これは後に航空母艦に改装された「信濃」で東京湾出港後、遠州灘で敵潜水艦に撃沈された）。

甲板も舷側も真っ黒に化粧された伊号第二五潜水艦は、岸壁につながれていたが、魚雷も砲弾も食糧も水も積み込んだし、出撃のための準備万端はすでに完了している。アメリカ本土に投下予定の焼夷弾六発も搭載した。

艦橋の両側に真っ白い《イ25》の横書きの文字が、味方識別のために描かれた日の丸とともに浮き出て見えて、力強く印象的である。

岸壁では、出撃準備に忙殺された乗組員が玉になって流れおちる汗を、軍港内ではいくらでも自由に使える真水で洗い流している。

こんな真水が思うぞんぶん自由に使えるのも、今日かぎりである。出港すれば、洗面にも歯みがきにも、洗濯にも水はつかえない。もちろん、入浴は出港したら帰港するまで六十日も、七十日もできないのだ。積み込んだ水は二ヵ月も三ヵ月にもわたる作戦行動中の、だいじな飲料水だからである。

見れば、汗でびっしょりぬれたシャツやタオルを、思いきり真っ白にしようと石鹸の泡をたてて楽しみながら洗っている者もいる。

開戦後、横須賀の母港に入港したのはこれで二度目だった。一度目は豪州、ニュージーランド方面の飛行偵察を終わって、一九四二年四月に帰港したときだった。

わすれられないその日のことを、私はついきのうのようにまざまざとおぼえている。

桜も散って、勝った勝ったと戦勝気分に酔っている日本国民に思いがけない一大鉄鎚《つい》が打ちおろされたのである。

それは「ドゥリットル爆撃隊」の東京、横須賀、名古屋、大阪と全国にわたって空襲をうけた日で、おりから横須賀のドックで修理中の伊号二五潜水艦であり、私たちも爆撃を受けたのである。

その日は、朝から警戒警報が発令されていたが、私はトラック島で積み込んだ飛行機の部品を、豪華船ぶらじる丸に受けとりにでかけて行った。そしてそれを受けとって、四号ドックに僚艦と二隻ならんで修理をいそぐ伊号二五潜水艦に帰艦して、そのまま艦橋に上がったのであった。

艦橋では砲術長が、機銃員や見張員にいろいろと注意をあたえていた。となりの五号ドックには潜水母艦の「大鯨」が航空母艦に改装され、ほとんど完成されていたが、まだ工廠の工員が飛行甲板で作業をつづけていた。私がなにげなくその方を見ていたときであった、

「飛行機、敵の飛行機！」

突然、見張員が叫んだ。と、同時に頭をたたかれるようなものすごい爆音がひびいた。それにしても速い。高度は三百か四百メートルほどか、星のマークの双発機である。とたんに黒い小さいものがばらばらと落ちてきた。

「撃ち方はじめ！」

砲術長の精一杯の大声がとぶ。しかし機銃員は、あまりにも速い敵機に照準も間にあわず、一発も発射できない。

敵機は大きくバンク（左右に交互に翼をかたむける運動）をつづけながら、軍港より軍需部上空をぬけ、横須賀海軍航空隊の方向に消えてゆく。

それらはすべて、あっという瞬間の出来事であった。五号ドックの改装されたばかりの「大鯨」の飛行甲板に爆弾が命中し、飛行甲板には大穴があき、負傷者を運ぶ人たちが右往左往しながら大さわぎしている。

みなは《またくるぞ!》と緊張して見張っていたが、それきり敵機は来襲せず、はるかな上空七、八千メートルあたりに、ようやくそれらしいと思われる味方の戦闘機が、空襲も知らないのかゆうゆうと飛んでいる。

敵機動部隊ははるか太平洋上にあって、現在位置からして艦載機による空襲は明朝と予想し、準備していたというが、遠い洋上から米陸軍機であるB25爆撃機を発進させるなど、夢想だにしていなかったようだ。

したがって、来襲敵機のほとんどは中国大陸に到達し、米機動部隊は日本軍の攻撃を受けることもなかった、とのことである。

このことがあって四ヵ月、このたびの出撃は文字どおりそのお返しで、報復のアメリカ本土爆撃行となったのである。

艦の試運転も終わった。飛行機格納筒のなかも、あらためてもう一度点検された。すべて異状なし、準備完了である。

さようなら祖国——永遠の繁栄をいのりつつ、「出港用意!」の号令が艦内のすみずみまでひびきわたる。いよいよ出撃だ。太陽もようやく西にかたむきかけている。

掌水雷長が、もやいをとくために、前甲板から後甲板に走って行く。手すきの乗組員は甲板に整列する。艦長田上明次中佐が豪放磊落《らいらく》な、いつもにこにこした童顔に双眼鏡を目にあてて前方を見ている。

私たち飛行科員は前甲板の、カタパルトの両側に整列するのである。エンジンのかかった気持のよい振動がリズミカルに艦をゆする。

「前進微速！」

田上艦長の落ちついた声が聞こえて、艦は静かに岸壁をはなれて動き出した。

在泊の各艦船はいっせいに登舷礼式——作戦に出動する艦艇を見送るために、それぞれの軍艦の甲板に一列にならんで出撃を祝してくれる。

すぐ近くの岸壁の僚艦からはメガホンで、「しっかりやれよー、武運長久祈ります！」と声をはりあげて激励してくれる。

先任将校福本一雄大尉の「帽振れ！」の号令で艦橋、甲板上に整列した乗組員はいっせいに帽子を高く高くかかげて、大きくまわしながら力いっぱいに振る。見送ってくれる各艦の乗組員たちも一様に、帽子を大きくまわしながら振ってくれる。これがお別れなのか、いやいやすばらしい大戦果をあげるにちがいない、送る人、送られる人それぞれの心の中の思いはまちまちだが、ねがいは大きい戦果をみやげに、また母港に帰ってきてほしいと祈る気持でいっぱいだ。

工廠の岸壁に立つ人びとも手を振って出撃を祝福してくれている。

大きい、新しい軍艦旗がはたはたとなびいて、艦は静かに母港をはなれ征途につく。ふたたび帰ってくるのか、これが最後の見おさめなのか、なつかしさの母港横須賀。

軍港より東京湾へ。太陽が沈みかかり、横須賀航空隊のあたりが、くっきりと西に白く浮いて見える。米本土爆撃の重大任務をおびて、潜水艦伊二五は、いま晴れの鹿島立ちである。

米本土爆撃に行くということは、司令、艦長はじめ少数の士官だけが知っているのみで、大部分の乗組員は知らされていなかった。

だが、私は直接、米本土爆撃の計画を軍令部で説明されていただけに、米国本土上空を飛んで生きて帰れるとは、とうてい思えなかった。日本の山河もこれが最後だと思うと、じつに感無量である。

米国西海岸には開戦後、第一潜水戦隊の九隻の潜水艦が配置され、通商破壊戦で十余隻のアメリカ商船を撃沈している。また軍事施設の砲撃もやったし、彼らにしてみれば、きっとまたやってくる、こんどきたならば一隻残らずかならず撃沈してやると、意気込んで防衛態勢をかためているであろう。その警戒厳重な米西岸におもむくのである。

「総員集合、後甲板!」と伝令がつたえる。

いままで甲板上にいた乗員が、後甲板にいそいで集合する。艦長が双眼鏡を首にぶら下げて艦橋から降りてくる。私たち飛行科員も、そろって後甲板へ行く。当直についている者以外の総員が集合した。その間にも艦は、東京湾口に向かって静かに航行している。ここで艦長の訓示があった。

「本艦はいよいよ三度目のアメリカ西岸に向け出撃する。そして、飛行機をもってアメリカ本土の攻撃を敢行する。したがって空襲が終わるまでは隠密行動し、爆撃終了後は通商破壊戦を行なう。きわめて重大任務である。各自、身体をだいじにするはもちろん、警戒を厳重にし、多大の戦果をあげるよう期待する。終わり!」

先任将校福本大尉の「解散！」の号令で、乗組員はそれぞれに自分の居住区に散っていった。

艦首にくだける波、艦橋を吹きぬける風に向かって立つ私の前に、観音崎の灯台がみえる。そしてはるか西方に箱根の山々がつらなっている。その上に富士山が見えるのは、秋から冬にかけてだが、今日は見えない。

出港するとき、入港するたびになつかしくも、うれしいのが観音崎の灯台である。はたして、ふたたびこの灯台を見ることがあるだろうか。白く大きなこの灯台が、岩壁にそびえて女神のごとく私たちを見送ってくれている。

さようなら祖国よ、永遠に繁栄させよ。両親も妻も子も、兄弟たちも友もみんな元気に生きてくれ——目をとじていの る私のほおに、涙があふれて風に散ってゆく。

10　軍令部からの出頭命令

出撃の二週間前のことである。艦の修理と乗組員の休養のため、母港横須賀軍港の岸壁に係留された伊号二五潜水艦では、全部のハッチが開かれて、艦内の通風はよかった。

しかし、士官室では、汗がにじみ出る暑さである。二〜三人の士官が新聞を読んだり、青写真で修理個所をたんねんに調べていたりで、いたって閑散としていた。

今日は午後から上陸が許可される。私の家族も三、四日前、山口県の岩国市から横須賀市田浦町船越の私の下宿先にきていた。

今年の春、国民学校の一年生に入学した長男も教科書を持参し、妹はまだ四歳の幼児だったが、親子三人で私の外出日を待っているはずである。そして、音感教育のためオルガンを買ってほしいと、かねてよりねだられていたので、今日は鎌倉の楽器店に、それを買いにゆく約束をしていたのである。

「飛行長、ちょっとこい」

田上艦長がせまい艦長室の赤いカーテンをわけて顔をのぞかせて呼ぶ。「はい」とこたえて私はいそいで艦長室に行く。

「中にはいれ」「はい」——私は艦長室にはいった。艦長室はベッドとテーブル、書庫、椅子で満杯であり、きゅうくつなことおびただしい。

「こんな電報がきた」

艦長はこういって、私の前にさし出した。「はあー?」と私はのぞき見しながら、それを受け取って読む。

『伊号二五潜水艦飛行長本日軍令部第三課ニ出頭セヨ』

「艦長、これはどういうことですか?」

私にはなんのことだか、さっぱりわからない。

「うん、オレにもわからん。まあ軍令部に行けばわかるだろう、これからすぐ行ってきてくれ。たぶん井浦部員、井浦祥二郎中佐だろうが、この人は潜水艦担当の人で、八潜戦の参謀から軍令部に行った人だ、オレもよく知っている。井浦に会えばわかると思う」

「はい、ではすぐ行ってまいります」

正直のところ私には、なんのことやらまったく見当もつかなかった。あるいはまちがい電報かもと思いつつ、まあいいや、行くだけ行ってこようと思った。

真っ白の夏の軍服で上陸した私は、横須賀駅より新橋行きの切符を買って電車に乗った。動き出した電車の窓より、おりから降下してゆく飛行機が見えた瞬間、《ああ、あれかな》と思った。

それは十日ほど前のことである。横須賀海軍航空隊に行ったとき、零式小型水上偵察機に爆弾投下機を取りつけていた。私が近づいて、

「爆弾が積めるんですか？」

と問うと、航空技術廠の係官がこたえた。

「六十キロの投下機を取りつけるんです。もちろん、翼の補強もやりました。あなた伊号二五潜水艦でしたね」

「はい、そうです」

「あなたの艦にでも積むんじゃないですか？」

彼が笑みをうかべて、なにげなく語ったそれが思い出された。いよいよ何かある——そのような予感がして、電車がいつもより遅く感じられてならなかった。

新橋駅で下車し、海軍省の古風でものものしい建物の前に立って、行き来する人を見て一瞬、私はためらった。

中佐、大佐、少将とエラい人ばかりで、私のような兵曹長など一人もいない。なんとなく気おくれがしてためらったが、しかたがない。私は思いきって中に入り、二階への広い階段をのぼって右に折れ、入口に軍令部第三課と書いてある部屋の前に立った。

コツコツとドアをノックすると、部屋の中から「はい」と応答があり、私はおそるおそる重いドアを押しひらき、中にはいった。

背広を着たりっぱな紳士がいる。テーブルの上に部長と書いた木の札がある。おそらく少将くらいの人だろう。右の方のテーブルに中佐の人がいたので、いそいでそちらに行って告げる。

「伊号二五潜水艦掌飛行長まいりました!」

「おうご苦労、こちらにきてくれ」

私はとなりの部屋に案内され、「ちょっとここで待ってくれ」といわれ、かの中佐は室外に出て行った。

こつこつと足早の靴音が近づいてはいってきた人は、見るからに武人らしい風貌《ふうぼう》のたくましい中佐である。

「おうご苦労、井浦部員だ。田上艦長は元気か」

「はい、元気です」といって私は頭を下げる。

「じつはね、こんど君のところでアメリカ爆撃をやってもらいたいんだ。いま駐在武官としてシアトルにいたことのある副官をつれてくる。そこに掛けて待っていてくれ」

井浦中佐はそういい残して、部屋を出て行った。

思いがけないことを告げられた私は、体内の血もたぎるばかりに熱くなった。アメリカ爆撃？　いったい、どこをやるのだろう。サンフランシスコ？　サンディエゴ？　シアトル？　ポーランド？　つぎつぎに頭にうかぶ米本土西海岸の主要都市。それとも軍港の航空母艦などの敵艦船か、あるいは工廠か？　いやいやシアトルかポーランドの飛行機工場かも？

それにしても命中しなかったらどうしよう。それに生還はできないだろう。大戦果をあげたいが……命中するまで接近して必中することだ……自爆する以外方法はないかも知れんぞ……。

窓の外を見ると、街路樹の梧葉《あおぎり》が緑こく風にゆらいで涼しげに見え、その上の空に真っ白の積乱雲がむくむくとひろがっている。私の脳裏にも興奮のうずまきがたぎって、つぎつぎと想像がかけめぐる。

コツコツ、コツコツと靴音が近づいて井浦中佐と、背の高い貴公子然としたやせ型の副官が、くるくる巻いた紙の円筒を小わきにかかえてはいってきた。

そして紙の円筒をテーブルの上におき、

「ウエーキ島を占領したときにあったものですが、これだけしかありません」

と、井浦中佐に話しかけながら四、五枚のチャートをひろげる。

「うん、これでいいじゃないか。これならわかるよ」

といいながら井浦中佐は、私に向かっていった。

「アメリカ爆撃は山林だ。副官は駐在武官としてシアトルにいたから、いまくわしいことを説明していただく」

それを聞いた私は、拍子ぬけというか、急に力がぬけてがっくりした。

軍港か、工廠か、大飛行機工場かと緊張しきっていたのに、爆撃目標はなんとアメリカ大陸の広漠たる大森林だという。《なんで山林なんか爆撃するのだろう。なんの効果があるんだろう。ばかばかしいことをやるもんだ》と、心の中は不平不満でいっぱいだった。

「では、私から説明する」

チャートをひろげて副官が話しはじめた。

井浦中佐、それに最初に案内してくれたもう一人の中佐、そして高松宮殿下ものぞいておられる。いま私の前におられる殿下は、参謀肩章をつけられた中佐である。

このとき私の脳裏に七年前の一場面がよみがえった。昭和十年に私が横須賀海軍航空隊第九分隊（水上機実験班）に勤務していたおり、高松宮殿下は海軍大尉で海軍大学校甲種学生として航空に関する実験、研究に従事されたことがあった。

第九分隊長渡辺薫雄少佐や教官の土橋大尉、三分隊長の小暮大尉らの説明を一般甲種学生（ほとんど大尉）と整列して熱心に聞いておられた姿を思い出す。

また東京湾内で潜航中の潜水艦の透視実験には、小暮大尉操縦の一四式水上偵察機の一番機に搭乗された。私は二番機を操縦して他の学生二名を乗せての編隊飛行だったが、私の機が一番機に接近すると、小暮大尉が左手で《すこしはなれろ》と合図する。殿下は熱心に潜航中の潜水艦のようすをごらんになっていたのを一瞬、思い出したのである。

副官の話はつぎのような内容であった。

米西岸は山林が多く、しかもほとんど原始林で、一番おそれているのは山火事である。自然発火することもまれにはある。

いちど山火事が起きると消火のしようがなく、熱い熱風が付近の町を襲い、炎はすべてを焼きつくし嵐のごとくせまってくる。こうなると付近の住民は、命からがら避難しなければならない。

生命をさらす危険に追われながら逃げるさまは、戦争以上の苦しみである。しかも消火の手のほどこしようもなく何日も、あるいは何週間も燃えつづけることすらある。

とくにシアトルの入口に三角州のような場所があるが、ここも山林で、大木がうっそうとしている。しかも都市が近くまでせまっている関係もあって、州政府はこの上空を飛行禁止区域にしている。もし飛行機事故で火災でも起きたら、大変なことになるからである。

したがって、敵のもっとも苦痛とする森林の火災を、飛行機から焼夷弾投下によって発生させれば、その効果は絶大である。

以上が山林爆撃の大要であった。なお、副官はそれにくわえてこう語った。

――日本の飛行機がアメリカ本土まで飛んでくるということは、敵国の士気を沮喪させる効果も大きい。潜水艦がなんどか米西岸に出撃し、通商破壊戦で商船を撃沈したり、あるいは軍事施設を砲撃したりはしたが、米本土爆撃は敵国民を震撼させるために、きわめて大きな効果がある。

副官の説明を聞きながら、たとえ一時的にせよ、山林爆撃なんてばかばかしいと思った自分がはずかしく、申しわけないことだったと反省せざるをえなかった。

《よーし、やるぞ》と私は思った。ただの一機でも日本機が、米本土に進入して爆撃を敢行したとなれば、敵は本土の防衛に多大の精力をそそぐであろうし、また世論もかならず本土防衛、西岸防衛に万全を期せと政府、軍部に要求するであろう。本土防衛の強化はとうぜん、前線兵力の減退につながり、わが方の作戦には大いに有利となるであろう。

それ以上にわが陸海軍、および国民の士気を鼓舞することはまちがいないであろう。

私は手渡されたチャートをだいじにつつんで、軍令部を出て横須賀の艦に帰った。

11 大洋を越えて東方へ

アメリカ本土爆撃のために、母港横須賀軍港を出撃した伊二五潜水艦は、波静かで平穏な航海をつづけた。

艦は大圏コースを航行して行く。大圏コースとは横須賀〜シアトルを通じて地球を真二つに切ったとき、その線上が二点間の最短距離、すなわち大圏コースとよぶものである。

　この場合、三陸沖からアリューシャン列島の南を通り、地図の上では半円形の放物線をえがく。これが最短距離で四千二百八十カイリある。ハワイは日本とアメリカのほぼ中央に位置すると思いがちだが、じつは三千三百七十九カイリもあるのだ。

　とにかくゆだんは大敵である。いつ敵艦隊、飛行機に遭遇するかわからない。平々凡々の平穏な航海でも、見張りは厳重に実施された。

　明けても暮れても見えるものといえば、波と空のみである。しかし、単調と思われる波も空も、よく見ると見るたびに変化する。あるときは金襴のように、あるときは薔薇《ばら》の咲き乱れる花園のように、またあるときは動的な油絵のごとく、その静かな日本画のように、朝と日暮れの色彩の変化の微妙さ、壮麗さはみごとというほかはない。

　水平線も空も、目前にひろがる海面をも真紅に染めて沈み行く太陽、自然の偉大さには驚嘆するばかりで、ケシのつぶのような潜水艦や人間など、この自然のまえにはいかなる反抗も闘争もありえない、あわれな存在にすぎないと感じさせられる。

　もう一つ、長い航海をなぐさめてくれるものに海の生きものがある。あるときにはフカがイルカが、また名も知れぬ四、五メートルもある大魚が艦によりそって競走をはじめるのである。

　遠くでクジラが潮をふき上げながら、二頭がそろって背中を出して泳いでいるのも何度か見た。トビウオが艦におどろいて空中を飛ぶ。かれらは艦尾から艦首まで百メートル以上飛ぶものもいるが、なかにはつい針路をあやまって艦橋に衝突したり、甲板上に墜落するのもいた。

「取ってこい！」といわれて、見張員が急いでひろい集め、食事のさいは塩焼きで食卓をかざることもたびたびあった。

夜明け前に甲板をすかして見ると、昨夜中におりかさなってたおれたトビウオの大群に、大よろこびで「大漁だぞ！」と、歓声をあげてひろいに行ったこともあった。

私は哨戒のため艦橋に当直で立つとき以外は、もっぱら軍令部より持参した海図や水路誌、アメリカ西岸に関する書籍などを引き出して、飛行実施計画をねっていた。

また、ときには新任の田辺航海長、機関長、星軍医長らと士官室の大きいテーブルをかこんでブリッジをたのしんだ。艦長も、筑土大尉の後任で先任将校に着任された福本一雄大尉もブリッジが好きで、仲間にくわわることもあった。

掌水雷長は酒が好きだった。一方、私は酒をのまない甘党だったので、配給の酒、ビール、ウイスキーがそっくり残る。すると、掌水雷長がカルピス、ブドー液、虎屋のようかんなど持ってきて私のそれと交換し、ひとりチビリチビリたのしんでいた。掌水雷長がいい気持になるとじまんするのが、ラングレー撃沈の場面だった。

十数日の平穏な航海のあと、艦はようやく北米西岸六百カイリに到達した。いままでは昼夜とも浮上進撃してきたが、これより敵の哨戒圏内であるから、昼間は潜航、夜は浮上して北米大陸へと近接していった。

九月に入ったアメリカの西海岸は荒れ模様で、波が高い。しかも待てば待つほど状況は悪化して行くようだ。はやく静かな飛行日和《びより》がこないものかと、祈るような気持で待っていた。昼間に潜望鏡で波の状況をのぞいてみると、いぜんとして高い。それでも夕方には静まるであろうと思い浮上してみるが、波はまったく変わらず高い。やむなく夜明け前には静まるであろうと、充電しながら陸地ぞいに北方に航行する。

敵船を発見しても、爆撃終了まではわが所在と意図を知られたくないため、撃沈せずに見逃すほかはない。

艦橋で私は、しばし考えこんでしまった。こんなことが毎日つづくと、乗組員の士気が沮喪するのではないか、一刻もはやく爆撃を実行したいとあせる気持がこうじてくる。

私が士官室で拳銃の手入れをしていると、「飛行長、艦長がお呼びです！」と声がかかった。いそいで司令塔の艦長のところに行くと、

「今日はわりあいによく見える。のぞいて見よ」

という、さっそく潜望鏡に目をあてる。

はるかにアメリカの山々がうす紫色に望見される。白い海岸線の岩壁上に白く、高くそびえているのがブランコ岬の灯台である。わが機はあの灯台の上空から、北東につらなる山脈に入っていくことにきめてある。母艦に帰投するときも、あの灯台上空を通ることになっていた。

「大変よく見えました」

と艦長にお礼をいう。

「体のぐあいはよいか」

「はい、いたって上々です」

と、私はことさら元気に答える。

飛行終了までは当直もぬいて休養するよう命じられたが、かえって手持ちぶさたで時間が長く感じられて、苦痛でさえある。

思えば開戦いらい、なんどか死線をこえてきた。よくいままで生きてこられたと思う。凡人で修養のたりない私は、生への執着をたつことができず、よろこんで大義に殉ずるという心境にも到達しえず、われながら心に恥じるところ大いにあった。『悠久の大義に殉ず』とかんたんに口ではいえよう。人間すべて寿命である、人は一代名は末代、花は桜木人は武士、笑って死地に向かえと。しかし、死を決意するまでには、だれにでも生への執着から脱却するための、大きな苦痛に直面して苦悶したにちがいないのではなかろうか。

それも眼前に敵を見て戦うときは、勢いのおもむくところ決死の覚悟をきめるのもはやいであろうが、平静な幾日かを送りながら、死の瞬間の近づいてくるのを待つ苦しみは、また、たえがたいものがあった。

このたびも飛行すれば、かならずや発見されるであろう。発見されれば、ただちに無数にある敵飛行場に連絡され、敵戦闘機は速力のおそいわが機に殺到して、必中の機銃弾を浴びせるだろう。そうなれば、私はとうぜん、ふたたび生きて帰れることはないであろう。私にできることといえば、武人としてりっぱな、はずかしくない最期をとげたいと、そう祈るだけであった。

もし敵機と出会ったなら、体当たり攻撃をする以外にない。ぶじ帰路につきえて母艦が見えないときは、燃料のつづくかぎりさがし、それでも発見できないときは、あらかじめきめられた海面に不時着をして、母艦の救助をまつことになっている。

かつて豪州、ニュージーランド、アラスカのコジアクなどへの飛行偵察のさいも、第一、第二、第三と揚収地点を選定し、第一揚収地点で揚収不可能のときは、第二揚収地点に行く、

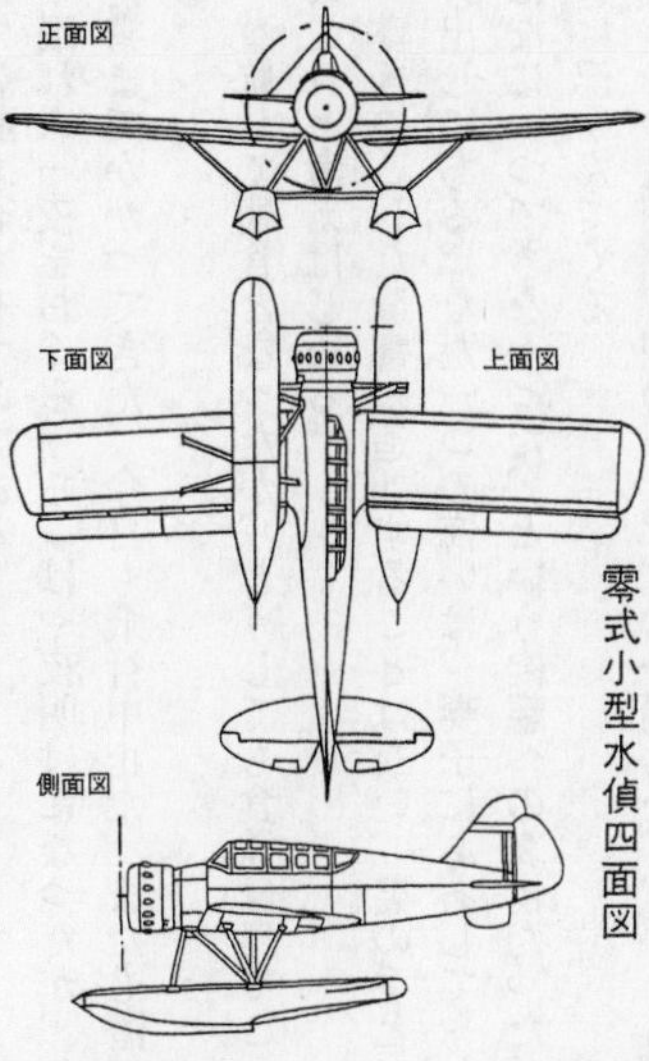

零式小型水偵四面図

第二揚収地点で不可能のときは第三揚収地点に行け、と打ち合わせがなされてあった。

最後の地点で待っていても、母艦がこないときは、すなわち母艦がやられたときなのだ。そのときは自決するだけである。万一の場合は、まず暗号書を沈め、ついで飛行機を海没させるために破壊する。最後は拳銃で奥田兵曹ととに自決する。このことは奥田兵曹と

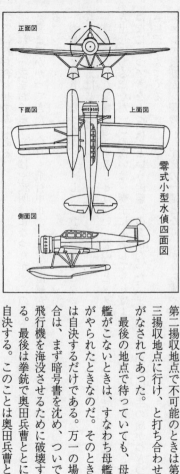

すでに打ち合わせずみである。

眠れぬ一夜をおくるうち、はや夜明けになったが、この日もまた海上は波が高く、そのうえ霧までかかってきた。今日も飛行中止だ。またも潜航がはじまる。この日の針路は南である。

潜航して朝食となったが、どうしても食欲は出てこない。ひとりベッドに横になって、あれこれと考えはじめる。

書きのこした遺書に追加することはない、髪の毛とツメも封書に入れ、遺品として机のひき出しにある。ただ一つの悔いは、妻子にああしてやればよかった、親にも孝行らしいことはなに一つできなかった、という肉親への哀惜だった。また幼な友達や同級生の顔がつぎつぎに浮かんでくる。

《オレの最期が、国のいしずえの一端となり、かならずやみんなの誇り、故郷の名誉となるであろう》――そのような生涯となることを祈るのみである。

そんなとりとめのない思考のあと、私はまた起き上がり、地図を見たり、身のまわり品の整理をしたりする。

戦死すれば、遺品は戦友が整理してくれるであろうが、私はさらにそれらが整理しやすいよう、まだ遺書や遺髪もすぐにわかるようにまとめたが、一番こまったのは、洗濯ができずによごれたままの被服やら、下着類であった。しかし、これもそのままながら、きちんとたたんで整頓した。

12　あれがブランコ岬だ

潜航の一日が終わって、星がまたたきはじめると艦は浮上する。いぜんとして波の高いのにがっかりする。いつになったら、飛行できる日がくるのであろうか。米本土西岸に到着してもう一週間がすぎたのに、毎日の荒天つづきである。

天気晴朗なれども波高し——かつての日本海海戦では好つごうの海面であったろうが、いまは不つごうこのうえない天候で、やるせない気持はつるのばかりである。

艦内におさめてある六発の爆弾も、さぞや待ちくたびれていることだろう。爆弾は重さ七十六キロで、その中に小さな焼夷弾五百二十コが入っている。爆弾が落ちて炸裂すると、その五百二十コが百メートル四方にばらまかれ、千五百度の高熱を発して三十秒間燃える。その間にオレゴン山林は、まちがいなく火災を起こして燃え上がるという仕組みで、これは実験で実証されている特殊爆弾である。

「飛行長、このくらいの波では飛べませんか」

乗組員からこの言葉を聞くと、私は身を切られる思いがする。だいいち、こんなに艦がゆれていては、飛行機の組み立てもできないではないか。かつてニュージーランド近海のあんな平静な波であったホーバート偵察行でさえ、飛行機を破損したではないかと、私はいいたい気持でいっぱいであったが、だまって首を横にふっただけだった。

艦首にちかいカタパルトは、たえまなく波のしぶきを浴びている。すみ切った夜空に下弦の月が寒々とさえて、ひとしお深みゆく秋を感じさせる。

ふとみれば、艦橋のハッチからゆらゆらと煙が上がっている。潜水艦では潜航中、空気がよごれるので煙草がすえない。それだけに煙草好きな者は潜航時間が長いと、浮上するのが待ち遠しい。昼間は潜航して日没後に浮上すると、いそいで煙草盆を発令所に持ち出して煙草を吸う。まさに一服値い千金とでもいおうか、それがじつにうまいのだ。

一本目はみるみるうちに灰となり、つづく二本目、三本目ともなるとはじめて、カビくさいのに気づく。とたんにせっかくの煙草もまずくなる。艦内はじつに湿度が高いのだ。

それだけにだれもが、煙草にカビが生じないよう苦心する。ロウびき紙で密封したり、あるいは母港を出港するとき、お菓子屋で空きカンを買ってそれに詰めたりするが、フタをあけしめするたびに湿気が入って、どうしてもカビるのである。

こんな湿度の多い不衛生な艦内で、よく病人が出ないものと、私にはふしぎに思える。これも生死をかける戦争が生み出す緊張のためであろうか。

幸いに軍医長はほとんど仕事がない。みなが健康であるからだ。いつの作戦行動にも艦は、充分な医薬品を準備して搭載していたが、なにごともなく終わってくれれば、そのまま母港に持ち帰ることになる。だが、士官室では、脚気ぎみの私などはずいぶんと軍医長のお世話になったものだ。いくどとなくビタミン注射を打っていただいた。

いまもまた、ゆらゆらと、潜航前の一服の煙草の煙が流れ出ている。

きのうは北に今日は南に、ブランコ岬を中心に飛行のできる日を待つ。

北米西岸はサケが多い。夜になって浮上し航行していると、サケが一直線に群れをなして艦に向かってやってくる。夜光虫でその航跡がきらきら光る。魚雷かとぎくりさせられたこともたびたびだった。

舷側にくだける波、その波に光る夜光虫、その色もさまざまでじつにきれいである。

電信室に入電してくる暗号電報は、ただちに翻訳されて回覧される。

南方戦線のソロモンでは、日米両軍のしのぎをけずる激闘がつづけられている。ガダルカナルとツラギはアメリカ軍に占領され、おたがいにのび切ったこのソロモンが、いまや世界注視の的となっている。

第二次ソロモン海戦で貴重な空母一隻を失い、陸軍の増援部隊がガダルカナル島に上陸したが、戦況はどう展開するか、全国民の目もただこの一点、太平洋上の名も知れぬこの島にくぎづけされているようだ。

待てば海路の日和あり——爆撃決行の日がついにやってきた。

九月八日、日没後に浮上して見ると、どうやら飛行できそうな海面の状況である。波も小さい。絶好のチャンス到来である。その間にも艦は、ブランコ岬沖へと静かに航行して行く。

昭和十七年九月九日、黎明《れいめい》に近づくにしたがい、海面はいっそう静かになり、ときおりなだらかなウネリが艦をやわらかにもちあげる。秋の夜空に星が宝石のごとくかがやき、空気は冷たく清く、ブランコ岬の灯台がぶきみに光るのみで、あたりはまったく静寂である。

「飛行機発進用意、作業員、作業員、前甲板！」

の号令で、作業員が前甲板にいそぐ。見張員は艦橋で、飛行作業の順調な進捗をねがいつつ厳重に見張りをつづける。敏捷に、確実に、静かに飛行機は格納筒より引き出され、翼が、脚が、フロートが組み立てられ、プロペラがとりつけられて行く。

やがてカタパルト射出準備の圧搾《あっさく》空気も送られ、「試運転はじめ」の命令で、掌整備長が試運転を開始する。艦は針路を北に向け、航行をはじめた。

私と奥田兵曹は、艦橋に立つ艦長のまえにすすみ、直立不動の姿勢で、

「艦長、出発いたします！」

と敬礼する。

「爆撃地点は命令どおりだ、慎重にやれ、成功を祈る。出発！」

その声は重く、視線は交互に二人に向けられた。

夜明けは近い。あたりはしだいにうす明るくなってくる。艦はすでに十四ノット以上出しているのであろうか、舷側を白波がはげしく流れる。

「飛行機に搭乗した私は、操縦桿とフットバーを大きく作動して、故障の有無をたしかめる。整備員が「発動します」と叫ぶ。「スイッチ・オフ」で、エンジン起動のエナーシャがだんだんと回転をましてゆく。「コンタクト！」の声でエンジンが発動する。このころにはあたりが白じらとみえてくる。

「奥田兵曹よいか」

「はい、よろしいです！」

先任将校福本一雄大尉に、「出発準備よし」を報告する。

まず、爆弾の風車止めのピンがとりはずされた。これを確認した私は、エンジン全速にして、カタパルト射出にそなえる。先任将校が赤ランプをふっておろした瞬間、急激なショックで発射され、機は弾丸のように艦をはなれた。

私は上昇しながら高度五十メートルで右に緩旋回をはじめる。七十六キログラムの爆弾二発を搭載しているので、さすがに機は重い。

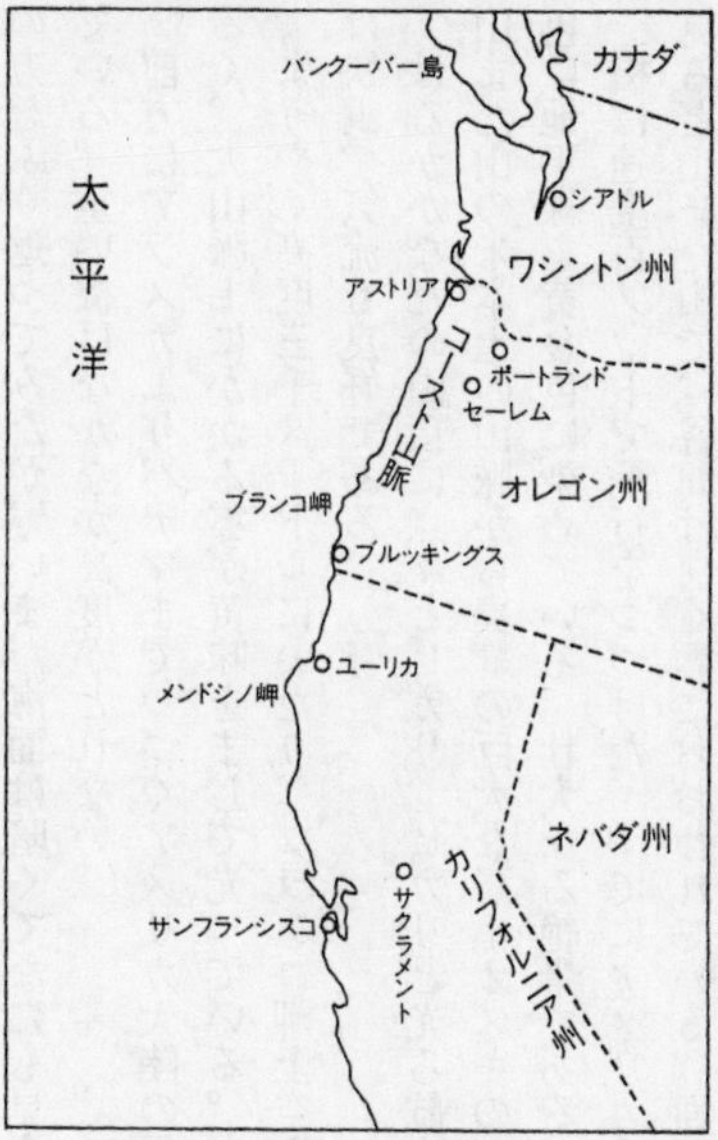

下方を見ると、白波を長くひいた母艦が見える。艦上の人が帽を手を振っているであろうが、姿もうすぼんやりしている。
灯台の光るブランコ岬に機首を向け、さらに上昇をつづける。
「奥田兵曹、見張りを厳重におこなえ」
といって、私はもう一度、母艦

の方をふり返ってみたが、いまだ海面は暗くてなにも見えない。昇降度計はプラス3を指している。重い機はなかなか高度がとれない。

前方にアラスカよりパナマまでつづくアメリカ大陸の長大な海岸線がみえる。東の空は明るく、大山脈上にかかる雲が黄味をまして光っている。

ようやく高度三千メートルにいたり、ブランコ岬上空より針路四十五度に変針する。爆音は快調、気流も良好である。

はるかかなたの山頂に点々とピカリ、ピカリと光る航空灯台も明るくなって影がうすい。山また山の米本土の山脈から真紅の巨大な、ホオズキのような太陽が昇りはじめる。雲を紅色に地平線を黄金色に染めている。壮大なる絶景である。わが生涯最大の日の出となろう。

機は速度百ノットで飛行をつづけた。すでにアメリカ本土オレゴンの山脈上である。下を見ると山また山で、谷間は白く雲におおわれている。周囲にはなにも見えない。ブランコ岬上空よりすでに三十分が経過しており、五十カイリは陸地に侵入している。さらに下方を見ると、一面に大森林がひろがっている。

「奥田兵曹、下をよく見よ、森林だなあ」

「はい、森林です」

「ここに爆弾投下する」

私は機を旋回させながら下を見て、ついで直線飛行にもどした。つぎの一瞬、私は、「用意、テーッ」と叫びつつ、左手でにぎっていた爆弾投下把手を強くひいた。

左翼の爆弾が投下されたので、機はいくぶん右にかたむく。右に旋回しながら下を見る。着弾爆発――パッと閃光がはしり、花火のように散る。

「飛行長、爆発！」

と奥田兵曹が伝声管で報告する。

「よく見ておれ。火災の状況、見張りもよくやれよ」

「はい！」

機首を南に向け、五分間飛ぶ。近づく敵機はないか、それが心配である。

「飛行長、燃えているようです！」

「そうか、よかった」

「つぎのを落とす、用意テーッ」

第二弾を投下するや、急に身軽くなる。旋回しながら下方を見る。またも火花が散った。

「やった！」「爆発！」――二人の声は同時だった。

《よく爆発してくれた、ありがとう》――思わず爆弾に感謝する。

「おーい、火災の状況わかるか、帰るぞ！」

私は機首をブランコ岬に向け、機首を下げて増速する。じょじょに高度を下げる。速度は百十五ノットから百三十ノットとましてゆく。

海岸線付近には人家があるので、この大きな爆音では住民に発見されないかと、不安がわいてくる。そこで私はエンジンの回転を減少するためレバーをしぼる。

高度がぐんぐん低下してゆく。そして前方に海岸線と、突出しているブランコ岬が見えてくる。一刻もはやく海上に出たい私は、いささかあせりぎみだ。

海上に目をやって、私はハタとこまってしまった。商船か軍艦かはっきり見分けられないが、二隻の大きい船が、沿岸から五カイリくらいの海上を北にすすんでいるではないか。しかもその間隔は三カイリほどであろう。

発見されないように迂回すれば、とうぜん時間がよけいにかかる。空は雲一つない快晴である。すでに発見されているかもしれぬ。私はとっさに、この二船の中間を突破することに決意し、高度を下げながら海上を出た。超低空二十メートルほどで海面すれすれの感じである。速度は百三十ノット。

ここまできて、二隻はいずれも商船であることがわかった。それにしても吃水が深い。貨物を満載しているのであろう。

「奥田兵曹、どちらも商船だ！」

「大きいですね」

「うん、一万トンクラスだろう」

二人とも敵が商船だったので、いくぶん気持がらくになった。

母艦は二百七十度方向に待っているはずだが、ブランコ岬より針路二百二十度というニセ航路で飛行をつづけ、敵船からはなれて見えなくなったところで、針路を母艦の方向に修正し、高度も三百メートルまで上げた。

視界はきわめて良好で、雲もない静かな海面である。意外にはやく黒い細長い母艦が見えてきた。

「いたぞ前方に……」

はやる心にむちうって見張りを厳重にしながら接近する。いつものことながらやはりうれしい。われは味方識別の信号をくり返しつつ接近して行く。念には念をと奥田兵曹に叫ぶ。

「敵機にたいする見張りをやれ！」

機上より見える範囲には、一隻の船も見えない。

母艦の上空までは一飛びだ。高度は二百メートル。見れば艦橋で大きく手をふっている。風向をたしかめ、急旋回して艦尾方向より降下着水にうつる。慎重に、落ちついて――。

「奥田兵曹、着水するぞ！」

「はい、よろしいです」

静かな海面に、機はするすると着水する。大いそぎで揚収用デリックの下に滑走して、エンジンを停止すると同時に、デリックを巻き上げられて艦上におろすと、ただちに分解格納作業がはじまる。

私たちはいそぎ艦橋に行き、艦長に報告する。

「艦長、ただいま帰りました。爆弾二発とも爆発火災を起こしました。なお、ブランコ岬沖五カイリの地点に、二隻の大型商船、三カイリの間隔で北進中、速力十二ノット程度です。飛行機異状なし！」

艦長は、「ご苦労、くわしいことは艦内で聞く」といって、艦はただちに潜航用意だ。敵前での必死の作業なので猛烈にはやい。すでに飛行機は格納筒におさめられ、作業員がつぎつぎと艦内に消えてゆく。艦長が命令する。

「航海長、前程進出して商船を撃沈する」

アメリカ大陸がはっきりと見える。視界はじつによく、雲一つない快晴だ。まこと天佑神助というべきだろう。太陽は煌々として頭上にあり、艦はしぶきをあげ、強速十八ノットで航行をはじめた。

艦内では爆撃成功にひきつづいて、二隻の大型商船撃沈命令に殺気だって立ちはたらいている。水雷科はいよいよ魚雷発射のとききたれりとばかり、機敏に作業をいそぐ。

「マスト見えます、右六十度！」

と見張りが商船の発見を報告する。

「魚雷戦用意！」

横須賀出港いらい一ヵ月、毎日の見張りや激浪との戦いの疲労もわすれ、みな勇みたっている。それにしても大胆な行動ではある。敵前での昼間浮上航行による雷撃行である。

そのとき突如、「敵機！」と見張りが大声で叫ぶと同時だった。「潜航いそげ」「ベント開け」の矢つぎばやの号令で、艦は急速に潜航して行く。しかもいつにない急角度でだ。

海面下十八メートルくらいで、ようやく艦が全没したとき、ドドーンとものすごい爆発音が起こり、つづいてまたもドドーンときた。

《やられた》と直感したとたん、電灯が消え、「電信室浸水！」と叫ぶ声が聞こえた。私は士官室で飛行服をぬいでいるところだったが、士官室の天井につるしてある箱が、目の前に落ちてアブラ虫とチリがぱらぱらとテーブルの上に散った、そのとたんに電灯が消えて、真っ暗になった。しかし、電灯が消えたのは艦内全部ではなかったようだ。電気長が懐中電灯を手にして士官室下方の電池室にいそいではいっていった。だが、電信室の浸水はどうなるんだ、艦は沈没するのか。私にはまったくようすがわからず、まさに恐怖の一瞬だった。

そのうちようやく電灯がついた。私は発令所にいそぎ行ってみた。そこには先任将校がいて、おおあわてでその上の司令塔を見上げる私をみて、「浸水はとまった、大丈夫だ」といってくれる。

この一言にほっとした私は、《よかった》と思うと同時に、急に力がぬけて行くのがわかった。

艦橋で見張りをしていた下士官が、まだ荒い息づかいでおどろいたようにいう。

「いや、じつにはやかった。発見したときは急降下の姿勢でした。もうやられたと思いました」

まさに天佑神助か、爆弾は本艦に命中しなかった。しかし、そうとうの至近弾だったにちがいない。そのとき、司令塔から豪快な艦長の話し声が聞こえてきた。

「いや、ひどいやつだ。敵もさるもの、すばやかった、ワッハハ……」

この艦長の大きな笑い声で、艦内にようやく生色がみなぎった。この日は終日、敵の間断なき攻撃がくり返し行なわれ、このため艦は、五十ないし六十メートルの海中で息をひそめていた。

飛行機より投下された爆弾の炸裂音が四回ほど遠方で起こり、またしばらくして六発の爆発音があって、午後には駆逐艦のものらしいスクリュー音が、聴音機に入ってきてすさまじい爆雷攻撃がはじまった。しかし、それらは幸い、いずれもわが艦の位置より遠くはなれていた。

そして日没後、わが艦はようやく浮上して、ブランコ岬沖からはなれて北上し、かろうじて敵の攻撃圏より脱出したのであった。

こうして、あわただしかった一日は終わったのであるが、しかし記念すべき一日であった。このあと軍令部からの電報を受信して、私たちの爆撃行がそうとうの効果があったことがわかった。その電文はつぎのようであった。

『敵側サンフランシスコ放送＝日本潜水艦より発したと思われる小型飛行機オレゴン州山林に焼夷弾投下、数人の死傷者と相当の被害を受く。わが爆撃機は敵潜水艦を攻撃し損害をあたえた……』

このことがあってから、敵の監視はきわめて厳重となり、われわれとしてもいささかのゆだんも許されなくなり、昼間は潜航し、夜間にのみ浮上しては通商破壊を実施するため、敵艦船をもとめて北米沿岸を、北に南にと移動する日々がつづいた。

13　月明下の火花

荒れもようのある暗夜、北進する中型商船を発見し、これに二本の魚雷攻撃を敢行したが、命中せず残念にもとり逃がした。

どうしたことか、その後二回にわたり敵船攻撃をやったが、まるで命中しない。この付近は波が荒いのですこし南下して実施すべく、九月二十三日、サンフランシスコ沖で大型商船を発見し、二本の魚雷でようやく撃沈することができたが、通商破壊の効果はまことに不振であったといわねばならないだろう。

このような魚雷攻撃の不振ぶりに、艦長は再度にわたる飛行機による焼夷弾攻撃の実施を決意した。

「どうだ飛行長、爆弾がまだ四発ある。もう一度、爆撃をやろう」「はい、やります」――これで二回目の爆撃行が決定した。

さて、こんどは出発地点をいずこにするか。一見して地形のやりやすい地点がつごうがよいので、前回のブランコ岬かメンドシノ岬の灯台を起点として、月明の夜に実行することにきめる。

第一回はゆだんしていた敵の虚に乗じて敢行したので、じつに順調に決行できたが、このたびはそうかんたんには行かないだろう。それは連日の警戒の厳重さをみてもわかる。哨戒飛行機や駆潜艇のひんぱんな行動からも推定できた。

いらい満を持しての待機する日々となった。しかしながら、相も変わらず荒天つづきで、波は高くいっこうにおさまる気配はなかった。

九月二十九日夕方、浮上してみると、わりあい平穏な海面である。艦の位置はブランコ岬に二、三時間で到達できる地点である。月齢十二、三日ごろで、モヤがうすくかかっていた。まさに千載一遇ともいうべきか、絶好のチャンスである。

艦は、しだいにブランコ岬沖に接近して行く。夜のふけるにしたがって、海面はいっそう平穏になってきた。月は西にかたむき満天に星はかがやいて、わが征途を祝福するかのように思われた。

いくら、夜間とはいえ、いつ敵の攻撃を受けるかわからない。夜中の十二時すぎたころから、厳重な警戒のもとで飛行作業はすすめられ、大陸も寝静まった午前一時ごろ、わが機はカタパルト射出で発艦した。

灯火管制下か、街の灯りは見えないが、海岸線は月夜だけにはっきりと見え、ブランコ岬の灯台が前回とおなじく光芒をはなっている。

夜間飛行は、とくに慎重でなければならぬ。高度二千メートルで米大陸に侵入する。点々とある山頂の航空灯台が、あいかわらずピカッピカッと光る。

エンジンも好調、機上の私たち二人は、全周の見張りを厳重にして、山岳地帯の上空を飛行しつづける。見おろす地上は黒く暗いが、山と谷の区別は月明かりでよく見える。三十分ほど侵入して、さきの要領で森林地帯に二発の焼夷弾を投下する。二発とも確実に爆発して火花がとび散るのを見る。まずは今回も火災を起こすことはまちがいない。

見張りを厳重にしながら、ブランコ岬上空に引き返す。星が流れて、敵機かとギクリとさせられる。ブランコ岬上空よりエンジンを停止して降下にうつる。爆音を聞かれないためと、はやく高度を下げる目的からである。

高度三百メートルで水平飛行にうつる。まもなく機は洋上に出た。うすい煙霧がかかったのか、月はおぼろである。それでも月光で海面はよく見える。

もうそろそろ母艦上空到着時間であるが、なかなか艦は見えてこない。右側は月光で明るいが、左側は暗くてよく見えないのだ。

「奥田兵曹、下をよく見ろよ」

「掌飛行長、時間です。母艦上空のはずです」

潜水艦は小さいから発見しにくい。とくに夜間は見えにくい。そのままの針路で、あたりを見まわしながら飛行をつづけるが見えてこない。じょじょに不安がつのってくる。気持もいらいらしてくる。

「奥田兵曹、引き返す」

「どこですか?」

「ブランコ岬の上まで引き返す」

「はい！」

機は百八十度旋回して、またブランコ岬に機首を向ける。月側の海面は光ってよく見えるが、反対側は真っ暗でなにも見えない。あるいは母艦を見えない方においで飛行したため通り過ぎたのか？とも思う。

「奥田兵曹、ブランコ上空より針路は？」

「はい二百五十度です」

「五度左、二百四十五度で行く」

「はーい、了解」

ブランコ岬上空より二百四十五度に変針、高度三百メートル、速力百ノットで出なおしである。時間はすでにそうとう経過している。あせる心を深呼吸して落ちつける。

やがて右前方海面に、艦の航跡らしい帯状のもようが月光に光って見えてきた。

私も夜間飛行の経験はずいぶんとあるほうだ。それだけにこんな状況にも、なんども出会っている。これらの模様は油のなすわざである。

「奥田兵曹、艦の航跡らしいぞ、右前方」

「はあー？」

「あれを伝わって行く！」

伝声管で奥田兵曹にそう伝えると、機を航跡にそって飛ばしてゆく。そのうちだんだんと航跡が細くなってきた。しかも、その先端に黒いものが見えてきた。あれだ。

「奥田兵曹、いたぞ！」

「はーい」

安堵のよろこびの返事である。

「識別信号を出せ！」

発光信号をパカパカと送ると、ただちに応答してきた。

「見張りをよくやってくれ」

私はただちに着水にうつり、静かな月光の海面に着水した。そして真夜中の揚収作業も順調に終了した。

さっそく艦長に焼夷弾が爆発し、火災が起きたことを報告して、艦の発見に苦労したこと、そして艦より油が漏れており、相当の量であろう油の帯のおかげで帰艦できた、と報告した。

「そのせいだな、潜航中たびたび爆撃されたのは……応急修理だ！」

艦長は機関長をよぶや、月明下での下甲板の油漏洩《ろうえい》個所の修理と、油タンク移動が行なわれた。おそらくは、さきの敵機の爆撃時にうけた被害で生じたものであろう。艦はまことに危険な状態にあったのだ。

第二回目の爆撃以後は、毎日のように荒天つづきで、たまに波の静かな日は濃霧で、まったく視界がきかず、もはや季節的にも今後の飛行は困難のように思われた。

そこで伊二五潜はもっぱら、通商破壊に全力をそそぐことになった。母港出港後はすでに一ヵ月半がすぎ、はや十月になっていた。艦はエモノをもとめて米西岸ぞいに北上していった。

十月四日、シアトル沖(ブラース岬沖西方二十カイリ)で、大型商船(米タンカー『カムデン』六千六百五十三トン)を攻撃し、魚雷二本を命中させる。敵商船は大火災を起こして、しだいに傾斜して行ったが、ちょうどそのとき上空に敵機が出現したので、われは潜航深度六十メートルで海中に身をひそめた。

そして十月七日の夜のことだった。コロンビア河付近に浮上しての索敵中、水平線に艦影をみとめて暗夜をついて接近し、敵の大型タンカーであることを確認した。ただちに「魚雷戦用意」が発令され、艦内はまたまたの攻撃に殺気だって準備をいそいだ。

艦はタンカーと並航して、十八ノットでその前方に進出し、魚雷発射の準備も完了して、暗夜の水上航行で斜め前方より敵タンカーに接近していった。

このとき私は、哨戒のため艦橋に立っていたが、その大型タンカーが前方に大きくクローズアップされてきた。ずいぶんちかづくなと思ったその瞬間、魚雷が発射された。「オモカージー」の命令で、艦は大きく傾斜して旋回する。艦首からしぶきがはげしく飛散する。

十秒、二十秒、……五十秒……。艦がようやく百八十度旋回したところだった。轟然たる爆発音が起こった。命中だ。同時に敵船は大火災をふき上げた。

ただ船が炎につつまれただけではない。大量の油が海面に流れ出て、それに火がついたのか、あたり一面が火の海となって、まばゆいばかりの明るさになった。

伊二五潜はその昼間のようなライトをあびて、はっきりとその黒い姿を浮き出していた。炎で顔が熱いくらいである。艦長の顔も見張員の顔も、艦首にくだける白波も、後甲板の大砲もはっきりと炎に赤くはえて見えるが、あたりはまったくの暗黒で、ほかにはなにも見えない。

敵タンカー船上は、まさに修羅場である。乗組員は阿鼻叫喚、右往左往している。そして火だるまの船上から、炎の海上にボートをおろしている。

海上に流れ出た油はガソリンであろうか、風にあおられ、地獄さながらの炎の海である。この炎の海でボートはどうなることであろう。まさに目をおおいたくなる火災地獄である。私は戦争の残忍さに戦慄し、身の毛もよだつ思いがした。

艦は燃える敵船をあとに、十八ノットで航行しているが、火の海はなかなか遠のかない。はやく潜航しないと、敵に攻撃されるのではないか。しかし、敵の反撃はまったくなかった。ただ火の海でボートのみが動いているだけだった。

艦はただ、十八ノットで暗やみの中をひたすらに突進している。なにものかに激突するのではないか、そんな恐怖と不安がにわかに頭をもたげ、やりきれない気持だった。はるか後方のタンカーは火の海に、しだいに傾斜して行くようだ。まさに戦慄すべき戦場の一夜であった。

のちに知ったことであるが、その大型船は米タンカー「ラリイ・ポニイ」（七千三十八トン）とのことであった。

14　ソ連潜への痛撃

米本土爆撃二回、敵船三隻撃沈の戦果をあげたわが伊二五潜水艦は、北米西岸の通商破壊戦に終止符をうち、帰途につくこととなった。沿岸より六百カイリまでは昼間は潜航し、夜は浮上してしだいに北米大陸をはなれて西方に針路をとった。

帰途ともなると、やはり人情として緊張がゆるみ、ゆだんしがちになるものだ。そこで艦長は全員に〝横須賀に投錨するまでは戦場だ、いつ敵に出会うかわからない、決してゆだんせず、いっそうフンドシを引きしめよ〟と警告した。

十月十二日、米大陸を六百カイリはなれた早朝であった。見張員の小松一等水兵が、「水平線上、主力艦のマスト二本見えます！」と報告した。見れば、なるほど巨大なマストである。とたんに、「潜航いそげ！」のベルが艦内になりひびいた。

まさかこんな地点で会敵するなど、だれも予想していなかった。それにしてもあの巨大なマスト、いったいどのような戦艦なのだろうか？

わが方には魚雷は一本しか残っていない。こまったことになったものだ。はたしてこの一本で撃沈することができるであろうか？

ただちに「魚雷戦用意」が発令された。ところが、潜望鏡をあげてのぞく艦長の目に映ったのは戦艦ではなく、二隻の潜水艦であった。それが単縦陣で進航してくるところであった。しかもわが艦にだんだん近づいてくるではないか。

日本沿岸ではたらいた米潜水艦が、なつかしの故国にあと二日で到着する、というところであろうか。艦長は自信満々で落ちついている。私たちは、魚雷発射がいまかいまかとかたずをのんで待っている。

「発射用意、テーッ」の号令で、一本の魚雷が艦をゆすぶって飛び出して行った。《命中してくれ、たのむ》——私も心にそう念じながら、時計の秒針をにらむ。ラングレー撃沈のときや、その他のときも四十五秒から一分間くらいで命中している。

秒針が十五、二十、二十五、三十とすすむ。と、そのときドーンというものすごい轟音がした。「命中！」——艦内にさえた声がスピーカーからつたわった。

そのとたんだった。ガーンとすさまじい音がして、わが艦は十メートルか十五メートルほど、海面に向かってたたき上げられたように感じた。電灯が消え、たなの上の食器類がガラガラと落ちちらばった。

《アッ、やられたか？》——いままでにこんな衝撃は受けたことがない。が、しばらくして電灯がついた。だれもが呆然としている。《ああおどろいた》といった顔である。

おそらくは敵潜水艦の魚雷が誘爆して、たちまちのうちに轟沈のうき目にあったのであろう。また、あの衝撃はあまりにも、敵艦に接近しすぎていたせいであろう。

きたない話だが、あとで私は用便に行って、またまたおどろかされた。便器までがもののみごとに破損していたのである。

耳をすましてなおもじっとしていると、ドカン、ポンポンポン、ドカン、ポンポンポンという奇妙な音が連続してきこえてくる。察するところ、残りの一隻の潜水艦が、やみ夜に鉄砲式にあたりの海面に砲弾と、機銃弾を撃ち込みながら逃走してゆく音であろう。

それにしても、惜しいことをした。あと一本、魚雷があったなら、残りの一隻も撃沈できたであろうに……。

戦後に判明したことであるが、アメリカ潜水艦がこの地点で撃沈された、という記録はないのである。

真相はこうである。ウラジオストクを出港してパナマ経由で、本国に回航途中のソ連潜水艦二隻のうちの一隻（L-16）が撃沈されたのである。

もちろん当時、日ソ間には不可侵条約があり、両国は戦っていなかったが、このような戦場を通過する二隻の潜水艦の行動についての通報も受けていなかったのである。

伊二五潜はその後、大圏航路を一路、故国に向け航海をつづけ、十月二十四日、横須賀に帰港したのであった。

その後、伊二五潜水艦は、南方作戦に参加するため『乙潜水部隊』に編入され、前進基地トラックに進出、十二月九日にトラック島を出港してガダルカナル島方面、ニューギニアのブナなどの輸送作戦に従事し、一九四三年二月七日、エスピリッサントの敵前進基地の飛行偵察を敢行し、二月二十四日にトラック基地に帰投した。

そして、私は霞ヶ浦海軍航空隊に、奥田兵曹は鈴鹿海軍航空隊に転勤を命じられ、それぞれの任地で後輩の養成に従事することになった。

第四十期飛行学生を担当することになった私は九月一日、水上機班の学生とともに鹿島海軍航空隊付教官として、学生の操縦訓練の指導をすることになった。

操縦練習生二クラス、飛行学生は四十期と四十一期、そして学徒動員の第十三期、十四期の予備学生を担当した。

その間、Ｂ29による東京空襲があり、切歯扼腕したものの鹿島空の水上機では、なすべきすべとてなかったのである。


（平成元年「丸」四月号、五月号収載。筆者は伊二五潜飛行長）

にえたぎる海底地獄に奇蹟を見た

恐怖の爆雷パニック・伊一一潜の孤独な死闘——宗友郁朗

1　真南シドニー沖へ

海中での航行が延々とつづけられ、豪州シドニー沖へと、伊一一潜のジャイロコンパスはつねに真南をさしている。

海上では灼熱の太陽が照りかがやいていることであろう。あまり波もないのか、艦はぜんぜん動揺を感じさせない。敵の飛行機による対潜哨戒を避けての行動だけに、海面下六十メートルの深度で、速力は四ないし五ノット、まるで牛歩に似た速力である。

今朝、潜航前に作戦室の壁に貼られている海図を見たところでは、わが艦は珊瑚海に近い海面まで南下してきていた。

とにかく昼間は水中にいて、夜になると十六ノットの速力で敵地ふかく侵入して攻撃をかけるのが任務であったから、まさに神出鬼没といってもよいであろう。

当時の対潜水艦用兵器といえば、電波兵器の開発がすすんでいたというアメリカにしても、水中聴音機と探信儀、それと飛行機による対潜哨戒、そして人の目による見張りにたよるしかなかったのである。

陸地から遠くはなれた太平洋の海水はそれはきれいで、あくまでもすみきっている。トラック島やパラオ諸島などで水深三十メートルのところで投錨すると、艦上から錨鎖の数までかぞえられるほどすみきっている。

こんな状態の海域であるだけに、いざ艦が潜航するとなると、すくなくとも六十メートル以上は潜航していないと、敵の哨戒機によりやすやすと発見され、攻撃されることになる。また、同時に隠密性を第一とすべき潜水艦がみずからを暴露するということは、作戦上からも大変な損失をまねくのである。

水中聴音機による対潜哨戒をする水上艦艇では、海中にいる潜水艦のスクリュー音をまず聴知することからはじまるが、自艦からだす主機械の音、またはスクリュー音などがかさなり、潜水艦の音をききわけるのは、そうとうな熟練を要することであり、そのむずかしさは煙幕の向こうの物を見るようなものである。また空気中とことなり、音波の伝わる速度も千五百メートルと速いため、いろいろな状況に左右され、困難このうえもない。

敵の海域で、われはここにおりますとばかりに、スクリュー音を大きくして走りまわる愚者もいないわけである。

一方、潜水艦における水中での索敵兵器といえば、水中聴音機ひとつのみである。いかなる小さい音でも、あやしいと思えばそのむねを司令塔に報告して、音の聞こえやすいように艦の針路をかえてもらうとか、音響管制により艦内を静かにしてもらうとか、いろいろと手だてをくわえて音の種類を知ることが、敵艦艇の存在と種類の確認につながるわけである。

2 魚雷戦用意！

さて、昭和十七年九月七日の朝である。海上では朝もやもとりはらわれ、ギラギラと焼けつくような陽光が海面を照らしているであろう。

私は当直を交代して三十分がたっていた。レシーバーについた汗をふきとって耳をぬぐい、またかぶりなおして聴音機の全周にハンドルをまわしたときだった。これまでとは一変した音がとびこんできた。音源の方向は？ 左二十度付近がなにやらあやしい。右二十度からこんな音は聞こえてこない。

そのころ水兵長であった私は、ただちに上官の、聴音長である重本一等兵曹を起こしに行った。

「長、起きて下さい。なにかあやしい音が聞こえます！」

よし、とばかりにとび起きて聴音室にやってきた長は、私の聞いていたレシーバーをかぶると、音源をたしかめにかかった。けんめいに聴音機のハンドルを操作して聞き入る聴音長に、私は指をさして、「このへんです」と注意を喚起する。

レシーバーに耳をかたむけていた長は、うなるように、「あやしい」と一言だけもらす。

それを聞いて私は、

「とどけます！」（司令塔へ報告の意）と叫ぶ。長が「うん」とうなずく。

「聴音、あやしい音左三十度！」

私が報告すると、

「離すな、右五十度転舵する！」

間髪を入れず、司令塔から伝令の声がかえってきた。

聴音機サイドのジャイロコンパスが、ゆるやかにまわりはじめた。ともすれば失いそうになる音源を、長にかわってレシーバーをかぶった私は、必死になって追いつづけた。

「定針、感度はどうか？」

司令塔からきいてくる。

艦首方向を零度にして艦尾方向を百八十度とした聴音機の目盛板の左右三十度より前方と、左右百五十度より後方は自艦の出す音のために、音が聞こえにくいので転舵したのである。

「左七十度を中心に音の幅が各十度ずつぐらいありますが、種類がつかめません。集団音のようです！」

これまでにもいく度か敵海域で、あるいは学校で聴音訓練のさいに聞いた音とはすこしちがうようだ。

また、前回の行動のさいに聞いた大輸送船団の音とも、かなりちがうようである。船団のスクリュー音と同時に聞こえる主機械の音は、ディーゼル機関とピストン機関の音であったし、これを護衛する軽巡洋艦と駆逐艦の主機械音はタービンだった。

およその場合、輸送船団が組織されるときは、同種類の主機械をそなえた船ばかりで組織されるものだ。ことなった主機械をもつ船だと船足がまちまちになるし、いろいろな条件に左右され、行動が円滑にとれないためである。

かつて、シドニー港外で相まみえた敵さんの船団はたいしたものであった。二万トン級以上の貨物船が四十隻から六十隻、また、これを護衛する艦艇が軽巡洋艦や駆逐艦など二十隻ちかくが守りをかためている大船団であり、それは敵ながら壮観ともいえる陣容であった。

そのうち、わずかながら音が大きくなってきたようだ。ここで私はハッと気がついた。

――そうだ、伊一一潜にくる以前に乗り組んでいた潜水艦で、英極東艦隊と遭遇したさいに聞いたあの音ではないか――まさしくタービンを主機械とした集団音にまちがいない。

「長、タービンの集団音のようですね」……「うん」……「とどけます!」……「うん」

もう一個のレシーバーを装着して聴音長もけんめいに聞いている。

「聴音、左九十度、感二、タービンの集団音のようです。音の幅が動きますが、あまり大きい変化はありません!」

敵さんも長距離行動を得意とする日本潜水艦の襲撃をおそれてニセ航路、つまりジグザグ運動をしているのであろう。

「感度が変わったら知らせ!」

司令塔伝令の声だ。

「音響管制！」つづいて伝令の声がとんでくる。

この命令は、聴音機の機能をよりよく発揮させるため、おのれの艦内の雑音をなくし、敵水上艦艇のスクリュー音や、主機械の音をより聞きとりやすくするためのものであった。艦艇の種別を知ることが、攻撃をくわえるうえに重大なカギをにぎっているのだ。

自艦速力もただちに最微速にされたようだ。速度計の針が、二のところにたっしたり下がったりしている。

ここでさきに記した感度について、かんたんにふれてみよう。一口にいえば、地震の震度をあらわすものによく似ている。

感一とは感度一の略であって、他艦船のスクリュー音らしい音、つまり〈あやしい音〉となる。

感二とは、他艦艇のスクリュー音にはまちがいないが、その主機械の種類がかろうじて判別可能な音、ということである。

感三とは、他艦艇のスクリュー音であること明瞭にして、主機械音の種類の判別も容易であり、主軸の回転数の測定まで可能な音をいい、それぞれの位置も測定可能なる音をさす。

感四とは他艦艇との距離が、さらに近づいた音をいう。

感五とは、他艦艇との距離がまったく近くなり、数分をまたずして通過となるときの音をいう。

以上のように五つに大別されており、訓練と経験によってそれぞれの個人差はあるが、伊一一潜水艦では聴音長の発案によって、増幅器のボリュームにマークをつけ、それら呼称の規準とした。

また司令塔や、発令所の伝声管群のまえにいる伝令には、どこの戦闘配置から報告してきたのかわからないので、かならず自分の戦闘配置や、報告者のいるところをさきにいうように訓練され、命令されたものである。

「感度はどうか?」

こんどは艦長の声だ。当直将校からの報告をうけて艦長が司令塔へ上がったようだ。

「左九十度、タービンの集団音にまちがいなし、感三!」

私の報告が終わるか終わらないうちに、突如、非常ベルが二回なった。つづいて司令塔伝令が、「配置につけ!」と叫んだ。がぜん、艦内はあわただしくなった。

はやくも「魚雷戦用意」が令せられたようだ。発射管室でガタゴト音がするが、聴音にはあまりさまたげにはならない。

魚雷も発射されるまでには、いろいろと手続きをへねばならない。必要な種々の弁を開いてのち、縦舵機の発動とか、燃料弁および室気(酸素)弁の開放とか、さまざまな操作をしなければならないのだ。

そのとき聴音室のドアが開いて、掌水雷長が顔だけをのぞかせて、なにか聞こえるのかと私にたずねる。その後方には、機関科下士官二、三人の顔まで見える。

「タービンの集団音です!」

私はとっさに答えた。

「気の毒だが沈んでもらうか」

掌水雷長はそういいながら、発射管室へと行く。あとにつづくそれぞれの頭には、白鉢巻が見られた。最悪の場合、敵とさしちがえる覚悟はおのずからできているのであろう。

掌水雷長は魚雷のために生まれてきたような人である。いつも目もとには笑いをたたえており、なにを話すときでも、どんなことを命令するときでも、目もとの笑みは消えることはなかった。

しかし、いざ魚雷の積載とか訓練のさいの揚収作業とか、あるいは調整などの場合となると表情は一変し、厳粛そのものの顔つきとなる。笑みをふくんだ目もともどこへやら、射るような目つきになる。

一本の割ピンにも、一つのビスのしめぐあいにも、見落としがないようタカのような目を光らせる。そしてひまがあると魚雷の話ばかり。酒を飲むときでも魚雷の話であり、いわば掌水雷長のすべてが魚雷である、といっても過言ではなかった。

このころ、同僚が二人はいってきていっぱいになった聴音室で、私は聴音長のレシーバーをかりて、けんめいに音源を分離しようとつとめていた。

そのうちの一人に、私は記録をとるようにたのんだ。もう一人は、二、三日前からの下痢で軍医長から絶食をいいわたされているので、兵員室で休んでいるように聴音長にいわれ、そうそうに聴音室から出て行った。

「聴音室、配置よし、左九十度を中心に五度くらいの間をおいて、五つのおなじような音源があります！」

私は伝令が復唱しやすいように、くぎりながら報告した。すると、おり返し命令がきた。

「音の中心のみ知らせ――」

私は復唱すると、足もとのボタンをふんで角度を通報するとともに、感度のみを伝声管におくりこんだ。記録係には感度を報告したあと、角度を知らせる。彼はただちにその時間を記入することになっていた。

ここで、非常ベルについてすこし記してみよう。それは〈長一声〉と〈長二声〉の二通りに使いわけられていた。

〈長一声〉は水上航行のさい敵機を発見するとか、艦（船）影を発見したとき、いちはやく潜航して水中状態にうつらないと危険であるので、そのさいに発せられる合図である。

敵の哨戒圏内を、夜間とはいえ単独よく、水上航行でめざす目的地へすすむとき、その中途で敵に日本潜水艦の南下を知られたら大きな損失である。

水上航海のさいはふつう十五センチ双眼望遠鏡で前方を、十二センチ双眼望遠鏡で左右と後方を、四名の見張員と信号員一名、当直将校一名、計六名で見張っている。操舵員は司令塔で操舵を行ない、発令所伝令が一名と、補佐として聴音員一名をくわえ、つごう八名で八時間ずつ三交代で警戒に当たる。つまり警戒航行、第三配備の当直員である。

とくに水上航行をするさいの潜水艦の艦橋は、すべてが目となる。

艦橋から水平線までの視達距離が約一万三千メートルであり、もし水平線に戦闘機らしいものを発見したとなると、当時の戦闘機の速力でも一分以内で上空に到達することになる。また、敵艦艇の見張員にでも発見されたりすると、それこそ一大事になることうけあいである。そして、全艦あげて犬死になるかも知れないのだ。

また、敵の哨戒機に発見されたりすると、たちまち爆弾や爆雷の洗礼をうけることになる。そのさい発煙筒を投下して自軍の駆潜艇や、駆逐艦に位置を知らされたり、あるいは波おだやかなときなどは着水して、味方艦艇の到着を待つこともあると話に聞いている。なにぶんにも、水中での動力源はバッテリーだけなので、全速力を出して逃避することは不可能に近いことであった。

潜水艦による一回の行動予定日数は六十日、魚雷さえあればこの日数の途中で帰投することはまずなかった。それだけに機関科員は、つねに主機械やら補助機械、バッテリーとか各電動機や発電機の整備点検に追われ、大わらわであった。

見張員もまたしかりである。双眼望遠鏡の目をあてる部分はゴムになっているが、四時間ごとに二時間ずつの当直により、マユ毛はすりきれてなくなってしまい、運動不足と紫外線の不足によって頬はこけ、なにものかを見つけてやろうと精神を集中して見張りをするため、目ばかりがギョロギョロしてくる。

波おだやかなときでさえ、二時間も目に全神経を集中して異常を発見しようとする努力は、並み大抵のものではない。ましてや夜となればさらに大変である。暗夜の視達距離は知れているが、飛行機の排気ガスと同時にでる、ほんのちょっとした「炎」も、絶対に見落としてはいけないものの一つだ。

さらに雨が降り、波が高いときなどの苦しみは、筆舌につくしがたいものとなる。水平線を眼鏡の下三分の一にいれ、上方に空をいれて見張りを続行するという絶対条件も、艦が前後左右にゆれるときなどは、体の安定をはかるだけでも大変である。

ましてみずからの任務が艦の運命はもとより、乗員の生命を左右するとなると、寒いとか、海がしけているとか、そんなことにかまっていられるものでなく、滅死報国の念に燃える人たちであればこそできた神わざであったろう。

またこのとき、あやしい物影でも発見すれば、ただちに大声で当直将校に報告する。とたんに、

「潜航急げ！」

と当直将校がどなる。こうなると見張員は、いままでのぞいていた部分を防水蓋でしめつけ、艦橋ハッチよりすばやく発令所に降り、つぎの戦闘配置につくのであるが、降りるというより、飛び込むといった方がより適切かも知れない。垂直のラッタルにぎり棒を両手に持ち、すべり落ちるのである。

「潜航急げ！」の令とともに発令所では第一ベント弁を開く。すでに海上は上甲板を洗っている。最後に信号員が艦橋ハッチをしめ終わるころ、主機械の空気取入口も排気口もしめられ、〈青〉の表示ランプがともると同時に、「機械室よし」の報告が司令塔へくる。

ついで「ハッチよし」と信号員が叫ぶや、「ベント開け」と当直将校の命令がとび、見張員だった一人が第二ベントを開閉するハンドルを操作すると、油圧によりベント弁はいっせいに開かれ、艦は急速に全没するのである。

われわれ乗員は、エレベーターの降下するときのような感じを味わいながら、全員が戦闘配置につき、各部が「配置よし」と応答するころ、艦は、はやくも深さ五十メートルをすぎる海中に潜航しているのだ。

こうして見張員が異影を発見してから、およそ二十五秒間ぐらいの所要時間で、艦は水深六十メートルにたっするわけである。

これらも、かつては軍歌にうたわれたように月月火水木金金と訓練に訓練をかさね、きたえた海の男の艦隊勤務のあらわれの一つであった。

ひとつのミスも、エラーもゆるされないこの場面で迅速、確実は、もっとも要求せられるところであり、まことにおみごとといおうか、あざやかといおうか、あっぱれな勤務ぶりであった。

3　敵大型空母見ゆ

「聴音、感三、駆逐艦五隻の集団音のようです。音の幅の中央付近に変わった音が聞こえるようです！」

伝令は区切りながら復唱した。

「潜望鏡を出して見る。音の変化に注意せよ！」

と艦長じきじきの声だ。たちまちエレベーターで上がるときのような感じで、艦は浮上にうつった。なにかしら容易ならぬことが起こるような気がする。音の状態から考えると、あるいは敵機動部隊かも知れないのだ。私はもう一方のレシーバーをはずし、伝声管に耳をあてた。

「上げ！」——艦長の声だ。潜望鏡をまきあげる電動機のワイヤの音が聞こえ、カチカチと潜望鏡を旋回させるハンドルの起こされる音がする。と、発令所伝令が、「深さ二十八！」といったとたん、まっていたかのように艦長は叫んだ。

「おろせ、深さ六十急げ！」

「聴音、感四」

「駆逐艦が五隻いる。軽巡らしいマストが見えた。音の変化に注意せよ！」

艦長の命令を、司令塔伝令がつたえてくる。私はレシーバーをかぶりなおし、全神経を聴音にもどした。測定した角度を、足もとの押しボタンで司令塔に報告する。

「回転数をはかれ！」

司令塔からの命令だ。さっそく私は秒時計に注視しながら、いちばん明瞭に聞こえる位置でハンドルをとめ、片手で調子をとりながら、十秒間のリズムを測定して報告する。敵艦は蛇行しているのであろう、音源の動く幅がひろくなった。距離が近くなった証拠だ。

「まもなく駆逐艦の艦底を通過する。軽巡が二隻見えたので、これを襲撃する！　防水扉しめ！」

司令塔伝令が、発令所への命令をこちらも同時に知らせてくれる。

防水扉とは区画ごとに画壁にもうけられた、直径が約一メートルあまりの丸い扉で、いつもは通路になっているが、深々度潜航とか、魚雷戦などで、艦自体に圧力や衝撃をうけるようなさいには閉めるよう命令される。

「聴音感五！」

いよいよ艦艇通過だ。ボリュームを最小にしぼっても音がばかでかいので、たまらずにレシーバーをはずす。頭上ではシャキシャキとスクリュー音の通過する音が聞こえる。艦内のだれの耳にもはいっていることであろう。

「左舷の感度はどうか」

「タービン音感三」

右舷にかわった駆逐艦の音は、左舷聴音の場合は聞こえないようにできている。

ここで私は、そばにあるストップウォッチを見ながら、敵艦の回転数をかぞえはじめる。スクリューには何枚かある羽根のうち、水を切るときにことなる音を出すものがかならずある。その音のみをかぞえることにより回転数、つまりは速力をはかることができるのである。

聴音室ではいぜん、方向と感度の司令塔への報告がつづく。正聴音機で左舷の音を、副聴音機で右舷の音をとらえる分離聴音がつづけられる。私は左舷のみを聴音している。方向、感度は左右とも交互に報告がなされる。

このとき、またもやおかしな音が聞こえてきた。左舷にきこえる二つの音の真ん中あたりである。

「聴音、左舷の二つの音の間にあやしい音が聞こえます!」

「あやしい音はいつから聞こえたか?」

「いまです!」

「種類はなにか?」

「だいたい似ているような感じです!」

「浮上してたしかめる。感度はどうか?」

「左右ともに感三――」

潜望鏡の出せる水深まで浮上するのだろう。浮き上がるときの感じを体で知る。片耳を伝声管にあてると、ワイヤのきしる音がする。潜望鏡を操作するハンドルが動かされているのだろう。カチカチと音がする。

「おろせ、深さ六十、急げ!」

「軽巡の後方に大型空母が見える、しっかり音を聞け!」

艦長じきじきの命令だ。一瞬、聴音室に緊張がみなぎった。聴音長は総員配置のさいは発令所に戦闘部署があるので、留守をまもる聴音室の三人はさらに緊張する。みなもそれぞれにおなじであったろうが、私も思わずふるえがくるほどの緊張をおぼえた。

「聴音、発令所、艦内！　いまから敵大型空母を襲撃する。潜水艦一隻と、空母の交換ならかまわん。みなの命は艦長がもらう！」――

艦長の決意が艦内に披露され、それぞれの覚悟をうながす。いまは午前十時すこしまえで、水上は真っ昼間である。ここで魚雷などを発射して敵に潜水艦ここにあり、と名のりをあげたらどんなことになるか、答えは明らかである。乗員に覚悟をうながした艦長の決意にはなみなみならぬものがあったろう。

すでに通過した五隻の駆逐艦、まさにいま通過せんとする軽巡洋艦、そして空母の後方には幾隻もの駆逐艦がいるであろう。それぞれが対潜用爆雷を五十個ずつ積んでいるとしても、大した戦力である。

われわれは見えざる海中にありとはいいながら、敵さんにも水中聴音機があり、水中探信儀も持っているにちがいない。その精度はわからないにしても、かならずやわれわれを捕捉して、爆雷攻撃をしてくることであろう。

そうなると、ふたたび水上に浮かび上がり、潮の香のする空気を呼吸することはとうてい不可能であろう。しかし、熾烈をきわめているいま現在の戦況下、艦長のいったように、敵空母一隻とわれら乗組員と潜水艦一隻の取り引きも、撃沈したあかつきにはかならずしも損ではない。勝算われにあり――全乗組員百二十余名の命をかけようと、艦長や上部士官の心は一致をみたのであろう。

そうこうするうちに、例のごときシャキシャキとぶきみな音をたてて軽巡は、わが頭上を通過して行く。前回の駆逐艦の音とくらべ、艦の大きさに比例してか、いくぶん重々しい感じがする。

「左舷の音はどうか、リズムは測れるか？」

「感三、大体のリズム……〇〇」

リズム——つまり回転数を測定することにより、敵艦の速力を知ることができるのだ。その回転数と速力は親子のような関係にあり、何型はこれこれと、敵空母の回転数から換算された速力の早見表があった。敵艦艇の速力を知ることは、魚雷攻撃のさいにいちばん必要な条件なのだ。

「聴音、左九十度感三の音の両側に、べつの音が聞こえます、感二！」

「左舷の大きい音のみ注意せよ」

魚雷戦準備も完了したのであろう。ガタゴトさわがしい音もしなくなって、シーンと静まりかえっている。さきほどの艦底通過のさいに発射管の前扉が開かれる音も聞いている。いまや艦長をはじめ乗組員全員の心が、敵空母襲撃の一瞬をまえにして一団となって闘志を燃え上がらせているのだ。敵空母の生命も風前のともしびにみえた。伝家の宝刀の鯉口はすで切られていて、あとは抜き打ちの一時をまつのみである。

いまや完全な音響管制下にあり、なにをすることもできない。手もちぶさたの連中のなかには、首にたまったアカなどを指さきでごしごしこすっている人もいる。

「いまから襲撃する。転舵するが、はなすな。右舷の状況はどうか」

「右舷感三、左舷感四――」

方向は足もとの報知機により報告する。

「潜望鏡を出す――深さ二十八！」

艦長の声だ。転舵するにつれて音源の方向が変わるが、そのつどどんどん報告をする。ここで私は、またも片方のレシーバーをはずし、伝声管に耳をあてた。例のごとくギシギシとワイヤのきしる音がする。

「おろせ、深さ四十！」

ほんの一瞬、ワイヤのきしる音がとまったようだ。敵さんも日本潜水艦がひそんでいることは百も承知で見張りをし、水中測的兵器をフル運転させているにちがいない。われわれの速力は増速されており、潜望鏡を海面に出したことによりとうぜん白波が起こる。これを発見されては万事休すだ。潜望鏡の寸時の上げ下げも、それを恐れての所作である。ここまで追いこんだ敵空母をのがすようなことになると、いままでの苦労も水のアワとなるばかりでなく、猛烈な爆雷攻撃をうけて犬死することになる。おのずからすべての所作が慎重になる。

艦が増速しているため、艦の深度を変えるのにも時間を要しないし、攻撃体制をとるのにもきわめてつごうがよい。

「こんど浮上したら魚雷を打つ！」

たのもしい艦長の決断の声だ。

「聴音、左舷感四、右舷感二！」

発令所の魚雷発射方位盤は、すでに諸元がととのえられているようだ。片耳をあてた伝声管の向こう、すなわち司令塔では敵速、進路、方位角、深度（魚雷のすすむ深さ）などを叫ぶ声がとびかっている。

「深さ二十八、用意！」

艦長の声だ。潜横舵の舵手、その後方にいる先任将校、そして縦舵手。艦を操作する人たちの必死の顔が目前に浮かんでくる。

また発射管室の掌水雷長以下、魚雷発射管員たちの緊張感がひしひしとつたわってくるようだ。みなひとしく魚雷が発進命中してくれと、祈っていることであろう。待ちに待った瞬間が刻々と近づきつつあった。

「テーッ（打てっ）！」

ズシン、ズシンと魚雷を打ちだす発射音が聞こえてくる。まさに魚雷は、このときとばかりにふるいたち、まるで艦をけとばして飛び出て行くように私には感じられた。

十分の何秒かの間隔をあけ、四本の魚雷は飛行機の爆音さながらの音を出して駛《し》走して行った。

ここで聴音は大いそがしとなる。副聴音機の同僚に音源の追跡をたのんだ私は、魚雷の音を追跡することとなる。

「空母の音、左〇〇度」「魚雷音、左〇〇度」

伝声管をうばいあうようにして、息つくまもなくどんどん報告する。

魚雷発射時は空母の発する音と、魚雷の音はかなり開いていたようだったが、両者の音はだんだんとせばまり、ついに音がかさなったと思ったとたん、「キイン、キイン、キイン」――いつもながらの異常音、命中音だ。

「命中音三発!」

つづいて起こった爆発音とともに、われの乗艦はぐんぐん深さをましているようだ。もとより発射管前扉もしめられているであろう。

「バンザイ!」――期せずして艦内には怒涛のような歓声がうずまいた。なかには飛び上がっている者、肩をたたきあってうれし涙をふいている者もいることだろう。

4　頭上の爆雷音

だが、その直後、

「深さ百、音響管制!」

の声で、艦内はもとの静けさにもどった。と、まこと奇妙なことに、さきほどまで、海底までもかきまわすばかりに聞こえていたスクリュー音が、ぴたりと止まっているではないか。

「聴音、スクリュー音全部なし！」

つい最前まで感四から感五のスクリュー音が入りみだれ、何隻のスクリュー音かも判別できなかった轟音が、一時に消えうせてしまうとは——まったくふしぎである。

よもやと思っていた海域で、主力の空母に魚雷をぶち込まれた敵さんも、一時はわっとあわてふためいたことであろうが、気をとりなおして水中測的兵器をフルに使用して、憎き潜水艦探索につとめているのであろう。

それにしても、もう一つふしぎなことは、爆雷攻撃をしかけてくる気配のないことだ。しずけさがかえってぶきみさを感じさせる。こうなると一度は死を覚悟したものの、こんどはなんとしてでも生きのびようといろいろと考えをめぐらせる。

「聴音、感なし！」

報復攻撃のあることは百も承知である。艦長は乗組員一同の命をくれといって、襲撃の決意をかためていたのだ。いぜん、あたりは静寂のなかにあった。

かつて、他の潜水艦がおなじく敵空母を襲撃したことがあったが、そのときも二時間くらいはなにもしてこなかったとのことである。ところが、二時間をすぎたころから、猛烈な爆雷攻撃がはじまってこっぴどい目にあったと、そのときの潜水艦の聴音員が話してくれたことがあった。

すると二時間をぶじ経過すると、まず安泰なのであろうか。さきの同僚が乗り組んでいた潜水艦の安全潜航深度は、六十メートルくらいだったとか。その彼の話によると、敵さんの爆雷はひじょうに浅いところで炸裂するので、君の伊号一一潜は百もあるんだから大丈夫だよ、といってくれたことがあるが、はたしてそうだろうか——。

これもその彼の話によるが、敵さんの爆雷の性能はせいぜい半径二十メートルくらいの有効範囲しかないようだし、軍機、軍機とすべてのことが秘密にされていた関係から、敵さんも日本潜水艦の安全深度に関する把握があまかったのではあるまいか——。いぜんとして、

「聴音、感なし」

である。魚雷が発射されたのが十時すこし前だったから、あれから約一時間あまりが経過していた。敵さんたち、なにを考えているのだろうか。ごちそうをまえにして舌なめずりをしているのであろうか。あるいはまた、沈没にひんしている味方空母を、軽巡らがけんめいに応急工作をしているのであろうか。

とにかく一発、大きな音は聞こえないものか。火薬庫か燃料タンクが誘爆でもしてくれたなら、しめたものだが、相変わらずなんの音も聞こえない。

もとより音響管制下の艦内では、せきばらい一つするのもはばかられる状態で、速力もいまは最微速だ。艦内靴かゴムぞうりをはいている乗員は足音にも神経をつかい、また、やたらと艦内を歩きまわることも許されていない。人間ひとりが大きく位置をかえ、移動したりすると、深度潜航している本艦のトリムが変わり、艦の状態が変わるからだ。

操艦するにも潜横舵を大きく動かすと、敵さんの耳に聞こえるか知れず、便所へ行くにしても、発令所で操艦の全責任をおっている先任将校の許可をうけなければならないので、便

所の戸の開閉に神経を使いながら石油缶に排尿するのだが、この音までがまた気になるありさまである。

「聴音、感なし!」

やがて二時間になろうとしている。全神経がつかれはて、精も魂もつきはてんばかりである。どうやら探信義の送波器もおろされているようだ。

「聴音、感よし!」

「探信はどうか……」

「さかんに音波をだしています。どうも集中されているようです」

「くるかな?」――艦長がそうつぶやいたようであった。

とにかく、水上艦艇のスクリュー音、そしてこれをまわす主機械の音は、聴音員でなければ知ることができないのだ。とくにこの日のような場合、水中で敵を捕捉して、ついで攻撃にうつるまでは、水中聴音員と艦長だけの連係プレイがものをいうのだ。

スクリュー音に主機械の音のまじった不協音の感度、音色の判定、リズムの測定、また探信義による反響音、音および距離の測定などを、そのときどきの異なる条件を克服して、艦長や当直将校にそのままの状況を報告するということは、一面またむずかしいものがある。

艦長が、あるいは当直将校が、直接、聴音なり探信義を操作して実際に聞いたように、すべてを言葉で再現して報告しなければならないのだ。それには訓練と長年の経験によるしか方法のないことなのである。

まず耳がよく聞こえるということも第一の条件だ。それにもまして、感覚も優秀でなければならないし、また表現力も条件の一つにはいるのであろう。みずからの想像による報告は、ぜったいに許されないのだ。

それにしても、魚雷が発射されてからしばらくして止まった、あのスクリュー音はどうなったのであろう。俎上《そじょう》の鯉の心境とはいいながらも、こう生殺しの状態がつづいてはたまらない。敵さんは、いったいどうするつもりなのであろう。

かつて軍艦に乗り組んでいた三等水兵のころ、よく甲板に集められて説教されたあげく、気合いを入れるとか、軍人精神を入れるとかいって、ビンタや、尻をよくなぐられたものだが、〈甲板整列〉でくどくど文句を聞くよりもビンタをとられ、尻を殴られた方がはやく気がらくになったものだ。いまはちょうど、その〈甲板整列〉のさいの気持そのものである。

やがて、時刻は十一時五十分になろうとしていた。こんななかでも、食欲だけは猛烈にわいてくる。相変わらず、感度はない。

「浮き上がって戦果をたしかめる——感度はどうか」

「聴音、感なし！」

「探信、感なし！」

探信義室は、艦の中央よりやや後部に寄ったところにあって、聴音室よりだいぶはなれた位置にある。

と、増速されたのであろう、自艦のスクリュー音がにわかに大きくなった。それにしても、これはどうも剣呑のような気がする。しかし雑念をおいはらって聴音に神経を集中することにする。

「音響管制解除、防水扉開け、手あき食事につけ！　第三配備！」

「聴音、しっかり聞け！」

「聴音、感なし」

私も同僚もレシーバーをしっかりとかぶりなおして、けんめいに聴音につとめるうち、かたわらで伝声管に耳を当てていた伝令が、とつぜん、

「爆雷攻撃！　深さ三十！」

とどなった。

同時に艦尾方向より異常音が聞こえだした。聴音する状態としては最悪の方向だからだ。伝声管にかじりついた私は、とっさにどなり込んだ。

「艦尾方向感三、あぶない！」

「深さ六十、急げ！」

艦長の声につづいて、配置につけのベルがならされた。

「いつ聞こえたか？」

怒ったような艦長の声である。

「聞こえると、すぐとどけました、感四ちかい！」

いまさら詮議《せんぎ》してもはじまらない。

「五十八！」

深さを司令塔へとどける伝令の声がする。

「聴音、感五！」

その瞬間、ダダンダダン、ドカンドカンと五つの大きな音が左から右にかわって聞こえてきた。私は腰をかけたまま大きくふき上げられた。そばにあった扇風機がたおれかかってくる。とたんに電灯が消え、聴音機の電源も切れたのかなにも聞こえなくなり、あたりは真っ暗になった。

ふと気づくと、艦はかたむいたままどんどん沈下している感じだ。レシーバーをはずした私は、とっさに伝声管に耳を当てた。

ドドン、ドドンと、遠くで爆雷のはじける音がする。さらにつづいて遠雷のように爆雷の炸裂音がする。それは聴音機を通じなくてもはっきりと聞こえてくる。

「聴音、聴音不能！」

という私の声に、伝声管がどなり返してきた。

「電池が故障した、すべての動力をとめる！」

いよいよ大変なことになった。爆雷攻撃のショックで電池がやられたようだ。エボナイト製の外側のケースが割れたのであろうか。聴音室にいても、電源がなくてはいたしかたがないので、私はいそぎ前部兵員室へと出てみた。しかし、ここも真っ暗だ。なにやら異様なにおいがする。

5　死からの脱出

「〇〇飛行兵だ、元気かね」

「おう元気だ、しかしくさいな」

発令所伝令がなにやらいっている。私は手さぐりで伝声管のところへ行った。

「全員いまの位置を動くな、必要なものはとどけよ！」

動力のとまった艦を水平にたもつためには、重量のある物はすべて動かさないことにかぎる。

私がなおも伝声管に耳をあてていると、いろいろな声がいりみだれて聞こえてくる。叫ぶような声、かみついてくるような声もある。

「後部主軸より水がどんどん入っています！」

「後部兵員室の者は、米をモーター室に運べ！」

倉庫に米が入りきらないので、デッキに米袋が並べてあったが、トリムをとるためにこれを移動するのだろう。

「浸水がはじまったら知らせ」

発令所伝令の声だ。だが、そのような事態をまねくことになっては、いよいよオダブツである。各区に伝声管があるが、それぞれに人がはりついていることだろう。そして、いろいろなやりとりをかじりつくようにして聞いていることであろう。

「前部兵員室、浸水はしていないようです。電池ガスのために呼吸が苦しくなるようです！」

発令所への報告である。

「前部兵員室のものは防毒マスクをつけよ」

ただちに発令所伝令の声が返ってきた。それぞれが手探りで防毒マスクをつける。やれやれだ。

「深度を知らせ」

と司令塔からいってくる。

「百五十、いっぱい」

発令所伝令が報告している。潜横舵手のまえにある直径四十センチくらいの深度計の目盛りは百五十までしかない。

「二百五十、いっぱい」

とべつの声がする。安全深度百五メートルの本艦も、いよいよ最期がせまりつつあることを感じた。先任将校が潜航中に指揮をする椅子の後方に空気のバルブ群があるが、私の記憶ではその下にもう一つ深度計があったようにおぼえている。

便所へ行きたくなった私が、発令所から許可をもらい、そろそろと二足、三足歩きかけたとき、なにかしら頭と腹のあたりにつかえるものがあるのに気づいた。ふと、防水扉の横下に携帯用の電池灯があったのを思いだし、手さぐりでそれを探り当てスイッチを入れたとたん、おどろいた。

くさいくさいと思いつつも、こんなにまでなっているとは思ってもみなかった。目の前には一面に黄色のガスがたちこめているではないか。一メートルほど向こうがかろうじて見えるだけだ。温度もだいぶ上がっているようだ。

そのとき、「残念だ」という声がすると同時に、士官室との間の防水扉が音をたてた。電灯の光がぼうっとかすかに見える。灯りに近づこうとして私が一、二歩ふみだしたところ、なにやらとうせんぼうするものがある。灯りをあててみると、これはいかに、電線がたばになってぶら下がっているではないか。

兵員室の天井には電線のたばが走っていて、これには五十センチ間隔でバンドがかけられ、バンドの両端は溶接されたビスでとめられていたが、そのビスのすべてがはずれてぶら下がっている。

そのうえ士官室との壁や、発射管室との壁の間の電線（直径二センチぐらいにたばねたもの）もぶら下がり、また各寝台の吊り金具が切れたりはずれたりしていて、それらがとうせんぼうをしていたのだ。

防毒マスクのなかは、汗でぬるぬるして気持がわるいことおびただしい。通路の米袋や缶詰などの食糧をふみつけ、腰をかがめながら声のする方へそろそろ近づいてみると、一人の電気部の下士官がのびている。

ときおり、ぶすっという音がする。聴音室から出たときから聞こえていた音だ。電池がつぎつぎとアースかなにかして起こる音なのであろう。この下士官はそれを防止するために電池室に入っていたのだ。

それにしても、防毒マスクはあまり効果がないようだ。私はマスクをとり、伝声管の近くにいる同僚に、このむねを発令所につたえるようにたのんだあと、私はようやく便所の戸をあけることができた。見れば石油缶の小便タゴまでがひっくりかえっている。やっと用をたしてでたところへ、下士官二人が、たおれている者をひきずるようにして発令所へつれて行くところだった。

このくささと暑さはどうだ、まるで生き地獄だ。私はいまにも船体の全リベットがちぎれて、どっと浸水してくる音が起こるのではないかと気が気でなかった。

と突然、「ズズー」という音がした。たしかにメインタンク・ブローのさいのものだ。同時に体がすーっと浮き上がるような感じになる。

そろそろと聴音室へ帰りついて室内に入ってみて、そのひどさにあらためておどろかされた。扇風機がたおれかかってきたことは知っているが、これほどまでとは思っていなかった。

一インチの木ねじ六本で樫《かし》材の板にしめつけられてあった扇風機は、もののみごとにひきちぎられたように、木ねじをつけたまま腰掛けの上にころがっている。そして、さきほどまで使っていた秒時計がたたきつけられたようにガラスがこなごなになり、秒針はなくなり、文字板はすっかり変型している。

いぜんとして、「ブーズズ――」とブローする音がする。

作業のある者のほかは、その位置を動くなと命令されている以上、くさいから、暑いからといって発射管室へ勝手にぬけでることは許されない。

電気部の下士官が床下をはぐり、電灯をもって電池室に出入りする音がときおり聞こえるが、ともにマスクをつけているので、言葉をかわすこともできない。それにしても、マスクの効果はうすいようだ。呼吸がだんだん困難になってくる。

「万歳！」

突然、だれかがさけんだ。マスクをつけているのにおかしいなと思い、電池灯の明かりを声のした方にむけた。しかしながら、暗黒でなにかしら心細く点灯したままにしておいたので、光はだいぶ弱くなっているうえに、黄色いガスのためになにも見えない。私は思いきってマスクをはずしてみた。だいぶガスにはなれたようであったが、はげしい臭気が一時におそってきて、目は痛み、涙がボロボロと落ちてくる。

「どうしたんですか？」

七、八名の者がかたまっている方へ私は近よっていった。

「バンザイ――」

またも一声だけだったけれど、悲痛に叫ぶ者がある。さきほどの声とはちがうようだ。

それは二、三日まえから下痢をして軍医長から絶食をいいつけられていた連中であった。

なかでも重症の者たちが兵員室にのこされていたことを思い出した。近よって見ると、すでに彼らは完全にのびている。電液と海水の混合した悪性ガスを呼吸し、そのうえ絶食をしていたという悪条件が重なって、ついにのびてしまったらしい。私はいそいで伝声管のそばに行き、発令所へたずねた。

「前部兵員室、藤本飛行兵曹以下九名の者がいますが、ガスをすい、たったいま三名の者がのびてしまいました。移動してはいけないか……」

「元気な者四名は発射管室へ行け。たおれている者は発令所からむかえに行く。発令所へきたら知らす、その後に行け」

まもなく発令所から三、四人の人がきて、「元気を出せ、しっかりしろ」「くさいだろ」「暑いじゃないか」などと、口ぐちにいいながら重傷者をつれていった。

「かわってよろしい」という発令所伝令の声で防水扉のところへむかうと、すでに四名の者が集まって待っていた。私が「イチッ」と声を出して一人の背中をたたき、押し出すように発射管室への丸い穴をくぐらせる。「ニイッ」「サン」とつぎつぎにくぐらせ、「シイッ」と叫んで最後に私が開口した防水扉をくぐろうと頭を下げたとたん、すっとなにもかもが軽くなったような気がした。

黄色のガスのむこうになにものかが見えていたのに、発射管室の一部のありさまも見えていたのに、一瞬ののちなにも見えなくなってしまった。だれかがなにごとかいっているようであったが、なにをいっているのかまったくわからなかった。完全にのびてしまったのだ。

のちに聞いた話だが、私はそのとき「なむあみだぶつ」とくり返しいっていたそうである。生前の母から人間最後のときに「なむあみだぶつ」ととなえて息をひきとることができたら、かならず極楽へ行けると聞かされていたことはおぼえてはいたが、ゴクラクとはどんなところか知らないし、死とはいかなることかあまり考えてみたことはなかったのに、われながらふしぎでならなかった。こんなことがあってのち、私のあだ名は「ノッポ」から「なまんだぶ」にあらためられた。

のどのかわきを感じて目がさめ、気がついて見ると寝台に寝かされていた。しかも私の体は、ロープで寝台にしばりつけられてあった。いちばん高いところの寝台は先任伍長の寝台なのに、これに寝かされ、艦がかたむいても落ちないようにしばりつけてくれたのであろう。

——がたごとなにごとか音がする。人声もする。だんだん意識がはっきりしてくるようだ。のどがかわいてしかたがない。

「いちにの……いちにの……」

二、三人の人がかけ声をかけているのがはっきりと聞こえてくる。首をもち上げてみると、一人の魚雷発射部員が、導管をもって魚雷の一部にとりつけようとしているらしい。

私はロープをとき、寝台から降りようとしたが、足もとがふらついてたよりないことおびただしい。しっかりと両手でハシゴにしがみつきながらそろそろと降りる。作業をしているところだけが小さな電池灯に照らされている。足もとに気をつけながらそばへ近づこうとする。その物音で気づいたのか、みなの目がいっせいにこちらへむけられた。

「お前、生きていたのか？」

一人の下士官がびっくりしてさけんだ。

「いま何時です」と聞くと、「五時半をすこしまわったところだ」という。頭上は夕やけで真っ赤な太陽が西にかたむいていることだろう。——とぼんやりと考える。

のどのかわきをいやすべく、加給品を入れてあるボックスのふたをとろうとすると、一人の下士官が、

「おい、サイダーなんかはみなわれたよ。ひどいもんだ」

といったが、あきらめきれない私は入れ物のふたをとり、手をつっこもうとすると、同僚のひとりが、

「おい、手を切るぞ」といって、ほとんど消えかけた電池灯をもってきてくれた。なるほど横にして入れてあったサイダービンはみな割れてしまい、甘いかおりのみがする。思わずつばをのみこむしまつ。たてて入れておいたビールが三本、ぶじな顔をのぞかせている。ほかの三本はおなじく割れていた。

「ビールがありました」といって私がその三本をさし出すと、みなはセン抜きなどさがすひまなどあらばこそ、たちまち歯でセンをふっとばした。シューッといきおいよく泡が出かかるが、口のおむかえでラッパのみに成功、のどに流し込んだそのビールのうまいこと。ほかのみなもおなじようにまわし飲みしている。

ひとり一日一本あてあたえられたサイダーが全滅とはなさけなや。真水の搭載量の少ない

潜水艦ではだいじな飲料水なのだ。それにしても、至近距離で爆発した爆雷は五発であったが、その威力の大きさにおどろき、あらためて空オソロシサをみせつけられたのであった。

「うろうろしていると落ちるぞ！」

といわれて足もとに目をくばると、爆雷戦のときにはがされた床板がそのままだった。電池灯も必要以外は点灯していなかったからなおさらである。

「深度はいくらですか？」――だれにともなくたずねると、「百十だ」と掌水雷長が答えてくれる。

発射管室にも深度計があるが、百五十メートルまでしか目盛りは、しるされていない。掌水雷長が話してくれたところでは、この深度計の指針が反応するまでの一時間くらいの間に、艦は何回となくメインタンク・ブローを行なったそうである。そして、百メートル近くの深度に浮上するまでに、ほとんどの圧搾空気を使いはたしてしまったとのことであった。

とにかく、ここまで浮き上がる程度しか気蓄器には空気がないというのだ。すると日没がすぎ真っ暗になるまで、あと二時間はこのままでいなければならないことになる。

ところがさいわいに、空気魚雷を四本積んでいたので、これの空気を使用として導管をつないでいたのだという。掌水雷長がぽつりと私にきく。

「水測、魚雷の命中音は三本だったのう」

「はい、三本の命中音と三つの爆発音を聞きました」

と私は答えた。元気だった同僚たちもおなじようなことをたずねられたことだろう。

もしここで、魚雷の空気を利用して浮き上がることができたら、とんだ皮肉になるだろう。

こんどの作戦行動につくまえ、基地での魚雷搭載時に空気魚雷を積まされるといって掌水雷長以下の魚雷部員や、水測員の私たちまでがぶつぶつモンクをいった事実があるからだ。はっきりと雷跡のわかる魚雷を積みこんでどうしようというのだ、とさんざん悪態をついたあげく、その魚雷の空気を使って最後のけりをつける、というのであるからまったく皮肉というほかはない。

6　甦った伊号潜

この日の正午すこしまえに爆雷攻撃をうけてから、すでに約七時間が経過していた。艦内の気圧もそうとうに上がったことだろう。最悪の状態とはいえ、よくももちこたえたものである。戦死者がでたという話もいまのところはないし、ただ、頭ががんがんするほど痛いのがたまらない。

「いまから浮上する。砲戦用意！」

発令所伝令がこう伝えてきたところを、魚雷部の若い兵隊がおしえてくれる。いつもであれば浮上するまえは念入りに聴音をして、水上に敵艦艇がいないか、なにか音はしないかを充分に聴音でたしかめてから浮上するのだが、いまは即浮上である。電源も不能となり、しかもあれだけのショックをうけたのだから、おそらく聴音機までも故障しているかもしれない。

蛇足ではあるが、聴音機では空中の音は聞くことはできない。いつか波の静かな日に雨の降る音が聞こえたことはあるが……。それにしても、どれくらいの電池がやられたのだろうか。

私も発射管室へ行くまでは、「浸水がはじまった」という声がどこかでしないだろうか、あるいはリベットが切れる音がしないだろうかと、それればかり気になっていたのだが、いまは水深も約百メートルと聞くし、まずはリベットの切れる心配はなくなっただろうが、また一方で、新しい不安が頭をもたげてくる。浮上しても主機械は運転可能なのだろうか、という心配である。

それにしても、敵部隊を捕捉してから先刻までのできごとが遠い夢のように思え、そのうえだれかに聞いた思い出ばなしのような気さえしてくるのだった。

いずれにせよ、浮上して敵の艦影が見えたなら、十四センチ砲の一発でも二発でもぶちこんでやろうと、艦長はまたも決死の覚悟をかためられたのであろう。

機関科員は電池灯や懐中電灯をたよりに、けんめいに機関の状態をしらべたことであろう。まして補助機関員の人たちは大変なことであったろうと思う。もしも補助発電機を運転することができなかったら、すべての機械は運転できなくなるのだ。補助機関員たちは、神にも祈るような心持でいるであろう、と察せられた。

「メインタンク・ブロー！」

発令所伝令のはずんだ声が聞こえると同時に、ブーズとブローされる音とともに、わずかながら艦が浮き上がるさいの感触がする。艦はいよいよ浮上の武者ぶるいをはじめたのだ。いざ砲戦となれば、「伝令」の任務につくことになっている私は、そうそうに発令所に行かなければならない。私は暗い電池灯をたよりに、そろそろと発令所へとむかった。

このとき、耳が「ツーン」となった。海面におどりでて艦のハッチが開いたようだ。思わずツバをのみこむ。

作戦室のドアが開いているのでのぞいてみると、やはり電池灯の明かりの下で参謀がふたり、洗面台下の汚物缶がひっくりかえったのを、けんめいにタオルでしぼりとっている。海上はあまり波はないようだ。発令所にはすでに砲員たちや見張員がつめている。

「おい目玉、おまえが今日の空母をつかまえたのか、殊勲甲だな」

「ガスをすって死んだと聞いたのに、おまえ生きていたのか」

いろいろな言葉が私になげつけられたが、ただニコニコとして受けていた。

「爆雷がよく五発ぐらいですんだなあ」

みなは口ぐちに好きなことをいっている。あんがいみんな元気だ。ガスのため一時は失神した私でさえ元気なのだから、当然のことかもしれない。

ここで補助発動機を起動しようとしたらしいが、一回目はどうやら失敗したようだ。いままで勝手にいいたい放題のことをいっていた連中も、さすがにおしだまっている。

「補発はまわらんのか?」

とだれかがいうと、すぐべつの声が、

「あの調子じゃすぐにもまわるぞ」

という。補助発電機がまわらないと、主機械に必要なターボが運転されず、それこそ最悪の状態となることを覚悟しなければならない。それだけに、いまは艦の乗員全員が補助発電機の起動運転を祈っていた。

始動に成功すれば、まず電灯がえられるし、食事にもありつける。艦内の換気がなされると同時に、艦底ビルジの浸水を排除することもできるのだ。主機械も異常はないとのことで、どうやら運転可能らしい。ただ、燃料タンクがやぶれて重油が流出してはいないかと心配だが、それもリベットが切れる音は聞かなかったから大丈夫だろう。

しかしながら、敵さんの制空圏下にいるいま、われわれがここから脱出するためには、まだ二昼夜は全速にちかい速力で突っ走らなければならない、という。

毎日、午前零時に自艦の位置が作戦室の壁にはりつけられた海図に記入されるが、浮上するまでになにをすることもできない、ここの配置の人がそんな予想をたてたのであろう。

この間にも議論は百出した。明日はかならず空襲されるぞ、そしてあさってもやられるかも……しかし、明日後日は飛行機も燃料の関係からそうそうは長時間の戦闘はできまい、とにかく明日はこっぴどくやられるだろう——これがおよそ一致した意見であった。悲観論と楽観論がいりまじりにぎやかなことだ。だが、この予想もまんざらウソではなかったのである。

発令所の下にある補助発電機室では、白鉢巻の下士官や兵がうす暗くなった電池灯をたよりに、けんめいに調整作業をすすめている。

ブスブスッダダダン——補助発電機もようやくまわりはじめた。聞きなれた快いリズムだ。

「砲員はしばらく発令所で待機せよ！」

の声とともにパッと電灯がともされた。「すごい」——だれもがさけんだ。まさにその通りだった。天井に所せましと張りめぐらされた電線のバンドが切れてばらばらだ。

空気パイプも一部ぶら下がったものがある。よくも破れなかったものと感心する。もし二百二十キロもある高圧空気が艦内に吹き出していたら、どんなことになっていただろう。いろいろと想像すると慄然とせざるをえないことばかりだ。しかしいま、私たちは海上の人となっている。やはりうれしいことには変わりはない。

「腹がへったのう」

だれかがいった。そうだ、けさ朝食をしてから、なにも食べていなかったのだ。

ただちに主計兵が呼びよせられ、倉庫から乾パンや桃、パイナップル、梨缶などの缶詰が出され、それぞれの居住区へくばる準備が開始された。一包みの乾パンをもらった私は、それをポケットにつっこむや、艦橋へ上がってみようと、司令塔までのぼったところ、操舵員の下士官が、

「おお、ええところへきた。舵をためすから手伝ってくれ」

といいおいて発令所を降り、後部兵員室の方へ行ってしまった。いささか面くらったが、この種のテストはたびたび手伝ったことがあるので、要領は心得ている。しばらくして、「おーい、やるぞ」といってきた。伝声管につたわる声も、なにかしらはずんでいるようだ。「中央か?」「中央です!」のやりとりから、「面舵一杯」「取舵一杯」とはじまった。私はそれを復唱しながらいわれた通りに操作する。そこへ操舵員長が帰ってきたかと思うと大声で、

「舵操置、異常なし!」

と艦橋にいる艦長へ報告する。

「主機械を発動します!」

機械室伝令の声である。あたりにだれもいないので、やむなく私は、このことを大声で艦橋につたえた。ハッチが開かれたとき、すぐに艦橋に上がって見張りについていた人がこれを復唱してくれた。

「前進原速!」

艦橋から声がかかった。テレグラフを原速の位置にすると、機械室からおなじ位置へ応答があり、ただちにターボが運転されはじめたのだろう、強い空気の流れが司令塔を通りすぎる。つづいて主機械が発動された。快いリズムだ。あわよくば基地へ、いや、日本へ帰れるかも知れない――ふとあわい望みが浮かび上がってくる。

と、操舵員長が大急ぎで艦橋へ上がっていった。たぶん羅針儀のことを、航海長に報告に

行ったのだろう。
まもなく降りてきた操舵員は、磁気羅針儀を指さし、その零度方向へ艦をすすめるように
といわれたといい、
「いま海上は空も真っ暗で、天測もできない状態だ。オレはいまから転輪羅針儀を点検起動
してくるから、しばらくたのむ」
といったかと思うと、あたふたと発令所へ降りて行った。私は舵輪を操作して磁気羅針儀
の零度に艦をむけ、大声で艦橋へ、
「よーそろ零度」
とさけんだ。相変わらず、前方見張員が復唱してくれる。すこし波とうねりがあるようだ。
艦がゆるく動揺する。つい先刻まで海中に宙吊りになって、死んだようになっていたわが伊
号一一潜は、いまやふたたびよみがえって潑剌とした姿で海上を快走している。なんと愉快
ではないか。
敵さんよ、ざまを見ろ、うまくしとめたつもりだったろうが、これこの通り、といいたい
ところだ。とはいっても、艦内は哀れをきわめた惨状だ。しかしながら、まだまだ魚雷はあ
るし、十四センチの大砲も二十五ミリ機銃四門もある。びくびくしたものではないぞ――。
そこへ機関長が下から上がってきた。艦橋にいる艦長に、機械やらその他のことで報告や
相談に行くところなのだろう。灯火管制をした司令塔内は暗いけれど、いろいろな表示灯が
点灯しているのでほのかに明るい。ふと足をとめて、じっと私の横顔を見ていた機関長が、

「おまえは大したやつだ」

と一言のこして、まっすぐな階段を艦橋へと上がって行った。なんの意味やら私には理解しかねたが、日ごろ無口な機関長が、よくもあんなにいってくれたものと、いささかあっけにとられて見送っていた。

7　重油の航跡

やがて七時となった。浮上してから二、三十分はすぎたであろう。艦は快調なリズムに乗って北上している。私は乾パンをぼりぼり食べながら、さきほど機関長にいわれた〈大したやつだ〉という言葉を思い起こしてみた。

いかに、たまたま私が当直中だったとはいえ、敵さんの機動部隊を聴音で捕捉し、その主力戦力である空母襲撃の端緒をつくったことは、やはり〈大した〉ことだったのであろう。私はしらずしらずのうちにニタリとしていたようだ。

「全速強速！」

艦橋から命令がきた。テレグラフをその位置にもって行くと、主機械から応答があってすぐに回転が上げられ、リズムが速くなり、振動に変わっていった。艦長も一刻もはやく敵制空圏下を出ることに重点をおかれたのだろう。さきほどまで十二ノットをさしていた速度計が一気にあがり、いまは十六ノットをさしている。

そこへ先任将校が艦橋から降りてきて、ちょっと足をとめた。

「よう元気か?」

そう一言いって、すたすたと階段を降りて行く。

「警戒航行第三配備……砲員、機銃員は発令所に待機せよ」

艦橋から命令がつたえられた。ここで空母襲撃まえに三配備で潜航していたさいの次直が、操舵の当直になってやってきたので私は、転輪羅針儀はセット中であること、磁気羅針儀により航海中であり、針路やテレグラフ操舵装置にも異常のないことを申しついで交代した。

発令所に降りてみると、洗面所の壁になにやら大きな紙に書かれた物が張り出されるところで、人だかりがしている。近づいてみると、

――われわれは敵機動部隊の空母を襲撃したが、その戦果は残念ながらたしかめられなかった。いまから全員一丸となって陛下の潜水艦を守って帰投し、一日もはやく修理復旧して戦列に復帰しよう――

といった主旨の艦長からの訓示が書かれてあった。

これまでの戦闘の経過や、もろもろのできごとは、すべて電報で送られていることであろう。後日談であるが、私たち一一潜が敵機動部隊と一戦まじえたあと潜航不能となり、帰投しつつあるころ、トラック島にいた潜水隊旗艦「香取」や潜水母艦靖国丸では、夜が明けて敵機の襲来を必至とみて交信電波のなくなるのを待っていた、とのことだった。

不幸にして友軍の潜水艦が行方不明になったとき、その艦名を略語でよびつづける電波のモールス符の悲しさといったら、聞くにたえないものであった。

水上航海中は艦内でも喫煙を許されていたので、私は喫煙室に行ってみた。喫煙室といっても洗面室がそれで、三人も入ればいっぱいという部屋だ。そこには石油缶の上面をぬいたタバコぼんがあり、これをかこんでの雑談に花を咲かすところである。

さて、そこへ顔をだしたとたんに、さきほど発令所でいわれたような言葉が、雨のごとくに降りかかってきた。ここでも私はいちやく英雄にまつり上げられた。いささか面映いが、わるい気はしない。みなはさきほどの悪戦苦闘はどこへやらといった顔つきである。

聞くところによると、電池は八十パーセントもやられていたとのことである。潜水艦で電池がやられるということは、ツメをもがれたカニのようなもので、じつにあわれなものだ。

喫煙室での話題も、明日はかならずやってくるにきまっている敵の飛行機に集中する。はたしてどんなやつがくるのだろうか。そのうち話の場所が、作戦室の壁ちかくへ移動した。

天測が終了したのだろう、艦の位置が時間とともに記入してある。コンパスをもってきた一人が、敵さんの空軍基地から予想される針路と自艦の位置を出し、戦闘では対空時間がみじかいから大したことはなかろうが、大型の哨戒機だったら、骨のおれることになるぞ、一時間以上は対空戦闘をすることになるだろうと予想をたてる。

そうなると対空戦闘の経験どころか、一発の敵の銃弾もうけたことのない私たちには大きな不安となる。

だが、沈着な先任将校や豪胆な艦長、ベテラン大尉の飛行長もいることだし、見えざる敵にはこっぴどい目にあわされたが、明日からの敵は見える敵ばかりだ、とみずからにいいきかせたりする。十機や十五機くらいの敵など知れたものだ、どんとこい、といって胸をたたいたのは機銃の射手だった。

敵さんは日本潜水艦を爆雷攻撃により沈没せしめたものと思っているにちがいないが、そうは問屋がおろすものか、このとおり生きてぴんぴんしているぞ、といいたいところだが、潜航できないのだから、いささかあわれである。

あれほど厳密な機密試験をやった燃料タンクであるが、あるいは重油のもれがはじまっているかもしれず、そうなると航跡に重油をひいていることになるから、これを発見されて後を追いかけてこられては、はなはだやっかいである。万が一、それが的中していれば、はやければ明朝九時にはくるだろうということで、みなの意見も一致したのであった。

このとき、「砲員、機銃員解散」が発令されてきた。

主機械は順調にリズムをきざんでいる。一刻もはやく艦を基地へもち帰ろうと、機関員もけんめいのようだ。

兵員室に一歩ふみいれると、だいぶうすれてはいるものの、相変わらずのくささである。しかし、ガスは換気されたせいか、色までは残っていない。

震動でちらばったものや落下したものを、兵員室の居住者たちが総出でかたづけている。ここでも私はひとしきり、いろいろな言葉をあびせられた。

やっとの思いで発射管室に帰ってみると、ここでも大変だった。電線はぶら下がり、空気パイプの止め金がはずれて、オレはこうしているのがラクなのだといわんばかりに、思い思いの方向へつき出したり、そりかえったりしてまったく目茶苦茶だった。

魚雷部の下士官たちが魚雷の固縛《こばく》状態を調べていたが、どうやら異常はないとのことだった。べつの下士官が発射管から水をぬいていた。

とにかく、手あきのものが全員で散乱したものや、爆雷ではがされたプレートなどを復旧し、居住にさしつかえのないように整備する。一通りの作業を終了したところでベッドにころがり、けさからのできごとをいろいろと思い出しているうちに、いつしかねむってしまった。

どのくらいたったろうか、「食事ですよ」とゆり起こされた。乾パンのほかはなにも入っていない腹はたしかにすいていて、その夜の食事はべらぼうにおいしかった。

食事のあと、当直をしたり、ねむったりしているうちに平穏な航海がつづき、長かった夜が明けはなたれた。この朝、希望者には艦橋に上がることが許された。もはや潜航することができなくなった潜水艦では、艦橋への〝散歩〟を制限したところで、しかたがなかったのであろう。

艦橋に上がってみると、まばゆいばかりの朝の陽光がきらきらかがやき目が痛いほどだ。操舵員のちかくに双眼鏡がつるしてある。これは、むだ口をたたくかわりにすこしでも見張りを手伝え、という意味である。

潜航が不可能ゆえに、見張りだけがいまはたよりであった。きのうはあんなにひどい目に会いながらも、みなはいたって元気だ。装備された双眼望遠鏡も前方見張りと右舷見張り用はぶじだったが、左舷と後方見張りのものは浸水して使用不能となっていた。

さっそく双眼鏡を手にした私はまず、艦尾の方向にむけて航跡をたどってみた。やはり昨夜、心配したとおり、水平線のかなたまで重油のおびをひいていた。わずかながら蛇行運動をしているのか、重油の航跡はくねくねとはるかにつづいている。

この分ではきっとあの航跡をたどって、敵さんの飛行機がやってくることだろう。すでに二十五ミリ機銃の銃口のセンも、銃尾のセンもとりのぞかれており、旋回や俯仰《ふぎょう》もためされたのだろう、防錆《ぼうせい》のグリスが歯車の横にはみ出している。艦橋弾倉格納庫もいつでもOKというようにふたが開かれて、対空戦闘のじゃまにならないようかたづけられている。

後甲板にある十四センチ水上砲もすでに、砲員たちによって砲口、砲尾センともにとりのぞかれ、いつでも射撃可能なように準備がすすめられている。

そこへ先任将校が上がってきた。いつもどおりニコニコとして童顔そのものだ。

「みんな元気そうだな、なによりだ。きのうはあと一歩というところだったね。百まで艦をもち上げるのにブローをつづけたが、とっさの思いつきで燃料タンクまでブローしてやったよ。すこしばかり重油があったけれど、これがかえって幸いしたのかも知れないね。

気泡はどんどん出るし、重油が浮き上がるし、敵さんもしてやったりと思い、引き揚げたのだろう。残念ながら戦果はたしかめられなかったけれど、相当な被害をあたえたのにちがいはない。べつの潜水艦がちかくにいてとどめでもさされると大変と思い、やっこさん、アワをくってにげたのかも知れんね。アハハ……」

と豪傑笑いをする。まいったとか、やられたとかいうような気配はみじんも感じさせない。また聞くところによれば、兵学校の銀時計組とか、さすが、うわさにたがわぬ人物ぶりだ。

このとき、

「きのうはよくやった、ガスを吸ってくるしかったろう」

と、私にあたたかい言葉をかけてくれる。艦長もそばでニコニコして話を聞きながら、ときおり首にかけている双遠鏡をのぞいていたが、

「聴音、あっぱれだったな」

と一言いってくれた。なにかしらていさいがわるくなったので、私は発射管室へかえって寝台にねころんだ。

8　主砲対爆弾

と、突然、ベルが二声けたたましくなりひびいた。発令所伝令の声が、

「対空戦闘用意、配置につけ!」

と叫んでいる。いよいよきたなと思いながら、大いそぎで発令所へ行ってみると、弾薬庫

員をかねた主計科の連中や、手あきの者たちが、弾倉へ油をぬりながらけんめいに弾丸をつめている。

やがて、「撃ち方はじめ」のラッパの音とともに、機銃の発射音がけたたましくなりひびきはじめた。連装機銃が二基、つまり四門が火をふきはじめたのだ。このとき艦も増速されたのだろう、主機械のリズムがにわかに速くなった。

私が、弾丸つめを手つだっていると、大きく舵をとったのだろう、艦がぐらりとかたむく。ダダーンという大音響とともに、艦は大きくゆれる。

「爆弾を落としていやがるな、ちきしょう！」

とだれかがいった。

「弾丸をあげろ——タマだ、タマだ！」

と叫ぶ声が聞こえる。上ではさかんに撃ちまくっているようだ。

ここから艦橋ハッチまでは、司令塔から二段にまっすぐにハシゴがかかっているだけだ。こうなれば、手おくりで上げるよりしかたがない。弾丸つめ作業を見ていた連中が、ばらばらとハシゴにかけより、弾丸が手おくりで上げられるように、ハシゴに片足をまきつけてぶら下がった。

弾丸はどんどん上げられはじめた。食うかくわれるか、いまは弾丸を上げることに必死だ。ハシゴにぶら下がった連中のなかには、下痢で絶食していた連中もいるはずなのに、約三十キロはある弾倉がいともかるがると、つぎつぎと上へあげられていく。みごとな精神力だ。

だが、おどろき感心している場合ではない。弾丸、弾丸と矢のような催促に、いままでそばで見ていた参謀たちまでが、弾丸へ油をぬりはじめた。

そうこうするうち、「砲戦用意!」の令が下された。いよいよ水上艦艇でも現われたのか? 一瞬、ドキリとする。

「敵機が二機いる――大型の飛行艇だ」

と艦橋から知らせてきた。水上艦艇ではないのでホッとする。私は砲戦となったときの伝令なので、砲員の面々がそろうのをまって、弾丸上げ作業を中止させてもらい、大いそぎで艦橋に上がっていった。そして、護耳器をしっかりと両耳につめこんだ。

なまけ者の大声とか、私はいまでもそうなのだが、声が大きくよくとおるので「伝令」にえらばれたらしい。微妙な音をききわける聴音員が、砲戦時の伝令とはうなずけないという意見もあったそうだが、声でホレられてしまったということだ。

ふつう、どんどん大砲を撃つと、砲員の耳の感度はマヒしてしまい、聞こえにくくなるというためだが、どうやら私には通用しなかったようである。

艦橋から十メートルほど後方に大砲はすえられていて、いつもの訓練のときには艦橋後部で任務につくのだが、そこが機銃の弾道の真下になるため危険なので、あらためて砲術長に伝令の立つ位置を聞いたところ、艦橋の屋根の上にのぼれという。

上空を見上げれば、敵の二機は右九十度あたりを、本艦の艦尾方向へ向かって飛んでいる。いまは機銃も「撃ち方まて」である。

艦橋の上部は潜望鏡や、短波マストがあげられる個所で、それぞれの上部が保護できるように、鉄製のあついわくがしつらえてある。これに直径二・五センチほどのパイプが丸く曲げられ、そのなかに入ると、ちょうどパイプは腰のあたりにあたる。

なまけ者の大声はついに、馬鹿の高上がりとなったわけで、本艦のいちばん高いところへ上がったのだ。で、航海長におねがいして七倍双眼鏡をとってもらい、首にかけた。信号員の一人が親切に、赤白の手旗を手渡してくれる。そこへ砲術長が私に声をかける。

「撃て、撃ち方はじめには白旗を出せ、撃ち方まて、撃ち方やめは赤旗だぞ！」

若い信号員は、おなじことを砲側へ行って、砲員のみなにこのことをつたえているようである。私が白旗をだし、ついで赤旗を出してみせると、砲員たちが了解の合図に手をあげてくる。

「左、右百七十度より後方に敵機がはいったら、ねらいをつけて撃て！」

さっそく砲術長の命令である。私はそれを大声で砲員につたえる。砲員は了解とばかりに手をあげる。

機銃員は弾丸こそ撃たないが、つねに照準をつけ、「撃ち方はじめ」を待っている。艦長が、

「飛行長、爆撃進路にはいったら知らせ」

という。飛行長がこれを復唱する。艦長は右舷側の小さい腰掛けに、飛行長は左舷の小さい腰掛けにそれぞれお尻を半分ほどのせてうしろ向きにすわり、二人とも七倍双眼鏡をのぞ

いている。

まず艦長が、「大砲撃て」「撃ち方はじめ」といえば、つづいて砲術長。さらに私が大声を張り上げて、

「撃ち方はじめ！」とどなる。同時に白旗をひろげ、けんめいにうちふるのだ。

敵機はいよいよ本艦の真うしろにきて、まさに爆撃針路にはいろうとしたときに砲撃をくらったのでびっくりしたのであろう、左舷側に行きすぎたあと、またもや真うしろにつこうとする。高度もすこし上げたようだ。

「機銃も撃て！」と艦長の声。

「撃ち方はじめ！」と砲術長の声。

待ってましたとばかりに、機銃がうなるごとくに弾丸をはじき出す。大砲が撃つ、機銃が撃つ、ついで艦橋前の機銃座まで撃ちはじめた。機銃の曳光弾がみだれ飛び、絵にかいたような対空戦闘がくりひろげられた。

撃つのはこちらばかりではない。敵さんも機銃弾を矢つなぎばやに放ってくる。カンカンと音がする。艦側に命中する音とあとで知った。

「はいりました！」と飛行長の声。

「面舵いっぱい」

体を右にかたむけながらの艦長の声がとんで、艦は九十度変針した。

「ダダン、ダダン」と水柱がたつ。ほぼ真横で五十メートルくらいはなれているが、艦はぐ

らぐらと大ゆれにゆれる。

「大砲撃ち方まて」と砲術長。そこで私は大声を出すけれど、機銃の発射音で、とうてい声はとどくとは思えない。赤旗をふったところで、ようやく砲撃は中止された。

はじめて経験した爆撃の様相に、さすがの私もいささかキモをひやしていた。爆弾は水面で爆発すると、すさまじい水柱をたてて艦に衝撃をあたえた。艦がぐらぐらとゆれる。飛行機からの機銃掃射も気持のよいものではない。キュンキュンと艦側にあたる音は、なんともいえないいきみのわるさだ。

小銃が三梃と、搭載の飛行機用機銃も敵機に向けられ、火をはいている。全火器を上げてとにかく、撃って撃ちまくるより手がないのだ。

いつか艦橋甲板は、空薬莢で足のふみ場もないくらいになり、装塡のさいに使用された油が飛びちり、あたりはぬるぬるぴかぴか光っている。だれの思いつきか、どこにあったのか砂がばらまかれている。

敵機はふたたび後方から攻撃をしかけてきた。敵機からも、また艦からも大砲が、機銃が撃たれる。そしてわれは転舵する。必死の激闘がまたもやはじまった。落とすか沈められるか、まさに死に物ぐるいだ。艦側に当たる機銃弾の音もさっきの回より多いようだ。その中の一発でも私の体に命中すれば、もんどりうって艦橋からころがり落ちて一巻の終わりである。

運よく甲板にひっかかってとまればよいが、転舵中だとストレートに海中に落ちてしまうだろう。全速力で食うかくわれるかの戦いの最中ゆえ、助けてもらえるなど夢のまた夢である。

こうなったらあとはもう、敵さんの弾丸のお好きなところへあたってもらおうか、半ばヤケぎみである。どうせ、きのうはすでになかった命だ。

敵さんの飛行機もまた、執拗に攻撃をしかけてくる。こちらもまた執拗に体をかわす。見れば機銃の銃身の色が赤く変わっている。面舵、取舵を連発して爆弾を、機銃掃射をかわしていたが、そのうち敵さんもあきらめたのか、爆弾がなくなったのか、それとも燃料が残りすくなくなったからか、艦尾へまわろうともしなくなった。みれば人を食ったように、バイバイとばかりに翼端をふりはじめた。

「撃ち方やめえ、対空戦闘要具おさめ！」

艦長の命令により、信号員が高らかにラッパを吹奏する。

こうして、約三十分間ではあったが、すさまじい対空戦闘に全神経をつかいはたし、さいわいにして敵機を追っぱらい、艦と乗員の生命は守り切ったものの、乗員の間になにかしら後味のわるいものがあったようだ。

「畜生！」と、だれかの口から一言、くやしさがほとばしるようなうなり声がもれた。

「航海長、艦をたのむ」

激闘がようやく終止符をうったとき、艦長は航海長にあとをたくして、艦は北方へ向けられた。速力も経済速力に減速され、蛇行運動もはじめられた。

艦内には、「対空戦闘要具おさめ、警戒航行第三配備」が令じられて空薬莢は米袋に入れられ、飛び散った油もぬぐいとられて、機銃も大砲もかんたんではあるが手入れがなされた。ついで「解散」の命令が出されて、ホッと一息ついた私が、ふと前甲板を見ておどろいた。木甲板が白く新しい木肌をむき出しにしたところがある。よく見ると、銃撃をうけたさいに機銃弾が命中した跡だった。しかも一ヵ所だけではない。私は冷汗の流れる思いがした。

約三十分間の対空戦闘で、四門の二十五ミリ機銃から発射された弾丸の数は、なんと二千発をこえていた。一門の銃口から五百発もの弾丸をうち出したことになるが、なるほど銃身の色が変わるのもむりはなかろう。勝敗はつかなかったにしても、艦に損傷を受けず、乗員もぶじであったことはよろこばなければならない。

明日もまたかならずやってくることだろう。明日こそは落としてやるぞ——みなも心中でちかっていることだろう。

9　最後の対空戦闘

相変わらず船影も、島影も見えない。

それにしても、敵哨戒機からの打電で敵さんの駆潜艇なり、駆逐艦の出現が懸念されたが、さいわいに追撃してくる気配はない。もしもやってきたら、どんなことになっていたであろう。勝敗はいわずとしれたことだ。もっとも、敵基地からは相当な距離があるから追いかけてくるとは思えないが……。

わが潜水艦は満身創痍とはいいながら、船足は快調だ。基地をめざしてまっしぐらに突きすすんでいる。ときおりクジラが潮をふいているのが望見され、なかには巨大な体を艦側まで寄せてきて、体長をくらべるようなかっこうをするやつもいる。なかなか愛嬌のある連中だ。

水の色といい、いつも水上航海で見なれた風景がつづく。相変わらず本艦の航過したあとには油が浮かび、ハッキリと航跡をしめしている。

二時間ずつの当直の交代もいくどか行なわれ、海上に夕刻がせまってきた。真っ赤にやけただれたような太陽が遠く、左舷のかなたにかたむくと、ぐんぐん速度をはやめて、あっという間に水平線のかなたに沈んでしまい、太陽の沈んだあたりの空が残光と夕やけに染まっている。

いま伊一一潜の周囲に、安息の夜がしのびよっていた。夕やけも残光もまたたくまにかき消され、水上でみる夕焼けのあっけなさ、そして味けなさ、まさに昼がぷつんと切られたような感じだ。

だが、夜になると見張員だけには苦しみがしいられる。すべて敵艦は水平線において発見しなければならないのだ。潜航ができないのだからなおさらである。

一方、灯火管制はさらにきびしくしなければならない。タバコの火も手でかくし、主機械の排気ガスにまじる火の粉を警戒して水が噴射されて、それが真っ白く両舷にふき出されている。舷側を洗う波のなかに夜光虫の光が、うす気味わるいほどキラキラとかがやいて見える。

艦内にやすむ非番の乗員の寝息もやすらかだ。下痢になやまされた連中も、さきの対空戦闘で気合いを入れられたためか、かえって調子がよくなったとのことだ。

主機械が生みだすリズムも快調にひびき、相変わらず蛇行運航がつづけられている。兵員室や士官室通路を通っても、あのいやなニオイはほとんどなくなったようで、気にならなくなった。

電気部の下士官の話によると、二百四十基もある電池のうち百九十基がやられ、そのほとんどが器体がわれて電液が流れでたとのことだ。稀硫酸の電液とバルジの海水がまじって有毒ガスが発生したのだった。そのガスに痛めつけられた私たちではあるが、故障者の出なかったことはせめてものなぐさめである。艦内の生活も、やっと通常にかえったようだ。

なにごともなく朝がやってきた。

朝食も終わり、喫煙室での雑談も、この日またもやってくるであろう敵哨戒機へと話題はうつり、きょうこそはかならず落としてみせると、機銃員もはりきっている。

はたせるかな、まもなく「対空戦闘用意、砲戦用意、配置につけ！」という命令が全艦をかけめぐった。時刻は午前十時をすこしまわったところである。

きのうのきょうである。満を持していた私たちは、配置につくのもすばやい。なれたものだ。

私はこの日も艦橋の上へとはい上がった。上空を見ると一機だけ。なんだかものたりない感じもする。

だが、「小敵たりともあなどらず」である。ラッパの音とともに、またまた戦いがはじまった。きのうとまったくおなじ要領で、弾薬の大消耗戦となった。

下から撃ち落とそうとするわれ、上方から爆弾でしとめようとする敵機、きのうより艦側や甲板に命中する機銃弾の数が多いようだ。と、われのはげしい迎撃で、艦尾にまわりこむことは断念した敵機は、またもバイバイとばかりに翼端をふって大空の一角に姿を消した。

この対空戦闘は約十五分間で終わった。人員はもちろん、兵器にも異常はないとのことだった。

対空戦闘時間がみじかかったのは、それだけわれわれが基地に近づいたことをしめしている。明早朝には味方の制空圏下にはいっているとのこと、まずは一安心である。

しかし以前に、ある味方潜水艦が前進基地に入港するべく、味方標識を出してリーフの切れ目の水道にさしかかったさい、対潜哨戒中の友軍機から発砲されたことがあったという。さいわいにして被害はわずかであったそうだが、潜水艦と見ると、かならずといっていいほど敵視され、攻撃されることがあるからたまったものではない。

ここまでようやくにして、傷ついた潜水艦をもち帰ったのだから、どんなことにせよ、これ以上傷をつけてはならない——いまの乗員一同の念願であった。

10　涙の万歳三唱

この日も、きのうとおなじような夕暮れであったろう。発令所のはしごの側から真上を見上げると、真っ暗な夜空だけが見える。

朝がきた。どちらをむいても、空と水ばかりだ。そのなかの一点のしみのようなわが潜水艦は、相も変わらず進路を真北にとり、ひたすら基地へと急いでいる。

海上の夜明けははやい。右舷のかなたがぼおっと白くなってくると、まもなく数条の光がほとばしりでて、あっというまに、海上全体が明るくなる。と、白熱化する太陽が顔を出す。

付近にある雲が白色から黄金色に変わるころ、太陽も白から黄金色に変わるが、水平線の太陽はまだ半分ものぞいていない。数秒もまたずして、飛び上がるように円形の太陽となり、水平線から離れる。ふしぎと朝の太陽はまぶしくない。そして、輪郭をはっきりと見ることができる。こうして暑い一日がはじまるのである。

休息のため艦橋に上がると、目がくらむほどの白熱光だ。半そで半ズボンの防暑服からでたところが痛いくらいである。さすがにきょうは対空戦闘はないであろう。海図で見ると、明朝には島かげが見え、昼ごろには入港投錨できるはずだから……。

それにしても基地では、母艦では、どんなふうにわれわれをむかえてくれるであろう。僚艦もいるはずだが、われわれの手柄をたたえてくれるであろうか。また、そうでなくとも最悪の状態から、からくも潜水艦を死守した功績をたたえてくれるであろうか。

基地にはフロもある。生野菜も酒もビールもある。ひと飛びに帰りたいくらいだ。しかし、そのまえに通らなくてはならない関門の水道がある。

わが潜水艦もよくやる手段であるが、敵も水道の入口にはりつき、わが艦船の出入をまちぶせて襲撃をしてくるかもしれない。

豊後水道をわが機動部隊が出撃するさいなど、三日まえから水道付近は広範囲にわたって対潜掃討が行なわれ、当日はさらにきめこまかな対潜掃討やら警戒が行なわれ、飛行機による哨戒も行なわれるのがつねであるが、われわれ一潜水艦が水道を出入するとて、大がかりな送迎をうけたことは一度もない。

これまでは出入りのつど搭載する偵察機を飛ばし、対潜哨戒をしたあとで出入港したものだが、このたびは搭載の飛行機も、爆雷攻撃をうけたからには飛ばすこともできまい。この分では、明日は全艦をあげる見張りのもとに水道を通過しなくてはなるまい。

ついにその当日の朝がきた。私が当直として艦橋に上がり、七倍双眼鏡で見張りをしていると、右九十度方向にあたる水平線のかなたから明るくなり、いつもと変わらぬ日の出を見ることができた。

やがて、島かげが見えはじめた。

これは前方見張りの十五センチ双眼望遠鏡が発見した。ただちに艦長に報告される。ぐんぐんと高度をくわえる太陽も、なにかしらわれわれを祝福してくれているようだ。まもなく、私ののぞいている双眼鏡にも島が見えはじめた。水平線の向こうに見えるためか、浮き上がったように見える。

勇ましく〈菊水〉の吹き流しをなびかせ、全員が白鉢巻で出撃してから二週間ほどしかすぎてはいないのに、島の緑も見なれた風景も、なにかしら変わって見えるからふしぎだ。死線をさまよったあと、神はこうまで人間の感覚を変えるのだろうか。とにかく、うれしいの一語につきる一瞬である。刻一刻、島の方からわれわれに走りよってくるような感じである。

やがて、十時となった。「手あき、見張りにつけ！」と令が下され、使える双眼鏡ぜんぶが艦橋にもち出された。とりこまれていた旗旒が装着せられ、短波マストが上げられて、旗旒が揚げおろしできるようにヒモや、スピードマークも装備された。

いまや全艦橋が目と化した。なかには天蓋に上がっている者もある。前部機銃座にいる者もある。見張れ、見張れ、あやしき物は影ひとつ残さず発見するのだ。蛇行運動も小さくはげしくなった。直進することは絶対に危険だ。敵潜水艦のいることは確実なのだ。逃げるのでもよい。とにかく魚雷をかわさなくてはならないのだ。

蛇行運動も、おなじ周期のくり返しではつかまるときがある。予想されない運航が必要なのだ。もはや敵を食うことはできない、逃げること、ただ食われるのを避けようとするばかりだ。

艦長が叫ぶ。乗組の士官はもとより、司令官も参謀も双眼鏡を目にあてている。いくたびも出入した水道を、こんなに緊張した気持でとおるのははじめてだった。対空戦闘のさいは、全員が〈対空火器〉となった。それがいまは全員が見張りの目である。いよいよ水道がちかくなった。

「狭水道通過用意！」

と令が出された。狭水道をとおるさいは、舵や機械に万一にも故障が起きると艦は潮流に流されて、桟瀬に座礁するとか、岩礁に突き当たり艦を損傷することがあり、これを防止するために投錨して艦の安全をはからなければならない。

そこで令がでるとともに、投錨準備をするのである。また、機関員も慎重に運転するよう注意をうながされるわけである。

この間、前甲板の投錨や、保留作業の監督者である掌水雷長によって、作業の成否はちくいち艦長に報告されるのである。

艦はどうやらぶじに、水道を通過した。

「狭水道通過要具おさめ」「前甲板そのまま」「ハッチ開け」——つぎつぎと号令がかかり、ハッチが開かれる。上甲板に出てきた者のなかには、大きく背のびをする者があり、かるく体操をする者もあり、敵機の機銃弾によりはがされた木甲板を指さしながら、話しこんでいる者もある。

「当直員以外の総員集合五分間、後甲板！」

第三配備の当直員以外の全員が、後甲板に集まる。軍艦旗は後部にかかげられ、風にはたはたと音をたてている。

先任将校が、「キオツケ！」と令し、全員の不動の姿勢を見きわめて、「よろしい」と艦長に報告する。と、艦長はおもむろに、「皇居を遙拝《ようはい》する。まわれ右」と令した。全員がきびきびとした態度で令のとおりに動く。

ついで「脱帽、最敬礼！」が令せられ、あらかじめ白鉢巻を用意するよう知らされていたわれわれは、鉢巻をはずし、最敬礼をすると同時に、ラッパが『国の鎮め』を吹奏する。

これまでにもいく度か遙拝し、聞いたラッパの音であるが、きょうだけはなにかしら、いいしれぬものがこみあげてくる。それは目の奥があたたまり、ついに涙に変わってきた――という感じである。あたりにも鼻をすする音がする。私だけではなかったのだ。

「まわれ右、着帽！」で、全員は艦橋の方に向きなおった。

「このたびはご苦労であった。総員が一致協力して敵対し、陛下の潜水艦を守り、ここに帰投できたことは天佑であり、また神助であったと考えられる。味わうことがなかなかできない試練にうち勝ち、たえてきた。幸いに諸君とともに元気旺盛で、よろこびをわかちあえることができる。今後ますます健康に注意して、本艦を一日もはやく修復し、ふたたび戦列に復帰しようではないか。ただいまより天皇陛下と伊号第一一潜水艦の万歳を三唱する」

とむすんで台をおりた艦長は、先任将校に音頭をとることをうながした。

「命により万歳を三唱する。両手の上げられるようあいだをとれ」

と先任将校に令されると一瞬、ざはめきが起きたが、すぐ静かになった。

「天皇陛下万歳……」

「伊号第一一潜水艦万歳……」

先任将校の音頭により、いっせいに両手を高くかかげ万歳をとなえる。その声も最初は勇ましくりりしく唱和されたが、第二声から第三声にいたるほど小さくなり、鼻声となり、やがて涙声に変わっていくような感がした。あの果敢なる襲撃のあとにきた苦闘が、だれの脳裏にも去来したのであろう。さきほど水道を入るまでのあの闘志あふれた顔は、どこへ消えたのであろう。

11　光栄なる一瞬

「解散」の令が出されたが、その集まりはずるずるととける雪の固まりのようであり、三々五々とちらばり、ただむずかしく口をつぐんでいるばかりで、一人が煙草を出すと、まねるように煙草を手にするのがやっとであった。そして、やたらに煙草のみふかしていた。なにを考えているのだろうか。生きていることをいまさらのようにじっくりと味わっているのであろうか。

「入港用意！」のラッパが勇ましく鳴る。いそいで艦内に入る者、手のあいている者は、上甲板の所定の位置に整列する。母艦や旗艦からさかんに手旗信号を送ってきている。近くにいる艦からは敬礼をしてくる。「キオツケ」のラッパが鳴り、艦長が答礼される。「カカレ」のラッパが鳴ると、基地に停泊する艦船からそれぞれに敬礼をしてくる。わが一一潜の艦橋マストに、少将旗がかかげられているからである。われわれが日ごろ等級の低い者が上級者に敬礼するように、艦と艦でも艦長の等級、または、座乗している司令官などの等級により、出入のさいはかならず敬礼がかわされることになっていた。

停泊している艦艇の、どの艦橋マストにも、おなじつづりの旗旒があげられている。わが潜水艦の手柄と、入港を祝福してくれているのであろう。

投錨予定地点であろうか、旗艦や母艦の内火艇がたくさんまちうけている。われの船足もぐんと落ちる。内火艇の甲板には、見なれぬ上級官の顔も見える。異例のことだ。そのうち舷梯を出すように指示された。

やがて横づけされた内火艇から、つぎつぎと高級士官が甲板に上がってきて司令官や、参謀たちと敬礼を交わしている。

「錨入れ」の令とともに錨が投入され、錨鎖はガラガラと音をたててのびていく。固定したあと艦橋に報告すると、いよいよ「解散」の令が出された。

見ればいまや艦長、先任将校や機関長、航海長らが上甲板におりて握手ぜめにあっている。と、そのとき先任将校が私を呼んだ。なにごとかと近づくと、ならびいる高級士官たちのまえでなんと、聴音で機動部隊をとらえたこと、ガスに苦しみながらもその場を動かず、ついに移動の許可をうけるにいたるまでのことを話し、「いまにつたわる佐久間艦長の精神だ」といって言葉をむすんだ。

私はどうにもてれくさくて、ただ無言で立ちすくむばかりであった。そのなかのひとりに、「いつまでもその精神を持続するように」といわれ、肩をたたかれたことはおぼえているが、それがだれであったのかまったくおぼえていない。しかし、光栄のいたりと、ただただ感激していた。運よく(?)私の当直中に音が聞こえてきたにすぎないのに——と思いながら……。

ここで司令官退艦のセレモニーがあって、司令官は内火艇の人となり、艦橋の司令官旗が降ろされた。

さて、われらが時間の到来である。大型の内火艇が横づけされ、〈入浴者むかえ〉の便がやってきた。このとき酒保係をしていた私は、乗員全員の注文を入港までに聞いて集計していたので、機関科の酒保係と作業員三名とともに第一便で母艦に行った。

ここでも顔見知りの連中にいろいろと労をねぎらわれ、質問攻めにあい、手柄をほめたたえられた。

入浴をすませ、酒保物品を本艦まで運ぶと、つぎの入浴者たちの手で物品は上甲板へまたたくまに上げられた。在艦者にそれらを手渡し、一息ついたところへ、生野菜や氷が送られてきた。

日はすでに西へかたむき、やがて夕食の時間がやってきた。士官室から聴音長にすぐくるようにと従兵がいってきて、でかけた長もすぐに帰ってきた。艦長から一箱のビール、士官室全員からやはりビール一箱が聴音員へおくられるとのこと。さっそく受けとりに行くと、士官室でも祝杯が上げられていた。

われわれもさっそくはじめた。カマスの氷のなかに入れておいたビールをとり出し、先任下士官の音頭で乾杯、祝宴がはじめられた。

下士官と兵との差別はいっさいとりはらわれ、なごやかなうちに祝宴はつづけられた。あの苦しかったことも、この一夜の祝宴によってわすれ、明日への闘志がたくわえられるのである。

「ひと思いにやられるのであったらいつ死んでもよいが、じわじわと浸水して空気がなくなり、水のきれた魚のようにぱくぱくしながら死んで行くんだったらやりきれないぞ」

などと下士官のひとりがぼやいている。

「おれはいつ浸水がはじまるかと、そればっかり気にしていたよ」

「おれは深度計を見てたまげたぞ、二百いっぱいだったものね」

「川崎造船所の船は強いというが、ほんとうだったな」

「魚雷は敵をやっつける兵器だと思っていたが、魚雷に助けられたとは皮肉なものだね」

空気魚雷のことらしい。すべて同感だ。いつの間にか宴会の会場は上甲板へとうつり、灯火管制がしいてあるので、それは星明かりの下でくりひろげられた。

明日は工作艦に横づけして、応急修理が四日間にわたりおこなわれるとか、そして呉に帰り、徹底した修理をすることになったそうだ。

出撃のたびに、二度と見ることはあるまいと思いつつ見おさめた、瀬戸内の景色をふたたび見られるのもまぢかい。

12　母港で見る夢

トラック島基地での応急修理も、それはきびしいものであった。炎天下の艦外の諸タンクの調査では、流れる汗をふきながら艦底ちかくまで入りこみ、水もれの有無の調査では言語に絶する苦しみをあじわった。しかし、呉に帰れる楽しみと、わが愛艦なりの念にもえ上がるうち、四日間はまたたくまにすぎていった。

いよいよ呉に向かう朝がきた。艦は工作艦との索もとかれ、主機械のリズムもかろやかに北水道を出た。またもや見張れ、見張れの毎日ながら、艦は蛇航運動をつづけて内地へと突きすすんだ。

昼食の終わったころから天候がくずれ、風雨がにわかにはげしくなった。前甲板をなめるようにやってきた波が、飛行機格納塔の上をのりこえ、前部機銃座で飛散していたのが、ついに艦橋の上方を乗りこえるまでになった。

いよいよ本格的な大暴風雨の襲来である。視界もまるできかなくなった。主機械も排気口が海水にふさがれるので、運動不能のような状態となり、最微速だ。それでもときおり爆発音がしているようだ。

波はますます高く、海上は荒れ狂っている。艦橋まで波をかぶり、ドッと落ちる波をうける、通気孔の艦橋ハッチのために耳が痛い。艦内にいても同じことだ。

信号員が風速計をもち出して計っている。瞬間風速が六十五メートルとのこと、大変なシケだ。

電池さえしっかりしていれば潜航して、シケの終わるのをまつ手もあり、電動機で航走することもできるのに残念とは思うが、もっとも電池が健全であれば、シケをかわすことができるかもしれないが、それよりまだまだ戦線で働いていることであろう。

大荒れにあれた風雨もしだいにおさまり、ようやく雲の切れ間が見えはじめたころ、点々と黒い物が見えてきた。ただちに艦内に知らされる。まだ海上の波は高い。うねりもまだ相当にひどい。

ついに豊後水道が見えはじめた。呉へはあとすこしだ。見張りも必死だ。「狭水道通過」も終わり、防潜網や機雷原もぶじ通りすぎ、いまや完全に瀬戸内海にはいった。海の水が黄色くにごり、材木などたくさんの浮遊物が流れている。まれにみる強い台風だったようだ。

増速された主機械のリズムも、ただしくかろやかに一路、呉へと内海をおくへとすすむ。

台風のおかげで予定がだいぶ狂ってしまい、日没までに呉入港を予定していたとのことだったが、とても入港できないとわかり、日没もすぎ、夜の色がようやくこくなったころ、ちかくの沖合に仮泊するために投錨された。

内地に帰ったうれしさは、だれの胸にもおなじであろう。灯火管制をした汽車がのろのろと通りすぎるのもなつかしく思われる。海面には漁火《いさりび》も見えず、完全に死んだような内地での第一夜だった。

出航は明朝九時と伝達された。半そで半ズボンの防暑服ではとてものこと寒い。みんな作業服を着こんでいる。煙草をすいながらの雑談の群れも、一人去り二人去って、上甲板からは艦橋当直員をひとり残しただけで人影はなくなった。

居住甲板におりて見ると、宴会がたけなわであった。たびかさなる試練にたえて、ぶじ帰還できたよろこびをあらためて祝っているのだ。母艦の酒保より買いこんだ酒やビール、そのにぎやかなこと、いくどか夢見た母港の入口まで帰投できたことを思うとき、だれしも心がはずんでくるのをおさえることはできなかったであろう。時のたつのをわすれて歌い、はしゃいでいた強者どもも、やがて一人、ふたりと寝についた。

目がさめて上甲板に上がって見ると、浜辺の人たちが三々五々と集まり、なにごとかささやきあっている。漁に出る舟を見送る人たちもいる。遠くではあるが、約四ヵ月ぶりに見る内地の人たちもひとしおなつかしい。そばへ走りよって話しかけてみたいような気持でいっぱいになる。

やがて出航用意のラッパが鳴り、錨がまき上げられた。艦が大きく転舵して港を出るとき、浜辺の人たちが万歳を三唱して送ってくれているのが見えた。声こそとどかないが、手をふる人、日の丸の小旗をふる人、海岸を走りまわる子供たち。お見送りありがとう。われわれは帰ってきたのです。苦労に苦労をかさねて、潜水艦を守り通して帰ってきたのです。修理さえすめば、またもや前線に出て戦います……。

船足もきのうよりは一段とかるいような感じがする。見なれた瀬戸内の景色にも、懐かしさがあふれてくる。

麗女島《うるめ》が見えている。そして、一人の水兵が手旗信号を送ってきている。泊地を指示しているのであろう。

三潜戦司令部は基地に残っているので、敬礼をしてむかえてくれる艦もあるまい。艦は大きく左に転舵して、軍港へと進みはじめた。

「入港用意、右舷接岸準備！」と令が出され、いちはやく右舷の係留準備を行ない、定所の場所へ整列する。見ると、将旗をかかげた大型内火艇がこちらに向かって来るではないか。なにごとだろう。と、舷梯を出せ、ときた。やがてその大型内火艇は、まだ航走している本艦の右舷舷梯に横づけされた。

「キオツケ」のラッパがなり、ひとりの将官が舷梯を上がってきた。

艦長が艦橋をおりて出むかえ答礼をする。将官は握手をするべく右の手を出す。なにかいっているようだが、声は聞こえない。いつまでもにぎりしめていた右手をはなすとすぐ、艦長の肩をいだき、相変わらずなにかをいっているようだ。

と、艦長の左手が動いている。ハンカチがとり出され、艦長が目にあてている。将官の方もハンカチを目にあてている。泣いているようだ。

そうだ、あの将官に見おぼえがある。私はそれが潜水艦部長であることを思い出した。手柄をほめられ、最悪の状態から潜水艦を持ちかえったことに泣いてよろこんでおられたのであろう。

いぜんとして、微速で艦は走っている。

まもなく、潜水艦部長は退艦された。

艦はゆるやかに、ゆるやかに接岸して、索はかたくかたく岸壁と結ばれた。きのうまでの出来事はすべて夢のようである。

ときは昭和十七年九月二十六日であった。

（昭和五十六年「丸」一月号収載。筆者は伊一一潜聴音員）

地獄の南太平洋に針路をとれ

海底輸送に従事した伊三六六潜の秘めたる戦記——小平邦紀

1　さらば思い出の神戸！

昭和十九年八月下旬——われわれの乗艦伊号第三六六潜水艦は、菊水の旗をなびかせながら、真夏の碧《あお》い海をすべるように、神戸港和田岬の沖合を西航しつつあった。

「先任将校、きていますぜ！」

という見張員、池田勝武兵曹のからかいの言葉に、謹厳そのものの顔で操艦にあたっていた私も、思わずにっこりと笑って、

「貴様らの見送りもきているんだろう」

と応じ、和田岬の突堤に双眼鏡をむけて見入った。

なるほど、二十人ほどもいるであろうか、ほとんど女性ばかりの一団が、手に手に日の丸やハンカチをうち振って、われわれの出撃を見送っている。

私たちの伊号第三六六潜水艦は、神戸三菱造船所で建造され、竣工も近づいたこの年の五月ころから、乗組員となる人たちが、つぎつぎと着任し、いらい約三ヵ月のあいだ工事をい

そぐ一方、この間に乗員の編成や、訓練が行なわれた。

やがて諸種の公試運転が、息つく間もないほどのハードスケジュールで行なわれ、めでたく引き渡しも終了し、きょうの出港をむかえたのである。わが艦はこれから呉軍港に回航し、出撃準備をととのえたうえ、作戦に投入される手はずであった。

神戸港におけるこの二～三ヵ月のあいだ、乗組員は艦の艤装や訓練に明け暮れした。だが、夜ともなれば、バラック建ての乗員宿舎の殺風景な生活にあきたらず、各人思いおもいに市中に下宿などをさがした。そうして戦時下の艦隊勤務にない、家庭生活の味わいをもとめたのである。

また、船乗りであるからには、港町神戸で大いに羽をのばし、なじみの女性をえた乗員もいたかも知れない。

私も着任そうそう、すでに先着していた機関長の太田重義（現姓高橋）中尉の世話で、片山町の平田さんのお宅にごやっかいになることになった。それいらい家族の一員として、というよりむしろ、それ以上の手あついもてなしをうけ、戦時中ながらほんとうに楽しい家庭生活にふれることができた。

この日出港の朝、平田さんご一家に別れをつげ、ちかく出撃すれば、これが永遠の訣別となるかも知れないとひそかに心にちかい、門出をしてきたのである。

しかし、ご家族のご厚情やみがたく、この和田岬には平田さんの母娘が、わざわざ見送りに出ておられるはずであった。乗員のうちにははやくもこの情報をつかんだ者がいて、さきの池田兵曹の言葉となったものであろう。

平田さんばかりではない。新婚そうそうの正田啓治艦長の奥さんももちろんきていようし、部下たちのそれぞれの下宿の方がたや、あるいはさきにふれたなじみの女性などもきているかも知れない。

もうこうなっては『武士はあい見たがい』とでもいうべきか。おたがいに顔を見合わせてニヤニヤしながら、操艦や見張りにあたりつつも、敵地でないありがたさ、合い間をみては、ちらちらと和田岬の方をふりかえる余裕もあったのである。

しかし、艦の速力がはやまるにつれ、その和田岬もなつかしい神戸港も、しだいに後方に小さくかすんでゆき、やがてわれわれの視野から消えていった。

あとは神戸における楽しい思い出も、あわい感傷もきっぱりとふりすてられた。われわれは呉軍港における出撃準備のできしだい、激烈な戦闘に一日もはやく参加しなければならないという、なまなましい現実にひきもどされた。艦は急速にスピードをアップして、一路、呉軍港へと急いだのであった。

だが、それからまもなく呉に到着したわが艦が、ただちに出撃準備をはじめたところ、思わぬ主機械の重大な欠陥が発見され、その手なおしに約二ヵ月ほどの長期間が必要となった。はりつめていた乗員の気持も、いちどに力がぬけてしまう感じであったが、さりとて主機械が動かなくてはどうしようもなかった。そこで訓練や整備に力を入れる一方、多少の余裕もえられることとなった。ひとたび出撃すれば生還を期しえない戦局を考え、乗員にそれぞれ帰省休暇をあたえることもできた。

私もこのおかげで、軍務の合い間をみて二、三日の帰郷ができ、かねてからはなしのあった女性と結婚式をすませ、すぐまた、あわただしく呉にまいもどった。

主機械の修理も十月になってようやく終了し、出撃準備をととのえた私たちの艦は、同型の伊第三六六潜、伊三七〇潜などとともに、第七潜水戦隊に編入された。

戦隊司令部は横須賀にあったので、まもなく艦は、横須賀へ回航を命じられ、ふたたびなつかしい神戸港沖合を通過して、紀伊水道から外洋にぬけ、途中、敵潜の攻撃を警戒しつつ、横須賀軍港に入ったのはその年の十一月であった。

この伊三六六潜艦型は、輸送専門の潜水艦として最初から設計されただけに、荷物搭載量もこれまでの攻撃型潜水艦にくらべ、かなり増大していた。しかし、魚雷発射管はわずかに二門にすぎず、最高速力も十四ノットと攻撃型に比し、五ないし十ノットもおとっていた。いままで伊一〇潜など、魚雷兵装や速力の優秀な潜水艦に乗ってきた私にとっては、まことに心細いかぎりであった。

だが、これも戦勢日々われに不利となり、制海・制空の両権もおぼつかなくなりつつあるとき、数知れない南方の激戦地や、離島に弾薬・糧食を補給するために編み出された窮余の一策であったのだ。

潜水艦本来の任務は、その魚雷（ときには大砲も）の威力により、敵艦隊や商船を肉薄攻撃し、一撃のもとに、これを血祭りにあげることにある。また、不幸にもこれを仕損じた場合、相手によってはそれとさしちがえても悔いは残らないのだ。

ところが、輸送潜水艦となれば、まったく事情はことなる。戦闘力において数段おとるのでは、相手を一撃でたおす力も充分でなく、また、さしちがえることもむずかしい。またとないエモノに出会っても、じっとたえしのんで、ただ黙々と地味な任務を遂行しなければならない。

輸送作戦では、玉砕戦法はまったく無意味であり、絶対に成功させなければならない。

十一月、横須賀に入った伊三六六潜は、ここにおいていよいよ具体的な作戦命令を待つことになった。

すでにこの十月、圧倒的な物量作戦でフィリピンのレイテ湾に上陸した米軍の熾烈な攻撃により、そこの日本軍は崩壊寸前にあった。また、この夏ごろ占領されたテニアン、サイパン両島には、すでにB29長距離爆撃機が多数進出し、わが本土も散発的にではあるが空襲をうけるようになり、戦局はただならぬ様相を呈しはじめていた。

一方、わが方も帝都の空を守るべく、小笠原諸島や、いまだ敵手におちていないマリアナ諸島などを足がかりとして、テニアンやサイパンに強襲をかけ、必死の防戦をすすめつつあった。

このため、わが方の飛行機のなかに被弾や、燃料不足の結果、これらの島々に不時着するものが続出するようになった。とくにマリアナ諸島のパガン島には、こうした搭乗員や負傷兵がしだいにふえていったのである。

しかもこれらの島々は、サイパン、テニアンの敵基地にちかいところから、連日のように空襲をうけ、糧食・弾薬の補給も困難となり、日に日に窮迫の度をくわえつつあった。

さて、このような戦局において、われわれの艦にはどのような任務が下令されるであろうか。いずれにしても、そう生やさしいものであるはずはない。

訓練やら整備にいそがしい明けくれのうちにも、時間をさいて上陸し、第七潜水戦隊司令部に立ちよってはようすを聞いてみる。どうやら艦隊司令部からは、応じきれないほどの輸送要請がだされているらしい。

まず、フィリピン北端のアパリ方面にたいする弾薬補給から、マリアナ・小笠原方面への搭乗員救出や糧食補給、あるいはウェーク島、南洋諸島などの離島にたいする補給と、七潜戦のわずか数隻の潜水艦をもってはとてもたりはしない。どの潜水艦がどこにゆくか、作戦の緊急度や、各艦の状態などを考慮して司令官がこれを決定し、つぎつぎに出撃してゆくことになる。

戦況に差はあるにしても、制空権がほとんど敵の手にあるなかを、荷物を満載してゆくのだ。行動力の鈍重な輸送潜水艦が長駆、敵陣ふかく作戦する以上、その成功率はきわめて少ないといえよう。

はたして、どの作戦にあてられるか？　笑いごとではなくこれこそ、文字どおりクジびきのようなもので、それがただちに艦と乗員の運命を決定することになるのであった。

2　秘匿名は金鯱《きんこ》

いよいよ作戦命令がくだるときがきて、ある日のこと、正田艦長と私が司令部によばれた。わが艦は、パガン島への作戦輸送に投入されることになったとのことである。

パガン島というのは、サイパン、テニアンなどをふくみ、ほぼ南北につらなるマリアナ諸島中にある小島である。サイパンの北方にアナタハン、パガンなどとよばれる島々が点在するが、そのうちの一つである。

B29のたむろする敵航空基地サイパン、テニアンなどを強襲したわが航空機のなかには、燃料不足や被弾のため、これらの島々に不時着するものがしだいに多くなっていて、とくにパガンには、その搭乗員が、かなりの数にたっしているはずであった。

また同島には、はやくから一千名にちかい守備隊も駐屯しており、長期間にわたり本土からの補給もないため、食糧は極度に窮迫していたのである。

わが艦の任務は、往路にできるだけの糧食を積んで補給を行ない、帰路はまず飛行機搭乗員を収容し、なお余力があれば傷病兵を救助してくる、というものであった。もちろん内地にたまっている現地将兵への故国からの便り、また現地から出されるであろう諸報告や、手紙などもとりあつかうことが配慮された。

そして、揚陸、収容の作業は隠密を期するため夜間とし、十二月十日ころの半月の月明が利用できるように、出撃は十一月下旬と予定された。

出撃までにはなお十日ほどの余裕があったが、その間にも艦長や私は、毎日のように司令部にかよって、作戦計画の打ち合わせを行なった。

まず、あらかじめパガンの守備隊に暗号電報で、潜水艦による作戦輸送の目的や到着予定日、揚陸、収容要領などについて通知する。とくに潜水艦輸送の機密を保持するため、潜水艦という言葉はいっさいもちいず、伊号第三六六潜水艦は『金鯱《きんこ》』と呼称することがさだめられた。

つぎはパガン到着まで、敵の厳重な警戒をかいくぐり、いかにしてこの重大な任務を完遂するか、これにはコースの選定が大きな関係をもってくる。

東京湾からほぼ一直線に南下し、小笠原、硫黄、マリアナの列島線にそって突っ込んでゆけば最短コースではある。

だが、この線は本土に来襲するB29のみならず、列島内各所のわが基地を空襲する小型機や、定期的に飛行する敵哨戒機がひんぱんに出没している。いわば敵機の〝銀座通り〟ともいうべきラインである。こんなコースをとれば、たちまち敵に発見されて、思うように料理されるのは目にみえている。

さりとて、思いきった大迂回コースをとれば、敵機に発見される機会は少なくなるかもしれないが、日数がのびる。かえって敵の水上兵力に会う危険性がまし、また燃料の心配も出てくる。現地到着がおくれれば、十二月十日ころのつごうのよい月明利用は困難となり、黎明か薄暮《はくぼ》の揚陸作業強行を余儀なくされるかもしれず、成功の可能性はいっそう、うすらいでくることになる。

そこでこれらの諸点を考慮し、列島線の東側二百〜三百カイリ、敵の小型哨戒機の行動半径すれすれのところを南下し、目的地にたっするというような航路を選定した。敵とさしちがえのできる作戦ではない。この輸送作戦はどんな我慢をしても、絶対に成功させなければならないからだ。

これら作戦計画と並行して、出撃準備もあわただしくすすめられた。まずは乗員の補充交代である。

下士官兵のなかには、さらに上級の術科学校にはいる者もあり、そのあとがまには、艦隊勤務の経験もない若い人が補充されるのは、まことにやむをえないことであった。そのため人事部とかけ合って、なるべく成績のよい人材を獲得することも、艦長や私の苦心した仕事であった。

神戸における艤装時中、私といっしょに勤務した後輩でもある吉本健太郎中尉が退艦し、その後任には、彼と同期の角田慶輝中尉が着任した。この突然の交代には、私たちもいささかおどろいたが、その吉本中尉は、それから大津島の特攻基地に転出し、人間魚雷〝回天〟の特別攻撃隊員として訓練にはげむことになった。

明けて翌年の一月二十一日、彼は回天特別攻撃隊金剛隊の先頭をきって、敵のウルシー泊地に突入、壮烈なる最後をとげたのであるが、当時われわれは、彼がそのような運命をたどろうとは夢想だにしなかった。

こうして乗員の数はひとそろったが、ふるくからの潜水艦乗りは、あいつぐ激戦につぎつぎと消耗して、わが艦でも実戦の経験者は約三分の一にすぎないのが実状であった。大部分の乗員は、海軍の各種術科学校を出たばかりの十六歳から二十二、三歳の若手でしめられていた。みなきれいなすみきった瞳をして、はじめての艦隊勤務に胸をふくらませていた。

私はこれを見て、彼らのこのいちずな気持をけっしてムダにしてはならない、とくに輸送作戦はどんなことがあっても、成功させなくてはならない、とかたく心にちかった。

ただ、地味な輸送作戦では、私がかつて経験した魚雷命中の快音や、敵艦船轟沈の胸のすくようなシーンを、彼らに味わってもらうことができないのは、なんとしてもものたらないことであった。

出撃にそなえ、糧食の搭載作業も着々とすすめられた。軍需部から派遣された大発や、ハシケが岸壁に係留されている本艦に横づけにされて、米や味噌をはじめ各種の缶詰糧食などが、艦内の空室につぎつぎと積み込まれる。また、陸上からはこばれる生鮮食糧品などもくわわって、上甲板、艦内とも、まったく足のふみ場もないほどの混雑ぶりである。

しかし、これらの物資もベテランである山本二郎水雷長のさいはいで、てきぱきとかたづけられていった。

艦内への積みこみが終わり、さらに少しでも多くの食糧を前線にということで、ゴム袋につめた米が上甲板一面にならべられ、ロープでしっかりとくくりつけられた。これはソロモン、ニューギニアでの戦訓をもとに研究されたもので、なかにはいちどボイルして乾燥した良質の米がつまっていた。

二年まえガダルカナルや、ニューギニアに輸送したころには、このゴム袋の水密性が不完全であったため、潜航中の水圧で袋内に海水が浸入し、熱帯の高温ですっかり腐敗してしまったにがい経験から、いまはぶ厚い完全な防水袋となっているはずであった。

こうして積みこまれた糧食は、約六十トンにもたっしたであろうか。ついで基地隊に陸揚げして整備を行なっていた魚雷二本が艦にはこびこまれ、二門の発射管に各一本ずつが収納された。魚雷はたったこの二本だけである。

攻撃用大型潜水艦なら、六～八門の発射管にそれぞれ一本ずつ、ほかに予備魚雷が十数本と、あわせて二十本前後搭載されるのとは雲泥の差があった。

ほかに十四センチ砲一門と二十五ミリ単装機銃一梃があるとはいえ、なんといっても潜水艦の主戦兵器は魚雷である。搭載を終わって一息ついた水雷長の山本中尉に、私は話しかけた。

「たった二本の魚雷とは、まったくさびしいねえ。張り切っている乗員に、命中のときの胸のすくような快音を聞かせてやりたいものだが……」

するとと水雷長がこたえる。

「これは、最後の最後というとき、敵に一発くらわす、とっておきの虎の子ですよ」

「それではこの二本を打つときは、もはやこれまでというときだな。輸送作戦では、敵にみつからぬよう隠忍自重し、なんとしても百パーセント成功させなければならないのだから……」

魚雷戦をとっくに経験ずみの私たち二人は、これも任務でいたしかたないこと、とたがいになぐさめ合ったのであった。

ひととおり搭載を終わったわが艦は、いったん岸壁をはなれると、港外に出て潜航し、貨物搭載後の重量調整を終わった。

これで艦の出撃準備は、まったくととのったことになる。

3　わが新妻よ許せ

いよいよ出撃の日——十二月三日となった。出撃は午後四時——。家族や親戚にあてる郵便物の受付は、正午でしめきられることになった。
私は前々日、東京巣鴨にある妻の実家をおとずれ、きっぱりと別れを告げてきたので、いまさら思い残すこともなかった。また数日まえ、田舎の年老いた両親にも、ちかくふたたび戦地に出ることをかんたんに知らせておいた。

しかし、敵の警戒至厳なサイパン海域に突っ込んでゆく今回の作戦輸送は、絶対に生還を期しうる確信があるわけではない。万一のことを考えると、新婚そうそうで戦局のきびしさも充分にはわかっていない新妻が、かわいそうでならなかった。

妻もこのへんのことを察したのであろうか、出撃の日はぜひとも横須賀に見送りに行きたいといってきかなかったが、私はそんな時局でもないし、面会も禁じられていることを話して、ようやく思いとどまらせたのであった。

その日、午後の最終便が基地隊から帰ったとき、なにやら私に一つの小包がとどけられた。士官室にはいってさっそく開いてみると、きれいに洗躍された下着類にそえて、妻の手紙がはいっていた。それには、

──私は基地隊の入口まできましたが、なかに入れないので、兵隊さんにたのんでこれをとどけてもらうことにしました。私のことはご心配なく、ぞんぶんにご奉公のうえ、ぶじに帰られる日を楽しみにお待ちしております──とかんたんに走り書きしてあった。私がまじめな顔つきでこれを読んでいるのをみて、チョンガーの柿本亮賢軍医少尉がニヤニヤ笑いながら、

「先任将校、奥さんというものはいいものでしょうなあ。うらやましいかぎりですよ」

という。私は、

「うん、そりゃ、あたりまえだよ。どうせ長時間潜航になったら、貴様らも退屈だろう。新婚ののろけばなしでも聞かせてやるか。だが、いまどきの女も考えてみれば、かわいそうな

ものだよ。オレにもしものことがあれば、彼女もそれきりだからな」

とやりかえす。冗談はさておき、妻の心づくしのさし入れに、私も思わずほろりとさせられた。

出港の時刻もせまり、総員集合が命じられた。はじめて出撃の緊張感を顔一杯にみなぎらせている乗員をまえに、正田艦長が訓示を行なった。

それは、今回の行動概要と作戦目的をつげ、祖国の苦しい戦況打開にすこしでも貢献するよう、各員の健闘を要請するものであったが、ついで私が先任将校として、作戦中のこまかい注意事項などを説明し、輸送作戦を成功させるためには、あくまでも隠忍自重がかんじんであるとむすんだ。

そのあと甲板上で、司令官から贈られた神酒《おみき》のセンをぬき、出撃の祝杯が厳粛にとりかわされた。

午後四時――「出港用意！」のラッパとともに、艦は横須賀の岸壁をはなれ、かくして忍苦の作戦の第一歩はふみだされた。

岸壁には第七潜水戦隊司令官・大和田昇少将、司令部幕僚をはじめ、おせわになった基地隊の人びとが帽子をふって見送っている。いつものように、菊水の紋と、〝南無八幡大菩薩〟と大書したのぼり旗がマストにかかげられ、おりからの寒風にはためいていた。

かたい決意をひめたわが艦は、見送りにこたえながら横須賀港をあとにして一路、館山湾へと向かった。

館山湾で数時間仮泊ののち、深夜、東京湾を出撃する計画である。一年ほどまえまでは、内地の水道や港湾を出入りする潜水艦は、昼間堂々と水上航走で通ることができたものである。だが、このころになると、多数の敵潜が出入り口付近にはいりこんでいて、危険きわまりない海面と化していた。

このため湾口を出ると、すぐ最大戦速（といっても、この輸送潜水艦では、わずかに十四ノットであるが）で、ジグザグコースをとってしばらく走り、房総沖をかすめる黒潮に乗ったところで、ただちに潜航する。そのまま翌朝まで東向けの針路で潜航すれば、自速と黒潮の東流とで、数十カイリは東に移動することができる。

艦はそこで浮上し、東向きの偽コースをとり、二百カイリほど走ったところで南寄りの針路に変える——このようにしてわが艦は、敵潜の攻撃と偵察をそらせる計画をとったのである。

湾口を出ると、はやくも外洋のうねりに艦の動揺がはげしくなり、また敵潜の電波らしいものも感知されて、思わず緊張の度をくわえる。このとき若い砲術長が、艦橋で煙草を一服つけはじめた。私は思わず大声で、

「おいッ、鉄砲（砲術長のこと）！　煙草とはもってのほかだっ」

とつよくたしなめた。

まだ実戦の経験のない彼としては、むりのないところかも知れない。しかし、いったん外洋に出た以上、どこに敵潜や敵機の目がわれわれをねらっているかわからない。ふたたび横

須賀に帰るまで、夜間の艦橋ではぜったいに灯火管制を行なうことを厳重にいいわたした。

ともかくなにごともなく、予定の黒潮の地点で潜航した。いまや、潜水艦が敵潜の攻撃をおそれるような情けない戦況となってしまったのである。でも、いったん潜れば、艦内は静かになって、夜間潜航では聴音だけが唯一の手がかりとなる。

そこで、いままでつづいた総員配置を、三直配備にあらためた。乗員たちは出撃いらいの緊張から解放され、明朝まで一息つくことになった。

翌朝、房総半島の南東沖に浮上する。それから数日間は、まだ敵の飛行基地からはそうとうにはなれているので、なるべく水上航走を主体として航程をかせいだ。

冬の海はかなり荒れもようで、上甲板にくくりつけられた米袋は、さかんに波にたたかれ、ときには一袋、二袋と海中にさらわれていく。

もちろん、現地の人たちが待ちこがれている糧食であり、また銃後の人びとが、血のにじむような苦労をして作りだした米袋が、つぎつぎと失われてゆくのをみるのは、ほんとうに自分の身体の一部がちぎられてゆくような、やりきれない痛みを感じる。

海上は波が高く、思うほど実速がでないので、予定の航程はしだいにおくれがちとなった。

4　真冬から真夏の海へ

数日後、わが艦はサイパンの敵基地から六百カイリの地点にせまっていた。いちど敵大型機がはるか西方を南下するのが認められたり、敵機の電波もかなり高感度に探知されるようになったので、昼夜間潜航にはいることとなった。昼夜間潜航といっても、潜水艦の電池の持続力の関係で、充電は毎日行なわなければならない。

艦長と慎重に検討した結果、日の出まえの黎明時と、日没後の薄暮にそれぞれ二時間ずつ浮上し、急速充電を行なう。あとはすべて潜航し、しかも潜航中は電池を節約するため、最微速で航行することにした。潜航時間は一日二十時間にたっするのだ。

これでは水上で十ノット四時間、水中で二ノット二十時間で、一日の進出距離は八十カイリにしかすぎなく、予定の十二月十日のほどよい月明を利用するにはギリギリの日程となった。

それに艦内のゴミや、ビルジ（艦底にたまる汚水や油などのまじったもの）を処理するさいには、艦の本来の針路のままで行なうと、油紋やゴミの行列がその方向に残ることとなる。これでは、わが艦の行動を敵に察知される手がかりをあたえるようなものだ。

そこで、ゴミはかならず海底に沈むよう処理をするとしても、ビルジだけはそうはゆかない。やむをえず、このときだけはしばらく偽コースをとり、敵をマクことを考えなくてはならない。これがまた、航程をおくらせるなやみのタネとなる。

南下するにつれ、気温も海水温度もますます上がってきた。それに潜航中、艦内冷却機は電池節約のため使用するわけにはゆかない。万一の会敵にそなえて、電池はできるだけ余裕を残しておくことが、みずからをまもる潜水艦の常識なのだ。

　日一日と艦の居住性はわるくなり、空気のよごれもめだってきた。わずか朝夕二時間の浮上時間には、天測による艦位測定をしたり、ゴミやビルジの排出など、作業はもりだくさんにある。しかも急速充電を行なっているので、排ガスが多くなり、ただでさえ悪い艦内空気は、ますます悪化してゆく。

　乗員の疲労の色が、日ましにめだってきた。生鮮食糧品もほとんど底をついて、あとは毎日、缶詰食品の連続である。体力はおとろえてくるし、食欲はなくなる。そのうえ缶詰特有のにおいが鼻について、三度の食事さえ苦痛に感じられるようになってきた。軍医長が強制的に飲ませるビタミン剤も、はたして効果があるかどうか？

　非番で床にはいっても、何日も入浴していない体はアカでいっぱいだし、肌着も汗でじっとりと体にまつわりついて気持がわるい。寝室には汗くさい、むせかえるような臭気がただよい、とても安眠できるものではない。

　妻が心づくしの、よく洗濯された肌着のありがたさが、身にしみてわかったが、これとてもいちど着ただけでべっとりと汗ばんでしまう。やむなく私はあとに残った数着を、日割りで節約使用する予定をたてた。

　きたない話であるが、乗員のあいだにはまずアセモからはじまり、いんきんやたむし、ひどい者になるとカイセンなどの皮膚病がめだちはじめた。

　だが、このたいせつな食糧を食うや食わずの前線にとどけ、貴重な人員を収容するまでは、なんとしても戦いぬかなければならない。この烈々たる闘魂と、潜水艦乗り特有の忍耐力で、乗員の目だけは異様にかがやいていた。

5　水中の危機一髪！

目的地も近づいたある日、深度四十メートルに潜航中のことであった。非番の私はベッドにもぐりこんで、しばしまどろんだのであろうか、頭の方がしだいに下がってゆくような重い感じに、ふと目をさました。どうも艦がかたむいているような気がする。それに耳をすませると、発令所のほうがなんとなくさわがしいようだ。これはなにかある！　とっさのカンが働いたのか、私はベッドからとびおりた。防暑服の上衣を着るのももどかしく、小脇にかかえたまま、つっかけゾウリで発令所にかけつけた。

「どうしたのかッ！」

と叫んで、若い当直哨戒長に聞くと、艦がどんどん沈降してとまらないという。見れば潜舵、横舵は上げ舵いっぱいにとり、艦をかろうじてささえている状態である。しかも深度計は、すでに七十メートル近くを指し、なおもその目盛りは刻々と深い方に落ちてゆくではないか。さらに艦の前後釣り合いは、前部突っこみの形である。所定の深度は四十メートルのはずである。私は、これではまだまだ艦の沈降はとまらないと判断し、ただちに「メインタンク・ブロー」を下令し、タンクに高圧空気による排水をかけた。

空気手がただちに高圧バルブを開き、シューッという重苦しい音をたてて、空気がメインタンクに送られた。強大な水圧にうちかとうとする高圧空気の苦しげな音である。なお、しばらくの間、艦の沈降はとまらない。発令所内は一瞬、重くるしい沈黙と緊張がみなぎり、私も思わず両手をにぎりしめていた。

深度は七十五メートル、八十メートルと下がり、ついには艦の安全潜航深度をこえてしまった。あぶない！　じつにあぶない！

本艦の安全潜航深度は七十五メートルである。公試運転では、その十パーセント増しの八十二、三メートルまではテストされている。だが、これ以上の深さとなっては保証のかぎりではない。

すでに潜望鏡貫通部からは、かなりの海水がもれはじめた。そのうえ気味のわるいことに、強大な水圧によるものか、艦体に妙なきしみ音がはじまったようだ。これは昨年アラビア海で、伊一〇潜が敵の爆雷攻撃をうけ、百三十メートルもの深々度におち、安全潜航深度をこえたときとおなじ場面だ。

気をもんでいるうちに、艦の深度計は八十九メートルでやっととまった。もはやこの深度に長くとどまるべきではない。いっきに深度を浅くしなくてはならない。私はただちに「両舷強速」を下令する。

ようやく、メインタンクの排水と舵の効果で、艦はしだいに上昇をはじめた。私は思わずほっと一息いれた。

もともと潜航中の浮力調節は、補助タンクの注排水で行なうものである。ところが、私たちの艦は六十トンもの糧食を積んでおり、その釣り合い上からも補助タンク内の水は、大部分が排出されているために、これによる浮力の調節余力は極端に少なくなっていた。これだけ沈降惰力のついた艦の行脚をとめるには、補助タンクの排水ではとうてい間に合うはずがない。とっさに判断して、メインタンクの高圧排水をかけたのである。

ところが、一難去ってまた一難、たしかにこれで艦は浮上してくれる。だが、深度が浅くなるにつれ、メインタンク内の空気は水圧の減少に反比例して、急激に膨張をはじめる。こうなると、艦は加速度的に浮き上がり、おさえがきかなくなる。とうぜん艦体は、水面にとびだして、甲羅をさらけだすことになる。

ここはすでに敵の基地にも近い。水上艦艇もいるかも知れないし、飛行機による厳重な哨戒も行なわれていよう。もしちかくに敵がおれば、すぐにも発見されてしまうだろう。

でもこの場合は、とやかくいってはおれない。強力な水圧に押しひしがれておダブツになるよりは、敵にみつかっても、その方が生きるチャンスは多いはずだ。イチかバチか、とにかくやってみるよりしかたがないのだ。いったん海面におどり出ても、ベント弁を開き、タンク内の空気を逃がして、もういちど潜航しなおすことだ。

まもなく艦は水面に打ちあげられる。私は司令塔に上がり、あらかじめ潜望鏡をあげて、それが水面に出ると同時に見張りのできる用意をした。
と、たちまち艦は水面にはねあげられ、潜望鏡が明るくなるとみるや、あたり一面の白い波頭が視野に映じてきた。かなりの波浪があり、艦の動揺もはげしい。私は潜望鏡にしがみつき、その視野がひろがるのももどかしく、まず水平線をひとわたり、ぐるっと観察した。さいわい敵艦船の姿はどこにもない。

ついで潜望鏡に仰角をかけ、二段、三段とできるだけ上空まで、敵機の有無をたしかめた。幸運にも敵機の姿も目にはいらない。ただ残念なことに、潜望鏡では仰角をいっぱいにかけても、せいぜい七十度くらいの高さ

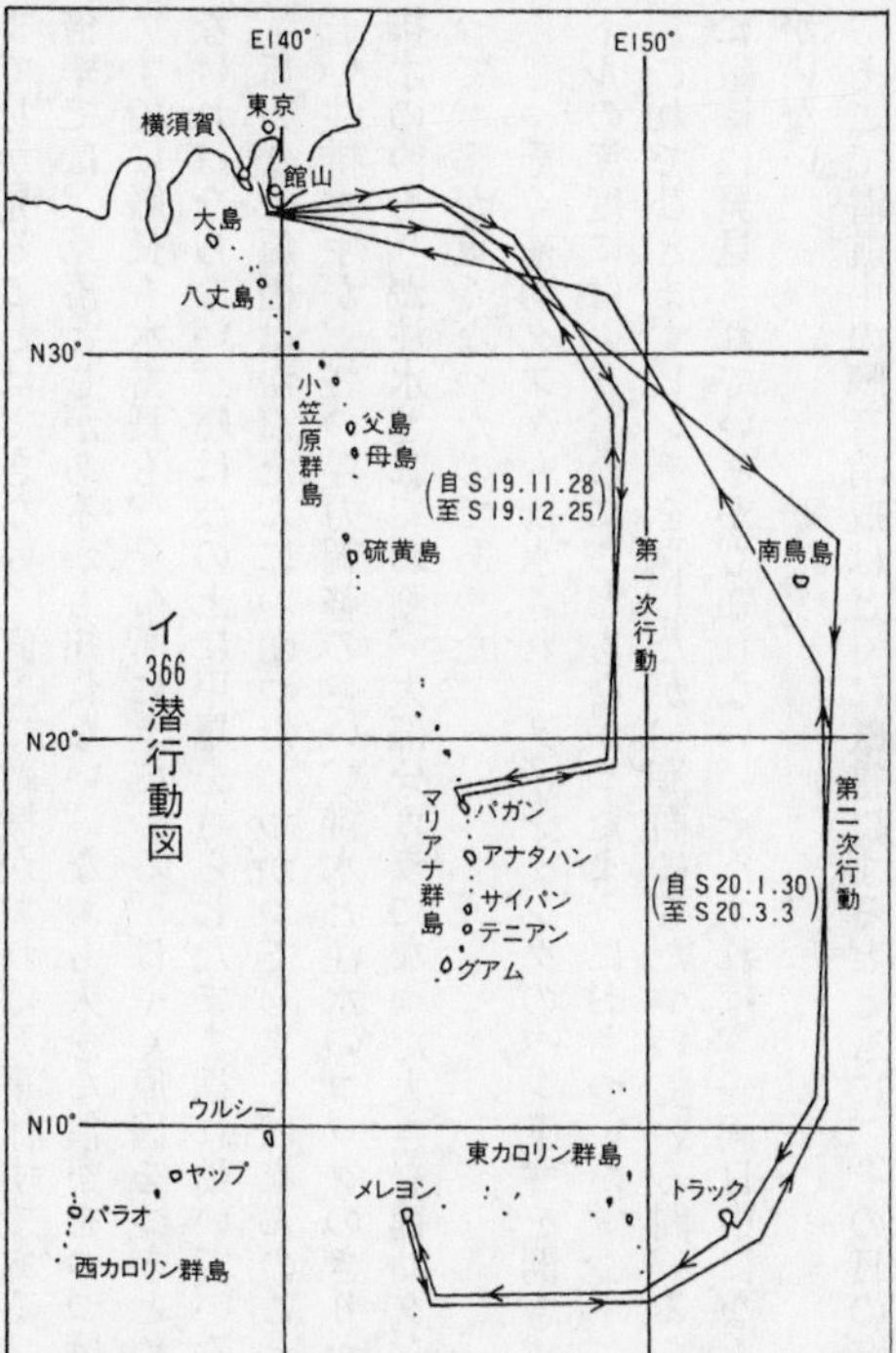

までしか見ることはできない。直上に敵機がおれば万事休すである。それに潜望鏡の貧弱な倍率では、見落としがあるかも知れない。なおも入念な偵察をつづけた。

すでに艦長も水雷長も、発令所にきている。はやく原因をつきとめて、もういちど潜航しなければならない。艦は波の上に甲羅をさらしたまま揺れ動いているのだ。

ほどなく原因はかんたんにわかった。わかってしまえばなんのことはない。潜航当直中の若い注排水手が、艦の浮力調整のさい、排水と注水のコックのきりかえをまちがえたのだ。排水のつもりが注水されており、大部分カラになった大きな補助タンクにどんどん海水が入って、艦が重くなったのであった。

さっそく補助タンクも排水され、メインタンクのベント弁を開き、艦はふたたび四十メートルの深度にはいり、なにごともなかったようにおちついた。

これでひとまずピンチを脱したが、海面にもたついている間、こちらが気がつかないうちに敵機に発見されているかも知れない。そうすれば、一両日中になんらかの反応があるにちがいない。

そこで潜航中の聴音哨戒はとくに厳重にするとともに、その日の夕刻と、翌朝の浮上時はいちだんと入念に見張りをしたが、どうやらなんの変事もおこらなかった。

こうしてあやうく助かったものの、考えてみれば敵に襲われるよりも、ある意味ではもっとおそろしいことであった。このたびの戦いでは多くの潜水艦が帰らぬ運命となったが、なかにはこんな事故のため敵とわたり合うこともなく、みずからの錯誤で悲運に泣いた艦があったかもしれないのだ。

敵にやられるならまだしも、つまらない誤操作や事故によって沈んでゆくのでは、死んでも死にきれまい。ほんとうにもう一瞬、処置がおくれたら、艦は完全におそろしい水圧におし潰されるところであった。まったくのところ冷汗ものであった。

どうやら目的地も近づいて、任務達成をまぢかにひかえ、艦長からはこの日の教訓を肝に銘じ、乗員一同いっそう心をひきしめてかかるよう、厳重な伝達がくだされた。

6　暗夜に浮かぶ巨龍

だが、長時間潜航にはいってからの艦脚は、遅々としてはかどらなかった。昼夜間潜航では、一日七～八十カイリの進出を予定していたが、潜航中の潮流が逆潮になっている場合のほうが多かったため、浮上して天測をしてみると、さっぱり進んでいないのがわかった。

水路誌で調べてみると、順潮の方が多いようにみうけられたが、このあたりにくると、どうも調査不完全で、あまりあてにならないらしい。

こうして予定はしだいにおくれ、十二月十日の到着はおぼつかなくなった。これで適度の月明を利用することはあきらめざるをえない。暗夜の揚貨作業は、いっそう困難なものとなろう。月は日ましにやせ細っていった。

残りの航程からおして、到着は十四日になることがほぼわかってきた。予定日の変更を現地に知らせなければならない。だが、うかつに電波を出すことは、敵にわが伊三六潜のありかを暴露することになりかねない。

そうかといって、四日もおくれるのを知らせなければどうなるか。いきなり目的の場所に浮上しても、うまく現地と連絡がとれるかどうかは、まったくのところ疑わしい。

思案のすえ、微弱な電波で、

『金鯱《きんこ》の到着日を、十四日夜半にあらためる』

と、かんたんな電信をいれ、その夜は浮上と同時に、すぐ作業にかかれるように配慮した。

パガン島は、おたまじゃくしのような形の島で、割合い高い火山があり、温泉などもわき出しているらしい。けれども良港はなく、西側にむけてゆるやかに湾曲した海岸線をもち、その中ほどのところがやや入りこんで、北西に向かって開いている。これがまあ港といえばいえるところであろう。

列島線の東側から近づいているわが艦が、ここに入るためには、列島線を横ぎって西側に出て、この港に向かわなければならない。予定日の前日、十三日にはこの線を通過して西側にかわる。

十四日の早朝、わが艦はパガンから約三十カイリの地点まで近づいて潜航する。昼間はできるだけ接近し、海岸一帯をくわしく偵察してから夜間浮上する。そして充電しつつ、いっきに海岸に向けて揚陸地点に進入することとなった。

けねんされた列島線の通過もことなくすぎ、十四日の早朝、艦は島の北方より充電しながら近づいていった。あたりはまだかなり暗く、島のこんもりと高い山かげが、うすずみのように視野に映じてきた。

東の空がほんのりと明るさをくわえ、島かげもしだいにみきわめがつくころ、艦は予定地点にたっしていた。そこで夜の揚陸場所にまっすぐ定針して、ただちに潜航にうつった。往路最終の直線コースにぴったりと乗ったのだ。揚陸地点はいまや目前となった。

昼間潜航中、今夜の詳細な作業配置、警戒体制、注意事項などを艦内全般に伝達し、ひとと
おりの準備を完了した。のこる浮上までの時間は、乗員の消耗がはなはだしいので、特別な作業はいっさい中止してもっぱら休養にあて、本番作業にそなえて英気をたくわえることにした。

艦長と私は、かわるがわる一時間ごとに潜望鏡をあげ、沿岸を詳細に偵察した。青々とした熱帯樹が岸辺までしげり、人影はもちろん、なんらの施設も見えない。島はひっそりと静まりかえっている。海岸にはかんたんな桟橋や、見張所などがあると思われるが、この距離と潜望鏡の眼高ではまだ見えてこない。

この島もときどきは、敵機の猛烈な攻撃をうけると聞いている。今日ははたしてどうか。もし空襲があったら、なんらかの反応が見られてもよいはずだ。艦は刻一刻と島に近づいていった。

さいわい日中はなにごともなく、熱帯の海にまた夕やみがきざしつつあった。あとは静か

にときのいたるのをまつだけである。作業地点への到達は夜の八時ころと見こまれた。

熱帯の雄大な夕陽が、西の空を紅くそめて波間におちていった。あたりは急速に暗さをました。満を持して日没後一時間まで潜っていた〝金鯱〟は、パガン島の岸から十カイリの沖に、その全貌をぬっと浮上させた。あたかも海中にひそんでいた巨龍が、全身を水面にもたげて身ぶるいし、その金鱗から海水をしたたらせている姿にも似ていた。

阿部彰信号長、砲術長につづいて、私も艦橋におどり出た。やや風がつよく、艦内のむっとするような空気から解放された肌には、ここちよい爽涼感となって吹きぬけてゆく。うねりも少々感じられ、これからの作業のさまたげにならねばよいがと不安になる。

さっそく充電をはじめ、低下した電圧の急速な回復をはかりつつ、じょじょに陸岸に向かって近づいていった。測深儀による水深はまだかなり深い。三十分ほど走ったところで、陸岸に向け発光信号で、

『ワレ金鯱、揚陸地点ニ向カイツツアリ』

と合図する。だが、黒々と静まりかえった島からは、なんの反応もない。

これには、はたとこまってしまった。敵地にちかく、発光信号を乱用することは禁物だ。いつどこに敵の魚雷艇や潜水艦、あるいは飛行機の目が光っているかわからないのだ。

やむをえず、もういちど信号をくりかえす。まだ応答がない。気をもんでしばらくじっと見入っていると、海岸線よりもやや高いところから、

『了解、タダチニ作業隊ヲオクル』

と信号が返ってきた。やれやれ、やっと連絡がとれたか――。

艦はなおも進行をつづけ、海岸から数百メートルのところまで近づいた。水深もかなり浅くなってきた。もうこれ以上は近づくこともあるまいと艦をとめ、漂泊にはいった。

このときちょうど島の作業隊が、タイミングよく本艦に到着するであろうと、あらかじめ時間も計算していたはずなのに、あたりには小舟一隻も見えはしない。私は、

「一番見張りは陸上からの便をさがせ、他は四周の警戒を厳にせよ」

と命じて、島からの艇を待つことにした。

二十分――まだなにも見えない。私たちはしだいにいらいらしはじめた。これだけ苦労してせっかく運んできた食糧を、なぜすぐにとりにこないのか。こんなことをしていて、敵にみつかったらどうするのだ。私たちは一刻もはやく、島のみなさんに送りとどけたいのだ。

はやくも四十分ほどが経過した。そのときやっと、岸辺にチラチラと灯火の動きが見られはじめ、やがて数隻の小艇が艦に向かって動きだしたのがみとめられた。ここにいたって私たちも、ほっと安堵の胸をなでおろしたのであった。

7　やせ細る離島の将兵

やがて数隻の大発や、内火艇がわが伊三六六潜に近づいてきた。私は最初に横づけされた

艇から上がってきた現地指揮官と、かんたんに打ち合わせをすませると、ただちに作業にかかることにした。

「作業員上がれ！」

の令で、前後部のハッチがいっせいに開かれ、まず機銃員が配置についた。ついで大勢の作業員が、思いおもいの鉢巻をして、上甲板に上がってくる。

この十二月十四日こそは、そのむかし四十七士が吉良屋敷に勇ましい討ち入りをかけた記念すべき日である。乗員たちのりりしい姿は、その日の勇士たちをほうふつと思い出させるようなたのもしさであった。

一方、陸上からきた現地の人たちは、やせ細った体に、色あせてところどころ破れた軍衣をまとった、みすぼらしい姿である。巻脚絆《きゃはん》に身をかためた者もいるが、その脚はまるで棒釘のように肉が落ちている。あの鬼界ヶ島の俊寛僧都《そうず》のうらぶれたシルエットが、現実の世にうごめいているような、奇妙な錯覚にさえおちいる。

到着した艇もおんぼろブネばかり、これから六十トンもの貨物を運ぶのには、まことにたよりないかぎりだ。

まもなく作業が開始された。やはり島の人たちは、そうとうに重い栄養失調にかかっているらしい。三十キロほどの荷物をかついでも、ひょろひょろと足もとがさだまらない。それでも歯をくいしばり、必死になってがんばっている。

だが、なかにはこぼれ米をひろって自分の口にほおばる者や、ポケットにつめこむ者も目につく。むりもないことだ、われわれもはげしいひもじさにうちのめされたら、おなじようなあさましさをみせるのではないだろうか？　これが精強をほこる皇軍のかわりはてた姿かと、暗然とした気持に胸をしめつけられる。

荷物を積み終わって艦をはなれるさいも、なかなかエンジンがかからなかったり、いったん動きだしても途中でエンストをおこし、風に流されてゆく艇など、作業は大へんな難航ぶりである。

本艦とそれらの艇の間はうねりのため、動揺して高く低くはげしくうごき、作業はきわめてやりにくい。ときおり貴重な糧食が海中に落ち、あっというまもなく、すうっと波間にひきこまれてゆく。まったくもったいないかぎりだ。

現地作業員のけんめいな努力にもかかわらず、能率はまったく上がらない。大部分の作業は、本艦乗員のキビキビした手ぎわでかたづけられてゆく。その乗員たちも、毎日つづいた長時間潜航のむし暑さと汚れた空気で、体力はそうとう低下しているのだ。

はじめ二時間ほどでかたづくとあまくみていた作業が、のびにのびてしまった。九時ごろからはじめたのであるが、十二時ちかくなってもまだ終わらない。これは大きな誤算であった。

それでも不具合な艇をあやつりながら、現地の人たちの涙ぐましい努力がつづけられた。何回も何回も陸上との往復により、荷物の処理はしだいにはかどっていき、艦の吃水もかなり浅くなってきた。

作業も終わりに近づき、還送される人員を収容するときもせまってきた。最後の二便にわかれて五十名近い人びとが到着した。担架にのせられた者が十数名、また戦友の背におわれた負傷兵もいる。残りの者も一人歩きのできるのは約半数、ほかはみな戦友の肩にささえられ、おぼつかない足どりで乗艦してきた。

みな傷病者であるだけに、作業員としてきた人びとよりさらにやせ細っている。なかには手足、ひどい人になると陰のうまで大きくむくんでいる者も少なくない。まことに凄惨としかいいようのないありさまだ。どの人もうちひしがれたようにうなだれて、そうろうとした足つきであった。

しかし、いまはとやかくいっているときではなかった。収容をいそがなければならない。私もみるにみかねて数人の手をひっぱり、ひきずるように舷側からあげてやった。だが、その人たちのなんと軽いことか、こんなにもやせ細ってしまったのかと、身にしみてそのみじめさが感じとれた。

艦内では荷物をあげたあとに、キャンバスや毛布を敷いて、応急の粗末な仮床がつくられ、この人たちがつぎつぎと収容された。そして収容も終わるころ、現地部隊長からの送還者名簿もとどけられ、陸上部隊の指揮官からは、お礼をこめたあいさつがのべられて、すべての作業は終了した。

こうして最後にのこった二隻の大発も、舷側をはなれていったが、艇内の人びとはなお去りがたい風情で、

「ありがとうございました。またきて下さいよ！」

と叫ぶ。傷病者とはいえ、一部の戦友がいま内地に帰ろうとするのを目前にして、この孤島に残る人びとの望郷の念は、どれほどかき立てられたことであろうか。

さりゆく艇の白いウェーキが、彼らの心残りをいつまでもいつまでも、本艦につなぎとめているように思われた。私はこの人たちのうすくなったさびしげな肩を、万斛の思いをこめていつまでもじっと見送っていた。

しかしながら戦局は、いよいよ切迫している。長く感傷にひたっていることはできない。私たちも声をかぎりに、

「いつまでも元気でがんばれよッ！　また食糧や、弾薬をもってきてやるぞ！」

と、帽子や手ぬぐいを力いっぱい振って、去りゆく彼らをはげました。しかし、その姿はまもなく暗夜の海上に消え去った。

われわれも名残りおしく、また島の人たちには同情を禁じえないが、ここを去るべきときがきたのである。作業を終わり、一息入れることもなく上甲板をかたづけると、ほとんどの作業員はただちに艦内に入った。残った艦橋勤務者だけで見張りをつづけながら、私は艦内の各部の点検報告をうけて、安全を確認した。

大量の荷物をおろした後なので、大事をとり急速潜航は行なわず、普通潜航の手順で慎重に潜ることにした。

戦時で急速潜航のみをやっていたわれわれは、普通潜航の手順などほとんど忘れかけてい

た。

ベント弁を開き、メインタンクに注水する。数十トンの荷物をおろし軽くなっている艦は、なかなか沈降しようとしない。補助タンクにどんどん注水し、ほぼ予定の量にたっするころ、艦はじょじょに深度を増していった。

こうして艦は、もときたコースとほぼ逆のコースをとって、一刻もはやく内地に帰りつくべく、航進をはじめた。

だが、百里の道も九十九里をもって半ばとするのことわざもある。ようやく片道を終わっただけで、まだ同時に収容した人たちを、ぶじに故国に送りとどける仕事がのこっている。帰りを急ぐあまり、むりな行動は禁物である。やはり数日間は、きたときと同じく、慎重に昼夜潜航で危険海域を脱し、ある程度はなれたところで一気にスピードをあげて遠ざかることにした。

8　惨憺たる艦内生活

揚陸収容作業のあとかたづけもひととおりすみ、乗員の疲労もめだつので、明朝の充電浮上まで休養をとることにした。

この間に私は、収容者のようすを見に出かけた。荷物を揚げてがらんとした部屋に、どの人も死んだようにただ黙然と横たわっている。柿本軍医長と高崎武看護長、竹村久雄主計兵曹などが、かいがいしく負傷者の治療や、世話にあたっている。

つぎに私は、上甲板では充分みるひまもなかった名簿をくってみると、予想に反し、飛行機搭乗員はわずか数名にすぎない。不審に思って先任の金光陸軍大尉に聞くと、空戦や不時着時の負傷が悪化して死んだり、敵機の銃撃でたおれたり、なかには傷病を苦にして自決する者などもあって、たったこれだけだという。

乗艦してきた搭乗員も、金光大尉だけは無傷であったが、ほかの人は両足切断の者、片手がヒジから先のない者、あるいは片目を失い、落ちくぼんだ眼窩《がんか》からウミの流れだしている者などさまざまである。顔一面にやけどをしていながら、ランランとした目になお闘志をかき立てている人もある。まったく目をそむけたくなるようなありさまで、搭乗員の戦闘のすさまじさをありありともの語っていた。

他はいずれも、非戦闘員といわれる軍属の設営隊員や、乗船が海上でやられ、島にたどりついた船員などであった。

みな、いちようにやせさらばえ、手足にはすでにむくみの出ている者も少なくない。栄養失調がひどく、その皮膚はすっかり生気を失い、かいせんや熱帯潰瘍に冒されている。頭髪はうぶ毛のようにうすくなり、つやのない黄茶色にかわりはてている。だれも放心したようにおし黙って、そまつな床に横たわっていた。

そこで私は、

「本艦はこれから諸君の身体を責任をもってあずかり、内地までお送りする。これから十日間の艦内生活は、苦しいだろうが、もうしばらくのがまんである。おたがいに助け合って、一人残らずぶじに内地の土を踏んでほしい」

と激励した。そして、あらかじめ定めておいた世話係の下士官に、潜水艦の特殊性からくる安全のための諸規則をはじめ、便所の使用法にいたるまで充分に説明するよう指示してその場を去った。

そのあと私は、ひと休みするため床にはいったものの、この人たちを世話しながらの長時間潜航の旅は、きわめて容易ならざるものがあると、あらためて考えさせられたのであった。

だが、私も疲れのためか、いつしか夢路にはいっていった。

いくばくもまどろむ間もなく、翌早朝より艦は浮上、二時間の充電をしながら列島線をふたたび東にでて、またも昼の潜航にはいった。今日は一日じゅう潜航時間を休息にあて、帰りの難路を突破する英気をやしないたい、少なくともそう考えて潜航したのである。

ところが、五十人もの傷病者をかかえた艦内には、つぎつぎと困難がふりかかってきた。

まず食事の世話や、傷病の手当ては、当然のことながらなかなか手数のかかることであった。艦の乗員はそれぞれ固有の任務をもち、三直配備について手いっぱいの仕事をかかえているし、予備人員は一人もいない。とても送還者の世話を、専門につききりでやるわけにはいかない。

そこで、できるだけ彼ら同志、おたがいに助け合ってゆくようにのぞんだが、なんとしても半数は寝たきりであり、残る者もみずからの身体のしまつがせいいっぱいという状態だ。

軍医長の調べでは、皮膚病ばかりではなく、アミーバ赤痢にかかっている者がかなりあるという。きたない話であるが、トラブルははやくも便所のことからはじまった。

潜水艦の便所は、士官用一、下士官兵用二と合わせて三つしかない。そして潜航中に使用したときは、ポンプを使って艦外に排出するしかけになっている。

だが、四十メートルも潜ると艦外の水圧が大きいので、ポンプのぐあいがわるかったりするときにはすぐつまりをおこし、平素でも苦労することがしばしばあった。

便乗者たちには充分に説明したつもりではあったが、彼らは艦内生活はほとんど未経験者であり、まして潜水艦など乗ったこともない者ばかりだ。

彼らが便所に入ったあとは、ポンプを使用しなかったり、その操作を誤ったりで、故障がにわかに続発した。ひどくなると汚水が、便所から外の通路にまで流れだすこともあった。

そのうえ、アミーバ赤痢の患者はひっきりなしに便所にとじこもる。そのためいつも満員といった状態がつづき、乗員の使用にもことかくようなことになった。やむなく一人をさいて便所専任係につけ、故障をくいとめるのがやっとであった。

こうした排泄物や皮膚病、傷口から流れるウミなどのため、すえたような異様な臭気が艦内に充満して、私たち乗員の食欲まですっかりうばわれてしまった。

それに反し、いままで飢えに苦しんだ帰還者の比較的に元気な者は、食事となると目の色をかえて、自分の口に少しでも多くつめこもうとする。むりもない、いままでにどんなひもじい思いをしてきたことか——。

だが、衰弱しきった体に急に大食すれば、かえって悪い結果をまねくという軍医長の献言で、気の毒ではあるが、食事の量を制限せざるをえなかった。

連日の苦しい潜航と、極度に不振な食欲とで、かんじんの乗員の体力も目に見えておとろえ、かいせんや吹出物などの皮膚病がさらにいっそうひどくなってきた。

そこで私は、艦内の士気を鼓舞するため、ときどき艦内を巡視することにした。まず発令所からスタートすると、大ていいつも最初にお目にかかるのは、機関科との伝令配置にある小林潔機関兵曹である。彼はまだ二十歳そこその若さで、艦内きっての元気者でもある。だが、その顔もいまでは青白く、頬の肉もかなり落ちこんでいる。

「どうだ、元気か？」

と声をかけると、

「はいッ、がんばってやります」

と、顔の色つやに反し、威勢のよい大きな返事がかえってくる。

「しっかりたのむぞ、もうしばらくだからな」

とはげましてそこを去る。その私の脚も、このところ脚気にでもなったかと思うほど重く、ひきずるようになっていた。

こうして乗員たちは、はじめての潜水艦勤務で、いきなり一日二十時間という長時間潜航の試練にでくわしたのである。体力は極端に消耗した者が多かったが、みんな若さと闘魂でよくこれに耐えぬいてくれた。

9　哀しき老船長の死

乗員はさておき、さきにのべたように衰弱しきった送還者には、この息苦しい長時間潜航はなおさらこたえた。せっかく収容したからには、全員ぶじに内地に帰ってもらいたいと、いそがしい艦務のかたわら、できるだけの世話をおしまなかった。

だが、パガンを出てから三日目、ついに一人が息をひきとった。体力の限界がきてその生命が燃えつきたのか、となりに寝ていた者が気がつかないような臨終であった。三十歳くらいの設営隊員である。その若さにもかかわらず、顔つきは七十歳の老人のようだった。軍医長の話によると、栄養失調の終末は、天寿をまっとうした老衰死と同様、ねむるように死んでしまうとのことだ。

しかし、この若い肉体が燃えつきるまでにはどんなに苦しみぬいたことか、また郷里にはその帰りを待つ家族もいるであろうにと考えると、ただ暗然と涙を禁じえない。

死者をいつまでも高温の艦内にとどめておくわけにはゆかない。高崎看護長の手で、艦から贈ったたま新しい防暑服にかえ、清めをした。

水葬の準備といっても、不自由な戦時下の潜水艦では、死者へのはなむけとしてなにほどのこともできない。毛布一枚に遺体をつつみ、あり合わせの軍艦旗でそれをかざり、おもりをつける、ただそれだけなのだ。せめてものそなえものとして、一握りの米をそえることにした。

翌早朝——浮上ののち、あたりの安全を確認したあと、数人の作業員にかかえられた遺体は、上甲板にあげられた。ここは敵地の近くだ。うかつに水葬などしているとき、敵の攻撃をうけたら万事休すである。一人のために全員が道づれになってしまうのだ。私は大いそぎで艦内に、

「これから戦死者の水葬を行なう。全員黙禱！」

と令し、つぎの「水葬はじめ！」の号令で、作業員が舷側から遺体を海中にすべりこませる。それは一瞬ののち船べりから波間に落ち、暁暗の海にのみこまれるように消えていった。読経を回向《えこう》する者とてない。あとにはなにもなかったように、艦の船脚だけが暗い海に白い波紋を残してゆく。艦内の一同は、粛然としてこの死者をとむらった。

このようにして、毎日のように水葬がつづき、四人目からは遺体をかざる軍艦旗もなくなってしまった。

連日の悪戦苦闘のさなか、十二月二十三日になった。敵小型機の哨戒圏を脱したので、夜間は水上航走にきりかえて先を急いだ。残る航程はわずかに数日となった。北上するにつれ、気温も急速に下降していった。やがて寒ささえ感じられるようになった。いま、内地は真冬なのだ。

もうこれで死亡者もでまいと思ったが、また一人、五人目がでた。最後にあわれをおぼえたのは五十の坂をこえた老船長である。乗艦直後は、まだ話をする元気もあったのだが……。

この夏、サイパンの争奪戦がはげしくなったころ、彼は輸送船を指揮してサイパンに向かったさい、敵潜にやられ、かろうじてパガン島に泳ぎついたという。

それからの島の生活は飢えとたたかい、空襲でいためつけられての毎日であったが、おかげさまでこの潜水艦に救われた。これで家族の待つ内地に帰れる……とよろこんで語っていたのだったが……。

それが、明日はいよいよ内地に入港するという前日になって、急にものもいわなくなった。軍医長のけんめいな手当てもかいなく、ついに息をひきとったのである。もはや洋上からは真冬の空にすみきった富士の峰が、まぢかに見えているというのに！

もう一日がんばってくれたら、設備のととのった陸上の病院にバトンタッチされ、あるいは一命をとりとめたかもしれない。

こうしてついに、伊三六六潜は六人の戦友を失ったのである。

10　宙に浮いた極楽ゆき

東京湾入港の当日の早朝、艦は野島崎灯台の南方沖合二十カイリの地点にたっしていた。

例により敵潜の攻撃をかわすため、日没まで潜航することになった。そして、日没を待ちかねたように浮上した艦は、館山湾をめざし、敵潜の伏在海面を一気に最大戦速で走破した。

午後七時ごろ、いままでの熱帯の海とちがって、北よりの冷たい冬風をついて艦は館山湾にすべりこんだ。ここに投錨し、今夜こそはほんとうにゆっくり手足をのばして休みたい——そして明朝はすがすがしい気分で、横須賀港に入るつもりであった。これが最後と、つかれた身体にムチうって艦長は、

「錨鎖《びょうさ》はなれ！」「錨《いかり》入れっ！」

と下令した。数十メートルの錨鎖はガラガラと音をたててくりだされ、海中に突入した。あとは錨が着底し、その爪の力で艦の行脚をとめ、海底に艦をしっかりとつないでくれれば、すべてめでたしとなる。

ところが、ガラガラという音が、なんとしたことか、途中でぷっつりとぎれ、あとは気のぬけたような静寂だけが残った。水深から見てこれは少々早すぎる。おかしいぞと思っていると、まもなく前甲板作業指揮官の根本繁太郎掌水雷長から、

「錨鎖が切れましたッ！」

と報告がきた。

しまった、錨鎖が途中で切れていたのだ。それで錨もろとも海底におさらばとなったのである。めずらしい事故だ。

ちょうど立ちどおしでアシが棒のようにへばり、やっと着席をゆるされて、まさに腰をお

ろそうとした瞬間、その椅子をすくいとられたようなものだ。

平時なら錨は二つ持っている。それがいまは戦時の非常措置で一つしか持っていない。これで停泊はできなくなった。艦は一晩じゅう寒風吹きすさぶ湾内をあちこち漂泊しながら、さまようことになってしまったのだ。風と潮に刻々と流されるので、艦をつねに操縦し、その安全をたもたなければならない。

これでまた艦橋勤務者は夜っぴて、三直配備をよぎなくされる。しんしんと冷えこむ真夜中に、私は部下数名と当直に立った。内地の港に入った気のゆるみで、見張りにもさほど身がはいらない。ときおり付近を通る漁船などを警戒すればよい。いきおい、ねむ気さましの雑談に花が咲く。

「いやに寒いのう」

と私がいうと、外套のえりを立てて首をすくめこんだ市橋幸一兵曹がふるえながら、

「どうもおれたちは、貧乏くじをひかされちまったな。いまごろ艦内のやつらは、ぬくぬくと寝ているのに！」

という。そんなところへひょっこり顔をだした機関科の斉藤行雄少尉が、

「なにをいうか、お前らはいつも艦橋で、おれたちの何倍も、よい空気と太陽にめぐまれているんだぞ。いつも牢屋のような艦内にいる者の身にもなってみろ！」

と反撃したので、一同大笑いになった。

ともあれ、もう休めるのだと、心身ともに緊張をといてしまったその夜の当直中の寒さは、

ことのほか骨身にしみわたった。

そして一夜はあけた。昨夜の珍事で、充分に骨をやすめることはできなかったのは私たち艦橋勤務者。頭はやや重かったが、それでもよく晴れた西空に浮かぶ富士の真っ白な姿、東につらなるなつかしい房総の山々などをながめて、ふたたび元気をとりもどした。その私たちを乗せて艦は湾内を北上した。

そして二十八日の午前十時、艦は関係者の出迎えをうけて横須賀軍港の岸壁に到着した。総航程は約三千二百カイリ、潜水艦としてはかならずしも長い方ではない。だが、潜航時間だけは約三百十五時間と異常に長く、それはまた、苦難にみちた二十六日間であった。

ほどなく陸上から便乗者たちの迎えがきた。全員残らずと祈ったかいもなく、六人の戦死者がでたことは、かえすがえすも残念であった。

それでも担架にのせられた重症者をのぞき、みずからの足で歩ける人びとは、

「大へんお世話になりました!」

と、涙声で深々とあいさつをしながら艦を去ってゆく。私たちも帽をふりながら、

「はやく元気になれよ!」

と、そのわびしい後ろ姿を見送って、この一ヵ月の作戦の苦しかったことをもういちど思いかえしていたのであった。

この忍苦にみちた輸送作戦にはもちろん、敵艦轟沈のようなはなやかさはなかった。しかし、いまこの大任をはたし終わった私たちの胸のうちには、あくまでも晴れやかで、すがす

がしいものがあった。

11　魚雷との別れさびし

昭和十九年の暮れもおしせまって横須賀に入港した本艦は、対空警戒用の十三号電探を大急ぎで装備し、はやくもつぎの作戦に出ることになった。

いままでも対陸上・艦船用の二十二号電探をもってはいたが、わが潜水艦の敵航空機による被害があまりにも大きいので、さらにこの十三号電探を装備して出撃させることになったのである。

この装着工事は、電探の納期や艦の一部を改造する関係上、約一ヵ月かかるみこみであった。

おかげで私たちは、昭和二十年の正月をゆっくりと内地で祝うことができた、というしだいである。

年が明けても戦局は、すこしも好転しなかった。それどころか、小笠原諸島方面には敵機の来襲がいっそう激化し、東京にも散発的に空襲が行なわれるようになってきた。

私がひまをみては東京・巣鴨の妻の実家に〝上陸〟しても、たえまない夜間の空襲警報におびやかされるようになった。

横須賀に帰る朝、山手線にのると神田付近がところどころクシの歯がかけたようにやられているのを見た。焼夷弾で焼きはらわれた家々が、まだ余燼でくすぶっているのを見るにつけ、私はいよいよただならぬ切迫感にさいなまれた。

いまや、敵の動きから、本土近辺いずれかの島に、ちかく侵攻が行なわれる公算がきわめて大きくなってきた。一方、フィリピンの戦勢はますます悪化し、その挽回はもう絶望的とさえ思われた。

この横須賀在泊中に、本艦建造いらいの正田艦長は伊五六潜の艦長に栄転し、水雷長山本中尉もまた転出した。後任には、それぞれ時岡隆美大尉、佐藤勇中尉が着任した。これでひきつづき先任将校として残る私の責任は、さらに重くなった。

この間にも電探の装備工事は着々とすすみ、一月下旬ころには出撃が可能というみこみであった。そして作戦任務もきまった。このたびは、

『南洋諸島のトラックおよびメレヨン両島にたいする作戦輸送』

であった。

このころ、トラック島はサイパン、フィリピンの喪失後、敵の陣営ふかくとり残された形になっていたが、かつてはわが海軍の南方作戦における重要な基地であっただけに、まだ多数の陸海軍将兵が駐在していたが、もはや昔日のおもかげはなかった。

すでにその航空兵力は壊滅的打撃をうけ、わずかに残存飛行機の部品をかき集め、敵基地にたいし、散発的な航空攻撃を行なっているくらいであった。

ただ、ここからわが海軍の艦上偵察機「彩雲」が西カロリン群島のパラオやウルシー、マーシャル群島のクエゼリンなどの敵基地の偵察を、ときどき行なっていた。

これは敵の進行企図をみぬいたり、あるいは回天特別攻撃隊に、敵艦船在泊の情報を提供するための重要な作戦であった。

「彩雲」は高速偵察機で、武装はきわめて貧弱な半面、敵戦闘機をしのぐ優速を利用して偵察ができたのである。ところが、内地からの部品がとどかないため、その飛行もしだいに困難になりつつあった。そこでわが艦のこんどの任務は、この「彩雲」の部品などを、トラック島まで輸送するのが第一の目的であった。

もう一つの任務はメレヨン島にたいする食糧輸送である。この島はトラック島の西方約四百八十カイリのところにあり、サイパンなどとならび、敵の侵攻にねらわれる重要基地とみなされ、はやくから陸海軍兵力が増派されて、その兵力は六千名にもたっしていた。

結局、この島も敵の上陸はなかったが、敵圏内にとり残されたようになり、連日のように空襲でいためつけられていた。

とくに、この島には山地がなく、低平な珊瑚礁の小島で、防空壕も満足に掘れない地形である。そのため空襲による人員器材の被害は甚大であった。

このような島に数千の兵力では、食糧の窮乏が最悪の状態となるのは、当然のことであった。わが艦の第二の任務は、この島に数十トンの食糧を補給することであった。

「彩雲」の部品や、食糧約六十トンを積みこんだわが艦は、まったく重量オーバーとなり、今回はたった二本の魚雷までも陸揚げされてしまうしまつ。潜水艦乗りのもっとも頼みとする魚雷をあげられては、もはや、敵とさしちがえることもできない。われわれはこの処置にはきわめて不満であったが、それも任務とあってはいたしかたないことであった。

積みこみを終わって、出撃日は一月三十日ときまった。行動予定は、第一次作戦とおなじくいったん本州の東方洋上に出たのち、南鳥島の東方を迂回して一路南下し、トラック、メレヨンと寄港して、帰路にほぼその逆コースをたどる計画であった。

以下、当時の日記を引用しつつ、話をすすめることにしよう。

12　孤剣をさげてただ一隻

一月三十日――午後一時、出撃予定のところ、思わぬ短波マストの故障おこり、修理に手間どり夜間となる。司令官以下、見送りの人びとはほとんど帰る。

午後八時、修理完了。おりからの十六夜《いざよい》の月下に出港、見送るは機関参謀以下わずかに数名のみである。

モヤのたちこめる軍港を出撃するわが艦のマストには、菊水の旗が月明をあびてへんぽんとひるがえる。見かえる空には、夜間のこととて富士もみえず。

ふたたび決意を新たにし、成功を誓う。同夜、館山湾仮泊《かはく》。

一月三十一日——午前三時、館山湾出港、征途につく。満天に星辰《せいしん》をいただき、月光また清朗、海上もきわめて平穏、全員の士気衝天の観あり。

艦はふたたび黒潮に乗って血戦の洋上へ、忍苦の戦いの第一歩は順調だ。祖国よ、またしばしの別れ。比島の戦局を憂いつつ、艦はわれらの闘魂をのせて東へ東へとすすむ。

東天の白むころより昼間潜航にうつる。潜航しておちついてみるとはじめて、三十日の朝、見送ってくれた妻の姿が浮かぶ。そして祖国に前線に苦闘する同胞のことを思う。

ふたたび海上第一線にあるのだという意識をもって、覚悟をあらためる。夕刻、浮上、天候悪化のきざしあり。

二月二日——三十一日夕刻より来襲した低気圧にとりかこまれたかたち、気圧はどんどん下がって七百三十九ミリとなる。風速二十メートル、波高は十メートル、うねりの長さは百メートル以上におよぶ。

山なす怒濤が艦橋をあらい、見張りの持続困難となる。ついに阿部信号長大浪にたたかれ負傷、大切な部下を傷つけ、まことに申しわけなし。上甲板各部激浪にあらわれ、糧食の一部流失しはじめる。しかし、波にたたかれるたびに闘魂はいっそう旺盛となる。生やさしいことでは戦争に勝てない。風浪を乗りこえ、敵と戦いぬき、最後の凱歌をあげなければならない。

二月四日——いぜん気圧は低く、なお警戒を要する。四日にわたる大難航となったが、たちあがりの苦労は、今後の航海を平易にするであろう。

出港後六日目、はじめて顔をあらう。そろそろなにをするのもめんどうくさくなりはじめた。妻の顔すらはっきりと思いだせない。許せ、こちらは戦場だ。雑事をわすれ、ただひたすら任務完遂《かんすい》を思う。まったく子供のように単純な気持になってしまった。

深度四十メートル、なお海上のうねりを感じ、艦は左右に動揺する。だれか海神の怒りをなだめる乙橘姫《おとたちばなひめ》はいないだろうか? さしあたって自分の妻を献上しても、いまの自分としては海が静まった方がよいくらいだ。

夕刻浮上、難航はつづく。追い波で怒濤は容赦なく後方よりかみつく。巨龍のごとき白浪に甲板が全部おおわれたかと思うと、艦は山なす波頭をにうちあげられている。つぎの瞬間、また奈落の底にさか落としに頭をつっこんで、たちまち白波に全身をつつまれる。波浪とたたかうこともまた鍛練だ。

前回の行動成果にもとづき、主計科員の教育に力を入れたため、最近はなかなかうまいものを食わせてくれる。おかげで乗員の健康状態も満点である。小熊宇三郎兵曹以下の苦心に感謝したい。

見張員も着任いらい、情熱をかたむけて教育しただけあって、安心して哨戒当直に立てるようになった。教育の力は大きい。

負傷した阿部信号長もおきあがれるようになり、ひと安心。

鉄鯨は征く！　渺茫の海を東南に向かって、孤剣をひっさげてただ一隻、敵中へ。たのむはわが一艦の実力のみである。

艦を思い、国を憂い、眠れぬ日がつづく。

二月六日――どうやら天候回復のきざしがみえるが、うねりはいぜん大きい。退屈しのぎにベッドにあおむけになったまま、奥さんの写真を拝見におよぶ。日一日と美しくなるような気がする。やはり審美眼のおとろえるせいか。ハハ……。

南鳥島の東をまわり、針路を南にとる。今夜から熱帯圏にはいるが、さほど暑くならない。回顧すればいくたび熱帯の海に戦いつづけたことか、美しい理想の花も咲くという南海の島々は、いまや見る者の目をおおわせるような、血戦の修羅場《しゅらば》と化しているのだ。

碧海のかなたにぽっかりと浮かぶ白い雲片。いずこともなく来り、ただはてなき流浪の旅をつづけ、また流れ去る。まことに自由といおうか、奔放というべきか、若人の希望をかぎりなく誘う。妻とともに描く未来はこの一片の白雲のごとく、はてしなくふくれ上がる。しかし、いまの自分にこれを現実にすることが、はたしてゆるされるか、どうか。

艦橋にて数首――

名も知らぬ小鳥の一羽わが艦とともに進みゆくしぶきをあびて
冬の日の静寂《しじま》に凍《こお》る朝まだき送りし妻の姿しのばゆ
たちしとき熱高かりしわが妻はいかがあらんと思い案じる
荒海に戦いぬかんわれこそは桜花咲く国の男の子ぞ

黒潮のうねり遙けき海原《うなばら》に雄々しく征かん命ささげて

13　乱れ立つ夏雲悲し

二月七日——荒れに荒れた海も、今日からは紺碧の美しさにかわり、見張り当直が楽しみとなる。

熱帯の海を南へ南へとすすむ。照りつける太陽に皮膚がじりじりと焼けるように熱い。これが一週間まえまでは、寒いとふるえていた自分かと、その環境変化の大きいのにおどろく。

夜間当直中のことであった。艦の進行方向直前には、南海特有のスコールがみとめられた。まもなくそのなかにはいろうというとき、艦橋が異様な臭気につつまれ、見張りする目が急に痛くなった。スコールの付近は一連の黒いとばりとなって、ぶきみな様相を呈している。とっさに敵のガス攻撃かと判断して急速潜航、深さ六十メートルにはいる。爆雷防御を下令し、精密聴音で聞き耳をすませたが、なんの反応もなし。

どうもおかしい？　落ちついて原因を調べてみてやっとわかった。なんのことはない。トラック島に送りこむため積んだ上甲板のアンモニアガスボンベの漏洩《ろうえい》と知って一同失笑。ただちに浮上する。

ちょうど夕食のとき、士官室で潜水艦をガスで攻撃するアイデアが披露され、その話題に花を咲かせた直後だっただけに、それから連想してこんな判断となったのだ。原因がつきとめられ、笑うに笑えないケッサクとなってしまったが、これも、つねに緊張した戦場ではやむを得ないことであろうか。

二月九日――天候きわめて良好、南海の美景を満喫しながら見張りをつづける。今日から昼間の長時間潜航にはいる。この二、三日で皮膚もすっかり灼けた。黒くなった見張員と艦内勤務の色の青白い者とでは、まるで人種がちがうような感じだ。

曇りなく晴れし夕空南海に入り日をあびて碧き海征く

夏雲の乱れ立つみてフィリピンの戦況思い祖国憂いぬ

わが軍の必死の防戦にもかかわらず、敵はついにマニラに突入した。ヨーロッパではわが盟邦ドイツの首都ベルリンに、赤軍が指呼の間に迫っている。憂うべきかな今日の戦局。

当直を終わって、万葉防人の歌を読む。千数百年の昔、無学の防人がその征地でわが妻子を慕い詠じたものである。かざり気なく、大胆にその心情を吐露している。いまの自分は、これらの歌の精神がしみじみとわかるような気がする。

時岡艦長と帰りの予定を計画する。やるだけのことをやれば、一刻もはやく帰投することで二人の考えはまったく一致、どうやら最初の予定よりも四日はやく帰れそうである。

帰りの計画を練ることもまことに楽しい。艦長も私も、国には妻が待っている。

二月十日――午前四時四十八分、当直中、見張員が二百七十度方向に艦影を発見、双眼鏡について夜明けの水平線を凝視《ぎょうし》する。巡洋艦らしい。

と、またすぐ百五十度方向に二隻のマストを発見。距離は一万五千メートルほど、ただちに急速潜航。深さ六十メートルにはいって爆雷防御を下令。

聴音でつけると、どちらもわれに近づいてくるもよう。しまった！　みつかったのか？　輸送任務で魚雷ももたない悲しさ、好餌をまえにじっとがまんする。燃え上がる攻撃精神をかみころし、敵の推進機音をやりすごすのはいかにも残念だ。

発見されたならば、もちろん爆雷攻撃をうけるだろう。息を殺してようすをうかがう。だが、敵はなにも知らぬげに通りすぎていった。

夜、ゴミをすてるさい、空き缶の落下で坂本勇水兵長が頭部を負傷、たいした傷でなくてよかった。電気装置など、各所にもそろそろ故障が出はじめる。このさい、いちだんと気をひきしめて敵の圏内を突破しなければならない。

数日来メルボルンからの敵のデマ放送が聞かれるようになった。内容はいちいちしゃくにさわるもの、最後はきまり文句の『ご謹聴を感謝します。皆さんさようなら』で終わる。馬鹿ばかしい。こんなものにだれがまどわされるか。だが、これも長期行動での娯楽の一つだ。

二、三日まえから体調が少しおかしくなる。よく眠れなくなり、食欲もおとろえてきた。しかし、これくらいで負けてはならない。どこまでもがんばるのだ。

退屈しのぎに士官室で若い砲術長、軍医長を相手に、奥さんというものの効能について、のろけ話をはじめる。チョンガーの二人はおもしろがって、つぎからつぎへと聞きたがる。しまいにはこちらがもてあますハメになってしまった。

潜航して暑苦しくなると、むかし登った八ヶ岳の白雲や、岩場にわくつめたい清水が想いだされる。故郷の山と水と雲、忘れえぬ思い出である。だが、はたしてふたたびそれをながめ、味わうことができるだろうか。

出撃十二日目、生糧品もとぼしくなり、いよいよ缶詰だけの生活になる。

二月十一日——洋上に紀元節をむかえる。故国を遠く幾千カイリ、はるかなる南海に戦いつつ、つつしんで皇居遙拝。

祖国の運命をこの一戦にかけて、われらはいまや必死の戦いをつづけている。この日このとき、南海の最前線にある身の幸福を思い、「ああ光栄の国柱《くにばしら》護らでやまじ身を捨てて……」の決意をあらたにする。

紀元節のつど思いだすのは、中学いらい机をならべてきた戦友、笠原君のことだ。彼は二年まえのこの日、同じ潜水艦でガダルカナル島南方洋上の露と消えた。かぎりない大志をいだきつつ、ぞんぶんの活躍もなしえず、伊一八潜とともにソロモンに散った友の心中を思えば、あらわすべき言葉もない。それよりここに二星霜、この日をむかえる場所こそ変われ、かならず彼のことを想う。

また、自分自身もその間、いくたび死線をこえてきたことか。こうして日記をしるしている身も、明日の運命はわからないのだ。死生ただ天命なるかな！　いずれ自分もさきにたおれた、多くの戦友とおなじ道をたどるであろう。ただその日まで勝利を確信し、徹底的に戦いぬかんのみ。

紀元節とはいえ南海の戦場にあり、寸分の油断もゆるされない。潜航中かたちばかりの祝杯をあげ、皇国の隆昌を祈願する。

明日はいよいよトラック入港、二年まえに笠原君と永遠の別れをしたのもこの島だ。その一歩手まえで、彼の命日をむかえるのもなにかの因縁か？

14　夢さりしトラック

二月十二日——早朝、トラック島を西にのぞむ。わが天測の腕はきわめて正確だ。予定どおり午前七時四十五分、南水道から環礁内にはいる。

二年まえのいまごろ、意気ようようとソロモン方面に出撃した南水道の姿こそ変わらないが、ヤシの木かげに手をふる戦友たちの、なんとわびしげなることか！　わが艦の来着をどれほど待ちわびたことであろう。

なつかしい水路を通り、春島錨地に投錨、ひょうきんな艦長の命令で、『キョウ空襲ハアルジャロカ？』と信号をおくると、陸上の見張所から、

『本日モ来襲ノ算大ナリ』

と返事あり、警戒を厳にする。

陸上より連絡員きたり、作業打ち合わせを行なう。現地の心からなる歓迎をうける。食糧

の窮迫しているのに、さっそく長途の航海をねぎらうべく、貴重な生糧品をおくられ、さすがにほろりと熱いものがこみ上げる。

この人たちのよろこぶ表情をみれば、二週間にわたる苦労もすっかり忘れるほどだ。

〽轟沈々々凱歌があがりゃ
　積もる苦労も苦労にゃならぬ……

この歌と任務こそちがうが、よろこびの気持は一脈あい通ずるものがある。

いったん錨地に沈座して午後十二時三十分に浮上し、ただちに揚貨作業を開始する。昼間ではあり、現地作業員も比較的元気なため、揚貨ははやく終わる見込みであったが、予想外に長びき、夕刻までかかる。その間、雑用おおく終日甲板で指令にあたり、全身ひりひりするほど陽にやけた。

小舟に乗り煙草をもとめてくる者おおく、気の毒には思ったが、艦の安全と統制を考え、だんこ退去してもらう。煙草にのまれた者のあさましい姿であろうか。

かつて伊一〇潜でいっしょだった十家毅兵曹が、基地隊作業員としてきており、ばったり顔を合わせる。すでに伊一〇潜は昨夏サイパンに散り、そのときの戦友もいまや大部分がなくなっている。彼に会い、なつかしい思いでいっぱいだ。

聞けば妻子とわかれ、トラックにきて二年になるという。さっそく故郷の家に送るみやげや、手紙をひきうけることにした。彼ばかりではない。自分の父母を残し、妻子とわかれて、みんな食糧の欠乏にたえて孤島に奮闘しているのだ。

一年ほどまえまでは、わが艦隊の精鋭が、この地にその威容を誇っていた。それからわずかの間に戦局はすっかり変わってしまった。いまトラック島の一角に立ち、環礁のかなたに沈んでゆく落日に照らされるとき、まさに今昔の感にたえない。

あたりには、むざんな巨体を横たえている多数の沈船があり、山はところどころ爆撃をうけ、枯木となって、山肌もあらわになっている。

また親友笠原君とも、一昨年の正月、この地でわかれたのが最後であった。二年後の今日、幽明境をことにして、彼の冥福を祈る立場になろうとは、夢想だにしなかったのに！

父母や妻子をおきて幾星霜戦う友のさちを祈りぬ

ソロモンに雄々しく征きしわが戦友《とも》よわれ今きたりみたまとむらう

環礁の椰子は茂れど十字星光わびしく海を照らせり

二月十三日——午前五時、トラック出港、見送るものもないひそかな出港だ。午前七時十五分、ふたたび南水道を出て、艦はさらに敵の警戒厳重なメレヨン島へと西進する。

「南水道を南に下りやいとしトラック雲の中」

ラバウルへ、ソロモンへと勇ましく出撃した仲間の潜水艦の、それぞれの姿を想いおこす。なつかしい南水道のうすれゆくをながめ、在島将兵の健闘をせつに祈る。

トラックの島影碧き波の上にうすれゆくみてわが艦は征く

あほう鳥らしい鳥が、トラック島を出てから艦についてはなれない。ときには見張員の頭などにとまろうとさえする。三回目に近づいたとき、尾をつかんだが逃げられた。それでもまだ慕ってくる。とうとう四回目につかまえた。

かもめにも似ているが、めずらしい鳥だ。艦内に入れたら、丸呑みにしていた大きな飛び魚を二匹はきだした。

これこそ一石二鳥にあらず、一鳥二魚とでもいうべきか。やっこさん、腹一杯たべすぎて頭がおかしくなっていたらしい。

しばらくおいたが、あばれてしまつにこまるので、因果をふくめてまた放してやる。あほう鳥の仲間にちがいない。退屈しのぎにはよい相手であった。

15　飢えたる島メレヨン

二月十四日──まったく暑い、寝ていても起きていても暑い。ねむると、全身汗びっしょりとなる。いまどき内地では寒さにふるえているにちがいない。妻が用意してくれた下着も残り少なくなった。

艦はいぜん快調に力づよく、メレヨン島へと進撃をつづける。このたびの行動は前回とちがい、乗員の健康状態ははなはだ良好で、病人らしいものは一人もいない。総員意気けんこうである。

ニュースにより、先日、関東地方に空襲があったとのこと、東京の安否が気にかかる。

トラック島で積んだ青いバナナも、日一日と『轟沈』の歌の文句そのままに、黄色くうれてゆく。なんとか長くもたせ、内地へのみやげに一口でも持って帰りたいものだ。だが、この艦内の暑さ、はたしてどうか（このころ内地ではバナナは貴重品であった）。

二月十六日――早朝、ついにメレヨン島南方に到達。スコールにたたかれながらながめる島は、まったく低平な珊瑚礁だ。一部に樹木は残っているが、大部分は連日の空襲で焼かれ、枯れ木となって立ちならぶ。荒涼たる風景だ。

このなかに数千の将兵が、食うや食わず、飲むに水なく、戦うに弾丸なく苦闘をつづけているのか。はるばると来るべきところにきたという感慨が胸にこみ上げる。

所要の信号連絡ののち、昼間は敵機の空襲をさけ潜航する。暑くるしく緊張につつまれた一日である。この数日来、潜航中の艦内温度はつねに三十四〜五度。湿度もきわめて高い。どうしてもねむれないので、艦内を巡視する。兵員室でもあちこち動いている者が多い。やはりねむれないのか。姿なき無言の敵との苦しい戦いである。

日没一時間まえに浮上し、環礁の入口水道を通過、日没ころ予定揚陸点に到達する。まもなく陸上より大発九隻来着。艇内には作業員が多数乗っているが、みんな見るかげもなくやせ細り、幽鬼のような悽愴さがただよう。

午後五時三十分、作業開始。現地作業員はまったく力がなく、甲板にぼんやり立っていたり、こぼれた米をむさぼりひろったりで、作業能力はあまりない。結局、艦側の手でどしどし作業をおしすすめる。しかも大発の来航がとだえがちなため、作業はいちじるしく遅延し、午後八時三十分にようやく終了する。

現地副官田中中尉来艦、送還人員についての打ち合わせを行なう。彼は私より二期後輩である。記念に現地熱帯樹製のパイプの寄贈をうける。よい思い出となろう。

乗艦者の来艦はさらにおくれ、午後十時ころとなる。上甲板にならんだ四十二名にたいし体力、気力の検査を実施し、合格者のみを乗艦させる。先任将校みずから四十余名を相手にして、力くらべをして体力を判定する。だが、一人として自分に勝てる者なし。

これが南海の小島に孤立し、飢えに泣く皇軍の落ちぶれはてた姿か！　まことにただ悲涙にくれるのみ。

収容を終わり名残りをおしみつつ、暗やみのメレヨンをあとにして一路帰途につく。数隻の大発からの悲しげな別れの声が耳朶《じだ》をうつが、やみにつつまれてその姿はなにも見えない。今次行動の主要作業はこれで終了した。だが、ぶじ内地に帰りつくまでは完了とはいえない。最後のがんばりをみせなくてはならぬ。

16　員数外一名の結末

こうして四十二名が収容された。みな軍属の設営隊員であった。

前回の輸送では、内地帰着までに六人も死んだ。せっかく乗ったのに、途中で死亡してしまってはなんにもならない。それだけならまだよいが、水葬をしているさいちゅうに敵襲でもうけたら、全員ともに犠牲となり、とり返しのつかないことになる。

そこで今回は、あらかじめ七潜戦司令部から現地に連絡し、収容する人員は帰路の潜水艦輸送という、悪条件にたえられる者に限定することを申し入れておいた。

そのせいか、パガン島のときのように担架にのせられた傷病者はなく、みんな自分で歩くことはできた。だが、その身体はみるもあわれにやせ細っていた。私はこれらの人びとが上甲板にやってきたとき、

「帰りは苦しい潜水艦の長時間潜航がつづく。これから私と力くらべをして、勝った者だけ乗艦させる」

といって、胸もとにぶら下げた双眼鏡を左手でおさえ、右手一本で、この人たちに向かった。

みんな内地に帰りたいのだろう。目の色をかえ必死の形相で、両手で私の手にしがみついてきた。

だが、やせおとろえたその身体に、抵抗力はほとんどなく、ひょろひょろと風のように手ごたえもなく、かんたんに私の方へひきよせられてしまう。

私とて小柄な身体、そのうえ内地を出てから十八日もたって、体力はかなりへばっていたが、一人として私に勝てる者はいなかった。私はその人たちの骨と皮ばかりの死人のような手を通じて、メレヨン島の将兵の大へんな苦しみを、身をもってひしひしと感じとったので

ある。

せっかく艦にたどりついたこの人たちを、私はいまさら不合格にするのにしのびなかった。それにどの人も大差がないので、全員の乗艦をみとめざるをえなかった。

作業にきた人たちをみても、パガン島よりも栄養失調はいっそうひどいようであった。聞けば六千人の将兵は、空襲と餓死ですでに半減しているという。

ガリ版ずりのそまつな島のニュースが手にはいった。現地の最高指揮官宮田嘉信大佐は、この島の苦境を背負って、将兵の士気を維持するために、血のでるような苦心をかさねていることが紙面の各所にうかがわれた。

その内容は、いまではほとんどわすれてしまった。だが、ただ一つ、三十年後のいまでも記憶に残っているのは、宮田部隊長作の、

〝蟹《かに》とかげ今日は食うなよ彼岸《ひがん》なり〟

の句である。このみじかい一句こそ、島のみじめな姿を、いみじくも浮きぼりにしているものではなかろうか？

予定の作業を終わり帰路についたが、ここで思わぬことがおこった。出港後一息いれて、念のため四十二名の人員点呼をしたところ、四十三名が乗艦しているではないか。

そこで現地からの名簿と照らし合わせ、それに載っていない一名の軍属が浮かびあがった。どんな事情があって乗りこんだというのか？

私は彼を別室に呼んで、つぶさに事情を聞いた。名前はＳ某という。私の前に首をうなだ

れ、ふるえながら、

「まことに申しわけありません。どうしても内地の妻や子供の顔が見たくなり、作業員できたのにそのまま乗ってしまいました」

と泣き伏した。

その気持はわかりすぎるほどよくわかる。しかし軍属とはいえ、島に残る大部分の同僚は、飢えと戦いつつ、なおがんばりつづけているのだ。それを、自分だけひとり持ち場をすてて逃げ帰るとは、なんということか。しかも戦時下であってみれば、帰ってからこれをおおやけにすれば、極刑をうけることは明らかである。

すじをとおすべきか、人間性をたてるべきか、私はまったくこまってしまった。そこで私は艦長とも相談して、ハラをきめた。その行為はまことに許しがたいが、やっとここまできたのを、いまさら司直の手にさしだしてどうなるというのだ。またひとり犠牲者をますだけのことだ。われわれは後者の道をえらぶことにした。

さいわい現地からの名簿は、人名の最後に一行空欄があった。そこに彼の名前を追加記入し、総員四十二名を四十三名と訂正した。末尾の数字が二であったのもめぐまれていた。かんたんに三と訂正がきいたのである。

彼をはじめこれらの送還者は、その後どんな運命をたどったであろうか？　あのぎりぎりの限界までおちこんだ彼らの健康は、はたして回復したであろうか？　その消息はいまや知るべくもないが、気にかかっていることである。

17　見えたぞ野島崎の灯

メレヨン島を出て一路、帰途についたわが艦に入った内地からの第一報は、敵機動部隊の内地襲来であった。内地への航路も生やさしいものでないことをあらためて覚悟した。

二月十八日——出撃してより二十日目、向かい風が十五メートルにたっし、艦の脚は遅々としてはかどらない。本土近辺に敵機動部隊が近づいている以上、横須賀への道は困難をきわめるであろう。

艦内はいよいよ暑く、内地へのみやげのバナナは急速に熟れだし、四、五日もつかどうか。どうやら話だけに終わりそうだ。

敵はついに硫黄島にせまってきた。ここを占領されたら、内地は毎日はげしい空襲にさらされよう。どんなことがあっても、だんこ守りぬかねばならない。

また、汗疹《あせも》もひどくなってきた。そのうえ脚気のように足が重くなりはじめた。だれもおなじらしい。しかし、こんどは前回の行動にくらべれば、格段の差あり、一同元気いっぱいだ。

二月二十一日——B29大編隊にて帝都に来襲、この海上にて歯がみするも、せんかたなし。さらに敵はついに大挙して硫黄島に来攻した。同島と本土との距離を思えば、事態の切迫容易ならぬものを覚える。

極星の日増しに高くなりゆくを楽しみ眺め故国さしゆく

二月二十二日――空気圧縮ポンプがさきの一号機についで、二号機もまた故障、補気不能となる。これで潜航はきわめて困難となった。

このまま敵機、敵潜の多い海面を突破しなくてはならない。不自由の身となった艦をもって、なお幾多の死線をこえようとするのだ。三たび決意をあらたにし、部下にも示達する。

二月二十三日――心残りなく晴れた今日のこの好天、いく日となく荒れつづけた海上にも、こういう日がくるのだ。明るくひろびろと海は展開している。海上生活の幸福、楽しさはこのような日にこそ、しみじみ感じさせられる。

どこで戦争があるのか、といいたいような天気。だが、ひとたび思いをめぐらせば、フィリピンに硫黄島に、いまや祖国の興廃をかけて一大血戦がやむことなくつづけられている。ことに新戦場の硫黄島では、わずか数キロ、木も草もない荒涼たる孤島に、いま数万の兵が彼我入り乱れて死闘を展開し、屍山血河の様相を呈しているのだ。おそらく史上最高の惨烈な激闘であろう。

硫黄島はぜったい敵手にわたしてはならぬ。守備隊の善戦健闘を祈るのみ。晴れわたった空にかかる十三夜の月、ただざむざむと孤島の激戦場を照らすか！

帰りつくまで、なんとかもたせようとしたバナナも、ついに熟しきって最後となってしまった。

二月二十五日——気持よく晴れわたった青天井のもとで当直に立つ。春めいた微風が艦橋をわたる。長大なうねりに、艦は大きくのんびりと揺れて、ねむけすらさそう。どこを見ても碧い海また水、激戦のこともついわすれる。

かもめに似た鳥が二羽、むつまじそうにとんで艦とともにすすむ。ふと、妻のことが思い出され、帰りつく日のことを考えながら楽しく航海をつづける。かたわらにいた艦長が、

「あの鳥のやつ、二羽でとんでいやがる」

とつぶやいた。だれしも思うことはおなじかと、つい微笑する。

遠いかなたには、一片の白雲が、思うこともなげにゆうゆうと流れてゆく。ああ、洋上に春日遅々たり。

故郷《ふるさと》にあこがれ急ぐわれはみつつれだちて飛ぶ白き鳥二羽

二月二十八日——二月も終わりとなった。出撃いらい一ヵ月、母港横須賀も目前だ。この間、戦局の相貌のすさまじい変転にただおどろくのみ。何年ぶりかで帰るような妙な気持である。

内地の国民の戦意はどうであろうか？　東京は健在だろうか？　たとえ石にかじりついても勝ちぬかねばならぬ。

冬来りなば春遠からじ、明日から三月、希望の春、伸びゆく春となりうるか？

三月二日——今夕、館山湾に入港の予定、敵潜警戒のため朝より潜航する。

三十余日、またも死線をこえて内地の山河に近づいた。艤装いらい精魂をかたむけて訓練

したわが伊三六六潜、再度にわたる至難な輸送作戦の完遂はいまや目前だ。一人前にそだった、りっぱな部下たち、いつ退艦してももう心配はない。だが、最後の警戒を厳にせよ。

明日の入港を目前にして、艦内では各所で無精ひげをそっている。

夕刻、野島崎東方に浮上、入港というのに天われにくみせず。天候は雨、視界ははなはだ不良。正確な艦位の確認できず、しだいに不安はつのる。

冷たい雨のなか、日はとっぷりと暮れ、真っ暗となる。

航海長として充分に自信はもっていたものの、まったく見当がつかなくなり、夢中で艦をすすめる。横なぐりの冷たい雨と風にたえながら艦橋にがんばる。

向かい風と黒潮の強流とで艦はなかなかすすまない。それに見張員が潜望鏡らしきものの発見を報じ、さらに緊張は高まる。

針路前方にときおり岩礁をかむ白浪をみとめ、そのつど取舵でかわし、沖よりにコースをとる。

ただ測深と電探をたよりに難航をつづけるうち、天佑か、一瞬、ちらりと見えた野島崎灯台により、ついにわが艦位を確認しえた。

それ以後は順調に航走し、午後十時十分、なつかしの館山湾にぶじ投錨した。

総員集合、はるかに宮城の空を拝し、任務完遂を報告、感激をあらたにする。

海荒れし三十余日の任務終えわれ今ぞ着く祖国日本に

18　さらば伊三六六潜よ！

硫黄島の攻防が日ましにはげしくなるなかを、艦は敵の艦艇に遭遇することもなく、三月三日、桃の節句にぶじ横須賀に入港した。

任務終え今日帰りきし横須賀は春の息吹きに海なぎてあり
四十三名の帰還者も、まもなく海軍病院にひきとられて、われわれの任務もまったく完了した。今回は乗艦者に体力的条件をつけたせいか、一名の死亡者もでなかったことはありがたいことであった。

一月三十日に出撃していらい、三十三日間、総航程は約五千六百カイリ、前回のほぼ倍の長さであった。

だが、敵基地から比較的とおい地点を航行できたので、潜航時間は逆に約二百時間と少なかった。

乗員も二回目の作戦ともなれば、目にみえて成長して、また潜航時間もみじかかったので、健康状態もよく、艦内の一同、元気いっぱいに大任をはたすことができた。

ここで私も、ついに思い出ふかい伊三六六潜を去ることになった。三月一日付で潜水学校高等科学生を拝命したのである。

苦楽をともにした乗員とは、ゆるされるかぎり一日も長くいたい気持はやまやまであったが、すでに学校の方は、三月一日からはじまっていた。そこで私は、大急ぎで艦務をかたづけ、角田砲術長にあとをひきつぎ、五日に退艦することになった。

ふたたび当時の日記で最後をむすぶことにしよう。

三月五日——なつかしい伊三六六潜を退艦する日である。艤装いらい営々として育てあげ、自分の子のようなこの艦を去るのは、胸のつまる思いがする。

かえりみれば私も、着任いらい言いたくない文句もあえて言い、積極的にきたえあげてきたが、一人の落伍者もなく、みんなよくついてきてくれた。

再度にわたる至難な作戦もみごとにしあげた今日、もはや押しもおされもされない実力を身につけたのだ。もうだいじょうぶだ。ただ今後、いっそうの努力と研鑽を願ってやまない。

退艦のあいさつをして、いよいよ別れることになった。十ヵ月間、わすれがたい思い出とともに戦った艦としばしの別れ。

しかし武人の常として、生別また死別となるやも予測しがたい。顔にこそださないが、心中万斛《ばんこく》の涙にくもる。

武運長久なれ！　伊三六六潜よ。

内火艇にて艦をはなれる。乗員一同、真心こめて振ってくれる帽に応じつつ、わが艇はしだいに艦から遠ざかってゆく。いつまでもいつまでも見送るわが部下に一礼し、私は艇内にはいった。

真心をこめて育てしわが艦の強き姿をみてわれは去る
われ去るも武運よ永久に栄えあれと祈りおくれり帽をふりつつ
甲板にわれを見送る部下たちの姿うすれゆくみかえるかたに

（昭和四十八年「丸」十月号収載。著者は伊三六六潜航海長）

還らざる若き英雄たちの伝説

人間魚雷〝回天〟を抱いた親ガメ伊四七潜血戦記——岡　之雄

1　潜望鏡はとらえた！

「掌《しょう》水雷長、司令塔へ！」

私が艦長によばれて司令塔に上がると、艦長は潜望鏡をのぞきながら、

「戦艦が……、空母が……」

と航海長に方位を読ませながら、張り切った声をあげている。司令塔は殺意を感じさせる異様な雰囲気のうちにあった。

「掌水《しょうすい》、まいりました！」

と、とどけると艦長は、待ちかねていたように潜望鏡を私に渡し、

「見た状況をはやく頭に入れ、スケッチしろ！」

という。接眼部に目を当てると、ひさしぶりのまぶしさだ。リーフ（珊瑚礁）の向こうに駆逐艦が数隻、その向こうに巡洋艦、さらに向こうに空母、戦艦などがいるわいるわ。すこしずつ視野を変えて見ると、その数《かず》百隻あまり、いちばん近い駆逐艦までの距離五千メート

ルとみた。

私はスケッチを二枚でまとめようと、頭のなかに描きはじめる。三十秒、一分とすぐたってしまう。艦長から、「どうだ、できたか！」といわれ、もうすこし見ていたかったが、急を要するので潜望鏡を艦長へかえす。そしてさっさく方位盤のうえに〝電報発信機〟をおくと、たったいま見たままの状況をサット描き上げる。

その間に、艦長は回天（人間魚雷）搭乗員の仁科、福田両中尉、佐藤、渡辺両少尉を交互によんで潜望鏡をのぞかせている。搭乗員たちが、

「すごい大艦隊だ」

「やりがいがある」

「艦長、ありがとうございました！」

と、口ぐちに叫ぶ言葉が断片的に耳にはいってくるが、私はいま見たばかりのアメリカ大艦隊の姿をそれこそ夢中で描いていた。やがて、かんたんなスケッチができ上がり、それを艦長に見せる。

「司令塔へ呼ばれてから十分ぐらいたっていたであろうか、

「あとで清書しておいてくれ、ご苦労！」

という艦長の言葉をあとに、私は発令所におりる。伊四十七潜はまもなくリーフちかくから離れ、三直哨戒配備となり、非番のものは兵員室または士官室にひきあげていった。

私は士官室にもどるなり、ウルシー泊地内の米大艦隊を望見した興奮がさめないうちにと、

スケッチの清書と、二つ切り大の方眼紙のうらに〝人間魚雷回天が命中し、米空母真っ二つ！〟の絵を描き上げた。

先任将校は絵を見るなり、「よし、やるぞ！」と力づよく声を上げ、搭乗員にみせた。仁科中尉は、しばらくその絵を見つめていたが、無言でしずかに筆をとり、「轟沈」「海軍中尉仁科関夫」と書いた。つづいて他の搭乗員もそれぞれの官氏名を書いてゆく。私はじいーっとその手もとを見つめていたが、彼らのなんら平常と変わりない、淡々とした姿にはひじょうに心をうたれた。

いずれにせよ、回天発進準備まであとわずかの時間しかない。少しでもねむっておきたいが、目がさえてしまってねむることもできない。ただ頭のなかを走馬灯のように、いろいろの想い出がかけめぐるのみであった。

2　極秘〝マルロク〟兵器

伊四七潜は、昭和十九年七月、たのみのつなのサイパン島も占領され、じりじりと太平洋全域にわたって、米軍大反攻の波がおしよせてくるとき、佐世保海軍工廠で誕生した。そして、ただちに訓練部隊（第十一潜水戦隊）に編入され、瀬戸内海において連日の猛訓練にはげんだのだった。

乗員もみな若かった。平均年齢は二十三歳くらいであった。艦長（折田善次少佐）が三十五歳、私が上から三番目で三十一歳、最年少には特年兵出身の十七、八歳のものが五名ほどいた。だが、その若い兵隊たちも訓練がすすむにつれ、いっぱしの潜水艦乗りとなっていった。

八月半ばすぎ、戦訓工事のために伊四七潜は、はじめて母港の横須賀に回航された。乗務員をみれば、そのほとんどが関東、東北、北海道の出身者でしめられていた。なかでも私などは妻子が横浜にいたので、内心のよろこびはかくべつであった。

横須賀工廠の岩壁につくと、ただちに工事に着手され、みるみるうちに進行していった。戦訓による主な工事は、まず上部構造物内にある高圧気蓄機を艦内に移設することがあったが、それと同時に、艦橋から後方の上部構造物内も補強していった。

私たち乗員は、なにかまた積むのかなあと思ってはいたが、まさか〝人間魚雷〟をつむ準備とは夢にも思わなかった。

その当時はまだ、内地には本格的な空襲もなく、横須賀、横浜の街なみも緑につつまれ、しずかな毎日であったが、一般市民の多くは日一日と敗色のこくなってゆく戦況に、口にこそ出さなかったが、心の不安を顔で訴え、小声でいう〝どうなるの〟といった言葉が、だんだんとひろがりつつあるようであった。

九月下旬にはいると、マリアナ沖航空戦の失敗が私たちの耳にもはいってきて、米軍の大物量のまえにくずれ去ってゆく日本海軍の命運が、心のなかに黒雲のようにおおいかぶさってゆくようであった。

ひさしぶりの妻子との語らいも、あっという間にすぎて行き、九月も終わるころには、もりだくさんの工事も予定どおり終了し、うしろ髪をひかれる思いで伊四七潜は、横須賀を出港した。もとより在港艦船の見送りもさかんであったが、艦長の思いやりか私たちも、観音崎をかわすころまで上甲板から、遠くなってゆく横須賀の山や、空をながめて別れを惜しむことができた。

そして、ふたたび呉軍港にまいもどったのは、十月にはいってからであった。当時、呉には潜水艦隊の司令部があったからである。

伊四十七潜が潜水艦栈橋にぶじ係留が終わると、待ちかねていたように工廠の人びとが艦にきて、艦橋後方の上甲板、上構内、機関室とつぎつぎに改装工事をはじめてゆく。

私は、すぐとなりに係留している伊三十六潜の後甲板を見ていて、わが艦にどのような作業がほどこされつつあるのか、おぼろげながらもわかってきてはいたが、念のために工廠の技手にきいてみると、顔見しりでもあったせいか、

「〇六《マルロク》ですよ、人間魚雷ですよ、これから大変ですねえ」

と小声で知らせてくれた。そうこうするうち、だんだんでき上がってゆく架台をみると、四本ほど積めるようになっていて、架台の大きさ、間隔などから見ても大きさはおよそ想像できるが、はて、どのようなものか実物を見ないことには、見当もつかなかった。

とにかく改装工事は突貫作業の連続で、完成もきわめてはやかった。

完成もまぢかにせまったある日のこと、准士官以上にたいし『〇六兵器』見学会が実施された。工廠内の魚雷工場の一隅が大きく仕切られ、かこいのなかに問題の人間魚雷がおいてあった。その数もおどろくほど多かった。

やがて、工廠担当技師の実物説明があり、つづいて別室で図解、搭載、発進方法などについて説明があったが、要目のうち、耐圧深度が八十メートル（搭載潜水艦の安全潜航度は百メートル）であると聞かされたときは、いささか疑問を感じたものの、すでに上層部で制式兵器と決定した以上、〈あとはやるだけ〉という気持であった。

水雷科出身の私は、実物を見ただけで内容がすぐ理解できた。本体が水上艦用の九三式酸素魚雷であり、必中必死の肉弾であること、その効果は甚大であり、戦艦や空母もこの一発で轟沈できるであろう、と思われた。また、この兵器を着想したものが若い中尉たちであると聞き、ひじょうに感銘をうけたのであった。

3　若きサムライふたり

この〝人間魚雷〟を着想し、兵器化に成功したのは、冒頭の「轟沈」の二字を絶筆した、仁科関夫中尉（海軍兵学校昭和十七年十一月卒）と、黒木博司中尉（海軍機関学校昭和十六年十一月卒）の二人であった。

黒木中尉は一年先輩に当たり、年齢も満二十二歳と二十一歳未満の青年士官であり、仁科中尉は少尉のときに潜水学校普通科学生を修業、十八年十月には念願の特殊潜航艇の搭乗員として、倉橋島大浦基地に赴任した。一方、黒木中尉は一と足さきに赴任しており、すでに訓練研究に従事していたのであったが、その日からふたりはいっしょの部屋で起居をともにすることになった。

二人は肝胆《かんたん》相照らし、意気投合するのには時間がかからなかった。暗澹たる様相を呈しはじめてきた戦局を憂え、寝食もわすれて語り合い、夜を徹したこともあった。

やがて、二人の考え方は必中兵器として、人間が魚雷を操縦してゆくことに着眼、水上艦艇用の九三式酸素魚雷に期せずして向けられ、いかにして人間が乗り込むか、特殊潜航艇を脳裏にえがきながら九三式酸素魚雷を本体にした〝人間魚雷〟を作図していった。

こうして一人よく千人をたおす、驚異的な〝人間魚雷〟が具体化していったのは、十八年の晩秋であった。

九三式酸素魚雷は、日本海軍が世界一と誇っていた水上艦艇用の魚雷であり、二百二十kg／㎠の高圧酸素を原動力とし、全長八百五十五センチ、直径六十一センチ、爆薬量五百キロ、航海距離五十ノットで二万二千メートル、三十六ノットで四万メートルという、じつに各国の魚雷にくらべても四～五倍の威力があり、米英海軍にも舌をまかせたものであった。

しかし、その活躍も開戦当初から十七年末期までであった。日本海軍の水上艦艇、とくに駆逐艦の喪失が日をおうごとに、逆にその数を増加するという、皮肉な経過をたどったわけであるが、つまりは優秀なこの魚雷も、使用艦艇がなければ無用の長物と化し、在庫数がふえ、各軍港の兵器庫にむなしく眠っていたのが実状であった。

この〝酸素魚雷〟について、いますこしのべてみよう。九三式とは紀元年号をとったものであり、紀元二五九三年、すなわち昭和八年に水雷技術者陣の総力を結集して実用化にふみきり、制式兵器に採用されて九三式魚雷となったものではあるが、採用されてからのち内部欠陥や、酸素のとりあつかい不注意などによる事故も多く、実際に艦艇において実用化されたのは約五年をすぎてからであった。

普通空気とはちがい、動力源である酸素は、火気、可燃物と混合すればたちまち爆発現象を起こし、そのとりあつかいにはしごく厄介なしろ物であった。数多くあった事故のうち、私が実際に目撃したある事故について記してみよう。

十一年秋、当時、私は海軍水雷学校に、高等科魚雷練習生として学んでいた。

ある日のこと魚雷調整場にいた私は、突如としてドン、バリバリという大音響をきいた。おどろいて出てみると、隣接した酸素充塡《じゅうてん》場の前庭に猛烈な砂じんが立ちのぼり、人間がひとり火だるまになっている。

かけつけてみると、教員が真っ黒になってたおれ、着ているものはほとんど焼けて丸裸であった。そばに魚雷の架台が飛び散り、要員もバラバラになって四散し、肝心の魚雷がない。

ふと見上げると、充塡場のおくまった壁上方に大きな穴があいている。

そこで私は、魚雷が〝ロケット〟になって飛び出して行ったものと直感、あらためて事故の大きさにビックリ仰天したものだった。

そのうち、たくさんの人びとがかけつけてきたので、負傷者のことはまかせ、大いそぎで外に出て、となりの木工場へ飛び込んでみると、頭部のない九三式魚雷が木工場の壁を突き破り、三十メートルも空中を飛んで、この木工場のなかにころがっていた。

さいわい木工場にはだれもいなかったので惨事にはならなかったが、負傷した教員は全身に火傷をうけ、ついに病院で息をひきとったということであった。

原因はちょっとした不注意からであったが、威力抜群の魚雷にも、その生い立ちには、このような人知れない犠牲があったのである。

その後は改良に改良をかさね、大戦に突入したころには、安全に使用できる優秀な魚雷に成長していたことはいうまでもない。

はなしのついでもあるので、潜水艦用の酸素魚雷は九五式魚雷といって、九三式より二年おくれて昭和十年に兵器として採用されたが、それは潜水艦が水上艦と異なりほとんど密閉され、油気も多く、それだけに危険で、実艦用として活用されたのは十四年になってからであり、一部艦隊で使用されたところ、驚異的な威力を発揮し、潜水艦にとって鬼に金棒以上の強みを知らされたのであった。

いずれにせよ、原動力が酸素であるため、魚雷の航走にあたっては完全燃焼をし、排気ガスがなく、その雷跡が水上艦艇や航空機からはまったく視認困難という、潜水艦の隠密性にくわえて、さらに大きな利点を生んだのであった。

それにひきかえふつうの空気魚雷は、ただの空気を二百二十kg／cm²に圧縮して原動力としたものだけに、燃焼して航走能力をあたえるものはわずかに二十一パーセントの酸素だけであり、残りの窒素など七十九パーセントは、排気ガスとなり、昼夜間ともはっきり雷跡となって視認ができたのである。

これで、いかに酸素魚雷が普通空気魚雷に比し、強力であったかが理解できたものと思う。潜水艦で実用化されたのは、大戦がはじまる一年くらいまえからであったが、残念ながら量産がすすまず、普通空気魚雷を装備して大戦に突入した潜水艦もあった。

また、酸素魚雷はきわめて高い軍機密兵器であったので、酸素を〝第二空気〟といって普通空気と区別し、酸素のサの字も口には決していわなかったものである。

さて、魚雷談はこのくらいにして、さきにすすもう。

黒木中尉と、仁科少尉は苦心の研究をかさねたすえ、人間魚雷の設計図と採用意見書を、海軍上層部へ提出した。上層部では若い二人の至誠に感謝はしたものの、必死を前提とする兵器は採用することはできず、と却下した。

だが、それでひき下がる二人ではなかった。再三再四にわたって上申書を提出し、また黒木中尉は上申書だけではラチがあかずと上京して、ときの軍司令部総長嶋田繁太郎大将はじめ、作戦指導部の高級将校を前にして、必死の兵器であるが、日日に悪化してゆく戦局を挽回するためには、是が非でも採用してくれるよう熱涙をしぼり、こぶしをたたいて上申したのであった。

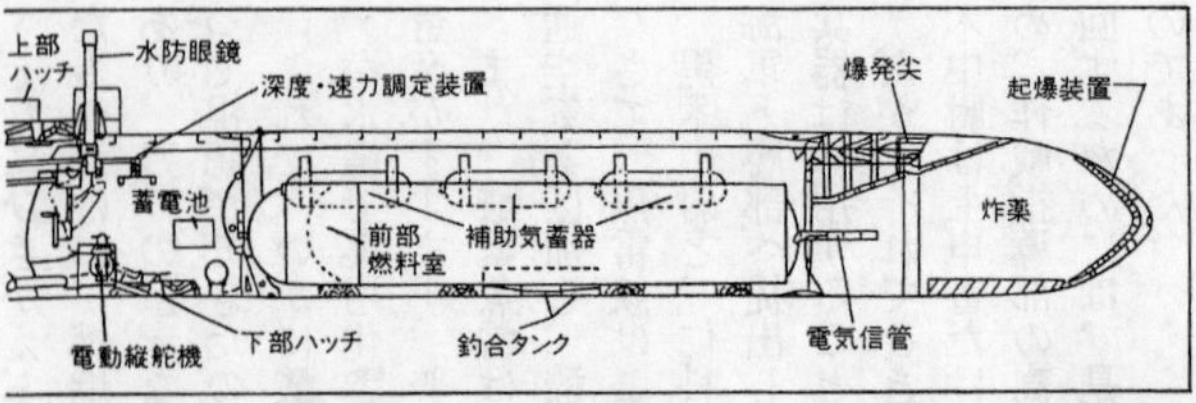

そのかいがあってか、十九年二月に日本海軍最大の前進基地トラック島が、米機動部隊の大空襲で破滅にひとしい打撃をうけたころ、にわかに軍令部は〝人間魚雷〟の試作にのり出してきたのであった。

4　酸素魚雷の血をうけて

これよりさき、特潜基地司令部でも呉工廠魚雷実験技術陣でも、黒木中尉や仁科少尉の熱意に共鳴し、設計図作成などに応援はしていたが、なにぶんにも生還を期せない必死兵器であり、正面切って〝よし〟〝やれ〟というものはいなかった。

しかし、ここに大本営、軍令部の試作方針が決定し、魚雷技術および用兵関係者は極秘のうちに、呉工廠内水雷工場で、人間魚雷の完成に全力を傾注していった。

そして十九年三月には黒木中尉は大尉に、仁科少尉は中尉に昇進、人間魚雷が一日もはやく実戦に参加できるよう寝食もわすれ、二人は必死になって完成に邁進していった。この必死必殺の兵器には〝〇六《マルロク》〟という仮の名称がつけられ、〝〇六兵器〟とよばれるようになった。

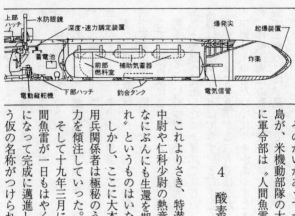

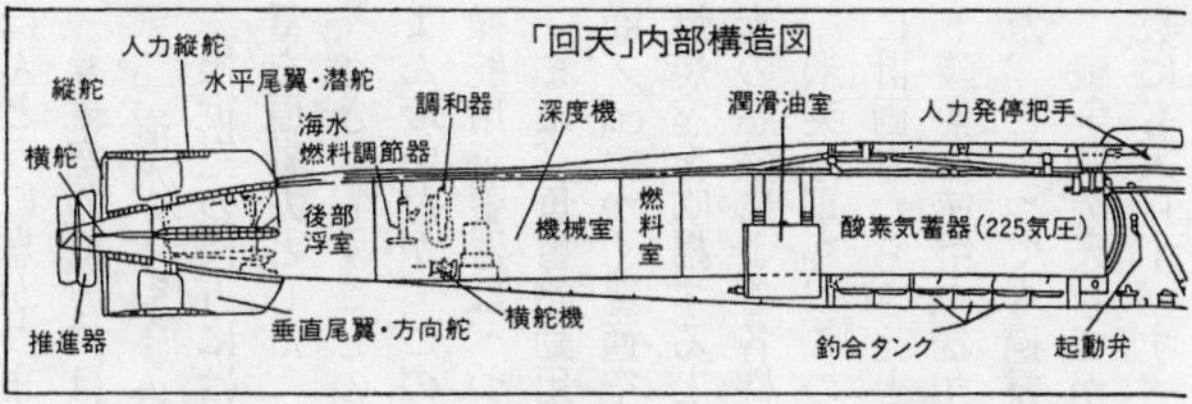

やがて、十九年七月のすえになって、二基の〇六兵器が完成し、黒木大尉によって試運転が実施された。軍令部からも関係者が参集、技術、用兵の関係者一同が見まもるなかを、呉の大入沖魚雷発射場から、まず黒木大尉艇が発進、つづいて仁科中尉艇と、二基ともにぶじ航走試験に合格したときは、関係者一同はおどり上がらんばかりのよろこびようであった。

つぎに〝〇六兵器〟について、かんたんながら説明してみよう。

まず操縦室内には操舵装置、発停装置、速力および深度調定装置、電話器など各種の計器が搭乗員のまわりいっぱいに装置されていたので、室内はひじょうに狭かった。そのため搭乗員も、薄いふとんをしいただけで床に腰をおろす。

中央に長さ一メートルの潜望鏡（特眼鏡と呼んでいた）があって、いっぱいに下げた位置ではちょうど、搭乗員の両もものあいだにおさまり、いっぱいに上げると、接眼部が搭乗員の目の高さになる。この位置で、対物鏡は本体の上面より約五十センチ上方に出るが、これで水面航走中は目標をつかみ、潜航中はいっぱいに下げておく。

私も潜水艦での搭載発進訓練中に、いちどこの操縦室にはいったことがあったが、人一倍大きな私の身体は、身動きするにもやっとのこと、ほんとうに息がつまるようであった。

操縦室の前方には九三式魚雷の気室だけが装備してあり、その周囲に補助気蓄器（普通空気）、海水タンク、燃料タンクなどがあった。

操縦室の後方には、九三式魚雷の頭部をはずしただけの本体があり、実質的にも九三式魚雷を原動力とした、人間魚雷そのものであったのである。

さきにもすこしのべたが、酸素ガスを〝第二空気〟と呼称し、普通空気を〝第一空気〟とよんでいたが、この酸素を原動力とする魚雷でも、操舵装置には普通空気を使用しており、操舵用気蓄器はべつにもっていた。

また、魚雷始動用空気も普通空気であり、酸素二百二十kg／㎠にたいし、それよりも二十kg／㎠たかく普通空気を普通気蓄器に充気しておき、魚雷始動にさいしては、各通路および燃焼室を吹掃すると同時に点火し、そのあとから酸素が流れるようにして、魚雷始動時に酸素の急燃による各機器の故障を防止していたのである。

米英海軍も、この種の魚雷に着想はしたらしいが、事故による被害が多く、いつとはなしに計画もたちきえとなってしまったと、水雷学校当時に聞いたことがあったが、百パーセント酸素を使用する九三式魚雷こそは、手先の器用な日本人むきにつくり出された魚雷であった、といっても過言ではない。

戦争に突入してからも、酸素魚雷の事故を二、三耳にはしたが、戦争大義のため、ものの数にも入らず、すべては斬りすてごめんとなっていた。

いよいよ〝〇六兵器〟が正式に採用されて、「回天」と命名された。戦局を逆転させる意味からこの名前がつけられたと聞くが、基地では〝回天〟を相言葉として訓練に、量産に、また搭乗員もその数をましていった。

呉の大浦基地では、ほかの特潜部隊と同居していたため、敷地もせまく、防諜上からもいろいろと不備な点があり、九月はじめ、部隊をあげて徳山湾口の大津島に移動したのであった。

大津島にうつってからの回天部隊では、技術、用兵一体となってさっそく猛訓練がはじまったが、ここに黒木大尉殉職という不幸な事故が突発した。

大津島で訓練にはいった二日目、訓練の成果を向上させるため、あのせまい操縦室での同乗訓練が実施され、黒木大尉は特潜基地より志願した樋口孝大尉（海兵出身、黒木大尉とは機関科、兵科と出身校はちがっても同輩であった）といっしょに駛走訓練に出たが、ちょうどその日はいつもより波が高く、不幸にして海底に突入してしまった。

十六時間後に引き揚げられたが、回天創案者の黒木大尉は樋口大尉とともに、物いわぬむくろとなってしまっていた。

そのむかし、第六号潜水艇の艇長、佐久間勉大尉以下の遭難殉職は、私たち潜水艦乗員の鑑《かがみ》となり教えみちびいてくれたが、両大尉の勇壮な殉職は大津島基地全員をふるい立たせ、猛訓練につぐ猛訓練で搭乗員の操縦技術は目にみえて向上していくとともに、〝回天〟の数もまたふえていった。

あわい灯りのなか、死の直前まで書きつづった両大尉の遺書は、本当に涙なしでは見られないものであった。

仁科中尉は、回天発案の先輩であり、また同輩でもあった黒木大尉に、回天の偉業を見ずしてさきだたれ、おのれが黒木大尉の魂を背負って行くとばかり、それからは黒木大尉の遺影と、遺髪は肌身からはなしたことはなく、いつもいっしょに行動していた。

もちろん、伊四七潜に乗り込んだときにもそうであった。

そして、ウルシー環礁内の米空母めがけて、全速で突撃にうつったとき、黒木大尉もろとも爆砕していったのである。

冒頭にかかげた絶筆の「轟沈」をしたためたとき、仁科中尉の脳裏に去来したものは、黒木大尉の面影だったにちがいない。

5　母艦・伊四七潜にて

サイパン島をめぐる海空戦で、高木武雄第六艦隊司令長官が戦死していらい空席となっていた第六艦隊長官には三輪茂義中将が着任され、潜水艦も回天基地も、きたるべき回天作戦にそなえて、着々と諸準備がすすめられていった。

第六艦隊司令部は、呉軍港に在泊中の特設潜水母艦「筑紫丸」におかれ、筑紫部隊とも呼称されることとなり、また回天基地も楠正成《くすのきまさしげ》の偉業をたたえて、その名も〝楠部隊〟と呼ばれていた。そして呉～大津島間の交通も、日をおってにぎやかになっていった。

また一方、大本営でも回天作戦を「玄作戦」とよんで、検討の段階まできていたが、九月から十月にかけて起こった台湾沖航空戦、ついで比島沖海戦が起こり、回天作戦用に温存しておいた八隻の伊号型潜水艦のうち、五隻を投入してしまい、けっきょく先陣の回天作戦は、伊四七潜をふくむわずか三隻に減少してしまった。

さて、話は前後するが、准士官以上の〇六兵器見学会があってから、艦内でもだれいうとなく「人間魚雷攻撃をやるのだ」といううわさも流れ、乗組員の気迫も一段とつよまっていった。

そのうちに改装工事も完成し、十月半ばごろから伊予灘で試験潜航、交通筒、係止バンド離脱装置、電話線貫通部などの漏水調査を終了したのち、回天の搭載・発進連合訓練を行なうため、回天基地大津沖に回航された。

とにかく、潜水艦上に回天をはじめて搭載したときには、架台、離脱装置などにも不具合な箇所が多く、手なおしを終わったころには、あたりはすっかり暗くなっていた。

私なども日が落ちると肌寒さを感じる後甲板で、搭乗員や工廠の人びとといっしょに熱いお茶を飲んだことなど、いまでもかすかな記憶のうちにある。

じっさい四基の「回天」を積んでみると、足の踏み場もないほどのせまさだ。

この大津島に回航された直後に、私ははじめて伊四七潜に乗艦がきまっている。仁科中尉ほか三名の搭乗員や、各回天につく整備員四名と会った。

本艦側の搭載時の指揮責任者、および発進までの整備責任者としてあいさつをかわしたのであるが、みな日夜の猛訓練が身にしみ込んでいるのか、精悍な姿の若者たちばかりで、とくに仁科中尉の印象は、いままで寝食をわすれ、必死に努力してきたありさまが全身からあふれ出ているようであった。

規律ただしく「よろしくお願いします」とあいさつされたときは、私もぜがひでもぶじ発進させてやらなければ、と心に誓ったのであった。

発進連合訓練も、実践さながらに二回実施され、艦のツリムも思ったより安定がよく、これなら大丈夫と自信をふかめるとともに、搭乗員たちもようやく成果がみのったこともあって大変なよろこびようであった。

ここで回天の発進方法をかんたんにのべてみる。

①艦長指揮のもと、「第一発進準備」で左右の二、三号艇の搭乗員は、艦橋より上甲板におりて回天に乗艇する。

②つづいて本艦作業員および整備員は、回天四基の固定バンド二本をはずす。

③艦は潜航して発進点へ進出する(二、三号艇とは司令塔より電話で連絡している)。

④発進点に近づくと、「第二発進準備により一、四号艇搭乗員は艦内交通筒より上艇(これで発進準備は完了、離脱バンドと電話線だけとなる)。

⑤艦長の「発進用意」「発進」の令で艦内離脱装置により、前後部の離脱バンドを同時に

はずす。
⑥搭乗員は離脱バンドがはずれ、ガタンという音を聞くと同時に魚雷を発動、発進する。電話線は発進を開始すれば、上構内切断器により切れる（電話は司令塔と発進の最後まで連絡がとれた）。
⑦その間、潜水艦はだいたい最微速で、露頂潜航で前進している。

内海での発進訓練は、実践さながらといっても、そこにはやはり余裕があり、実戦のときでも、このようにうまくいってくれればいいがと願いつつ、ただただ人事をつくして天命を待つ、の心境であった。

このあと伊四七潜はいったん呉に帰港して、最後の出撃準備にかかったが、めまぐるしいなかにも一夜、呉の街で好きな三味線の音色をこの世の名残りにと、心ゆくまで聞く機会があったのは幸運だった。

名残りのつきぬ呉をあとにして、ふたたび大津島に着いたのは、一月五日であった。前後して伊三六潜、伊三七潜の両艦も入港してきて、翌六日からは三艦あわせて十二基の回天が、二日がかりで順次、積み込まれてゆき、同時に出撃準備も着々とすすめられていった。

6　菊水隊出撃せよ！

三隻で編制する回天特攻隊の正式名称が楠公の紋どころである菊水からとられ、「回天特別攻撃隊菊水隊」と呼称されることとなったと聞いた私は、とっさに艦橋両舷に〝菊水の紋〟を描くことを思いついた。〝看板屋〟にはいささか自信がある私は、さっそく踏み台に乗るや、艦橋窓の下方両舷に下書きをすると、器用な連中に白ペンキで描かせたのであったが、天蓋からさがるロープをにぎり、左右対称に下絵を描いた、いそがしく苦しい思い出がいまでもはっきりとよみがえってくる。その後、各艦もこれにならって描いていったようである。

かくしていよいよ実戦用の回天の搭載には、海上クレーンの操作も慎重に、私の指揮によりはじめられたが、みなの目はいちようにこの一・六トンの炸薬が入っている頭部に集中しているようであり、見上げると大きな威圧でのしかかってくるようであった。まさに〝人間魚雷〟そのもので、いまさらのように戦局の苛烈さが身にしみて感じられた。

それぞれの架台はきれいに手入れされ、黒のつや消しがうすくぬってある。回天にも基地の整備員たちの思いやりか、先陣の門出の化粧が美しかったが、全体に塗粧した黒ペンキが、回天の下面をとくに厚くしていた。

これを見た私はおどろいて、その回天を途中でとめ、宙吊りの状態で、架台に当たる部分を整備員や本艦の作業員らの手できれいにそぎ落としてしまった。

かつて私が、伊四潜で南洋へ長期行動をしたとき、内火艇の底にぬったペンキが架台に膠《こう》着《ちゃく》して、内火艇をとりはずすのに苦労したことがあり、あらかじめ架台に当たる部分の塗装

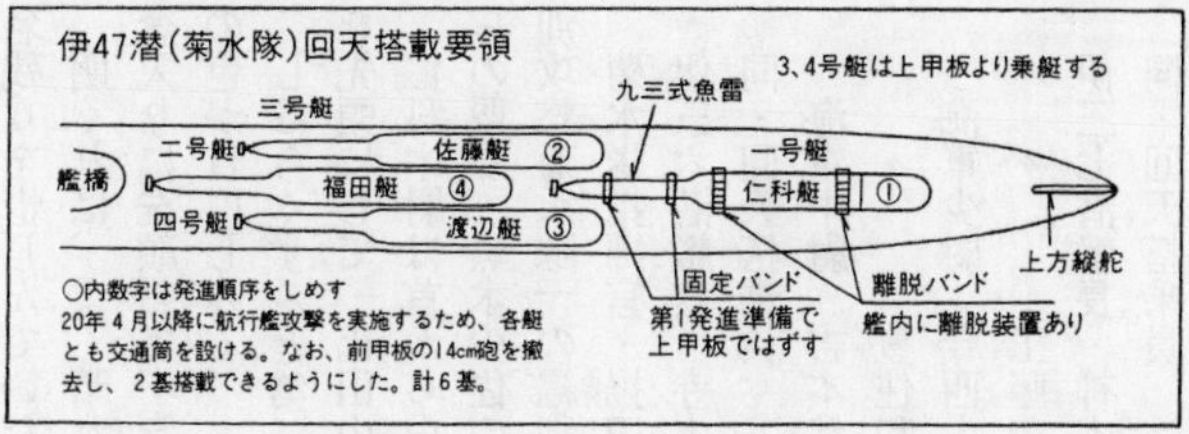

伊47潜(菊水隊)回天搭載要領

は落とすように注意しておいたのだったが、どうやら整備のものがわすれていたものと思われた。

あとから整備員が思い出したように、仁科中尉も回天表面の塗装については心配していた、といったので、さすがは育ての親、やはり細心の注意をはらっていたものと感心をしたしだい。

四基目の回天も積み終わり、離脱バンド、電話など一連のテストも終わり、すっかり出撃準備が完了したころには、七日の夕闇もせまっていた。

艦内にはいると、どの区画も糧食でいっぱいで、前部兵員室には『非理法権天』と書いた楠公の旗印が横にながくかけてあり、いちだんとはりきった出撃前夜の情景がそこにあった。

夕食後、艦内では伊四七潜の初陣と、回天戦の成功を祝って壮行の宴がひらかれ、「轟沈の歌」「伊四七潜の歌」「潜水艦甚句」などがつぎからつぎへとうたわれ、にぎやかな勇ましい夜をむかえたのであった。

一方、基地でも菊水隊十二名の搭乗員、おなじく十二名の整備員を送る壮行会が三輪長官以下の艦隊幕僚や基地隊司令、各潜水艦長などが一堂に集まり、ふたたび還ることのない十二勇士との今宵かぎりの名残りを惜しんでいた。

明くれば、よく晴れた出撃びより――ときに十九年十一月八日であった。私はいつもより念入りに洗顔して、身を清める。そして午前八時、軍艦旗の掲揚がはじまる。真新しい真紅の色が目にしみる。

しばらくすると第三種軍装に身をかため、「七生報国」と書いた白鉢巻をしめた仁科中尉を先頭にして、福田中尉、佐藤少尉、渡辺少尉の順で乗艦してきた。

仁科中尉は首から白布でさげた白い小箱を、だいじそうにかかえている。回天創案当時からの盟友、黒木少佐の遺骨である。つづいて各艦の整備員が乗艦してくる。つぎに「回天特別攻撃菊水隊」の編制をかかげてみる。

菊水隊指揮官・揚《あげ》田清猪大佐（伊三六潜乗艦）
伊三六潜艦長・寺本稲雄少佐
同・回天搭乗員
　海軍中尉　吉本健太郎（海兵）
　〃　豊住和寿（海機）
　海軍少尉　今西太一（慶大）
　〃　工藤義彦（大分高商）
伊三七潜艦長・神本信雄中佐
同・回天搭乗員

海軍大尉　上別府宜紀（海兵）
〃　中尉　村上克巳（海機）
海軍少尉　宇都宮秀一（東大）
〃　近藤和彦（名高大）
伊四七潜艦長・折田善次少佐
同・回天搭乗員
海軍中尉　仁科関夫（海兵）
〃　福田斉（海機）
海軍少尉　佐藤章（九大）
〃　渡辺幸三（慶大）

この編制で見るとおり、回天隊の先陣は海軍兵学校出身三名、海軍機関学校出身三名、それに学徒出身六名の十二名であった。人選にも艦隊、基地、上層部の配慮があらわれていることがわかる。

このころには多くの学徒出身士官が、ぞくぞくと回天基地に集まってきており、あとにつづくものへの大きな激励でもあったのであろう、なにごとにも士官率先の意味をふくめ、全員士官をもって編制したときく。

各艦への第六艦隊長官三輪中将の巡視も終わり、いっせいに出港ラッパがひびきわたる。私は前甲板指揮として、錨鎖を近錨までつめて待機していたのであるが、いよいよ出撃かと思うと武者振いのためか、急に頭のてっぺんからつま先まで、スーッとしたものが通りすぎていった。

やがて伊三六潜、伊三七潜の順に、しずかに晩秋の海面をすべるように出港して行く。大津島の空は一点の雲もなく、碧く澄みわたっていた。揚錨の音がまわりの喚声にかきけされるほど、大津島の岸壁にも、山にも、見送っていっしょに走るボートにも、人ひとでいっぱいだ。上空を旋回する水上機の爆音がいちだんと高い。

錨洗滌のしぶきがかかってハッと気がつくと、伊四七潜は三番艦の位置にはいろうとしている。

一、二番艦の回天上で搭乗員がうちふる日本刀が、おりからの陽光をうけてキラキラと光るのがとても印象的で、いままでの潜水艦出撃風景にはないことであった。

訓練をともにした基地隊の人びと、回天準備に従事していた工廠関係の人びと、基地の船艇を総動員しての盛大な見送りである。

すでに単縦陣となって速力をじょじょにあげて行くわれわれの艦を追いつつ、あるものは旗をふり、帽をふり、いつまでも名残りを惜しんでくれる。また、訓練に協力してくれた潜水艦積載の偵察機は、行きつもどりつ見送ってくれた。

徳山湾口の島々も、遠くに見える島々も、その美しい姿をじょじょにその形を変えて見送ってくれるようであった。その間にも大津島はだんだんと遠ざかって行く。見れば時間は、午後九時を大きくまわっていた。

7　太平洋ひとりぼっち

編隊は周防灘、豊後水道と予定のコースをすすみ、沖の島をすぎるころ、先頭をゆく司令潜水艦の伊三六潜から、

『列をとき、各艦は作戦命令にしたがい、予定のごとく行動せよ』

という信号が出されたので、それぞれ単艦となって攻撃地点をめざして南下することになった。

四国、九州の山々が夕がすみのなかにうすれてゆくころとなると、私たちもこれが最後の母国の姿かと、じいっとながめていた。しかし、私たち潜水艦乗員にはふたたびもどれる機会があった。

艦長の思いやりか、回天乗員一同は、艦橋よりだんだんと暗くなってゆく母国をいつまでもいつまでも見つめていた。帰ることなき彼らの心中は、いかばかりであったろうか。

攻撃目標は伊三六潜がウルシー環礁北泊地、伊四七潜がおなじく南泊地へ、伊三七潜がパラオ、コッソル水道であった。

伊四七潜は夜のとばりにつつまれながら、一路、ウルシーへ進撃して行った。

はなしはすこし横道にそれるが、ウルシー環礁、コッソル水道ともに私にとっては、とても想い出があるところなので、少しふれてみたい。

私が海軍にはいって一年あまりたってから（昭和七年〜八年）測量特務艦「膠州《こうしゅう》」乗組となり、日本委任統治領である南洋方面の測量に従事、ウルシー、コッソル水道、クエゼリンなどの島々の各種測量、水道啓開爆破作業を行なったことがあった。

この測量が将来、太平洋の日本海軍の前進基地、また日米海軍激突をむかえたとき、いかに大きな役割をはたすか、若年兵であった私にも、おぼろげながらわかっていた。

そして、いまでも当時の乗組員の人びとの顔が冥想すると浮かんでくるように、「膠州」は印象深い艦であり、家業をつぐべき長男の私を海軍にひきとめた、忘れられない艦でもあった。

艦長は小西千比古大佐で、兵学校をトップで出た、海洋学に造詣《ぞうけい》のふかい人であった。また海軍嘱託として、東大などより海洋学者も乗艦し、将来の日米海戦にそなえての重要な作業であることが充分に推測することができた。

その当時、私たちには、仮想敵は公然と米国であると教育されており、私たち若年兵でも日米開戦は宿命であると思い、また一般にも日米戦に関する仮想小説も読まれている時代であった。

こうして太平洋の広さにあわせて、いつの間にか海の男の魂が大きく育っていくのに時間はかからなかった。

一年あまりにわたる測量作業に従事したのち、水雷学校に行くために退艦した艦長から、

「もう特務艦にくることもないだろう、太平洋を守るため、潜水艦乗りになれ」

といわれ、自分のゆく道はこれできまったと思い、かならず潜水艦乗りになることを心にちかって、私は「膠州」の舷梯《げんてい》をおりたのであった。


このような、ひとむかしまえの思い出が頭のなかをかすめてゆく。だが、日本海軍が艦隊錨地にと作ったところも、あまり利用することなく、つぎからつぎにと米軍に占領され、いままた敵地となったウルシーを攻めにゆく。有為転変は世のつねとはいえ、無情の感にうたれずにはいられなかった。私はパラオ、コッソル水道の地形を思い浮かべつつ、伊三七潜も苦戦をするなあ——とつくづく思ったものである。


太平洋はさすがに波も、うねりも大きい。ときおり大きな波が後甲板を洗う。回天はしっかりと固定してあるので、大丈夫と思っても、回天にもろに波がぶつかるようになれば、やはり心配になってくる。動揺のはげしいときには搭乗員や、整備員が心配そうな顔をして、発令所で当直中の私の顔を見にくると、

「大丈夫でしょうか?」

と聞く。仁科中尉も心配になるのだろう、ときどきたしかめるように艦橋にのぼっていった。


豊後水道を出てから三日目、波もうねりも高い日であった。私は発令所で当直中、

「掌水雷長、艦橋へ！」

とよび出された。あがってみると、前甲板の味方識別標をたたむので、水泳の達者なものに命索《いのちづな》をつけ作業させろ、と指示された。

艦橋からみると、ときおり艦首より波をかぶる程度でたいしたこともない。それでも万一のことを考えて、私がやることにした。じまんするわけではないが、私は中学からの水泳選手でまた、艦隊競技で優勝したこともあり、〝本艦一〟であるといううぬぼれもあった。

当時の味方識別といえば、艦橋両舷の日の丸と、艦名がケンバスに塗具で白くかかれてあり、それを艦橋サイドに溶接してあった丸棒のわくに、ロープをからげて止めるようになっていた。前甲板の識別標は味方飛行機用で、うすい鉄製であり、止めピンをはずして右より左に二つ折りにたたみ、ピンをさし込むようになっていた。裏側は甲板とおなじく黒くぬってあった。

とにかくひとりで充分と思い、艦橋より、おりて大砲甲板にゆく。艦橋で見るより、やはり波は高い。上甲板より高い波がドドッと後方にはしってゆく。

味方識別標は大砲甲板前方のコーミングと、前部ハッチのちょうど中間にあり、ちかくに命索のエンドをとめる適当のところがないので、命索がすこし長いと思ったが、コーミングの穴にとめた。

そして、波のようすを見ながらいそいでピンをはずし、二つ折りにして最後のピンをさしこんだとき、突然、右艦首より大波に襲われ、逃げるひまもなく急に身体が浮き上がって、艦橋左の外舷へ流されてしまった。

命索がしまり、肩から胸にかけてしめつけられて苦しい。二、三回ほど身体が外舷にうちつけられたように思うが、はっきりとしたおぼえはない。そのうち身体がらくになって、青い海のなかにいた。息苦しいので手足をかくと、波のうえにポッカリと出た。あたりを見まわしても波の山ばかりで艦の姿はない。

おちついてくると、右肩から脇の下にかけてピリピリと痛みがはしる。さわってみると、命索が皮膚に食い込んでいる。いそいではずすと、スーとしてらくになった。自然と立ち泳ぎのようになり、身体はらくに浮いている。ときどきのび上がって見るが、いぜん艦の姿は見えない。

ふと足にからむものがあるので手をのばしてみると、防暑服の半ズボンのすそから越中ふんどしがはずれ、たれ下がっていた。私はふと、フカのいる海面ではふんどしのような長い布を足に着け、身体を大きく見せるとよい、ということを思い出し、腹のひもをといてふんどしを足首にむすぶ。

やることがなくなると、急にあたりは静かになり、波の山や谷の底を上下しているうちに、ひときわ大きな波がきて、私の身体が高くもちあげられた。と、そのとき艦の姿が目にうつった。やれやれ助かったかと思うと、急に胸や背中、ひざのあたりまでがズキズキと痛んでくる。

どのくらい泳いだか、急に、

「掌水雷長！」

と大きな声がしたかと思うと、真っ黒い艦体がぬっとすぐ目の前にあらわれた。潜水艦も大きいなあ——と妙な感心をしているうち、ロープが飛んできた。いそいでエンドを腹にまき、ロープを両手でつかみ、波を利用して外舷から、艦橋サイドにとび上がる。

艦橋からは艦長をはじめ、たくさんの顔に見つめられ、穴があったら入りたい気持だ。

「さわがせてすいません！」

大声でわびると同時に、艦長より、「しっかりしろ！」とどなられる。私の肩から胸にかけて血が流れているので、活を入れてくれたものと思う。そのなかに仁科中尉の笑顔もあった。

とにかく、みなに〝よかった、よかった〟といわれながら艦内へはいった。発令所にも心配そうな顔かおがあった。

艦長も伊四七潜の初陣で、しかも回天作戦の先陣で犠牲者を出してなるものかと、波間を目を皿のようにしてさがした、という。そしてうそかまことか——急ぐ波間の一点が〝ピカッ〟と光ったような気がし、向首してすんだという。それはいまになっても、会うたびごとに、からかい半分に私のこの〝ひたい〟が光ったという。

翌日の艦内新聞には、『掌水雷長太平洋で水泳の図』として、軍医長の筆になる〝越中ふんどし〟を足にむすんで泳ぐ漫画がのった。仁科中尉もその日誌のなかに、『潜航長、張りきりすぎて太平洋の真ん中で水泳十分』と書いているのを、私は戦後になって知った。

背中や胸の傷は、その後もピリピリと痛かったが、ウルシーに近づくにつれ、痛みもじょじょにとれていった。ただ両ひざの傷だけは、戦後のいまでも、ときどき思い出したように痛むことがある。

〝水泳さわぎ〟があってからは、海も急にしずかになっていったようである。艦は昼のあいだは潜航し、夜間は浮上進撃して、艦の位置はどんどんウルシーに近づいて行った。

その夜間にはよく、搭乗員や整備員が後甲板に出て、赤い懐中電灯の光をたよりに回天の点検をしていた。私も数回、整備員とともに各部を点検し、これなら大丈夫と自信をもつと同時に回天の頭を一つひとつなでてまわり、ぶじに発進してくれるよう祈ったものである。艦も、回天も順調で、航海長苦心の夜間天測も正確そのもの、一刻一刻と目的地に近づいて行った。

潜航してしずかになると、艦長はよくお茶を立てた。私も一服ちょうだいしたことがある。配給の虎屋のようかんの甘味に、ふと戦場の一刻をわすれたこともあった。

いよいよ明日（十一月十九日）は、ウルシー泊地偵察である。艦はふかく、しずかに前進していった。

8　死の発進点ちかし

明くれば十九日午前十一時すぎ、伊四七潜は、大胆にもウルシーリーフごえに、米大艦隊の動勢を露頂観測し終わって、ふたたび深度五十メートルに潜入、針路を南にとり、ひとまずはウルシー泊地よりはなれていった。

そして昼食が終わってしばらくするころ、艦長は士官室に艦の幹部と、回天搭乗員を集めて最後の打ち合わせを行なった。艦長は回天搭乗員にたいし、

「先刻、確認した米艦隊にたいし、明二十日未明、予定のごとく搭乗員四名は、回天による奇襲攻撃を決行せよ!」

と命令し、ウルシー環礁の海図をひろげて細部にわたり発進点、発進時刻、および間隔、進入口、攻撃目標などが協議され、万全を期していった。

艦長の説明を聞く搭乗員たちの表情は、なんら平常と変わりなく、すでにわがこと成れりと淡々として、明日の遠足を楽しむ少年のようであった。仁科中尉の十一月十九日の日誌には、

『昭和十九年十一月十九日、潜望鏡偵察、午後一時ごろ接岸の予定なりしも、〝リーフ〟にあたる波の音を聴音、露頂観測せるに、リーフまで二千八百メートル、ついで十一時、露頂搭乗員輪番観測、明らかに見えたる敵有力部隊の昼寝、みごと轟沈、明朝を期す』

とあり、じつに従容たる真の武人の姿がそこにあった。

彼らはせまいシャワー室で身をきよめ、用意された白い腹巻をしめ、下着を着がえた。身辺の整理、身仕度がととのうと、最後の日誌や、手紙を書きつづるうち、時期は刻々とたっ

ていった。

夕食にはささやかな別離の宴が士官室で開かれ、恩賜の酒で、搭乗員たちと最後のさかずきがかわされた。

「ありがとうございました」

「お世話になりました」

と彼らは、士官室の一人ひとりにていねいに頭を下げる。わが身の爆砕をあと数刻にひかえて、なんら変わるところがない搭乗員に、私たちは息がつまるような圧迫感で、口がかわき、身体がじーんとしびれるようであった。

やがて太陽が西に没して一時間、本艦はウルシー泊地から南々西三十カイリに浮上する。天祐か、海上はきわめてしずかであり、回天にとっては絶好の海上模様であった。艦はいそぎ航走充電を行ないながら、発進地点へ見張りも厳重に進撃してゆく。

艦内はもとより総員配置で、私は発令所の潜航長配置であったが、艦橋のようすは刻々と発令所にもつたわってくる。もう時計の針は二十日にはいっている。と、行く手に米艦隊の停泊灯がうすく見え出してきた。泊地の空一面が白く、ぼんやりと光って見える。近づくにつれ、損傷艦を修理しているのか、青白くひらめく溶接の光、艦船間で交信する発光信号がはっきりと見えてきた。わが企図が敵に察知されていない証拠でもある。

さらに見張りを厳にして、発進準備地点まで進出する。艦橋にはディーゼル音と、ゆるいひびきがつたわって、文字どおり伊四七潜は武者ぶるいをしつつ、暗夜の海上を突きすすむ。

発令所にもさわやかな夜風が吹きぬけて、機械室までそれが通る。すでに真っ暗となった南海の夜空には、無数の星がキラキラと青白く光っている。まさに晴天下、暗夜の奇襲であった。午前一時、

「回天、第一発進準備！」

「三、四号艇、乗艇用意！」

が発令された。私は本艦作業員と整備員をしたがえ、暗い後甲板にでて、各艇の固定バンドをはずし、特眼鏡の対物鏡をぬぐうなど最後の点検を行ない、二、三号艇のハッチを開放して待っていた。艦橋からは艦長の力づよい声が流れてくる。

やがて、白鉢巻と搭乗服に身をかためた佐藤、渡辺両少尉が仁科、福田両中尉といっしょに艦橋より上甲板におりてきた。私は両少尉とは赤い懐中電灯のかすかな光のなかで最後の握手をかわしたが、万感胸にせまり、

「成功を祈ります！」

の一言をいうのが精一杯であった。両少尉は訓練に出るときとまったく変わることなく、元気よくハッチのなかに消えていった。

そして、私が上からハッチをしめたのであったが、そのむかし人柱に立つ最愛の子に、親が慈悲の最初の土を入れる心境である。すべては暗やみのなかだったことが、せめてもの救いであった。私はかたく、かたくしめていった。

やがて伊四七潜は潜航を開始し、発進点に向かって潜航進撃をつづけて行く。時計は午前

一時半をすぎていた。

潜航すると、発令所にはハッチのまわりを残して電灯がつく。みなの顔にも水上警戒進撃が終わり、ホッとしたような表情がみえている。

だが、司令塔では潜望鏡観測のためかいぜん、真っ暗い闇がつづいている。そしてときおり、赤い懐中電灯の光が発令所にも入ってくる。

そのうち夜食とも、朝食ともつかないニギリめしがくばられてくる。あっさりとして、とてもおいしい戦闘食であり、身体中から旺盛な闘志がもりもりとわき上がってくる。戦さのまえのまず腹ごしらえ、といった艦内の風景であった。

すでに艦は発進点にちかく、速力を落としている。午前三時をうつと、

「回天、第二発進準備！」

ついで、

「一、二号艇、乗艇用意！」

が発令され、搭乗服も勇ましく、〝七生報国〟の白鉢巻をキリリとしめた仁科、福田両中尉が発令所に入ってきた。思いなしか微笑を浮かべているようにも見える。仁科中尉がふところに黒木大尉の遺骨をだいじそうに抱いているのがわかる。それをときおり、新しい白手袋でかるく押さえている。

やがて艦長が司令塔より下りてきて、両中尉の前に立った。艦長はしばし両中尉を見つめていたが、おもむろに「命令！」と力づよく言った。

「ウルシー泊地の情況は、きのう見たとおりである。いまなお警戒のようすはない。本艦は予定どおり行動する。仁科中尉、福田中尉は回天に乗艇し、令により発進せよ。会心の必中により、回天の威力をいかんなく発揮せんことを祈る!」

一語、一語力がはいり、こぶしをにぎりしめ、平常をよそおいながらも、みずから感動し、両中尉の復唱が終わったとき、目頭をこぶしでぬぐっている。

発令所に居ならぶ私たちも、心のおくからわきあがる感激に、まるでカナしばりになってゆくようであった。

仁科中尉は最後に搭乗員を代表して、連合訓練いらい艦長はじめ乗員がしめしてくれた厚意にたいし、ふかく礼をのべたあと、伊四七潜の武運長久を祈ります、といって言葉をむすんだ。

艦長は両中尉と最後のかたい握手をかわし、「乗艇!」の令をくだした。

私は最後の通路である機械室の入口にあって、見送りの位置についていたが、仁科中尉の力づよい声は、一言一句肺腑《はいふ》をえぐるようであった。やがて、狭い通路で見送る乗員とあいさつをかわしながら、私のまえまできた仁科中尉は、私の手をかたくにぎりしめた。

「潜航長、お世話になりました。傷はどうですか、いつまでも元気でいてください」

「もう傷は大丈夫です。ご成功を祈ります」

こう返事をすると、ニッコリ微笑をうかべ、機械室の防水扉をまたいでいった。福田中尉も、

「潜航長、お世話になりました」

と握手して、仁科中尉につづいて機械室に入っていった。機械室でも機関科員が総出で片側へならび、通路をあけている。もうそのときは私も、こみ上げてくる涙で、両中尉のうしろ姿さえかすんで見ることができなかった。

一号艇は電動機室から、四号艇は機械室から、すでに「第二発進準備」で乗艇の用意はすっかりできていた。

両中尉は機械室交通筒の下で訣別の握手をして、それぞれの愛基に乗艇していった。回天の下部ハッチが閉鎖されると、交通筒ハッチがとざされ、艦内よりの補強がもとどおりに実施されていった。

三、四号艇とは司令塔より、航海長が必要事項の連絡をしていた。艦長が司令塔にもどると、仁科、福田両中尉から、

「乗艇終わり、ハッチ閉鎖！」

と元気な声で報告してきた。これで発進準備はまったく完了、あとは「発進用意」を待つだけとなった。

9　全艇ぶじ発進せり！

伊四七潜はときおり露頂して、監視をつづける。聴音、探信に全艦を目とし、耳として発進地点へ侵入してゆく。もはや艦内では、必要以外なに一つもの音を立てるものもいない。静寂そのものであった。回天を背負い、その回天には死を寸前にした四勇士——。彼らはなにを想い、脳裏に去来するものはなにか、その心中いかばかりであったろう。

潜望鏡に映ずる泊地は、徹夜作業で修理する溶接の閃光に、夜空は明るく光っていた。

午前四時ちょうど、わが艦はホドライ島の南西四カイリに到着、艦長より、「回天発進用意！」が発令された。それぞれの回天内では、縦舵機を潜水艦の針路に合わせて発動、ついで深度計の指度を照合するなどの作業が、司令塔と回天のあいだで電話でかわされ、発令所にも司令塔の声が、手にとるようにつたわってくる。

本艦はそのころ、じょじょに回頭反転し、回天の頭部を進入口に向けていった。速力は最微速、ツリムも最良、艦長は露頂で観測をしながら、

「一号艇、発進はじめ！」

を下令した。電動機室では、電機長の指揮のもと各員を前後部離脱装置ハンドルに配員し、

「電動機室、一号艇発進はじめよし！」

と司令塔へ報告する。発令所にも、その電機長の大声がひびいてくる。

一号艇内では、仁科中尉が第二空気元弁と、燃焼弁を開き、起動用把手をにぎりしめ、

「一号艇、発進はじめよし！」

と電話でつたえてくる。すると艦長は、潜望鏡を航海長にゆだねてみずから電話につき、

「仁科中尉、会心の突撃を祈るぞ。なにか言っておくことはないか？」

と聞く。すると一号艇より直接、艦長の耳に、

「あとをたのみます、伊四七潜バンザイ！」

の声がかえってきた。ふたたび艦長は潜望鏡につき、暗やみの進入口をにらむや、一瞬、

「一号艇用意！」

の号令をくだす。その声は回天はもちろん、艦のすみずみまでつたわっていった。電動機室では、前後部の離脱ハンドルに初動をあたえ、いつでもこいと緊張しつつ、

「電動機室、一号艇用意よし！」

と司令塔へ報告する。一号艇より、

—ウルシー環礁の概要—

ウルシー環礁はヤップの東北東約160kmにある広大な環礁で、南北の長さ35km、幅は南端付近の約5.5kmから北端付近の約22kmまでの間である。環礁上には30余りの島があり、礁湖内の広さは290km²の水域で、錨地の底質はだいたい砂と思われる。大艦隊の停泊には適していたのである。

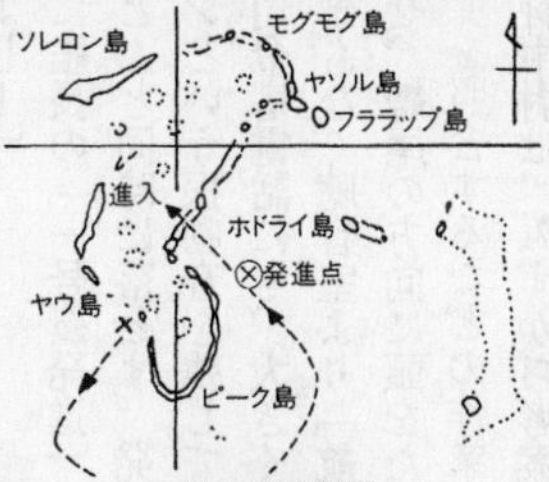

—各艇の進入計画—

発進間隔５分

×印　潜望鏡による観測点
　（11月19日　11時ごろ）

⊗印　発進点および発進時刻

（11月20日	4時15分）	仁科艇
（　〃	4時20分）	佐藤艇
（　〃	4時25分）	渡辺艇
（　〃	4時30分）	福田艇

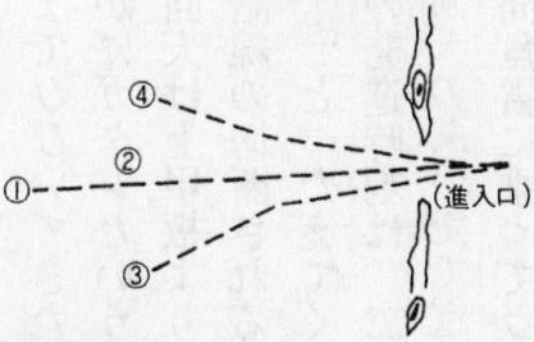

①仁科中尉艇
泊地中央の大型有力艦
（4時15分発進）

②福田中尉艇
泊地中央手前の大型有力艦
（4時30分発進）

③佐藤少尉艇
泊地中央左寄りの大型有力艦
（4時20分発進）

④渡辺少尉艇
泊地中央右寄りの大型有力艦
（4時25分発進）

「一号艇用意よし！」

応答と同時に艦長の「一号艇発進」の声が発令所までひびいてきた。電話室では前後部離脱バンドをほとんど同時に落とす。発令所にもかすかにガタンという音が伝わってきたかと思うと、ドーンという振動音を残して、仁科中尉の回天は上甲板よりはなれていった。

その瞬間、司令塔電話にも、大きくガリガリと電話線の切断される音が入り、ぷつりと音信は消えた。まもなく聴音室より「航走状態、良好！」とつたえてくる。私は思わず胸の中で両手を合わせ、艦尾の方向に頭をたれた。一号艇の発進時刻は、二十日午前四時十五分であった。

かくして仁科中尉は、みずから考案、開発した人間魚雷に乗ってウルシー泊地の、米大艦隊の真っ只中に突入していったのである。

つづいて右舷、三号艇の発進である。ふたたび艦長は電話できく。

「佐藤少尉、会心の必中を祈るぞ。なにかいうことはないか？」

「ここまでぶじにつれてきていただいてありがとうございました。昼間みせてもらったあの空母にかならず命中します。艦長はじめ、みなさんの武運を祈ります！」

と元気な声がかえってくる。一号艇とおなじ作業のうちに、三号艇もぶじに発進をしていった。

この間、伊四七潜は大堀正先任将校の潜航指揮のもとに、微動だにしない。おなじ深度をたもち、しずかに前進している。そのしずかな艦内にあって、乗組員は必死になって部署をまもり、努力をかさねていった。

三号艇の発進時刻は四時二十分——そして、すこしのくるいもなくつぎの諸作業がすすめられてゆく。

「佐藤少尉艇、航走良好」の報告でほっとする間に、「四号艇用意！」の号令が艦内をながれる。

いよいよ渡辺少尉艇の番だ。あのスマートな慶応ボーイの面影が浮かぶ。心のなかでぶじ発進を祈らずにはいられない。艦長の声がひびく。

「渡辺少尉、落ちついて行け。会心の突撃を祈るぞ、なにかいうことはないか？」

「お世話になりました。天皇陛下万歳、伊四七潜万歳！」

いささか興奮ぎみの声を最後に、ぶじ発進していった。四時二十五分であった。さて、いよいよ二号艇だけである。無神論者の私も、思わず神仏にすがりつきたい衝動をおぼえ、ぶじの発進を祈った。艦長が電話で、

「福田中尉、三基とも順調に走っている。大物をもとめて会心の突撃を祈る、なにかいうことはないか？」

と聞くと、「バンザイ！」の一声を残して、さきに行った三基を追うように発進していった。四時三十分——艦長以下、全乗員の念願が達成された一瞬であった。

私は最後の福田艇がぶじ発進を終わったとき、思わず両手をあげて〝バンザイ〟を叫んでしまっていた。だが、つぎからつぎにあふれてくる涙をどうすることもできなかった。

一方では、身体じゅうに張りつめていたものが、一時になくなって肩の重荷がおりたように、ほんとうによかったという気持でいっぱいであった。まわりのものも〝よかった、よかった〟といって手をさしのべてくる。発令所も、そして艦内全体も、ホッと息をついているようであった。

その直後、本艦はただちに浮上、水上運転にうつり、総員配置のまま南東に向け二十ノットで、発進点より遠ざかっていった。

艦橋では艦長をはじめ、哨戒長、見張員が敵艦隊の動向に警戒を厳重にし、八方に目をくばらせるとともに泊地方向に、戦果確認の火柱が上がるのを、いまやおそしと待ちかねていた。

発令所には二十ノットで作り出される風が音をたててはいってくる。私はその風にふかれながら、艦橋よりの吉報をわくわくしながら待っていた。発令所の時計は五時を告げている。仁科中尉が発進してから、ちょうど四十五分が経過している。

ふと、発令所より艦橋へとび上がりたい衝動に全身をしめつけられるようになる。司令塔へのラッタルに手をかけながら、暗い艦橋ハッチの口をみつめていた。すると突然、艦橋ハッチから風にのって、

「第一発命中！」

「火柱が見えた！」――

と待ちにまった声がとび込んできた。発令所伝令が大声で、

「五時七分！」

と叫ぶ。

発令所はじめ、艦内からは期せずしてバンザイ、バンザイの声があがる。私もいまさらながら身のひきしまる思いがした。爆砕散華していった搭乗員の面影が目のまえに大きく広がってくる。私は一瞬であったが、ウルシー方向に両手を合わせた。

整備員たちがあわい電灯のもと、発令所のすみにかたまり、手をとり合って泣いていたのが、印象ぶかく脳裏にのこっている。

そして、つぎはまだか、と私は大きな期待で艦橋ハッチを見上げていた。真っ暗闇であったハッチの口が、心もち明るくなってきたと思ったとたん、

「第二発命中！」

と大声がとび込んできた。発令所伝令が張りきった声で艦内に知らせる。時間は五時十二分——二番目に発進して行った佐藤少尉かなと、ふとそのような気がした。わずかのえにしであったが、妻のあることまでそっと知らせてくれた心にのこる人であった。佐藤少尉のまるい温顔が、目のまえをよぎったようであった。

そして、三度目はと息のつまる思いで待っているうち、突然、

「両舷停止、潜航いそげ！」

が大声でながれたかと思うと、艦内へ潜航ブザーが鳴りひびいていった。艦橋よりの見張員がつぎつぎにラッタルをつたって、緩衝用マットのうえにドサッ、ドサッと音をたてて突

入してくる。

発令所はいちどに、にわかに明るくなった。艦長のおちついた声が発令所まで、じかにつたわってくる。

「深さ五十、ダウン十度！」

つづいて、

「爆雷防御！」

もかかり、発令所はいよいよきたかとばかり緊張につつまれたが、敵さんは本艦を発見できず、泊地の火柱を見たのであろう、味方の一大事とばかり、ウルシー泊地をさして急行していったらしい。聴音室の音源もだんだん、小さくなっていった。

しばらくして露頂し、艦長は潜望鏡で観測するが、周囲には異常はないらしい。しかし、洋上も明るくなってきているので、そのまま潜航をつづける。

10　四勇士のおもかげ点描

午前六時――艦長の発声により、総員配置のままウルシーの方向に頭をたれ、一分間の黙禱をささげ、心から冥福を祈った。

艦も重責をはたし、かろやかな音をたてて、深さ五十メートルの海面下を前進している。

やがて、「総員配置」がとかれ、三直哨戒となった。ここでようやく、いままでの緊張もなごみ、ほっとする。

ふと身をたてると、機械室の上方で、ときたまゴトゴトと音がきこえてくる、離脱バンドが動いているのだろう。夜間浮上したら、いちばんさきに固縛しなければ、と思ったりする。

連管長たちは、これからはオレたちの出番とばかり、「掌水雷長、やりましょう！」と張りきった声をかけてくる。

兵員室では整備員たちが非番のものたちと、遺品や絶筆の書をまえにして、感激を新たにしているようすである。それにしても、いつの間にこんなにたくさんの絶筆ができていたのかと、いささかおどろく。人の好い搭乗員が、乗員たちにせがまれ、ことわりきれなかったものであろう。

みれば〝断〟の字がいちばん多かったように思えた。一人に書いてまた一人、ことわりきれないのでまた〝断〟と書く、搭乗員にもユーモラスな一面があったなあと、私はふと心のなかに明るいものを感じた。その私も、仁科中尉をのぞいて〝断〟の一字を書いてもらっていた。

ここで四勇士の想い出をかんたんにつづってみよう。

仁科関夫中尉（海兵七十一期）――風貌は維新大業の先駆者、坂本竜馬を思わせるようであった。

私とは必要以外、あまり口をきいた思い出はないが、私が太平洋の海中におちたあと士官室でやすんでいたとき、私がひとむかしまえのウルシー測量の話をしたことがあった。仁科中尉はじめ搭乗員は、ウルシー環礁図をまえにして私のむかし話を熱心に聞いてくれ、とくに水道啓開爆破作業には質問まででるしまつで、私はえらい話を持ち出してしまったと内心、後悔したくらいであるが、おぼえていることはみんな話し、カナカ土人の風俗談にはひさしぶりに士官室に笑い声が上がったのであった。

ウルシーに関するむかし話が、どのように参考になったかはいまになって知る由もないが、私の話がいささかの道しるべになったのではないかと思っている。

また、仁科中尉が乗艦後、私に、

「掌水雷長、潜航長のどちらで呼んだらよいか？」

とたずねたことがあった。私は艦長より、回天戦が終わるまで〝潜航長を兼務して発令所で勤務せよ〟といわれていたので、

「回天がぶじ発進するまでは、本艦の魚雷は打つことはないと思います。回天戦に全力をかけますので、潜航長と呼んでください」

というと、「よろしくお願いします」と微笑をうかべ、かたく握手をされた。なにごとにも几帳面な、規律のただしい人であった。

突入の前夜、ぼうぼうとのびた髪を、せめてきれいにしてやりたいと、本艦一の臨時床屋をさしむけたところ、このままでけっこうです、と丁重にことわられた。私はなにか信念でもあるのかと思い、二度と散髪をすすめなかった。

最後の別れのとき、その長くのびた蓬髪《ほうはつ》に『七国報国』の白鉢巻きをしめたありさまは、まさに彦島の決戦場に向かう宮本武蔵の再来か、と思うばかりの勇ましい姿であった。そして、いまだに搭乗服のうえから白木木綿の帯をまき、たばさんだ朱鞘の短刀の型までがはっきりと目にやきついている。

福田斉中尉（海機五十三期）——四勇士のなかで、いちばんおとなしい人であったように思う。機関科だったせいか、機関長たちとはよく話をしているようであったが、やはり必要以外あまり口をきいたおぼえはない。

いちどであったか、発令所まわりを説明してあげたことがあった。

「これはなんだ、どうするか！」

などと研究心が旺盛な人のように見うけられ、いま死地に向かう人とはどうしても思えなかった。

また一見して、お母さん子のようであったが、このような人こそ、真の男の魂が心のおくふかくひそみ、死生果断のとき一気にほとばしるのではなかろうか。

「発進」最後の電話で、ただ一声、「バンザイ！」の絶叫が、福田中尉のすべてであったように思えてならない。

佐藤章少尉（九州帝大）——搭乗員のうちで最年長者であり、仁科中尉よりも五歳も年上であった。結婚したばかりの奥さんがいると知らされ、年齢的にも私とはウマも合い、非番のときなどは数回将棋をさしたこともあった。

また、よく兵員室の人気をひとりじめにしていたようであり、だれとでも親しみやすく、一見、豪放磊落《らいらく》な人であった。

渡辺幸三少尉（慶応義塾大学）――慶応ボーイらしくスマートで、なかなかの好青年であった。私とおなじ東京出身、住所もおなじ横浜であったので、親近な感じはしたが、必要以外は口をきいた記憶はない。

ただ、突入の前夜だったか、

「潜航長、横浜に帰ることがありましたら渡してください」

と、一通の封書を手わたされた。

約半年後、横浜の自宅にとどけようと思っているうち、横浜大空襲でわが家もろとも灰になってしまい、いまだに家族のかたと、渡辺少尉に申しわけないことをしたと思っている。

一見おとなしい、口数の少ない、しんの強い人のように見うけられ、不言実行に徹していた人のようであった。

11　悲しき後甲板に立ちて

とにかく、大津島出撃から発進までの、艦内一般の空気としては、搭乗員が四名とも士官であったせいもあって、士官室の横をとおる本艦の乗員たちは、思わず小さくなっているようであった。潜水艦特有の笑い声もあまりきかれず、一人ひとりがずいぶんと気をつかっているようであった。

いつもひょうきんな若手連中も、〝神様〟（兵員室では搭乗員のことをこう呼んでいるものが多かった）がいるうちは、〝神妙、しんみょう〟とひきこんでいるようすであった。

正直にいって私なども、長い潜水艦生活のなかで、このような経験ははじめてであり、必要以外に顔を合わせるのが、なぜかたまらないような気持がしたし、また人間性からいえば、若い身空で、と気の毒でしかたがなかった。

士官室でも、艦長はじめみなはずいぶんと、言葉のはしばしにも気をつかっていた。いつもは三人よればにぎやかになり、ワイ談のひとつも出る兵員室は、笑い声もたたず、しずかな日々がつづいていた。

私などは〝掌長〟の気やすさから、非番のときなど発射管室に逃避してやすむこともあった。

〝掌長〟という言葉が出たので、ちょっとのべておこう。〝掌〟は〝つかさどる〟とよみ、熟語の〝掌大〟〝掌中〟〝掌握〟などの場合は〝しょう〟と音読することはご承知のことと思うが、〝掌〟とは手の平のことであり、身体でいえばほんの一部分にすぎない。

そこで掌水雷長とは、水雷長の仕事（職務）の一部分を掌握する補佐役であり、海軍兵曹長（准士官）、海軍中、少尉（特務士官）の職名には、ほとんど〝掌〟の字をうえにつけてよんだ。

掌砲長、掌飛行長といったぐあいであり、ただし海兵出身などの一般士官にない職名については、〝掌〟の字を略して呼ぶことができた。たとえば、潜航長はその一例である。

さて、話をまえにもどそう。〝人間魚雷発進〟という、海軍はじまっていらいの一大壮挙が終わって、人々の感傷もじょじょにうすらぎ、数時間もたつと、ひさしぶりに笑い声が聞こえ、いつとはなしに艦内はセキをきったようににぎやかになっていった。

私は艦内を見てまわり、これでいいのだと、みずからにいいきかせた。

その日の夜、浮上してから、離脱バンドの整理、固縛のため整備員たちと後甲板に出た。今朝まであった回天もいまはなく、口をあけている交通筒がぶきみに見え、主のない架台だけがポツンとのこっていた。

仁科中尉はじめ搭乗員のおもかげがまた、新しくよみがえってくるようであった。整備員たちは鼻をすすりながら、赤い懐中電灯の光をゆらゆらさせ、離脱バンドや、切れた電話線などの後始末をしていった。

回天のいなくなった後甲板は広いなあ……と、つくづく感じる。

真っ暗い海面に、一直線に白い航跡がかぎりなくつづいてゆく。ときおり排気管からでる火の粉が、赤いホタルのように見え、暗い西空にうすい三日月が浮かんでいた。私は、あらためて整備員たちとウルシーの方向にふかぶかと頭をたれ、いまは亡き搭乗員たちの冥福を祈ったのであった。

伊四七潜は軽快な音をたてつつ、レイテ湾めざしてつぎの獲物をもとめてすすんでいた。

私の本職の〝掌水雷長〟の仕事も、いよいよいそがしくなりそうだ。

艦橋に上がって「後甲板作業終了」をとどけ、艦内にはいろうとしたとき、艦長が、

「掌水雷長、こんどは君の番だからしっかりたのむぜ」

といって肩をポンとたたく。私は出撃いらいはじめて艦長の笑顔を見た。そばで、重本俊一航海長も笑った。艦全体が「回天偉業完遂」に心から満足しているようであった。

司令塔では、砲術長の佐藤秀一少尉とひさしぶりに会ったような気がする。出撃いらい本当にいそがしく、ゆっくり話もできなかったからだ。

砲術長のほかにも通信長、暗号長、甲板士官と、彼らは私以上に仕事も多い。その砲術長は呉在泊中に、

「掌水雷長、私が当直しますから、上陸したらいかがですか？」

とよく当直をかわってくれたものだ。彼は仁科中尉より一期下の海兵出身で、私とはおなじ少尉でも十歳も年が若い、まだ紅顔の青年士官であった。

「掌水雷長、これからが本番ですね、いまのうちゆっくり休んでおいたほうがいいですよ」

と、思いやりの言葉をかけてくる。明日をも知らぬ海のなかの男世帯であるだけに、ほのぼのとしたものがあった。このようなりっぱな艦に乗っている私は、本当に幸せであった。

艦内にはいって一直線に発射管室にゆく。上下の発射管八門が一点のくもりもなくみがかれている。藤崎賢二先任以下の水雷部員は全員、信頼がおける優秀な人たちであった。

発射管には九五式魚雷（酸素魚雷）が、「打ってください」とばかり、うずうずして待っ

ているようだ。十六本の予備魚雷もすべて光りかがやいている。満足感が胸のおくからわき上がってくるようであった。

二日ほどたってから本艦は、ウルシー北泊地に向かった伊三六潜の苦戦がつたわってきた。伊四七潜のぶんまで攻撃に会ったかと思うと、気の毒であったが、ぶじ脱出に成功とのことで、わがことのようにうれしかった。

毎日が大海原の明け暮れであり、会敵だけをたのしみに手ぐすねひいて待っていたが、二十四日——『呉に帰投せよ』の電報をうけ、ただちに北上して内地に向かった。

12　血ぬられた米戦史

ウルシー北泊地にむかった前途の伊三六潜は、二十日午前四時に回天の発進作業にはいったが、不幸にも四基のうち三基が故障し、どうしても発進できなかったという。

ただ一基、今西少尉（慶応義塾大学）が、伊四七潜の全発進より約三十分おくれて発進し、北泊地水道より泊地内へ突入していったとのこと。

伊四七潜の四基と合わせ、五基の「人間魚雷」回天は一人千殺の闘魂とともに敵空母、戦艦をめざし、水中速力三十ノット、起爆装置把手をにぎりしめつつ突入していったのだ。

ここで、戦後に判明した、米軍の発表についてのべてみよう。

ウルシー南泊地、水道入口外側で警戒していた掃海艇ビジランスが、水道内に侵入してゆく潜望鏡を発見して急報した。

五時三十五分（日本時間四時五十五分）、またこれと同時刻に礁外で、駆逐艦カニングが潜望鏡を発見急報、泊地全域に敵潜警報が発令され、泊地内に不安がひろがっていったやさき、五時四十七分（日本時間五時七分）中央錨地に停泊中のタンカー・ミシシネワ（二万三千トン）が突如として大爆発を起こし、黒煙は沖天たかくひろがっていった。同船はちょうど重油や航空ガソリンなどを満載状態であった。

あかつきのしずけさを破る大爆発に、ウルシー泊地の百数十隻の米艦船は大混乱となり、恐怖のうずにまきこまれていった。駆逐艦は泊地内外をかけまわり、潜水艦の潜望鏡をさがすのに大わらわであった。

六時二十五分、巡洋艦モビールは、魚雷が艦首すれすれに通過し、あやうく難をのがれたことを急報した。

数隻の駆逐艦は、その付近に急行するや爆雷を多量に投下、やがて二つの死体が浮き、そして沈んだ。小さな腰板や、フトンも発見したという。

また、付近リーフ上で、二個の大きな魚雷の爆発があり、自爆したことがわかったという。

タンカーの火炎はますます大きくなり、とうとう消すことができず、二時間後に転覆、沈没してしまった。

乗員中、五分の一にあたる約六十名が戦死し、残る乗員の半数が重軽傷をうけた。

以上、アメリカ戦史のなかよりかんたんにのべてみたが、アメリカ海軍に大きな衝撃をあたえたことは、事実であろう。

私などは、もっと被害があったと推定しているのであるが、その証拠もないので、いまとなっては米軍側の発表を信ずるよりしかたがない。おそらくはチラッと見えた、大きなタンカーの図体が大型空母に見えたのだろう。

とにかく米海軍は、その日いらい泊地にいても、いつまた海中から攻撃を受けるかと、戦々兢々として休養どころではなかったと、米戦史は語っている。

また、パラオ・コッソル水道へ攻撃に向かった伊三七潜は、ついに消息をたって帰ってこなかった。

戦後の調査によれば、コッソル水道入口で発見され、飛行機および駆逐艦による攻撃をうけ、回天もろとも壮志むなしく爆砕されてしまったとか、おそらく敵情観測のために上げた潜望鏡を発見されたのであろう。

思えばコッソル水道は、ウルシー環礁のようにヤシの葉しげる陸地の環礁とちがい、ほとんど海中に隠れているリーフで、パラオ本島をのぞんで曲がりくねった水道であり、そのなかに泊地があったが、海の深浅によりリーフの色が太陽光線によって七色に変わる、じつに美しい海域であった。

それだけに泊地からの敵の見張りもきびしく、運わるく発見され、ついに脱出することができなかったのであろう。

13　夕やみに消えた金剛隊

呉に入港後、回天戦に関してはいっさい箝口令《かん》がしかれ、私たちはすべてを胸のうちにたたみ、日夜、整備作業とたたかった。

そして十二月にはいったある日、艦長より菊水隊作戦研究会の話があった。

いちばん知りたかった戦果については、奇襲前後の偵察機による偵察状況、潜水艦による観測状況、伊四七潜の視認した大火柱、伊三六潜、伊四七潜の聴音による爆発音聴取などを総合して、つぎのような大戦果が発表された。

正規空母三隻轟沈

戦艦二隻轟沈

当時、私たちは、五隻の轟沈はすこしオーバーのような気がしたが、三隻くらいの轟沈は信じてうたがわなかった。

この発表により、軍令部や艦隊司令部など、また回天基地関係者は大よろこびであった。

そして回天の量産もすすみ、また搭乗員も仁科中尉たちにおくれじと、決死の志願者は急増していった。

上層部でも菊水隊の戦果に気をよくしたのか、生き残りの潜水艦のうちから、乙、丙型の精鋭六隻をもってする二回目の回天特攻作戦が、十二月半ばに発令され、菊水隊とおなじく楠公にちなんで〝金剛隊〟と命名された。攻撃日は二十年一月十日、各攻撃目標はつぎのようなものであった。

伊三六潜＝ウルシー泊地
伊四七潜＝ニューギニア北岸ホーランジア泊地
伊五三潜＝パラオ・コッソル水道
伊五六潜＝アドミラルティ諸島セオドラ泊地
伊五八潜＝グアム島アプラ港
伊四八潜＝ウルシー泊地（攻撃日一月二十日）

いずれも回天四基を搭載、となっており、伊四七潜の搭乗員は、

川久保輝夫海軍中尉（海兵七十二期）
原敦郎海軍中尉（早稲田大学）
村松実海軍上等兵曹
佐藤勝美海軍上等兵曹

の四名であり、前回の菊水隊とちがって、こんどは下士官搭乗員が二名はいっていた。こうなると兵員室は大よろこびである。われらの仲間がくるとばかり、先任下士が先頭でうけ入れ態勢をととのえている。

士官室も菊水隊も体験ずみのうえ、こんどは二名なので、部屋にも余裕があり、菊水隊ほ

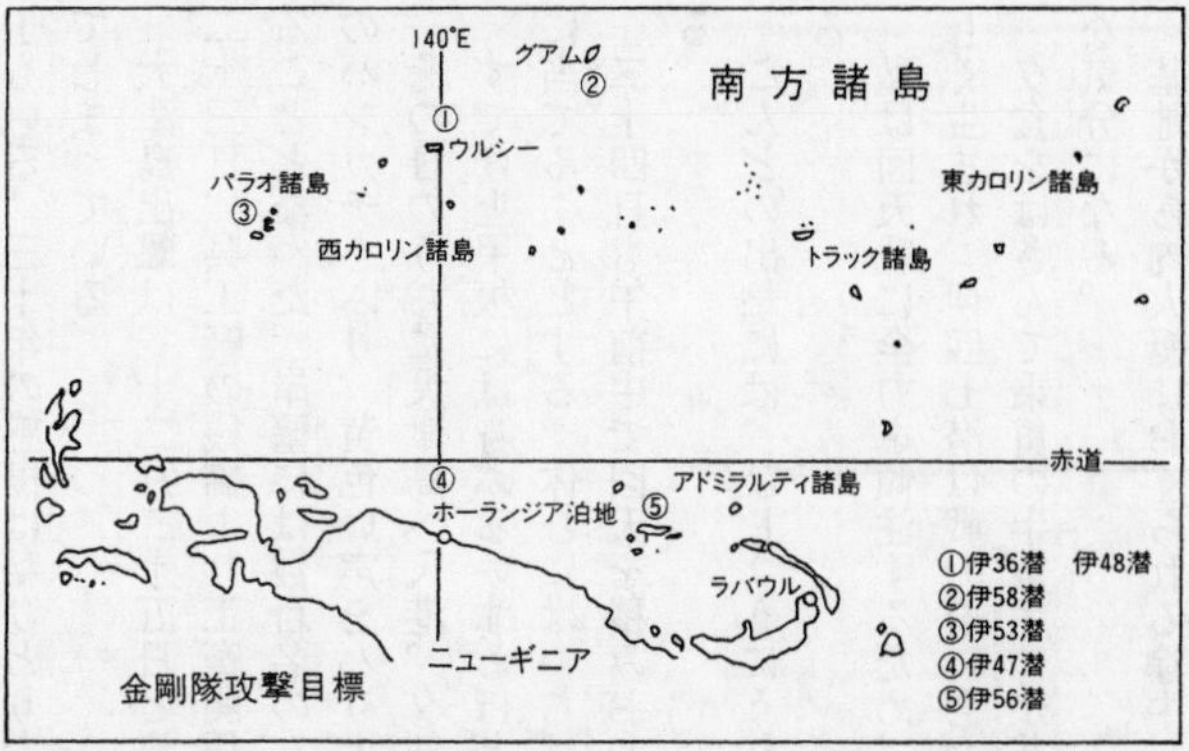

どの緊張はなかった。

十二月中旬すぎ、訓練のため大津島に回航する。回天の搭載もらくに終わって、発進訓練も一回で満点合格、大津島基地でも伊四七潜の評判はきわめて良好であり、菊水隊の成功のおかげか、私も基地の浴室でゆっくり身体を沈める余裕があった。

また、呉において整備作業、出撃準備のさいちゅうにも丸三日間の休暇も出た。

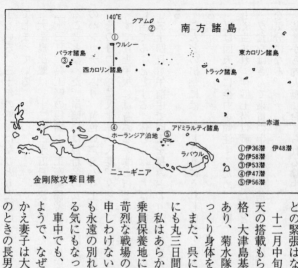

私はあらかじめ呼んでおいた妻子をつれて、潜水艦乗員保養地に当てられている山口県湯田温泉に行く。苛烈な戦場のことをおもえば、家族づれの温泉旅行は申しわけないと思ったが、いつ内地とも、また妻子とも永遠の別れになるかと思えば、軍人の特権にあまえる気にもなった。

車中でも、一般の人からは冷たい目で見られているようで、なぜか気がおちつかなかったが、それにひきかえ妻子は大よろこびであった。余談ではあるが、そのときの長男にはいまもう小学五年と、一年生になる子もいる。三十年の感傷は私ひとりだけのようだ。妻も子も、当時のことはすっかりわすれてしまっている。

大津島出撃は、十二月二十五日と決定された。攻撃目標の距離の関係で、単艦出陣である。二十三日、呉工廠の桟橋より工廠関係者多数の見送りをうけて、いったん大津島に回航されることとなった。岸壁には数百名の女子挺身隊員が鈴なりとなって、いっせいに色とりどりのハンカチをふり、黄色い声をハリ上げる。在港艦船の見送りもさかんであった。

その日のうちに大津島へ入港、夕刻までに回天二基を搭載する。

すでに上甲板には身ぶるいするほどの冷たい風が吹く。作業をそうそうに切り上げて休養に当てることとする。休むにはいちばんのつごうのよい、夜がもっとも長いころであった。

二十四日も午前中で回天を積みおわり、夕刻まえには艦内外のすべての出撃準備が完了する。

こんどの出撃には、ひじょうにうれしいことがあった。それは今井賢二兵曹長の着任である。

私は回天戦に全力を傾注するため、兼職であった潜航長が本職となり、今井掌水雷長が新しく生まれ、伊四七潜は戦力をいちだんとつよめた。

夕食をはさんで乗員の半数ずつが基地の風呂に行き、心身ともにすっかり洗い清めたような気分になる。

基地から内火艇におくられる途中、湯上がりに、夜風が気持よく吹きぬけてゆく。満天には無数の星が光りかがやき、明日の出陣をいわってくれるかのようであった。

明くれば十二月二十五日、雲ひとつない日本晴れであった。もう、すっかり冬じたくをむかえている大津島はじめ、ちかくの島々は、しずかな海面からたちのぼる朝もやのなかにねむっているようであった。私はおそい日の出を、いまかいまかと待っていた。心身ともにすがすがしい出撃の朝であった。

午前八時——軍艦旗掲揚、短波マストには〝非理法権天〟と〝八幡大菩薩〟の二流ののぼりがひるがえる。これで出撃準備完了、あとは搭乗員たちの乗艦を待つだけとなる。

単艦出撃と時間の関係で出港は午後となり、艦内は開店休業といった状況で手紙を書くもの、休養しているもの、このときとばかり雑談に花をさかせるもの、さまざまのうちに時間は刻々とすぎていった。

このころ艦長は、午前中に基地で行なわれる川久保中尉たち搭乗員の出陣式に出かけて行った。

昼食は出陣をいわっての赤飯と尾頭つき、基地からのさし入れの食後の果物も盛りだくさんであった。

このたびの金剛隊の出撃日は、攻撃地点の距離の関係でそれぞれにことなっていた。伊五六潜は十二月二十二日、いちばん遠距離のアドミラルティ。つぎが伊四七潜の二十五日。距離のちかい、内南洋《しんが》ゆきの伊三六潜、伊五三潜、伊五八潜はやがて十九年も終わろうとする三十日であり、殿りの伊四八潜は二十年の正月八日であった。

午後一時半、いよいよ出港準備にかかる。二時すぎ、川久保中尉を先頭に搭乗員四名、整備員四名が菊水隊のときとおなじく、三種軍装に身をかため〝七生報国〟の白鉢巻き姿で乗艦してくる。

やがて三輪艦隊長官の、訓示があったのち、出港ラッパが高らかに鳴りひびく。菊水隊のときよりも見送る人も、船も多い。わずかのあいだに大津島基地の機能は、大きくそだっていた。起錨はちょうど、午後三時であった。

出撃にさいしては例のごとく寄せ書きをする。中央の絵は私の描画であり、「出撃」と書いたのは折田艦長である。

私はこのとき、後甲板に回天を搭載しているところを書いたのであったが、回天作戦は軍機密だからということで、あとから回天だけを消して修正したことをかすかにおぼえている。それだけにかえって当時の世相がしのばれる絵である。

四名の搭乗員の写真は最近になって添付したものである。

伊予灘をすぎ、豊後水道にはいるころには、冬の日はとっぷりと暮れ、伊四七潜は暗闇のなかに姿を没していった。

14　奇蹟の珍客きたる

豊後水道を出てから五日目であっただろうか、そろそろ日施潜航の時間かなと思っていると、救命ボートらしいものを発見した。と艦内につたわってきた。さっそく発令所にいってみると、みなは米軍の飛行機のものではないかとさわいでいる。

しばらくするうち、「二番ハッチ開け！」の令があり、あらかじめ指令されていたロープ等を用意して、作業員数名とともに大砲甲板に出る。右前方にイカダらしいものが見え、だんだと近づいて行くところであった。

近づいてみると、ドラム缶を集めてイカダにしたものらしく、その上方に天幕のようなものが二枚ほどあり、その下に人がいるらしいことがわかった。艦橋からは「オーイ、だれか！」とどなっている。十メートルほどに近づくと、天幕の下から真っ黒な顔が見える。日本人らしい。

イカダのほうも、潜水艦を日本のものとみとめたのか、かぶっていた天幕をはねのけ、五、六人のものが手をふっている。なにごとかどなっているようだが、声ははっきりと聞きとれない。

そのうち右舷サイドによってきたイカダに、元気ものの藤崎賢二先任と深見照俊兵曹がロープを持ってとびうつり、イカダをつなぐ。

イカダの上には八名のものがいたが、横になっているもの、四つんばいになっているもの、やっとすわっているもの、ひとりとして立ち上がれるものはいないようだ。つながれたイカダは艦とともに上下に大きくゆれている。

まず私がとびうつり、ひと通り見ると、やせこけてほんとうに骨と皮ばかりのわが海軍軍人らしい。

「先任者はだれか？」

というと、ボロボロになった士官略帽をかぶった一人が、

「イトウ海軍少尉！」

と名乗って立ちあがろうとしたが、すぐうずくまってしまった。とっさに私は、わきの下に両手をかけて持ち上げ、先任下士と協力して甲板にひき上げた。かの少尉の身体は、こんなにと思うほどかるい。艦橋からは、はやく収容しろとの命令があり、私たちは八人をつぎからつぎへと、手送りで甲板へかかえ上げる。軍医長も甲板に上がってきて、さっそくかたんに診《み》てまわる。

意識もみなしっかりしているので、まずは安心と、着ているボロボロの衣類をぜんぶぬがして、丸裸のまま艦内へおろす。

見ると、ボロボロの肌着に大きなシラミがついていた。ビックリしてそのまま海に投げすてる。携行品は各自のカバン、赤さびの小銃二梃と軍刀二振り、その他のものはイカダといっしょに流してしまった。

イカダを横づけしてから、ハッチ閉鎖までおよそ十分くらいか。

艦内では珍客到来とばかり大さわぎである。小林軍医長が親方となって、まず収容場所を一時的に下部発射管室ときめると、漂流者の身体消毒、運び入れた通路なども十二分に消毒

をする。

毛布などを用意しているもの、下着類の提出をよびかけているものあり、私もあたらしい越中……と、半袖シャツを出したようにおぼえている。搭乗員たちもみな、それぞれに何かを出していた。

いつもはひまをもてあましている軍医長は、急に生き生きとして張り切っている。まず応急手当がすむと安静休養だ、食事は重湯からと、静かだった艦内はにわかに、にぎやかになっていった。

また、整備員たちが配置のある乗員にかわって、ぜひ私たちにめんどうを見さしてくれ、と先任下士に申し出る始末で、意外な客に艦内は和気あいあいのうちに、十九年も暮れようとしていた。

かくして昭和二十年の元旦は、洋上でむかえた。初日の出は潜航中であり、私は掌長の代表として潜望鏡で、いままさに水平線からはなれようとする赤い、大きな初日をおがむ。外はベタなぎの太平洋だ。自然の姿はじつに雄大であり、闘争に明け暮れている人間の醜さ、悲しさが脳裏をよぎる。搭乗員代表の川久保中尉は、どのような気持で初日を望見したことか。

やがて総員配置で君が代を合唱、天皇陛下万歳を三唱し、ついで伊四七潜の武運を祈る万歳の声が艦内にどよめいた。

元旦がすぎると、漂流者は目に見えて元気になっていった。数日後に聞いた軍医長の話によると、八名ともグアム島の海軍水上機隊所属で整備少尉一名、飛行兵曹長一名、整備下士官三名、航空廠軍属三名であった。

彼らは十九年六月、米軍がグアム島に来攻したとき、大物量のまえには歯がたたず、生存者はバラバラとなって天然糧食の豊富な、南方地区へ移動していったとのことで、島にはいまなお、多数の日本兵や軍属が野生の食物をとりながら、グアム島守備隊玉砕の放送も知らず、援軍のくる日を待ちながら、無統制のままジャングル生活を送っている、ということであった。

漂流者八名は伊藤少尉を長に、かねてから米軍飛行場の焼き打ちを計画していたが、陸づたいの侵入は何回も失敗したので、こんどは海上よりの侵入を考えつき、ドラム缶を組み合わせてイカダをつくり、十一月二十八日の夜、敵飛行場の海岸に近づいて行ったところが、不運にも途中から潮流と風に流され、沖におし出されてしまったという。

そして、漂流中に唯一の糧食であったトウモロコシ約一斗を食べつくし、あとは小銃でかめもを撃ったり、針金をまげてつくった釣針で魚をとったりして、かろうじて生きながらえ、水は毎日のスコールをたよりにしていたとのことであった。

しかし、すでに精魂もつきはて、死の寸前をさまよっていたとのこと、じつに三十二日間におよぶイカダ上の死の漂流談であった。

私たちもこの偉大な精神力と、生命力には感激し、大いに心を打たれたのであった。

もう一つ、軍医長のおもしろい話がある。おかゆが食べられるようになったある日、彼ら

の一人が軍医長に、

「この艦はいつ内地に帰るのですか?」

と聞いたので、

「これからニューギニアの港を奇襲してから内地に帰る」

というと、全員ビックリした顔つきをして、「またニューギニアに行くのですか」といって、がっかりしていたということであった。

彼らには気の毒な話ではあるが、「一難去ってまた一難か」と、川久保中尉たちをふくめた士官室で、ひさしぶりの笑い声も出たほどだった。

おなじ艦内には、一月十一日を期して死んでゆく四名の搭乗員がおり、その四名の身代りか、二倍の八名が海軍に生還したことは、まことにめでたいといって、搭乗員たちは突入前の整理で不用となった衣類や、日用品を軍医長に手渡していた。

奇蹟的にすくい上げられた漂流者をむかえてからの艦内は、きわめてなごやかな雰囲気がただよい、元旦には士官室も兵員室も搭乗員、整備員をまじえてビール、特配酒で乾杯も行なわれ、金剛隊の壮挙をいわった。

いまとなっては搭乗員をふくめた全員が、一蓮托生の心境であり、さきの菊水隊のさいのように彼らをまえにしてみずから逃避する考えも、すっかりかげをひそめてしまっていた。

兵員室では、搭乗員からもお国じまんの唄もとびだすしまつであった。

四日になってから、攻撃を一日くりさげて十二日とする、と入電があり、六日には南半球に艦ははじめて航跡を印した。

赤道通過はちょうど潜航中であった。赤道通過回数のいちばん多い操舵長が赤道神となり、司令塔より下界（発令所）におりてきて、発令所で正装で待つ艦長に、赤道のカギをさずける。

すると艦長は、発令所に横に張ってある赤のテープを、そのカギをもって切り、赤道通過のおいわいをする。

艦内は、本当になごやかそのもの、戦場であることもわすれてゆくようであった。深さ五十メートルの海中はじつに静かで、食卓にも烹炊《ほうすい》長自慢の赤い色の餅菓子もそえてあり、元旦の祝宴につづいての楽しい一日であった。漂流者たちも軍医長や看護長、整備員らが臨時看護員をひきうけてくれたおかげで、目に見えて回復し、乗員と冗談のひとつもかわすほどまで元気になっていた。

明るいうちは潜航、暗くなると浮上進撃と、艦はどんどん目的地にちかづいて行った。十一日、暗くなってからホーランジア沖三十カイリに浮上する。海面は波ひとつ立たず、まるで静かな湾内にいるようだ。見張りを厳重にして、全力充電をする。あまりの静寂さはかえってぶきみさを呼ぶ。

さらに見張りを厳重にして、四方八方に目をくばりつつ私は、最後の回天点検のため後甲板におりてみる。なにごとも異常はない。一つひとつ頭をなでてぶじ発進を祈念する。

やがて艦橋より、「回天、第一発進準備」がつたわり、固定バンドをはずす。時間的にはまだはやいのであるが、発進点付近の状況を推進しての艦長の決断である。

まもなく充電も終了して潜航を開始、艦は最低速力で発進点に向かう。

三直哨戒となった。艦内では、夜食の腹ごしらえがはじまった。

わずか数時間であったが、この一時は、またとない休養となった。艦長の思いやりに頭がさがる思いである。総員配置の重要配置者は、これからの長時間戦闘にすこしでもやすんでおけとの親心であった。

午後十一時半、総員配置のブザーがなり、やがて浮上のあと、十四ノットで発進点へ進撃を開始した。いまにも一雨きそうな暗やみのなかに、進行方向のホーランジア上空はわずかに明るく見える。

15　全艦にひびく隊歌

一月十二日午前一時——まちにまった「三、四号艇乗艇用意！」がかかった。先ほどからいまやおそしと発令所で待機していた三号艇の村松上曹、四号艇の佐藤二曹は、発令所で最後の別れを行ない、元気よく艦橋にのぼっていった。
感激屋の藤崎先任は、大つぶの涙をポロポロとこぼし、こぶしでぬぐっていた。真っ暗い闇のなかからいつなんどき、敵の哨戒艇が現われるかわからないので、三、四号艇をおくって後甲板へおりる人員も、このたびは最小限に制限する。

川久保中尉と私、艇つき二名の整備員が後甲板におりて、最後の乗艇準備をする。艦橋では艦長が、村松、佐藤両搭乗員に命令をあたえ、かたく握手をかわし、それぞれの愛基に乗艇、私たちはあとしまつを見とどけると、いそいで艦内にはいる。

艦長の予想どおり、さすがに敵の警戒も厳重であった。私たちが艦内にはいってすぐに潜航ブザーがなって、艦は急速潜航にうつった。見張員が「魚雷艇発見！」という。じつに危機一髪の乗艇作業であった。

さすがにラバウル～ニューギニア間の作戦に従事し、困難な作業をやりとげて勇名をはせた艦長のことだけはある。予感的中、まさに一艦をすくう神技であった。

やがて二時半、「第二発進準備、一、二号艇乗艇用意！」がかかり、川久保中尉、原中尉は発令所に集まった。ここで川久保中尉について、かんたんに横顔を紹介しよう。

中尉は身体こそ小軀であったが、全身これ胆という、一口でいうなら気はやさしくて、力もちの桃太郎といった人であった。兄三人もみな海軍士官で、相ついで戦死、いままた輝夫中尉も兄のもとに行こうとしていた。

折田艦長は川久保中尉と同郷であり、しかも兄の一人とは海兵同期という奇縁で、出撃いらいわずかの日時であったが、真の弟をおくりだす以上につらい気持であったろう。

艦長は涙のうちに命令をあたえると、訣別の握手をかわし、川久保、原の両中尉は艦内より愛基に乗りうつっていた。

この川久保中尉は艦にきてから『回天金剛隊の歌』を作詞、二十年元旦の艦内新聞にはトップで掲載され、それをさっそく大堀先任将校の特技により作曲、艦内で全員が愛唱する、といったエピソードを生んでいた。

午前三時――本艦は発進点に到着したが、発進までにはまだ時間があるため、潜望鏡監視のままゆっくりとその場で回頭しつつ、待機することとなった。

このとき聴音手が、沖の方から近づいてくる音源をチャッチした。しばらくすると、航海燈のようすから大型船らしいものが入港してくる。だんだんと近づくにつれ、船の中央付近にはイルミネーション標識がみえてくる。どうやら病院船らしい。病院船ではと、ひとたびかかった「魚雷戦用意！」を復旧する。

発進五分まえになったとき、総員で『金剛隊の歌』とともに送ってやろうということになり、これは各回天にも電話で連絡された。やがて艦長の音頭で、全員が配置についたままいっせいに歌いはじめた。

〽沖の島過ぎ祖国を離れ
　敵を索《もと》めて浪万里……

艦内からは死の壮途の、勇ましくもまた悲しみの声がひろがってゆく。回天のなかからも電話をつたわって、元気な声が流れてくる。

やがて艦長は涙をぬぐうと、時機を失してはと、一号艇川久保中尉に最後の訓示をあたえ、

「一号艇用意！」

を令した。と、まもなく川久保艇はドーンと一発の起動音を残し、ホーランジア泊地へ突入していった。ときに一月十二日午前四時十五分。つづいて五分間隔で三号艇の村松上曹、四号艇の佐藤二曹、二号艇の原中尉の順序で、川久保艇につづいて発進していった。四基とも航走状態はきわめて順調、と聴音室より知らせてくる。私はホッとして思わず腰を落としていた。

やがて「ただいまから浮上する」と号令のあったあと、「浮き上がれ」「メインタンク・ブロー」とつづいて浮上するや、本艦は速力をはやめて一目散に発進点を遠ざかった。

艦橋では見張りを厳重にするとともに、ホーランジア方向の異常に注視しつつ、暗やみの海上をつきすすんだ。さきほどの病院船は、とおくにイルミネーションの光をぼんやりさせながら、泊地へ入港してゆくところであった。

発令所をはじめ艦内は、命中確認をいまやおそしと待っている。艦橋からはしめっぽい風が発令所を通りぬけてゆく。ときのたつのはこんなにもおそいものかと、いらいらとしてきたとたん、「第一発命中!」の声がとびこんできた。発令所伝令は五時十一分と叫ぶ。

「やった!」

「よかった!」

と、艦内から期せずして喚声があがり、「バンザイ」が起こる。このころには艦橋ハッチの外はもうだいぶ明るくなっている。むりをしなくてもと思っていると間もなく、

「潜航をする！」

と号令があり、艦はゆっくりと潜航を開始した。

潜航開始の直前に電信室は、ホーランジア方向の「S」連送を傍受していた。これにより泊地は、回天奇襲により大混乱におちいっているものと推定し、戦果は充分なりと思われた。

五時三十分――総員配置において艦長の発声により全員、ホーランジア方向にむいて頭をたれ、一分間の黙禱をささげ、それが終わると艦内は三直哨戒となり、深さ五十メートルで静かにすすんだ。針路はピタリ、内地をさしていた。

16　南十字星は知っている

夜間になって浮上したさい、後甲板にでて離脱バンドのあとかたづけにかかった私は、ふと夜空を見上げていた。星は満天にキラキラとかがやき、肌吹く風はじつに気持がよい。ほんのしばし、主のない架台に腰をかけ、整備員たちの作業を見ていると、艦橋より航海長が、

「潜航長、あれが南十字星です」

と教えてくれる。艦橋でも休憩札をさげた〝一服〟の連中が、艦長の説明をきいて南十字星を見上げている。

油をながしたような静かな海面を、艦は切りさくようにしてすすんでゆく。白い航跡をお

びのように長くひいて、それが真っ暗やみの中につぎつぎと消えていく。やがてあとしまつも終わり、私は整備員たちとともにホーランジア方向に深々と頭をたれ、四勇士の冥福を祈ったあと艦内にはいった。

このころには漂流者の八名もすっかり元気になり、見ちがえるようになっていた。帰路は順調な毎日であり、会敵することもなく、魚雷部員を落胆させたが、一月すえ、本艦はぶじ、呉に帰投した。

とちゅう光基地（現在の山口県光市）に仮泊したとき、回天整備員と漂流者は一足さきに上陸していった。すべては軍機密である。回天戦の全貌を見聞した漂流者の処置にいささかの不安もあったが、一ヵ月にわたるあいだ、艦内で起居をともにするうち、彼らにもいつのまにか親しみをおぼえるようになっており、またの再会を約束し、わかれたのであった。

このころになると、回天戦も航空特攻とならび海軍の二本特攻戦法となり、大津島、光両基地は急速に活気を呈してきていた。生産が間に合わない飛行機に、翼をうしなった搭乗員たちは、回天搭乗員を志願してぞくぞくと集まってきていた。

二月にはいって行なわれた金剛隊作戦研究会では、各艦からの報告、敵側の諸情報をもとに、金剛隊の戦果としてつぎのように発表した。

伊三六潜＝ウルシー泊地。有力艦船四隻轟沈。
伊四七潜＝ホーランジア泊地。巡洋艦と大型輸送船をふくむ四隻轟沈。
伊五八潜＝グアム島アプラ港。特設空母一隻、大型輸送船三隻轟沈。

伊五三潜＝パラオ島コッソル水道。有力艦船二隻轟沈。

伊四八潜＝ウルシー泊地。油槽船その他有力艦船四隻轟沈。

このうち、伊四八潜は消息をたち帰還しなかったが、ウルシー泊地が奇襲にあったという米軍の情報から、この発表となった。

また、アドミラルティ諸島のセオドラ泊地に向かった伊五六潜は、敵の警戒が厳重でどうしても攻撃ができず、涙をのんで回天を積んだまま呉に入港した。

このようにして終戦まで、回天特別攻撃隊を編制すること十たび、出撃潜水艦のべ三十二隻、回天搭乗員で散華した勇士は八十六名だった。

最後の特別攻撃隊となった神州隊は、山口県平生基地から出撃した伊一五九潜であり、八月十八日に終戦により帰投した。そのとき終戦直前に出撃した多聞隊の数隻は、終戦の招勅でよびもどされ、帰還の途中であった。

かくして人間魚雷による回天作戦の幕を閉じたのであるが、終戦までに光基地を中心とする大津島、平生基地に、回天搭乗員として集まった若人は二千人におよんだ。そのうち十六名が訓練中に殉職し、前述のように戦死は八十六名、また回天整備のために出撃した整備員三十六名が、潜水艦と運命をともにしていた。

また、回天作戦に従事した潜水艦は十六隻、その半数の八隻は戦場のつゆときえ、数百名の乗員は艦もろとも海底ふかく没していった。

わが伊四七潜も五回の出撃をかぞえ、そのたびに好運にも生還したのであったが、まさに

「死なない艦」であり、艦長は伊四七潜をいみじくも「四《し》七伊《なない》艦《かん》」とよんだ。

思えば艦内では、死につながる歌をいっさいタブーとしていた。みずから作詞した『潜水艦甚句』を唄いながら、太平洋をかけめぐった私は、艤装いらい一度として潜水艦の帖佐中尉が潜校学生当時に作詞した『同期の桜』、あの「貴様と俺とは同期の桜、同じ潜航の庭に咲く……」という歌も、メロディーもついぞ聞いたことはなかった。艦長が佐世保における艤装いらい、死を連想させる歌は、いっさい艦内では厳禁していたからである。

終戦の日、回天戦可能の潜水艦は十隻にもみたなかった。

（昭和四十九年「丸」九月号収載。筆者は伊四七潜掌水雷長）

解説

高野 弘〈雑誌「丸」編集長〉

日本海軍の潜水艦といえば、いささかさかのぼるが、まず頭に浮かぶのは明治四十三年四月、瀬戸内海新湊沖にて潜航テスト中に不慮の最後をとげた第六号潜水艇とその艇長佐久間勉大尉によって象徴されよう。

この事故は、艇長以下、乗員のすべてが生死を超越して、最後の瞬間まで各自の任務に最善をつくす、という潜水艦乗りの不滅の伝統をきずき上げたことで有名である。

この伝統を潜水学校でたたきこまれたのが、日本の潜水艦乗りであった。他の国ぐにの潜水艦は第二次大戦中に、爆雷攻撃をうけて苦しくなるとすぐに浮上し、乗員はきそって海中に飛びこんだが、日本潜水艦は最後まで沈着冷静に対処し、水上に姿を現わすことなく沈んでいった——と外国の著名な戦史家もその敢闘ぶりを絶賛している。

両次にわたる大戦をつうじて華ばなしい活躍をみせ、潜水艦戦の最先進国ともいうべきドイツの潜水艦は、純然たる戦略部隊であった。すなわち潜水艦そのものが海上作戦の独立した主要兵力となって、潜水艦がもつ独自の特性を生かして、もっぱら交通破壊戦に重用された。

また、アメリカの潜水艦のそれをみると、ある時機にかぎって水上戦闘部隊の補助兵力として使用されたこともあった。たとえばマリアナ作戦において、日本潜水艦のおカブをうばうような用法をもちい、大成功をおさめている。しかしそれは、あくまで臨機応変的な用法であって、もともとは戦略空軍とおなじく、戦略部隊として使用され、日本の海上交通破壊に主力をそそいでいる。

ところが、日本海軍潜水艦の使用方針は、根本的にちがっていた。潜水艦はあくまで連合艦隊の補助部隊だったのである。

日本海軍の作戦目的はあくまで、太平洋を西に渡ってくるアメリカ渡洋艦隊の撃滅にあったのだ。「六」の劣勢で「十」の敵にうち勝つことが、日本海軍の戦略・戦術の基本だったのである。つまり、いかにして寡をもって衆を破るか、連合艦隊の諸兵力をこの目的達成のために、いかに効果的に運用するか、というのが骨子であった。

そして、日本潜水艦部隊は「先遣部隊」と名づけられ、先兵的な役割があたえられることになった。敵艦隊の在泊する港湾の監視哨戒、追しょう触接、前程進出、反ぷく攻撃――という一連の戦闘行動からなる、いわゆる「漸減作戦」がこれであった。

したがって、潜水艦の用法は駆逐艦や巡洋艦の用法にくらべ、たぶんに戦略的ではあった。しかしそれは〝艦隊作戦というワクのなかでの戦略的〟ということであって、ドイツやアメリカなどの戦争全局面から見た戦略部隊とは、やはり根本的にことなっていたのである。

潜水艦は艦隊作戦の補助部隊なり、という考え方は、客観情勢の変化や、潜水艦関係者の進言、そして実戦を通じてえた数かずの戦訓などがあったにかかわらず、連合艦隊全滅の日までついにかわることがなかった。ここに日本潜水艦の宿命ともいうべき悲劇性がある。

開戦時、日本の潜水艦勢力は六十四隻、そのうち四十七隻が伊号（千トン以上）で、十七隻が呂号（五百トン〜千トン）であった。これら潜水艦中の精鋭三十隻が、日米戦劈頭のハワイ作戦にあてられ、十六隻がマレー半島上陸作戦に参加した。

だが、真珠湾の周辺海域に厳重な包囲陣を形成していた潜水艦部隊主力のはたらきは、まったく期待はずれに終わった。なんらの戦果もあげえず、かえって大型潜水艦一隻と、特殊潜航艇（甲標的）五隻を失ったのである。とはいえ、真珠湾の奇襲によって、米主力艦隊を撃滅することができ「六対十」の比率はやぶれたのである。

しかし、潜水艦戦にかんするかぎり、評判はよくなかった。むしろ、非難の声が高かった。とくに、前線で苦杯をなめた司令や、潜水艦長から警戒厳重なる艦隊にたいする奇襲攻撃は至難であると。実戦におけるこの戦訓は、潜水艦のすすむべき今後の方向を暗示していたといえよう。

けっきょく潜水艦は通商破壊戦に専念する以外、その力をはっきりする道はないことがつよく進言され、とうぜん司令部でも、以降の潜水艦戦のあり方を根本的にあらいなおすべきだと考えはじめた。こうして潜水艦の使用方針をあらためるべき好機が到来したかにみえた。

しかし、宿命ともいうべき悲劇性には、さらに根づよいものがあった。潜水艦使用の決定権をもっていた連合艦隊司令部は、いっこうに考え方を変えようとはしなかったのである。司令長官、参謀長、参謀はもちろん、潜水艦主務参謀さえも潜水艦については門外漢だったのである。このことは日本潜水部隊にとって大きな不幸となった。

とにかく日本潜水艦は、連合艦隊司令部の意図するところにそって作戦任務を続行することになる。最初の一年間にハワイ作戦、マレー沖海戦、南方各地の攻略作戦、セイロン作戦、サンゴ海海戦、ミッドウェー海戦、南太平洋海戦、アリューシャン作戦などの諸作戦に参加するとともに、太平洋、インド洋全海域にわたる偵察、諸要地の砲撃、さらに豪州のシドニー、マダガスカル島ディエゴスワレスなどにたいする特潜をもってする奇襲作戦、同盟国ドイツとの連絡など八面六臂の活躍をみせつつ諸任務を遂行したのである。そして、これらの仕事のむしろ片手間に、インド洋、北米西岸、豪州東岸などで交通破壊戦を実施していった。

この間、交通破壊戦ではのべ四十隻が出動し、敵船舶八十八隻を撃沈し、喪失二隻。その他の諸作戦でものべ百四十隻が活動し、十一隻を撃沈破している。わが方の損害は十三隻。

昭和十七年夏、連合軍による反攻がソロモン海域で開始されると、日米両軍の全戦力がここに集中されることとなった。そしてソロモン方面における陸海軍の死闘は日ましに苛烈となり、補給のとだえた島じまへの食糧輸送が、陸海軍間の深刻な問題となり、いかなる犠牲をはらっても輸送を強行しなければならぬという事態になった。連合艦隊司令部の決定もおのずと、これにもとづいたものとなった。

昭和十七年秋から一年間の潜水艦戦は、インド洋、南太平洋でほんの一部が交通破壊戦を実施した以外は、ソロモン、ニューギニア方面に集中されることとなる。この方面ではのべ七十五隻が使用され、空母ワスプをふくむ敵艦船十五隻を撃沈し、弾薬糧食約五千トンを輸送するという戦果をあげたが、その一方で十五隻を失っている。

さらに北方戦場の島じまキスカ、アッツ方面においても輸送あるいは撤退作戦に十三隻が参加し、艦艇三隻を撃沈したものの四隻を失っている。そしてこの間の交通破壊戦ではのべ四十隻が投入され、戦果も約三十隻をあげたが八隻を失っている。

十八年十一月になると、戦局は中部太平洋方面にうつり、戦果が激減する一方、被害はにわかに増加の一途をたどることとなった。この原因は、レーダーを主とする米軍の対潜水艦戦法が向上したためであるが、日本の潜水艦用法が旧態依然としていたことも見のがすことはできない。

マリアナ沖海戦では、われは三十八隻が参加し、そのうち十八隻を喪失したのにたいし、米潜水艦は「大鳳」「翔鶴」「飛鷹」の三空母を撃沈する戦果をあげた。

また、その後の比島沖海戦では、十八隻が迎撃作戦につぎこまれたが、この史上最大規模の海戦においては八隻を失うこととなった。そして、この海戦以後、水中特攻というべき回天作戦が実施されるようになるのであるが、この十九年一年間にじつに五十四隻の大量の潜水艦を失っている。

昭和二十年にはいると、潜水艦作戦そのものが特攻にひとしいものに変貌していった。硫黄島作戦、沖縄作戦で十四隻が使用され、十二隻が戦果もまったく不明のまま沈没していった。

しかし、同年五月にはいってはじめて、潜水艦乗りたちの念願にこたえて、潜水艦独自の補給路遮断作戦が実施されることになった。

また、どうじに終戦にいたるまでの約百日間に、十隻の伊号潜水艦が「回天」を搭載して、太平洋の海底戦に登場し、米海軍に大きな脅威をあたえることとなる。米重巡インディアナポリスをはじめ、十数隻の艦船を本来の魚雷と回天をもって撃沈するという戦果をあげた。この間、潜水艦の喪失は二隻にとどまり、日本海軍潜水部隊の放った最後の光芒をみた時期であったといえよう。

前記したように開戦時に日本海軍は、六十四隻の潜水艦を保有し、さらに戦時中に百十六隻が就役し、八隻を友邦ドイツから譲渡されたのであるが、そのうち百二十七隻をすでに失い、残存潜水艦は七十三隻にすぎなかった。

しかし、これらの残存艦も輸送用、老朽艦、小型艦が大部分というのが実情で、もはや組織的な作戦遂行に供すべき大きな戦力とはいえず、この時点で日本潜水部隊はざんねんながら壊滅した、といってさしつかえないだろう。それは作戦に参加した第一線級の潜水艦百三十九隻のうち、百二十七隻を喪失しているのをみても明らかであろう。損失率はじつに九割をこえているのである。

つぎに日本海軍とはまさに対照的な、米海軍の対日潜水艦作戦についてみてみよう。

「米海軍潜水艦部隊の戦策は日本とおなじく、潜水艦の第一義的な任務は敵の重要艦を攻撃することにあった。しかし、開戦劈頭における米海軍主力部隊の壊滅は、戦略様相を一変せしめた。そこで日本にたいし無制限潜水艦戦を実施せよとの命令を発した」――とは米海軍作戦部長キング大将の述懐である。

太平洋の戦いで米海軍が、日本艦隊攻撃のため潜水艦を集中的に使用したのは、ミッドウエー作戦時であった。しかし二十五隻の潜水艦を集中しながら、まったく攻撃の成果をえられず、日本機動部隊を洋上で捕捉することが困難であることが認識され、以後、その用法は海上交通破壊戦に転換された。

昭和十八年になると捜索レーダーが装備され、魚雷の欠陥は改善され、新しい電池魚雷が出現し、戦術的には狼群戦法が採用され、戦力は飛躍的に増大した。

そして十九年には、ふたたび艦隊作戦に積極的に投入され、〝天敵〟ともいえる駆逐艦までみずからもとめて攻撃し、その一方で戦略的見地からタンカーの攻撃に重点をおくようになった。

二十年にいたると沖縄戦を最後に、日本の命運はすでにきわまり、日本本土は米潜水艦によって完全に包囲され、中国、満州、朝鮮半島などからの最後の補給線をも寸断することに成功した。

米海軍では作戦部長、太平洋艦隊長官ニミッツ大将がともに潜水艦出身者で、戦前から潜水艦戦術の開発に当たっていたが、開戦後には情勢の変化に即応して、もっとも合理的な潜水艦作戦を指導している。この点が日本海軍と大いにことなる点であったろう。また技術的開発と潜水艦戦力の増大に力をそそぎ、堂々たる正攻法をつらぬいて勝利にみちびいている。

米潜水艦が撃沈した日本海軍艦艇は、戦艦一、空母四、護衛空母四、重巡三、軽巡九、駆逐艦四十三、潜水艦二十三、その他百八十九隻である。商船の撃沈数は、十七年＝百三十四隻五十八万トン、十八年＝二百八十四隻百三十四万トン、十九年＝四百九十二隻二百三十九万トン、二十年＝百三十二隻四十七万トン、総計四百三十六万トンに達している。この間、失われた米潜は総数二百八十八隻のうち五十二隻にとどまっている。

それでも日本海軍には他国に類をみない、特筆すべき潜水艦用法があった。その一つが飛行機の搭載を可能にしたことである。

第二次大戦において、潜水艦に飛行機を搭載して作戦に使用したのは、日本の潜水艦だけであった。そして搭載機による偵察が各戦場で数多く実施されている。

なかでも昭和十七年九月、伊二五潜によるアメリカ本土オレゴン州の森林地帯に夜間爆撃を行なったことであろう。

当時、米本土を空襲するには、ひそかに潜水艦でその沿岸にちかづき、搭載飛行機で爆撃する以外に妙案はなかった。

特命をうけた伊二五潜は、その搭載する零式小型水偵に特別装備された五百二十コの小型焼夷弾を充塡した七十六キロ爆弾を両翼下に一発ずつ吊下し、二回にわたり四発を投下することに成功した。第二次大戦中に米本土爆撃を実施した飛行機は、本機が唯一の機であり、米国民にあたえた心理的効果は大きかったと思われる。

伊二五潜はその他の要地偵察においても豪州、ニュージーランドなどで幾多の成果をあげているが、とくにこの米本土爆撃の成功は艦長以下のチームワークと、細心大胆な作戦実施、藤田飛行長の卓抜な飛行計画と行動力によるものであった。

第二には「回天」作戦があげられよう。

回天は大型魚雷を乗員が操縦するもので、いわゆる人間魚雷とよばれるものであった。九三式六十一センチ魚雷をほぼそのまま利用した長さ約十五メートル、乗員一名、頭部に約一・五トンの炸薬が装塡され、文字通り敵艦に体当たりする特攻兵器であった。

回天こそは、当時の戦局を挽回できる唯一の兵器と期待され、ただちに生産にうつされたが、この実現には実験中に殉職した黒木大尉の功績が大きかったという。

その回天も、はじめは潜水艦に搭載されて、泊地攻撃にもちいられたが、のちには洋上襲撃さえ行なっている。

十九年十一月、菊水隊によるウルシー攻撃を皮切りに、硫黄島や沖縄作戦でもさかんに使用された。製作は呉工廠が主体となり、民間造船所も動員されて、終戦までに約四百基が完成されている。

最後に、米国の著名な戦史家モリソン博士の評する一言を紹介してみよう。

「日本潜水艦乗員は、素質において、またその技術において、アメリカ海軍と同様に、よく教育されていた。潜水艦の構造とか、その乗員の技量についてはおたがいに優劣はなかった。

ただ日本潜水艦の大きなハンディキャップは、レーダーのないことであった」——たしかに個々の潜水艦や乗員の技量や勇敢さにおいては、決して遜色はなかったと考えられるが、結局、日本潜水艦戦の失敗は、その使用法の誤りと、戦備の混迷にあったと思われるのである。極言すれば、日本海軍が潜水艦を充分理解していなかった、ということに帰着するのではなかろうか。

単行本　平成二年五月「還らざる若き英雄たちの伝説」改題　光人社刊

NF文庫

伊号第一〇潜水艦 針路西へ！ 新装版

二〇二一年八月二十四日 第一刷発行

編 者 「丸」編集部

発行者 皆川豪志

発行所 株式会社 潮書房光人新社

〒100-8077 東京都千代田区大手町一-七-二

電話／〇三-六二八一-九八九一(代)

印刷・製本 凸版印刷株式会社

定価はカバーに表示してあります

乱丁・落丁のものはお取りかえ致します。本文は中性紙を使用

ISBN978-4-7698-3228-7 C0195

http://www.kojinsha.co.jp

NF文庫

刊行のことば

第二次世界大戦の戦火が熄《や》んで五〇年——その間、小社は夥しい数の戦争の記録を渉猟し、発掘し、常に公正なる立場を貫いて書誌とし、大方の絶讃を博して今日に及ぶが、その源は、散華された世代への熱き思い入れであり、同時に、その記録を誌して平和の礎とし、後世に伝えんとするにある。

小社の出版物は、戦記、伝記、文学、エッセイ、写真集、その他、すでに一、〇〇〇点を越え、加えて戦後五〇年になんなんとするを契機として、「光人社ＮＦ（ノンフィクション）文庫」を創刊して、読者諸賢の熱烈要望におこたえする次第である。人生のバイブルとして、心弱きときの活性の糧《かて》として、散華の世代からの感動の肉声に、あなたもぜひ、耳を傾けて下さい。